KU-267-482

LEE CHILD
Die Hyänen

Autor

Lee Child wurde in den englischen Midlands geboren, studierte Jura und arbeitete dann zwanzig Jahre lang beim Fernsehen. 1995 kehrte er der TV-Welt und England den Rücken, zog in die USA und landete bereits mit seinem ersten Jack-Reacher-Thriller einen internationalen Bestseller. Er wurde mit zahlreichen Preisen ausgezeichnet, u. a. mit dem Anthony Award, dem renommiertesten Preis für Spannungsliteratur.

Die Jack-Reacher-Reihe bei Blanvalet:

Weitere Bände in Vorbereitung

Lee Child

Die Hyänen

Ein Jack-Reacher-Roman

Deutsch von Wulf Bergner

blanvalet

Die Originalausgabe erschien 2019 unter dem Titel
»Blue Moon (Reacher 24)« bei Bantam Press, London.

Der Verlag behält sich die Verwertung des urheberrechtlich
geschützten Inhalts dieses Werkes für Zwecke des Text- und
Data-Minings nach § 44 b UrhG ausdrücklich vor.
Jegliche unbefugte Nutzung ist hiermit ausgeschlossen.

MIX
Papier | Fördert
gute Waldnutzung
FSC® C014496

Penguin Random House Verlagsgruppe FSC® N001967

2. Auflage
Copyright der Originalausgabe © 2019 by Lee Child
Published by Agreement with Lee Child
Dieses Werk wurde vermittelt durch die Literarische Agentur
Thomas Schlück GmbH, 30161 Hannover.
Copyright der deutschsprachigen Ausgabe
© 2022 by Blanvalet in der Penguin Random House
Verlagsgruppe GmbH, Neumarkterstr. 28, 81673 München
Copyright dieser Ausgabe © 2023 by Blanvalet in der
Penguin Random House Verlagsgruppe GmbH, München
Umschlaggestaltung: www.buerosued.de
Umschlagmotiv: © BFC/ Ascent Xmedia/Photodisc/
Getty Images; mauritius images (Photo Central/Alamy/
Alamy Stock Photos; Karen Cowled/Alamy/Alamy Stock Photos);
www.buerosued.de
HK · Herstellung: DiMo
Satz: Uhl + Massopust, Aalen
Druck und Bindung: GGP Media GmbH, Pößneck
Printed in Germany
ISBN 978-3-7341-1250-8

www.blanvalet.de

Für Jane und Ruth
Mein Clan

1

Auf einer Amerikakarte sah die Stadt klein aus. Sie war nur ein artiger kleiner Punkt an einer fadendünnen roten Straße, die über ein ansonsten leeres kleinfingerbreites Stück Papier führte. Aber aus der Nähe betrachtet und auf dem Erdboden hatte sie eine halbe Million Einwohner. Sie bedeckte eine Fläche von über zweihundertsechzig Quadratkilometern. Dort gab es fast hundertfünfzigtausend Haushalte. Sie besaß über achthundert Hektar Parkflächen. Sie gab pro Jahr eine halbe Milliarde Dollar aus und nahm fast ebenso viel durch Steuern, Gebühren und Abgaben ein. Sie war groß genug, um eine Polizei mit zwölfhundert Beamten zu haben.

Und sie war groß genug, dass das organisierte Verbrechen zweigeteilt war. Den Westen der Stadt kontrollierten die Ukrainer. Den Osten kontrollierten die Albaner. Die Demarkationslinie zwischen ihnen war so genau fixiert wie die Grenzen eines Wahlbezirks. Eigentlich folgte sie der Center Street, die von Nord nach Süd verlaufend die Stadt halbierte, aber sie verlief im Zickzack und hatte Aus- und Einbuchtungen, um einzelne Blocks oder Viertel ein- oder auszuschließen, je nachdem, welche historischen Gegebenheiten spezielle Regelungen rechtfertigten. Die Verhandlungen waren schwierig gewesen. Es hatte kleinere Revierkämpfe gegeben. Auch ein paar unangenehme Zwischenfälle. Aber zuletzt war doch eine Einigung erzielt worden, die sich zu bewähren schien. Beide Parteien gingen einander aus dem Weg. Wirkliche Kontakte zwischen ihnen hatten schon länger nicht mehr stattgefunden.

Bis zu diesem Maimorgen. Der ukrainische Boss stellte seinen Wagen in einem Parkhaus in der Center Street ab und ging nach Osten ins albanische Gebiet. Allein. Er war fünfzig Jahre alt und wie die Bronzestatue eines antiken Helden gebaut: groß, kräftig und muskulös. Er nannte sich Gregory, die für Amerikaner am leichtesten auszusprechende Version seines Familiennamens. Er war unbewaffnet und trug eine körperbetonte Hose und ein enges T-Shirt, um das zu beweisen. Nichts in den Taschen. Keine verdeckt getragene Waffe. Er bog mal links, mal rechts ab, drang tiefer ein und war zu einem abgelegenen Straßenblock unterwegs, in dem die Albaner seines Wissens ihre Geschäfte in einer Bürosuite hinter einem Holzlagerplatz betrieben.

Sobald er einen Fuß über die Linie setzte, wurde er auf dem ganzen Weg beschattet. Anrufe meldeten seine Position, sodass er bei der Ankunft von sechs schweigenden Gestalten erwartet wurde, die auf dem Gehsteig vor dem Tor des Holzlagerplatzes einen Halbkreis bildeten. Wie zur Verteidigung aufgestellte Schachfiguren. Er blieb stehen und breitete die Arme aus. Drehte sich langsam einmal um sich selbst. Enge Hose, enges T-Shirt. Keine Beulen. Keine Ausbuchtungen. Kein Messer. Keine Pistole. Unbewaffnet vor sechs Kerlen, die bestimmt bewaffnet waren. Trotzdem machte er sich keine Sorgen. Die Albaner würden ihn niemals unprovoziert angreifen. Das wusste er. Ein Gebot der Höflichkeit. Manieren waren Manieren.

Einer der sechs Kerle trat vor. Teils, um ihm den Weg zu versperren, teils, um zuzuhören.

Gregory sagte: »Ich muss Dino sprechen.«

Dino war der Boss der Albaner.

Der Kerl fragte: »Warum?«

»Ich habe Informationen für ihn.«

»Worüber?«

»Über etwas, das er wissen muss.«

»Ich könnte dir seine Telefonnummer geben.«

»Diese Sache muss persönlich besprochen werden.«

»Unbedingt gleich jetzt?«

»Ja, sofort.«

Der Kerl schwieg zunächst, dann wandte er sich ab und verschwand durch die Fußgängertür in dem großen stählernen Rolltor. Die anderen fünf rückten zusammen, um die Lücke zu schließen. Gregory wartete. Die fünf Kerle beobachteten ihn teils wachsam, teils fasziniert. Dies war eine einzigartige Gelegenheit. Das gab es nie wieder. Als sähe man ein Einhorn. Der Boss der anderen Seite. Hier vor ihnen. Frühere Verhandlungen hatten auf neutralem Boden, auf einem Golfplatz außerhalb der Stadt stattgefunden.

Gregory wartete. Fünf Minuten später kam der Mann durch die Fußgängertür zurück. Er ließ sie offen. Er machte eine einladende Handbewegung. Gregory setzte sich in Bewegung, zog den Kopf leicht ein und ging durch die Tür. Er roch frisches Kiefernholz und hörte das Kreischen einer Säge.

Der Kerl sagte: »Wir müssen kontrollieren, ob du verdrahtet bist.«

Gregory nickte und zog sein T-Shirt über den Kopf. Sein muskulöser, durchtrainierter Oberkörper war dicht behaart. Kein Draht. Der Mann tastete die Nähte seines T-Shirts ab und gab es zurück. Gregory zog es wieder an, fuhr sich mit den Fingern durchs Haar.

Der Mann sagte: »Komm mit.«

Er führte Gregory tief in die mit Wellblech verkleidete Halle hinein. Die anderen fünf Männer folgten ihnen. Sie kamen zu einer schlichten Brandschutztür aus Stahl. Dahinter lag ein fensterloser Raum, der als Sitzungszimmer eingerichtet war. An einem Ende bildeten vier zusammengeschobene Laminattische eine Art Barriere. Auf dem mittleren Stuhl auf der anderen Seite saß Dino. Er war ein bis zwei Jahre jünger als Gregory, ein bis zwei Zoll kleiner, aber breiter. Er hatte schwarze Haare und auf der linken Gesichtshälfte eine Messernarbe, die über der Augenbraue kurz und vom Backenknochen bis zum Unterkiefer lang war – wie ein umgekehrtes Fragezeichen.

Der Kerl, der bisher geredet hatte, zog Gregory einen Stuhl gegenüber von Dino heraus, ging dann um die Tische herum und setzte sich rechts neben Dino wie die treue rechte Hand des Bosses. Die anderen nahmen zu zweit und zu dritt neben den beiden Platz. So hatte Gregory, auf der anderen Seite sitzend, sechs ausdruckslose Gesichter vor sich. Zunächst sprach niemand, bis Dino schließlich fragte: »Was verschafft mir das Vergnügen?«

Manieren waren Manieren.

Gregory antwortete: »Die Stadt steht kurz davor, einen neuen Polizeichef zu bekommen.«

»Das wissen wir«, sagte Dino.

»Aus den eigenen Reihen.«

»Das wissen wir«, wiederholte Dino.

»Er hat angekündigt, energisch gegen uns beide vorzugehen.«

»Das wissen wir«, sagte Dino zum dritten Mal.

»Wir haben einen Spitzel in seinem Büro.«

Dino schwieg. Das hatte er nicht gewusst.

Gregory sagte: »Unser Spitzel hat auf einem in einer Schublade versteckten USB-Stick eine Geheimakte entdeckt.«

»Was für eine Akte?«

»Sein Plan für das Vorgehen gegen uns.«

»Wie sieht der aus?«

»Vorerst noch nicht sehr detailliert«, erwiderte Gregory. »Vieles ist nur skizziert. Aber das macht nichts, weil Tag für Tag, Woche für Woche weitere Puzzleteile dazukommen. Weil er permanent Insiderinformationen erhält.«

»Von wem?«

»Nach langer Suche ist unser Spitzel auf eine weitere Akte gestoßen.«

»Was für eine weitere Akte?«

»Mit einer Liste.«

»Was für eine Liste?«

»Eine Liste der vertrauenswürdigsten Informanten des Police Departments«, sagte Gregory.

»Und?«

»Auf der Liste haben vier Namen gestanden.«

»Und?«

»Zwei davon waren meine eigenen Leute«, sagte Gregory.

Keiner sprach.

Zuletzt fragte Dino: »Was hast du mit ihnen gemacht?«

»Das kannst du dir sicher vorstellen.«

Wieder sprach keiner.

Dann fragte Dino: »Warum erzählst du mir das? Was hat das alles mit mir zu tun?«

»Die beiden anderen Namen auf der Liste sind Männer von dir.«

Schweigen.

Gregory sagte: »Wir sind in der gleichen misslichen Lage.«

Dino fragte: »Wer sind die beiden?«

Gregory nannte ihre Namen.

Dino fragte: »Warum erzählst du mir von ihnen?«

»Weil wir eine Vereinbarung haben«, antwortete Gregory. »Ich bin ein Mann, der Wort hält.«

»Gehe ich unter, würdest du enorm profitieren. Die ganze Stadt wäre dein Revier.«

»Ich würde nur auf dem Papier profitieren«, entgegnete Gregory. »Mir ist plötzlich klar geworden, dass ich mit dem Status quo zufrieden sein sollte. Wo würde ich genug ehrliche Männer finden, um deine Unternehmen zu führen? Ich kann offenbar nicht mal genug für meine eigenen auftreiben.«

»Ich anscheinend auch nicht.«

»Also verschieben wir unseren Streit auf morgen. Heute respektieren wir unsere Vereinbarung. Tut mir leid, dass ich dir diese peinliche Nachricht überbringen musste, aber meine eigene Lage ist mir auch peinlich. Das zählt hoffentlich. Wir befinden uns in derselben misslichen Lage.«

Dino nickte, sagte aber nichts.

Gregory sagte: »Ich habe eine Frage.«

»Dann raus damit«, sagte Dino.

»Hättest du mich gewarnt, wie ich dich gewarnt habe, wenn du einen Spitzel bei der Polizei hättest?«

Dino schwieg lange nachdenklich.

Dann sagte er: »Ja, und aus denselben Gründen. Wir haben eine Vereinbarung. Und wenn Leute von uns beiden auf ihrer Liste stehen, sollte keiner von uns voreilig Dummheiten machen.«

Gregory nickte und stand auf.

Der Mann rechts neben Dino stand ebenfalls auf, um ihn nach draußen zu begleiten.

Dino fragte: »Sind wir jetzt sicher?«

»Von meiner Seite aus schon«, antwortete Gregory. »Dafür

kann ich garantieren. Seit heute Morgen sechs Uhr. Wir haben einen Kerl im städtischen Krematorium. Er schuldet uns Geld. Er war bereit, heute eine Frühschicht einzulegen.«

Dino nickte, ohne sich dazu zu äußern.

Gregory fragte: »Sind wir von eurer Seite aus sicher?«

»Spätestens heute Abend«, sagte Dino. »Wir haben einen Kerl, der bei der Autoverwertung an der Schrottpresse arbeitet. Auch er schuldet uns Geld.«

Sein Vertrauter geleitete Gregory durch die große Halle zu der Fußgängertür in dem stählernen Rolltor und in den sonnigen Maimorgen hinaus.

Im selben Augenblick befand sich Jack Reacher siebzig Meilen weit entfernt in einem Greyhound-Bus auf der Interstate. Er saß im Bus hinten links auf dem Fensterplatz über einer Achse. Der Platz neben ihm war frei. Außer ihm fuhren weitere neunundzwanzig Personen mit. Die übliche Mischung. Nichts Auffälliges. Abgesehen von einer speziellen Situation, die gewisses Interesse weckte. Schräg gegenüber eine Reihe vor ihm hockte ein Kerl, der mit auf die Brust gesunkenem Kopf schlief. Er hatte graue Haare, die dringend geschnitten werden mussten, und schlaffe graue Haut, als hätte er viel Gewicht verloren. Sein Alter schätzte Reacher auf siebzig Jahre. Er trug eine kurze blaue Jacke mit Reißverschluss. Gewachste Baumwolle, vermutlich wasserfest. Aus einer Tasche ragte das Ende eines dicken braunen Umschlags.

Diese Art Umschlag kannte Reacher. Er hatte schon mehrmals welche gesehen. War ihr Geldautomat defekt, betrat er manchmal eine Bankfiliale und hob mit seiner Bankkarte direkt an der Kasse Geld ab. Fragte der Kassierer nach dem gewünschten Betrag, sagte er sich, wenn immer mehr Automaten defekt seien, sei es vielleicht besser, gleich eine ordentliche Summe abzuheben, und verlangte das Doppelte oder Dreifache des Betrags, den er sonst abgehoben hätte. Eine größere Summe. Daraufhin fragte der Kassierer, ob er einen Umschlag dafür wolle. Manchmal sagte Reacher nur aus Spaß Ja und bekam sein Geld in einem Umschlag, der mit dem identisch war, der dem Schlafenden aus der Tasche ragte. Farbe des Kraftpapiers, Größe, Seitenverhältnis, Dicke, Gewicht ... alles identisch. Ein paar Hundert oder einige Tausend Dollar, je nach Stückelung der Scheine.

Reacher schien nicht der Einzige zu sein, der den Umschlag gesehen hatte. Auch dem Typen direkt vor ihm war er aufgefallen. Das war klar. Er interessierte sich sehr dafür. Er sah nach drüben und zu Boden, nach drüben und zu Boden, wieder und wieder. Er war ein schlaksiger junger Kerl mit fettigem Haar und einem schütteren Kinnbart. Kaum zwanzig, in einer Jeansjacke. Fast noch ein Jugendlicher. Er beobachtete, überlegte, plante. Leckte sich die Lippen.

Der Bus rollte weiter. Reacher schaute abwechselnd aus dem Fenster und beobachtete den Umschlag und dann wieder den Kerl, der den Umschlag beobachtete.

Gregory kam aus dem Parkhaus in der Center Street und fuhr auf sicheres ukrainisches Gebiet zurück. Sein Büro lag hinter einem Taxiunternehmen, schräg gegenüber einem Pfandhaus und neben einer Firma, die Gerichtskautionen stellte – drei Unternehmen, die ihm gehörten. Er parkte und ging hinein. Seine Topleute erwarteten ihn. Insgesamt vier, alle ihm und untereinander ähnlich. Nicht blutsverwandt, aber alle aus denselben Dörfern, Städten und Gefängnissen in der alten Heimat, was vermutlich noch besser war.

Alle sahen ihn an. Vier Gesichter, acht große Augen, aber nur eine Frage.

Die er beantwortete.

»Totaler Erfolg«, sagte er. »Dino hat mir die ganze Story abgenommen. Der Mann ist echt blöd, kann ich euch sagen. Ich hätte ihm die Brooklyn Bridge verkaufen können. Die beiden Kerle, die ich genannt habe, sind Geschichte. Er braucht mindestens einen Tag, um alles umzuorganisieren. Die Gelegenheit ist günstig, meine Freunde. Wir haben etwa vierundzwanzig Stunden Zeit. Ihre Flanke ist völlig ungeschützt.«

»Typisch Albaner«, sagte seine eigene rechte Hand.

»Wohin hast du unsere beiden geschickt?«

»Auf die Bahamas. Dort gibt's einen Casinobetreiber, der uns Geld schuldet. Er hat ein nettes Hotel.«

Die grünen Hinweistafeln neben der Interstate kündigten eine Stadt an. Der erste Halt des Tages. Reacher beobachtete, wie der Kerl mit dem Kinnbart seinen Plan aussheckte. Eine Gleichung mit zwei Unbekannten. Würde der Kerl mit dem Geld hier aussteigen? Oder auf jeden Fall aufwachen, wenn der Bus langsamer wurde, abbog und zuletzt hielt?

Reacher wartete. Der Bus nahm die Ausfahrt. Dann führte eine vierspurige State Road nach Süden durch flaches, noch von Regen nasses Land weiter. Die Fahrbahn war eben. Die Reifen dröhnten. Der Typ mit dem Geld schlief weiter. Der Kerl mit dem Kinnbart beobachtete ihn weiter. Reacher vermutete, dass sein Plan feststand. Er fragte sich, wie gut dieser Plan sein mochte. Clever wäre es gewesen, den Umschlag ziemlich bald herauszuziehen, ihn gut zu verbergen und dann zu versuchen, den Bus umgehend nach dem Halten zu verlassen. Selbst wenn der Typ vor dem Busbahnhof aufwachte, würde er zunächst etwas verwirrt sein und vielleicht nicht mal merken, dass der Umschlag weg war. Nicht sofort. Und wieso sollte er dann gleich jemanden verdächtigen? Er würde annehmen, der Umschlag sei ihm aus der Tasche gefallen. Er würde eine Minute lang seinen Sitz, den Raum darunter und den unter dem Vordersitz absuchen, unter den er den Umschlag im Schlaf mit einem Tritt befördert haben konnte. Erst danach würde er anfangen, sich fragend umzusehen. Inzwischen würde der Bus halten, damit Leute aus- und einsteigen konnten. Der Mittelgang wäre dann blockiert. Ein Kerl konnte leicht hinausschlüpfen, kein Problem. Das wäre der clevere Ablauf gewesen.

Wusste der Kerl das? Reacher erfuhr es nie.

Der Typ mit dem Geld wachte zu früh auf.

Der Bus wurde langsamer, dann hielt er mit zischenden Bremsen an einer roten Ampel, und der Mann hob ruckartig den Kopf, blinzelte, klopfte auf seine Tasche und schob den Umschlag so tief hinein, dass niemand ihn mehr sehen konnte.

Reacher lehnte sich zurück.

Der Kerl mit dem Kinnbart lehnte sich zurück.

Der Bus fuhr weiter. Auf beiden Seiten erstreckten sich Felder, die im Frühjahr hellgrün gesprenkelt waren. Dann kamen die ersten Gewerbegrundstücke: Landmaschinen und einheimische Autos, alle auf riesigen Flächen mit Hunderten von Fahrzeugen unter Flaggen und Girlanden. Als Nächstes folgten Bürogebäude und ein riesiger Supermarkt am Stadtrand. Danach tauchte die eigentliche Stadt auf. Die vierspurige Straße wurde zweispurig, führte zu höheren Gebäuden. Aber der Bus bog links ab, machte einen höflichen Bogen um die teuren Viertel und erreichte eine halbe Meile weiter den Busbahnhof. Der erste Halt des Tages. Reacher blieb auf seinem Platz. Seine Fahrkarte galt bis zur Endstation.

Der Typ mit dem Geld stand auf.

Er nickte leicht vor sich hin, zog seine Hose hoch und seine Jacke herunter. Alles Dinge, die ein alter Mann macht, bevor er sich zum Aussteigen anschickt.

Er trat auf den Gang, schlurfte nach vorn. Ohne Gepäck. Nur er allein. Graues Haar, blaue Jacke, eine Tasche prall, eine Tasche leer.

Der Kerl mit dem Kinnbart hatte einen neuen Plan.

Der kam ihm ganz plötzlich. Reacher konnte praktisch sehen, wie sich die Zahnräder in seinem Hinterkopf drehten und ineinandergriffen. Schlussfolgerungen, die auf bestimmten Annahmen beruhten. Busbahnhöfe lagen nie in guten Stadtvierteln. Die Ausgänge würden auf schäbige Straßen mit den Rückseiten anderer Häuser, unbebauten Grundstücken, vielleicht Parkplätzen hinausführen. Dort draußen würde es schlecht einsehbare Ecken und leere Bürgersteige geben. Dann Anfang zwanzig gegen Anfang siebzig. Ein Schlag von hinten. Ein einfacher Straßenraub. Dergleichen kam ständig vor. Wie schwierig konnte das sein?

Der Kerl mit dem Kinnbart sprang auf und hastete den Mittelgang entlang, folgte dem Mann mit dem Geld in zwei Metern Abstand.

Reacher stand auf und folgte den beiden.

2

Der Typ mit dem Geld wusste, wohin er wollte. Das war klar. Er brauchte sich nicht umzusehen, um sich zu orientieren. Er trat einfach auf die Straße hinaus, wandte sich nach Osten und ging los. Ohne Zögern. Aber auch ohne Tempo. Er schlurfte langsam dahin. Er bewegte sich ein wenig unsicher. Mit hängenden Schultern. Er wirkte alt und müde, ausgepowert und niedergeschlagen. Antriebslos. Er sah aus, als wäre er zwischen zwei gleich unattraktiven Orten unterwegs.

Der Kerl mit dem Kinnbart folgte ihm mit ungefähr sechs Schritten Abstand, blieb zurück, ging langsam, bremste sich bewusst. Was bestimmt Selbstbeherrschung verlangte. Er war schlaksig und langbeinig, Typ nervöses Rennpferd. Er hätte am liebsten gleich losgelegt. Aber das Terrain war ungeeignet. Zu flach und offen. Die Gehsteige waren breit. Vor ihnen lag eine Ampelkreuzung, an der drei Autos bei Rot standen. Drei Fahrer, die gelangweilt aus dem Fenster sahen. Vielleicht auch Mitfahrer. Alles potenzielle Zeugen. Lieber noch warten.

Der Mann mit dem Geld blieb am Randstein stehen. Wartete darauf, die Straße überqueren zu können. Wollte geradeaus weiter. Dort erhoben sich ältere Gebäude an engeren Straßen. Breiter als Gassen, aber im Schatten liegend und von alten drei- bis vierstöckigen Mauern gesäumt.

Besseres Terrain.

Die Ampel sprang um. Der Typ mit dem Geld schlurfte über die Straße, irgendwie resigniert. Der Kerl mit dem Kinnbart folgte sechs Schritte hinter ihm. Reacher verringerte den Abstand zwischen ihnen ein wenig. Er spürte, dass der entscheidende Augenblick bevorstand. Der Junge würde nicht ewig lange warten. Er würde nicht darauf setzen, dass das Bessere der Feind des Guten war. Zwei Blocks weiter würden ihm genügen.

Sie setzten ihren Weg fort, hintereinander her, mit weitem Abstand, ohne aufeinander zu achten. Der erste Block erschien gut geeignet, aber er war noch zu nahe an der Ampelkreuzung, deshalb blieb der Kerl mit dem Kinnbart zurück, bis der Typ mit dem Geld die Straße zum nächsten Block überquert hatte. Der einsam genug wirkte. Hier gab es ein paar mit Brettern verschalte Schaufenster, ein geschlossenes Fast-Food-Restaurant und ein Steuerberaterbüro mit schmutzigen Fensterscheiben.

Perfekt.

Zeit, sich zu entscheiden.

Reacher vermutete, dass der Junge hier zuschlagen würde. Und weil er sich davor vermutlich nervös umschauen würde, blieb er hinter der Ecke zur Querstraße außer Sicht, eine, zwei, drei Sekunden lang, bis der Junge Zeit gehabt hatte, seine Umgebung zu kontrollieren. Als Reacher dann hinter der Ecke hervorkam, war der Kerl mit dem Kinnbart schon dabei, die Lücke zu schließen, indem er den Abstand mit schnellen Schritten verringerte. Reacher rannte ungern, aber unter diesen Umständen musste es sein.

Er kam zu spät. Der Kerl mit dem Kinnbart stieß den Mann mit dem Geld um, der mit dumpfem Knall zu Boden ging. Mit einer fließenden Bewegung bückte der Kerl mit dem Kinnbart sich, griff ihm in die Tasche und zog den Geldumschlag heraus. Das war der Augenblick, in dem Reacher schwerfällig rennend ankam: ein Meter fünfundneunzig aus Knochen und Muskeln und hundertzehn Kilo bewegter Masse gegen einen schlaksigen Jungen, der sich gerade wieder aufrichtete. Reacher rammte ihn mit einer Schulter, sodass der Junge wie ein Crashtest-Dummy durch die Luft wirbelte und über den Gehsteig rutschend halb im Rinnstein landete. Dort blieb er bewegungslos liegen.

Reacher ging zu ihm und nahm ihm den Geldumschlag ab. Er war nicht zugeklebt. Das waren sie nie. Er sah hinein. Ein dickes Bündel Scheine, ein Hunderter obenauf, ein weiterer unten. Er blätterte das Bündel durch. Offenbar lauter Hunderter. Tausende und Abertausende Dollar. Vielleicht fünfzehn Mille. Oder sogar zwanzig.

Er blickte sich um. Der alte Mann hob den Kopf, sah sich in Panik um. Er hatte eine Platzwunde im Gesicht. Von dem Sturz. Oder seine Nase blutete. Reacher hielt den Geldumschlag hoch. Der alte Mann starrte ihn an. Wollte sich aufrappeln, konnte aber nicht.

Reacher trat auf ihn zu.

Er fragte: »Irgendwas gebrochen?«

Der Mann fragte: »Was ist passiert?«

»Können Sie sich bewegen?«

»Ich glaube schon.«

»Okay, drehen Sie sich um.«

»Hier?«

»Auf den Rücken«, erklärte Reacher. »Damit wir Sie aufsetzen können.«

»Was ist passiert?«

»Erst muss ich Sie durchchecken. Vielleicht brauchen Sie einen Krankenwagen. Haben Sie ein Handy?«

»Keinen Krankenwagen«, sagte der Typ. »Keinen Arzt.«

Er holte tief Luft, biss die Zähne zusammen, wand sich und strampelte wie ein Mensch, der einen Albtraum hat, bis er auf dem Rücken lag.

Er atmete aus.

Reacher fragte: »Wo tut's weh?«

»Überall.«

»Wie sonst auch oder mehr?«

»Wie sonst auch, denk ich.«

»Also gut.«

Reacher legte eine Hand flach zwischen die Schulterblätter des Typs und klappte ihn bis in Sitzhaltung nach vorn, drehte ihn zur Seite und schob ihn an den Randstein, sodass seine Füße etwas tiefer auf der Straße lagen, was vermutlich bequemer war.

Der Mann sagte: »Meine Mom hat mir immer verboten, in der Gosse zu spielen.«

»Meine auch«, sagte Reacher. »Aber im Augenblick spielen wir nicht.«

Er gab ihm den Umschlag. Der Mann nahm ihn entgegen, betastete ihn und drückte ihn zwischen Daumen und Zeigefinger, wie um sich davon zu überzeugen, dass er real war. Reacher setzte sich neben ihn. Der Mann warf einen Blick in den Umschlag.

»Was ist passiert?«, fragte er noch mal. Er wies mit dem Daumen über die Schulter. »Hat er mich überfallen?«

Fünf, sechs Meter rechts von ihnen lag der Kerl mit dem Kinnbart bewegungslos mit dem Gesicht nach unten.

»Er ist hinter Ihnen aus dem Bus gestiegen«, sagte Reacher. »Er hat den Umschlag in Ihrer Tasche gesehen.«

»Waren Sie auch in dem Bus?«

Reacher nickte. Er sagte: »Ich bin gleich hinter Ihnen aus dem Busbahnhof gekommen.«

Der Mann steckte den Umschlag wieder ein.

Er sagte: »Ich danke Ihnen aus tiefstem Herzen. Sie können sich gar nicht vorstellen, wie sehr.«

»Gern geschehen«, entgegnete Reacher.

»Sie haben mir das Leben gerettet.«

»War mir ein Vergnügen.«

»Ich würde Ihnen gern eine Belohnung anbieten.«

»Nicht nötig.«

»Ich könnte's ohnehin nicht«, erklärte der Mann. Er berührte seine Tasche. »Dies ist eine Zahlung, die ich leisten muss. Sie ist sehr wichtig. Dafür brauche ich jeden Cent. Das tut mir leid. Ich muss mich entschuldigen. Ich habe ein schlechtes Gewissen.«

»Unsinn«, sagte Reacher.

Fünf, sechs Meter von ihnen entfernt kam der Kerl mit dem Kinnbart auf Händen und Knien hoch.

Der Typ mit dem Geld sagte: »Keine Polizei.«

Der Junge sah sich um. Er war zittrig und fühlte sich benommen, aber er hatte schon einige Meter Vorsprung. Sollte er's riskieren?

Reacher fragte: »Warum keine Polizei?«

»Die stellt Fragen, wenn sie einen Haufen Geld sieht.«

»Fragen, die Sie nicht beantworten möchten?«

»Ich könnte's ohnehin nicht«, sagte der Mann wieder.

Der Kerl mit dem Kinnbart ergriff die Flucht. Er rappelte sich auf und rannte weg: mit blauen Flecken, schwankend und unkoordiniert, aber trotzdem schnell. Reacher ließ ihn laufen. Er war für heute genug gerannt.

Der Mann mit dem Geld sagte: »Ich muss jetzt weiter.«

Er hatte Schürfwunden an Stirn und Wangenknochen und Blut an der Oberlippe – aus seiner Nase, die ziemlich angeschwollen wirkte.

»Wissen Sie bestimmt, dass Sie okay sind?«, fragte Reacher.

»Das muss ich sein«, antwortete der Mann. »Mir bleibt nicht viel Zeit.«

»Zeigen Sie mir, ob Sie aufstehen können.«

Das konnte der Mann nicht. Er besaß keine Kraft mehr, oder seine Knie versagten, oder beides traf zu. Schwer zu sagen. Reacher half ihm auf die Beine. Der Mann stand mit dem

Rücken zu ihm gebeugt im Rinnstein. Er drehte sich mühsam zum Gehsteig um und stellte den Fuß auf den Randstein. Doch ihm fehlte die Kraft, diese fünfzehn Zentimeter zu überwinden. Sein rechtes Knie musste aufgeschürft und geschwollen sein. Der Stoff seiner Hose war genau an der Stelle zerrissen.

Reacher trat hinter ihn, legte ihm die Hände unter die Ellbogen und hob sie etwas an. Darauf machte der Mann einen schwerelosen Schritt wie ein Astronaut auf dem Mond.

Reacher fragte: »Können Sie gehen?«

Der Mann versuchte es. Er schaffte ein paar Schritte, fuhr jedoch jedes Mal stöhnend zusammen, wenn er sein rechtes Knie belastete.

»Wie weit müssen Sie gehen?«, fragte Reacher.

Der Mann blickte sich prüfend um. Stellte fest, wo er sich befand. »Noch drei Blocks«, antwortete er. »Auf der anderen Straßenseite.«

»Das bedeutet viele Randsteine«, meinte Reacher. »Mehrfach rauf und runter.«

»Beim Gehen wird's besser.«

»Zeigen Sie's mir«, forderte Reacher ihn auf.

Der Mann setzte sich in Bewegung, wie zuvor nach Osten, langsam schlurfend, mit leicht gespreizten Armen, als hätte er Mühe, das Gleichgewicht zu halten. Das Zusammenzucken und das Stöhnen blieben, wurden eher noch schlimmer.

»Sie brauchen einen Stock«, sagte Reacher.

»Ich brauche einen Haufen Zeug«, erklärte der Mann.

Reacher trat rechts neben ihn, legte ihm eine Hand unter den Ellbogen und stützte ihn leicht. Mechanisch wirkte das wie ein Spazierstock oder eine Krücke. Eine nach oben gerichtete Kraft, die auf die Schulter des Typs einwirkte. Einfachste Physik.

»Versuchen Sie's noch mal«, sagte Reacher.

»Sie können nicht mitkommen.«

»Warum nicht?«

Der Mann antwortete: »Sie haben schon mehr als genug für mich getan.«

»Das ist nicht der wahre Grund. Sie hätten gesagt, das könnten Sie wirklich nicht von mir verlangen. Irgendwas höflich Vages. Aber was Sie gesagt haben, war viel nachdrücklicher. Sie haben gesagt, dass ich nicht mitkommen kann. Weshalb nicht? Wohin wollen Sie?«

»Das darf ich Ihnen nicht sagen.«

»Ohne mich kommen Sie nicht hin.«

Der Mann atmete ein und atmete aus, und seine Lippen bewegten sich, als übte er, was er sagen wollte. Er hob eine Hand und berührte die Schürfwunde an seiner Stirn, dann seine Wange, dann seine Nase. Dabei zuckte er jeweils leicht zusammen.

Er sagte: »Helfen Sie mir zum richtigen Block, und helfen Sie mir über die Straße. Machen Sie dann kehrt, und gehen Sie nach Hause. Das ist der größte Gefallen, den Sie mir tun könnten. Ganz im Ernst. Ich wäre Ihnen dankbar. Ich bin Ihnen schon jetzt dankbar. Das verstehen Sie hoffentlich.«

»Ich verstehe nichts«, entgegnete Reacher.

»Ich darf niemanden mitbringen.«

»Wer sagt das?«

»Das darf ich Ihnen nicht sagen.«

»Nehmen wir mal an, ich wäre ohnehin in diese Richtung unterwegs. Sie könnten sich von mir trennen und hineingehen, und ich würde weitergehen.«

»Dann würden Sie mein Ziel kennen.«

»Das kenne ich bereits.«

»Wie können Sie das wissen?«

Reacher kannte quer durch Amerika alle Arten von Städten im Osten und Westen, im Norden und Süden, in jeder möglichen Größe, jedem Alter und jedem Zustand. Er kannte ihren Alltag, ihre Rhythmen. Er kannte die in ihre Mauern eingebrannte Geschichte. Dieser Straßenblock war einer von hunderttausend ganz ähnlichen östlich des Mississippi. Großhandelskontore, ein paar Geschäfte für Alltagsbedarf, etwas Leichtindustrie, ein paar Anwälte und Spediteure, Immobilienmakler und Reisebüros. Vielleicht auch Wohnungen in den Hinterhöfen. Alles Ende des 19. und Anfang des 20. Jahrhunderts geschäftig und voller Leben. Jetzt leer stehend und zerfallend und von der Zeit ausgehöhlt. Daher die mit Brettern vernagelten Schaufenster und das geschlossene Schnellrestaurant. Aber manche Etablissements hielten sich länger als andere. Und eine bestimmte Sorte hielt sich am längsten. Manche alten Gewohnheiten waren hartnäckig.

»Drei Blocks von hier und auf der anderen Straßenseite«, erklärte Reacher. »Eine Bar. Dorthin wollen Sie.«

Der Mann schwieg.

»Um eine Zahlung zu leisten«, sagte Reacher. »In einer Bar, vor dem Mittagessen. Folglich an irgendeinen hiesigen Kredithai. Das ist meine Vermutung. Fünfzehn oder zwanzig Mille. Sie stecken in Schwierigkeiten. Ich glaube, Sie haben Ihr Auto verkauft. Den besten Preis haben Sie auswärts erzielt. Vielleicht bei einem Sammler. Bei einem Mann wie Ihnen war's vermutlich ein alter Wagen. Sie sind mit dem Auto hingefahren und mit dem Bus zurückgekommen. Nach einem Umweg über die Bank des Käufers. Der Kassierer hat Ihnen das Geld in einen Umschlag gesteckt.«

»Wer sind Sie?«

»Eine Bar ist ein öffentlicher Ort. Ich habe manchmal Durst

wie jeder andere. Vielleicht gibt es dort Kaffee. Ich setze mich an einen anderen Tisch. Sie können so tun, als würden Sie mich nicht kennen. Beim Hinausgehen werden Sie wieder Hilfe brauchen. Ihr Knie wird bestimmt steif.«

»Wer sind Sie?«, wiederholte der Kerl.

»Ich heiße Jack Reacher. Ich war bei der Militärpolizei. Ich bin dafür ausgebildet, Dinge zu entdecken.«

»Es war ein Chevy Caprice. Das zweitürige Coupé. Alles original. Perfekter Zustand. Sehr niedrige Laufleistung.«

»Von Autos verstehe ich nichts.«

»Die alten Caprices sind ziemlich gesucht.«

»Wie viel haben Sie dafür bekommen?«

»Zweiundzwanzigeinhalb.«

Reacher nickt. Etwas mehr, als er gedacht hatte. Druckfrische Scheine, eng gepackt.

Er fragte: »Das sind Sie alles schuldig?«

»Bis zwölf Uhr«, entgegnete der Mann. »Danach wird ein Aufschlag fällig.«

»Dann sollten wir losgehen. Bestimmt brauchen wir ziemlich lange.«

»Ich danke Ihnen«, sagte der Mann. »Ich heiße Aaron Shevick. Ich bin Ihnen ewig zu Dank verpflichtet.«

»Die Freundlichkeit von Fremden«, sagte Reacher, »bewirkt, dass die Welt sich dreht. Darüber hat irgendein Kerl ein Theaterstück geschrieben.«

»Tennessee Williams«, sagte Shevick. »*Endstation Sehnsucht.*«

»Eine Straßenbahn könnten wir jetzt brauchen. Drei Blocks für einen Nickel wäre super.«

Sie machten sich auf den Weg. Reacher mit langsamen kleinen Schritten, Shevick humpelnd und schwankend, aus physikalischen Gründen ganz schief gehend.

3

Die Bar lag im Erdgeschoss eines schlichten alten Klinkerbaus in der Mitte des Blocks. Sie hatte eine verkratzte braune Tür in der Mitte und je zwei schmutzige Fenster auf beiden Seiten. Ihr irischer Name war in flackernder grüner Leuchtschrift über der Tür angebracht, und in den Fenstern machten irische Harfen, Kleeblätter und weitere staubige Symbole Reklame für Biermarken, von denen Reacher nur eine kannte. Er half Shevick vom Gehsteig herunter, über die Straße und über den anderen Gehsteig zum Eingang. Die Uhr in seinem Kopf zeigte zwanzig vor zwölf an.

»Ich gehe zuerst hinein«, sagte er. »Dann kommen Sie rein. Das ist besser als umgekehrt. Wir kennen uns nicht, okay?«

»Wie lange?«, fragte Shevick.

»Ein paar Minuten«, antwortete Reacher. »Sehen Sie zu, dass Sie wieder zu Atem kommen.«

»Okay.«

Reacher zog die Tür auf und trat ein. Die Beleuchtung war trübe, und die Bar roch nach verschüttetem Bier und einem Desinfektionsmittel. Der Raum war relativ groß. Nicht höhlenartig, aber auch nicht nur ein umgebauter Laden. Eine lange Reihe von Vierertischen säumte den Mittelgang bis zu der quadratischen Theke in der linken Ecke am Ende des Raums. Hinter der Theke stand ein fetter Kerl mit Viertagebart und einem Geschirrtuch wie ein Rangabzeichen über der Schulter. An einzelnen Tischen zählte Reacher vier Gäste, alle zusammengesunken und schweigsam, alle so alt und müde, ausgelaugt und niedergeschlagen wirkend wie Shevick. Zwei von ihnen hielten Bierflaschen mit langem Hals umklammert, die anderen halb leere Gläser, als fürchteten sie, sie könnten ihnen jeden Augenblick weggenommen werden.

Keiner von ihnen sah wie ein Kredithai aus. Vielleicht war der Barkeeper zuständig. Als Agent oder Vermittler oder Mittelsmann. Reacher trat an die Bar und verlangte Kaffee. Es gab keinen, was enttäuschend, aber nicht überraschend war. Der Tonfall des Kerls war höflich, doch Reacher vermutete, dass er das nicht gewesen wäre, hätte der Kerl nicht mit jemandem von seiner Statur und seinem Auftreten gesprochen. Ein Durchschnittsbürger hätte vermutlich eine sarkastische Antwort erhalten.

Statt Kaffee ließ Reacher sich eine Flasche einheimisches Bier geben: kalt und glitschig, voller kleiner Wassertropfen und überschäumend. Er ließ einen Dollar Trinkgeld auf der Theke liegen und ging zu dem nächsten freien Vierertisch, der zufällig in der rechten hinteren Ecke stand, was günstig war, weil er dort sitzen und den ganzen Raum überblicken konnte.

»Nicht dort!«, rief der Barkeeper.

»Warum nicht?«, fragte Reacher.

»Reserviert.«

Die anderen vier Gäste schauten auf, schauten weg.

Reacher kam zurück und nahm seinen Dollar wieder mit. Kein Bitte, kein Danke, kein Trinkgeld. Er ging schräg durch den Raum zum ersten Tisch, der auf der anderen Seite unter einem schmutzigen Fenster stand. Die gleiche Anordnung, aber rückwärts gedacht. Er hatte eine Ecke hinter sich und konnte die gesamte Bar überblicken. Er nahm einen Schluck Bier, vor allem Schaum, und dann kam Shevick hereingehinkt. Er sah zu dem leeren Tisch in der hinteren rechten Ecke und blieb überrascht stehen. Er suchte den ganzen Raum ab. Sah den Barkeeper, die vier einsamen Gäste, Reacher und nochmals den Ecktisch an. Der Tisch blieb leer.

Shevick hinkte darauf zu, machte dann aber erneut halt. Er änderte seine Richtung, hinkte stattdessen zur Theke. Er sprach den Barkeeper an. Reacher war zu weit entfernt, um verstehen zu können, was er sagte, aber Shevick stellte bestimmt eine Frage. Vermutlich: Wo ist Soundso? Dazu gehörte ein verständnisloser Blick zu dem leeren Ecktisch hinüber. Er schien eine sarkastische Antwort zu bekommen. Vielleicht: Was bin ich – ein Hellseher? Shevick wich von der Theke ins Niemandsland zurück, in dem er überlegen konnte, was er als Nächstes tun sollte.

Die Uhr in Reachers Kopf zeigte 11.45 Uhr an.

Shevick hinkte zu dem leeren Tisch, blieb einen Augenblick unschlüssig davor stehen. Dann setzte er sich gegenüber der Ecke – wie auf einem Besucherstuhl vor einem Schreibtisch, nicht im Chefsessel dahinter. Er hockte kerzengerade auf der Stuhlkante und beobachtete halb zur Seite gedreht die Tür, als hielte er sich bereit, höflich aufzuspringen, wenn der Kerl, den er erwartete, eintraf.

Nur kam niemand herein. In der Bar blieb es still. Ein dankbares Schlucken, ein feuchtes Atmen, ein leises Quietschen, als der Barkeeper Gläser polierte. Shevick starrte die Tür an. Die Minuten vergingen.

Reacher stand auf und ging an die Theke. Zu der Stelle, die Shevicks Tisch am nächsten war. Er stützte die Ellbogen auf und machte ein erwartungsvolles Gesicht wie ein Typ, der etwas bestellen will. Der Barkeeper drehte ihm den Rücken zu und hatte plötzlich etwas sehr Wichtiges am anderen Ende der Theke zu tun. Logisch: kein Trinkgeld, kein Service. Damit hatte Reacher gerechnet. Es verschaffte ihm Gelegenheit, mit Shevick zu reden.

Er flüsterte: »Was?«

»Er ist nicht da«, antwortete Shevick ebenso leise.

»Ist er sonst immer hier?«

»Immer«, flüsterte Shevick. »Er sitzt den ganzen Tag an diesem Tisch.«

»Wie oft waren Sie schon hier?«

»Dreimal.«

Der Barkeeper war noch immer weit weg beschäftigt.

Shevick flüsterte: »In fünf Minuten schulde ich ihnen dreiundzwanzigfünf, nicht zweiundzwanzigfünf.«

»Der Verspätungszuschlag ist tausend Dollar?«

»Für jeden Tag.«

»Nicht Ihre Schuld«, flüsterte Reacher. »Schließlich ist der Kerl nicht gekommen.«

»Mit diesen Leuten kann man nicht vernünftig reden.«

Shevick starrte wieder die Tür an. Der Barkeeper beendete seine imaginäre Tätigkeit und watschelte diagonal durch den Raum hinter der Theke – mit feindselig hochgerecktem Kinn, als wäre er möglicherweise widerwillig bereit, eine Bestellung aufzunehmen.

Er baute sich vor Reacher auf und wartete.

Reacher fragte: »Was?«

»Woll'n Sie was?«, fragte der Mann.

»Jetzt nicht mehr. Ich wollte nur, dass Sie herkommen. Sie sehen aus, als könnten Sie Bewegung brauchen. Aber nun sind Sie da, und ich bin zufrieden. Trotzdem vielen Dank.«

Der Kerl starrte ihn an. Machte sich seine Situation klar. Vielleicht hatte er einen Baseballschläger oder einen Revolver unter der Theke, aber an den würde er nie herankommen. Reacher war nur eine Armlänge entfernt. Also würde er mit Worten reagieren müssen. Was mühsam werden könnte. So viel war klar. Letztlich rettete ihn sein Wandtelefon. Es klingelte hinter ihm. Mit einem altmodischen Klingelton. Ein gedämpft klagender Glockenton.

Der Barkeeper drehte sich um, nahm den Anruf entgegen. Das Telefon im klassischen Design hatte ein bis zum Fußboden reichendes langes Spiralkabel. Der Barkeeper hörte kurz zu, dann legte er auf. Er nickte zu Shevick am hinteren Ecktisch hinüber.

Er rief ihm zu: »Kommen Sie um sechs Uhr wieder.«

»Was?«, fragte Shevick.

»Sie haben gehört, was ich gesagt habe.«

Der Barkeeper ging weg, weil eine weitere imaginäre Arbeit wartete.

Reacher setzte sich an Shevicks Tisch.

Shevick fragte: »Was soll das heißen, dass ich um sechs Uhr wiederkommen soll?«

»Wahrscheinlich ist der Kerl, auf den Sie warten, aufgehalten worden. Er hat angerufen, damit Sie wissen, wo sie sind.«

»Aber das weiß ich nicht«, sagte Shevick. »Was ist mit meiner Frist bis zwölf Uhr?«

»Nicht Ihre Schuld«, wiederholte Reacher. »Der Kerl hat die Übergabe verpasst, nicht Sie.«

»Er wird sagen, dass ich ihnen einen weiteren Tausender schulde.«

»Nicht, wenn er sich nicht blicken lässt. Was hier alle wissen. Der Barkeeper hat seinen Anruf entgegengenommen. Er ist Zeuge. Sie waren hier, aber der andere Typ nicht.«

»Ich kann keine weiteren tausend Dollar auftreiben«, erklärte Shevick. »Ich hab sie einfach nicht.«

»Die Verschiebung ist nicht Ihre Schuld. Folglich müssen Sie keine Konsequenzen befürchten. Sie waren mit einem gesetzlichen Zahlungsmittel in der Tasche zur rechten Zeit am rechten Ort. Die anderen sind nicht gekommen, um es in Empfang zu nehmen. Da greift Gewohnheitsrecht. Ein Anwalt könnte es Ihnen erklären.«

»Keine Anwälte«, sagte Shevick.

»Machen die Ihnen auch Angst?«

»Ich kann mir keinen leisten. Vor allem nicht, wenn ich weitere tausend Dollar auftreiben muss.«

»Das müssen Sie nicht. Diese Leute können nicht beides haben. *Sie* waren rechtzeitig hier. Die anderen nicht.«

Der Barkeeper funkelte sie aus sicherer Entfernung an.

Die Uhr in Reachers Kopf sprang auf 12.00 Uhr.

Er sagte: »Wir können hier nicht sechs Stunden warten.«

»Meine Frau macht sich bestimmt Sorgen«, sagte Shevick. »Ich sollte heimgehen und sie beruhigen. Und abends wieder herkommen.«

»Wo wohnen Sie?«

»Ungefähr eine Meile von hier.«

»Wenn Sie wollen, begleite ich Sie.«

Shevick zögerte einen langen Augenblick.

Dann sagte er: »Nein, das kann ich Ihnen wirklich nicht zumuten. Sie haben schon viel zu viel für mich getan.«

»Sehen Sie, das war höflich vage.«

»Ich meine, ich kann Sie nicht länger beanspruchen. Sie haben bestimmt Wichtigeres zu tun.«

»Etwas tun zu müssen, vermeide ich im Allgemeinen. Offenbar eine Reaktion auf den strikten Militärdienst, mit dem ich aufgewachsen bin. Daher habe ich kein bestimmtes Ziel und alle Zeit der Welt, um es zu erreichen. Ich bin gern bereit, eine Meile Umweg zu machen.«

»Nein, das kann ich nicht von Ihnen verlangen.«

»Dienst habe ich, wie schon gesagt, bei der Militärpolizei getan, wo wir gelernt haben, auf Dinge zu achten. Nicht nur auf physische Spuren, sondern auch auf das Verhalten von Menschen. Wie sie sich benehmen, woran sie glauben. Die menschliche Natur und so fort und so weiter. Das meiste davon war Bullshit, manches jedoch nützlich. Im Augenblick haben Sie einen Fußmarsch durch kein besonders gutes Viertel vor sich – mit über zwanzig Mille in der Tasche, die Ihnen Unbehagen verursachen, weil Sie das Geld nicht mehr haben sollten und es auf keinen Fall verlieren dürfen. Weil Sie heute schon mal überfallen worden sind, haben Sie Angst vor diesem Weg, auf dem ich Ihnen helfen könnte, und sind nach dem Überfall verletzt, wogegen ich auch etwas tun könnte, sodass Sie mich insgesamt anflehen müssten, Sie heimzubegleiten.«

Shevick schwieg.

»Aber Sie sind ein Gentleman«, fuhr Reacher fort. »Sie wollten mir eine Belohnung zahlen. Begleite ich Sie jetzt nach Hause und lerne Ihre Frau kennen, müssten Sie mich wenigstens zum Mittagessen einladen. Nur gibt es leider keins. Das ist Ihnen peinlich, aber das muss es nicht sein, denn ich weiß Bescheid. Sie haben Probleme mit einem Geldverleiher. Sie haben seit ein paar Monaten nicht mehr zu Mittag gegessen. Sie sehen aus, als hätten Sie eine Menge Gewicht verloren. Ihre Haut ist ganz schlaff. Also kaufen wir unterwegs ein paar Sandwiches. Von Onkel Sams Dime. Von dem kriege ich mein Geld. Ihre Steuerdollar. Nachmittags unterhalten wir uns, und dann begleite ich Sie wieder her. Sie können Ihren Kerl bezahlen, und ich gehe meiner Wege.«

»Ich danke Ihnen«, sagte Shevick. »Aufrichtig.«

»Gern geschehen«, erwiderte Reacher. »Ehrlich.«

»Wohin sind Sie unterwegs?«

»Irgendwohin. Das hängt oft vom Wetter ab. Ich hab's gern warm. Dann brauche ich mir keinen Mantel zu kaufen.«

Der Barkeeper funkelte sie erneut aus der Ferne an.

»Kommen Sie, wir gehen«, sagte Reacher. »Hier drinnen könnte man glatt verdursten.«

4

Der Mann, der an dem Tisch in der hintersten Ecke der Bar auf Aaron Shevick hätte warten sollen, war ein vierzigjähriger Albaner namens Fisnik, einer der beiden Männer, die Gregory, der Boss der Ukrainer, an diesem Morgen erwähnt hatte. Anschließend hatte Dino ihn zu Hause angerufen und angewiesen, bei ihm vorbeizuschauen, bevor er seine Arbeit in der Bar aufnahm. Dinos Tonfall ließ nichts Böses ahnen. Er klang im Gegenteil freundlich munter, als ginge es um Lob und Anerkennung. Vielleicht mehr Verantwortung oder ein Bonus oder beides. Vielleicht eine Beförderung oder eine Sonderstellung innerhalb der Organisation.

Aber so lief es nicht. Fisnik betrat die Halle durch die Fußgängertür in dem Rolltor, roch frisches Holz, hörte das Kreischen einer Säge und kam gut gelaunt ins Büro. Eine Minute später war er mit Gewebeband an einen Stuhl gefesselt, das Holz roch plötzlich nach Särgen, und die Säge klang nach Folter. Sie begannen damit, dass sie seine Kniescheiben mit einem Akkuschrauber von De Walt durchbohrten. Dann machten sie weiter. Er erzählte ihnen nichts, weil er nichts zu erzählen hatte. Sein Schweigen wurde als stoisches Geständnis ausgelegt. Es brachte ihm widerstrebende Bewunderung für seine

Standhaftigkeit ein, konnte jedoch den Bohrer nicht aufhalten. Er starb ungefähr zur selben Zeit, als Reacher und Shevick die Bar verließen.

Die erste Hälfte des eine Meile langen Weges führte durch ein Viertel mit alten Klinkergebäuden wie dem, in dem sich die Bar befand. Aber dann folgte ein Gebiet, das früher vermutlich Weideland gewesen war, bis nach dem Zweiten Weltkrieg die GIs heimkehrten. Damals waren hier in Reih und Glied Siedlungshäuser gebaut worden: alle einstöckig, manche als Split-Level-Häuser, je nach Baugelände. Siebzig Jahre später hatten alle mehrmals neue Dächer erhalten und waren längst nicht mehr identisch: Viele wiesen Anbauten oder Fassadenverkleidungen auf, manche hatten einen gepflegten Rasen, bei anderen sah der Garten verwildert aus. Aber ansonsten herrschte noch der Geist sparsamer Nachkriegsuniformität in der Siedlung vor – mit kleinen Grundstücken, engen Straßen, schmalen Gehsteigen und Kurvenradien, die den Fähigkeiten von Fords und Chevys, Studebakers und Plymouths aus dem Jahr 1948 entsprachen.

Reacher und Shevick machten unterwegs an der Imbisstheke einer Tankstelle halt. Sie kauften drei Sandwiches mit Geflügelsalat, drei Beutel Kartoffelchips und drei Dosen Limonade. Reacher trug die Tüte in der rechten Hand und stützte Shevick mit der linken. So bewegten sie sich humpelnd durch die halbe Siedlung. Shevicks Heim befand sich in einer Sackgasse mit einer beengten Wendefläche, die kaum breiter als die Straße selbst war. Sein Haus stand auf der linken Seite hinter einem weißen Staketenzaun, durch den frühblühende Rosen wuchsen. Das einstöckige Ranchhaus mit den Standardmaßen aller Häuser hier hatte ein Dach aus Bitumenpappe und eine weiße Holzschalung. Es wirkte gepflegt, aber doch ein wenig vernachlässigt. Die Fenster sahen staubig aus, und der Rasen war zu hoch.

Shevick und Reacher gingen einen Weg aus Betonplatten entlang, der kaum für beide nebeneinander Platz bot. Shevick zog seinen Schlüssel aus der Tasche, aber bevor er ihn ins Schloss stecken konnte, wurde die Haustür von innen geöffnet. Auf der Schwelle stand eine Frau, die Mrs. Shevick sein musste. Sie war grau, gebeugt und abgemagert wie er, ebenfalls ungefähr siebzig, aber sie trug den Kopf hoch, und ihr Blick war direkt. Ihr inneres Feuer brannte noch. Sie starrte ihren Mann an: Stirn aufgeschürft, Nase geschwollen, angetrocknetes Blut an der Lippe.

»Bin gestürzt«, erklärte Shevick. »Am Randstein gestolpert. Hab mir das Knie aufgeschlagen. Das ist das Schlimmste. Dieser Gentleman war so freundlich, mir zu helfen.«

Die Frau schaute kurz zu Reacher, verständnislos, dann konzentrierte sie sich wieder auf ihren Mann.

Sie sagte: »Wir müssen dich erst mal säubern.«

Sie trat zur Seite, und Shevick betrat die Diele.

»Hast du …«, begann seine Frau, aber sie brachte den Satz nicht zu Ende. Vielleicht machte der Fremde sie verlegen. Sie hatte zweifellos fragen wollen, ob er den Kerl bezahlt habe. Aber manche Dinge mussten privat bleiben.

Shevick sagte: »Die Sache ist kompliziert.«

Reacher hielt die Sandwichtüte hoch.

»Wir haben den Lunch mitgebracht«, sagte er. »Wir dachten, unter den Umständen sei es schwierig, in den Laden zu gehen.«

Mrs. Shevick blickte ihn an, noch immer verständnislos. Und dann leicht gekränkt. Verlegen. Beschämt.

»Er weiß Bescheid, Maria«, sagte Shevick. »Er war Kriminalbeamter in der Army und hat mich sofort durchschaut.«

»Du hast's ihm erzählt?«

»Er hat's selbst rausgekriegt. Dafür ist er ausgebildet.«

»Was ist kompliziert?«, fragte sie. »Was ist passiert? Wer hat dich so zugerichtet? Etwa dieser Mann?«

»Welcher Mann?«

Sie sah Reacher an.

»Der Mann mit dem Lunch«, sagte sie. »Ist er einer von ihnen?«

»Nein, nein«, entgegnete Shevick hastig. »Absolut nicht! Er hat nichts mit ihnen zu tun.«

»Warum folgt er dir dann? Oder eskortiert dich. Er kommt mir wie ein Gefängniswärter vor.«

»Als ich gestolpert und hingeknallt bin, war er zufällig in der Nähe und hat mir aufgeholfen. Als er gesehen hat, dass ich nicht allein gehen konnte, hat er mich begleitet. Er verfolgt mich nicht. Er eskortiert mich auch nicht. Er ist hier, weil ich hier bin. Du kannst nicht einen ohne den anderen haben. Nicht im Augenblick. Weil ich mir das Knie aufgeschlagen habe. So einfach ist das.«

»Vorhin hast du gesagt, die Sache sei kompliziert.«

»Wir sollten reingehen«, sagte Shevick.

Seine Frau zögerte kurz, dann drehte sie sich um und ging voraus. Drinnen sah das Haus ähnlich aus wie von außen. Alt, gut gepflegt, aber in letzter Zeit etwas vernachlässigt. Die Zimmer wirkten klein, die Flure eng. Sie betraten das Wohnzimmer, in dem es ein zweisitziges Sofa, zwei Sessel und einen Antennenanschluss, aber keinen Fernseher gab.

Mrs. Shevick fragte: »Was ist kompliziert?«

»Fisnik war nicht da«, antwortete ihr Mann. »Normalerweise sitzt er den ganzen Tag in der Bar. Aber nicht heute. Er hat mir telefonisch bestellen lassen, dass ich um sechs Uhr wiederkommen soll.«

»Wo ist das Geld also jetzt?«

»Ich hab's noch immer.«

»Wo?«

»In meiner Tasche.«

»Fisnik wird sagen, dass wir ihnen weitere tausend Dollar schulden.«

»Dieser Gentleman denkt, dass er das nicht kann.«

Die Frau schaute Reacher nochmals an, bevor sie sich an ihren Mann wandte: »Komm, wir müssen dich ein bisschen sauber machen.« Zu Reacher sagte sie: »Bitte legen Sie den Lunch in den Kühlschrank.«

Der sich als mehr oder weniger leer erwies. Reacher stand davor, zog die Tür auf und fand einen sauberen Innenraum mit nur wenigen Frischhalteboxen vor. Er legte die Tüte ins Mittelfach und ging ins Wohnzimmer zurück, um zu warten. An den Wänden hingen Familienfotos, die wie in einer Zeitschrift in kleinen Gruppen angeordnet waren. Die ältesten Fotos waren leicht verfärbte Schwarz-Weiß-Bilder in Zierrahmen. Das erste zeigte einen GI, der mit seiner jungen Frau vor diesem Haus stand. Der Mann trug eine frisch gebügelte Khakiuniform. Ein Gefreiter. Vermutlich zu jung, um im Zweiten Weltkrieg gekämpft zu haben. Vermutlich als Besatzer in Deutschland oder Japan stationiert. Vermutlich im Koreakrieg wieder eingezogen. Die Frau hatte ein wadenlanges Kleid mit Blumenmuster an. Beide lächelten. Die weiße Holzverkleidung hinter ihnen leuchtete in der Sonne. Der Garten vor dem kleinen Haus war noch nicht angelegt.

Auf dem zweiten Foto standen sie auf Rasen und hatten ein

Baby in den Armen. Das gleiche Lächeln, dieselbe Holzverkleidung. Statt Uniform trug der junge Vater eine Hose mit
hoher Taille aus einer neuen Wunderfaser und ein kurzärme-
liges weißes Hemd. Die junge Mutter hatte das Blumenkleid
gegen einen dünnen Pullover und eine Dreiviertelhose ver-
tauscht. Das Baby war in eine Wolldecke gewickelt, die nur
unscharf sein blasses Gesicht sehen ließ.

Die dritte Aufnahme zeigte diese drei schätzungsweise
acht Jahre später. Hinter ihnen verdeckte wilder Wein Teile
der Holzverkleidung. Das Gras unter ihren Füßen war dicht,
der Mann weniger knochig, etwas stärker um die Taille, etwas
breiter um die Schultern. Sein Haar war mit Brillantine zu-
rückgekämmt und nicht mehr so voll. Die Frau wirkte hübscher als früher, aber irgendwie müde wie die meisten Frauen
auf Fotos aus den fünfziger Jahren.

Bei dem vor ihnen stehenden achtjährigen Mädchen handelte es sich um Maria Shevick. Ihre Gesichtsform und der offene Blick waren unverkennbar. Sie war erwachsen, ihre Eltern
waren alt geworden und gestorben, sie hatte dieses Haus geerbt. Das vermutete Reacher. Dass er recht hatte, bewies die
nächste Gruppe von Fotos. Jetzt in verblassten Kodakfarben,
aber am selben Ort. Auf dem Rasen vor der weißen Holzverkleidung. Eine Art Tradition. Die erste Aufnahme zeigte
Mrs. Shevick mit ungefähr zwanzig Jahren neben einem gerade aufgerichteten und schlanken Mr. Shevick, ebenfalls um
die zwanzig. Ihre Gesichter waren schmal und jung und von
Schatten konturiert, ihr Lächeln wirkte breit und glücklich.

Auf dem zweiten Foto dieser Reihe hielt dasselbe Paar ein
Baby in den Armen. Es wurde von links nach rechts und in
der Reihe darunter sprunghaft größer, lernte laufen, war dann
ein Mädchen von vier, sechs und acht Jahren, während die

Shevicks zu engen Tanktops, Puffärmeln und Schlaghosen Frisuren aus den siebziger Jahren trugen.

Die nächste Reihe zeigte, wie dieses Mädchen ein Teenager, eine Highschool-Absolventin und eine junge Frau wurde. Dann eine ältere Frau. Inzwischen musste sie fast fünfzig sein, rechnete Reacher sich aus. Wie ihre Generation wohl hieß? Sie musste irgendeinen Namen haben. Heutzutage hatte jede einen.

»Ah, da sind Sie«, sagte Mrs. Shevick hinter ihm.

»Ich habe Ihre Fotos bewundert.«

»Ja«, sagte sie.

»Sie haben eine Tochter.«

»Ja«, sagte sie wieder.

Dann kam Shevick herein. Er hatte kein Blut mehr an der Oberlippe. Seine Schürfwunden glänzten von irgendeiner gelben Salbe. Sein Haar war frisch gebürstet.

Er sagte: »Kommt, wir wollen essen.«

In der Küche stand ein kleiner Tisch mit Aluminiumkanten und einer Laminatplatte, durch jahrzehntelanges Wischen trüb und stumpf, aber einst hell und glänzend. Dazu passend gab es drei Kunststoffstühle. Alles vermutlich erworben, als Maria Shevick ein kleines Mädchen gewesen war. Hier hatte sie gelernt, wie Erwachsene zu essen. Viele Jahre später bat sie jetzt Reacher und ihren Mann, sich zu setzen, legte die Sandwiches auf Porzellanteller, kippte die Chips in Schalen, goss die Limonaden in schmale hohe Gläser und legte Stoffservietten auf den Tisch. Sie nahm ebenfalls Platz und sah Reacher an.

»Sie müssen uns für sehr töricht halten«, sagte sie, »dass wir in diese Situation geraten sind.«

»Eigentlich nicht«, entgegnete Reacher. »Eher für glücklos. Oder für sehr verzweifelt. Offensichtlich hat diese Situation

Ihre letzten Reserven aufgezehrt. Sie haben Ihren Fernseher verkauft. Sicher auch vieles andere. Ich vermute, dass Sie eine Hypothek auf Ihr Haus aufgenommen haben. Aber das war alles nicht genug. Sie mussten eine weitere Geldquelle erschließen.«

»Ja«, sagte sie.

»Dafür hatten Sie bestimmt gute Gründe.«

»Ja«, wiederholte sie.

Danach schwieg sie. Ihr Mann und sie aßen langsam, einen kleinen Bissen nach dem anderen, zwei, drei Chips, einen Schluck Limonade. Als wollten sie diesen neuen Genuss auskosten. Oder weil sie fürchteten, sie könnten sich den Magen verderben. In der Küche herrschte Stille. Es gab keine vorbeifahrenden Autos, keinen Straßenlärm. Die Wände waren teils gekachelt, teils mit einer Blumentapete bedeckt, die an das Kleid von Mrs. Shevicks Mutter auf dem ersten Foto erinnerte. Der Boden bestand aus Linoleum, in dem Stilettoabsätze Vertiefungen hinterlassen hatten, die im Lauf der Zeit fast wieder eingeebnet worden waren. Herd und Kühlschrank hatte man erneuert; sie schienen aus der Zeit von Nixons Präsidentschaft zu stammen. Doch die Arbeitsplatten waren vermutlich noch original. Sie bestanden aus blassgelbem Laminat mit feinen Wellenlinien, die an ein EKG erinnerten.

Mrs. Shevick aß ihr Sandwich auf. Sie trank ihre Limonade aus. Sie nahm die letzten kleinen Stücke Kartoffelchips mit einem feuchten Zeigefinger auf. Sie tupfte ihre Lippen mit der Serviette ab. Sie sah zu Reacher hinüber.

Sie sagte: »Danke.«

Er sagte: »Bitte sehr.«

»Sie denken, dass Fisnik keine weiteren tausend Dollar verlangen kann.«

»Ich glaube, dass er kein Recht dazu hat. Ob er's tut, steht auf einem anderen Blatt.«

»Ich denke, wir werden zahlen müssen.«

»Ich bin gern bereit, das mit dem Mann zu diskutieren. In Ihrem Auftrag. Wenn Sie möchten. Ich könnte verschiedene Argumente vorbringen.«

»Und Sie wären bestimmt überzeugend. Aber mein Mann hat mir erzählt, dass Sie sich nur auf der Durchreise befinden. Morgen sind Sie nicht mehr hier. Wir aber schon. Zahlen ist vermutlich sicherer.«

Aaron Shevick sagte: »Wir haben das Geld nicht.«

Seine Frau gab keine Antwort. Sie spielte mit den Ringen an ihrem Finger. Sicher unbewusst. Sie hatte einen schmalen goldenen Ehering und einen kleinen Brillantring. Reacher konnte sich vorstellen, dass sie ans Leihhaus dachte. Vermutlich in einer schäbigen Straße in der Nähe des Busbahnhofs. Aber für tausend Bucks würde sie mehr als einen Ehering und einen kleinen Solitär brauchen. Vielleicht hatte sie noch etwas Schmuck von ihrer Mutter. In einer Kommodenschublade mit weiteren kleinen Erbstücken von Onkeln und Tanten: Broschen und Nadeln, Uhrketten und Manschettenknöpfe.

Sie sagte: »Diese Brücke überqueren wir, wenn wir sie erreichen. Vielleicht ist er vernünftig. Vielleicht verlangt er keinen Aufschlag.«

Ihr Mann sagte: »Das sind keine vernünftigen Leute.«

Reacher fragte ihn: »Haben Sie dafür direkte Beweise?«

»Nur indirekte«, antwortete Shevick. »Ganz zu Anfang hat Fisnik mir die verschiedenen Strafen erläutert. Er hatte Fotos und ein kurzes Video auf seinem Handy. Ich musste es mir ansehen. Daher haben wir uns mit keiner Zahlung verspätet. Jedenfalls bis heute nicht.«

»Haben Sie je daran gedacht, zur Polizei zu gehen?«

»Natürlich. Aber wir haben den Vertrag freiwillig geschlossen. Wir haben uns Geld von ihnen geliehen. Wir haben ihre Bedingungen akzeptiert. Ich hatte auf Fisniks Handy gesehen, welche Strafen es gibt. Insgesamt war uns das zu riskant.«

»Bestimmt klug«, sagte Reacher, obwohl er es nicht so meinte. Er rechnete sich aus, dass Fisnik statt Vertragstreue einen Kinnhaken brauchte. Und er musste vielleicht mit dem Gesicht auf seinen Ecktisch geknallt werden. Andererseits war Reacher weder siebzig noch gebrechlich noch halb verhungert. Bestimmt klug.

Mrs. Shevick sagte: »Wo wir stehen, wissen wir um sechs Uhr.«

Den ganzen Nachmittag lang schnitten sie dieses Thema nicht wieder an. Das war eine Art unausgesprochener Vereinbarung. Stattdessen machten sie höflich Konversation, indem sie Biografien austauschten. Mrs. Shevick hatte das Haus tatsächlich von ihren Eltern geerbt, die es damals unbesehen über die GI Bill gekauft hatten, weil auch sie sich dem Nachkriegsdrang zur Mittelschicht nicht entziehen konnten. Wie der Rasen auf dem Foto zeigte, war sie selbst ein Jahr später geboren worden und hier groß geworden; dann waren ihre Eltern gestorben, und sie hatte im selben Jahr ihren späteren Mann kennengelernt. Er war Feinmechaniker, hoch spezialisiert, in der Nähe aufgewachsen. Ein wichtiger Beruf, sodass man ihn nicht einzog und nach Vietnam schickte. Genau wie ihre Eltern zuvor bekamen sie binnen eines Jahres eine Tochter, die hier in zweiter Generation aufwuchs. Sie war gut in der Schule, bekam einen ordentlichen Job. Nie verheiratet, also leider keine Enkel. Reacher fiel auf, wie ihr Tonfall sich veränderte, je näher die Story der Gegenwart kam. Ihre Stimme klang ausdrucksloser, gepresster, als gäbe es Dinge, die nicht ausgesprochen werden durften.

Die Uhr in seinem Kopf sprang auf 17.00 Uhr um. Eine Meile bedeutete eine Viertelstunde für ihn und zwanzig Minuten für die meisten Leute, aber bei Shevicks Tempo würden sie fast eine Stunde brauchen.

»Wir müssen los«, sagte er.

5

Reacher half Shevick wieder vom Randstein hinunter, über die Straße, den Randstein hinauf und über den Gehsteig bis zum Eingang der Bar. Auch diesmal ging er als Erster hinein. Aus demselben Grund wie zuvor. Ein Unbekannter, der unmittelbar vor der Zielperson hereinkam, wurde unbewusst zehnmal weniger mit ihr in Verbindung gebracht als ein Unbekannter, der gleich nach ihr eintrat. Das lag in der menschlichen Natur. Überwiegend Bullshit, aber ab und zu war doch ein Treffer dabei.

Hinter der Theke stand derselbe fette Kerl. Außer ihm waren jetzt neun Gäste anwesend. Zwei Paare und fünf Einzelgänger, die allein an separaten Tischen saßen. Einer von ihnen hatte schon vor sechs Stunden dagehockt. Zu den einzelnen Gästen gehörte auch eine Frau von etwa achtzig Jahren. Sie hielt ein Glas mit einer klaren Flüssigkeit zwischen den Händen. Vermutlich kein Wasser.

An dem Vierertisch in der hinteren Ecke saß ein Mann.

Eine große, massige Gestalt, ungefähr vierzig und so blass, dass sein Gesicht im Halbdunkel zu leuchten schien. Er hatte helle Augen und bleiche Augenbrauen. Sein maisgelbes Haar war so kurz geschnitten, dass es glitzerte. Seine dicken weißen Handgelenke ruhten auf der Tischkante, und weiße Pranken lagen auf einem großen schwarzen Kassenbuch. Zu einem schwarzen Anzug trug er ein weißes Oberhemd und eine schwarze Seidenkrawatte. Unter dem Kragen lugte eine Tätowierung hervor. Irgendein Wort in unbekannter Schrift. Vermutlich Kyrillisch.

Reacher setzte sich, ohne etwas zu bestellen. Eine Minute später kam Shevick hereingehinkt. Er sah wieder zu dem Tisch in der hinteren rechten Ecke. Blieb wieder überrascht stehen. Dann ließ er sich an dem freien Vierertisch neben Reachers Tisch nieder.

Er flüsterte: »Das ist nicht Fisnik.«

»Bestimmt nicht?«

»Fisnik hat einen dunklen Teint und schwarzes Haar.«

»Haben Sie diesen Kerl schon mal gesehen?«

»Nie. Immer nur Fisnik.«

»Vielleicht ist er indisponiert und hat deshalb angerufen. Er musste einen Ersatzmann schicken, was nicht vor sechs Uhr möglich war.«

»Vielleicht.«

Reacher sagte nichts.

»Was?«, flüsterte Shevick.

»Sie haben den Mann wirklich noch nie gesehen?«

»Warum?«

»Weil er Sie dann auch nicht kennt. Er hat nur einen Eintrag in seinem Buch.«

»Worauf wollen Sie hinaus?«

»Ich könnte Sie sein. Ich könnte Sie vertreten, den Kerl auszahlen und alle Details regeln.«

»Falls er mehr verlangt, meinen Sie?«

»Ich könnte versuchen, ihm das auszureden. Die meisten Leute tun letztlich doch das Richtige. Das ist meine Erfahrung.«

Diesmal schwieg Shevick.

»Eines muss ich allerdings wissen«, sagte Reacher. »Sonst stehe ich blöd da.«

»Was denn?«

»Ist damit Schluss? Zweiundzwanzigeinhalb, und Sie sind schuldenfrei?«

»Ja das sind wir ihnen schuldig.«

»Her mit dem Umschlag«, sagte Reacher.

»Das ist verrückt!«

»Sie hatten einen anstrengenden Tag. Ruhen Sie sich jetzt aus.«

»Was Maria gesagt hat, stimmt. Sie sind morgen nicht mehr hier.«

»Ich hinterlasse Ihnen kein Problem. Der Kerl stimmt zu oder eben nicht. Tut er's nicht, sind Sie auch nicht schlimmer dran. Aber das müssen Sie entscheiden. Mir ist beides recht. Ich suche keinen Streit. Ein ruhiges Leben ist mir lieber. Aber ich könnte Ihnen den Weg nach dort hinten abnehmen. Ihr Knie braucht Schonung, denke ich.«

Shevick saß lange stumm und unbeweglich da. Dann gab er Reacher den Umschlag. Er zog ihn aus der Tasche und schob ihn verstohlen über den Tisch. Reacher griff danach. Dick und prall. Schwer. Er steckte ihn ein.

»Warten Sie hier«, sagte er.

Er stand auf und machte sich auf den Weg zur rechten hinteren Ecke. Er hielt sich für einen im 20. Jahrhundert geborenen und im 21. Jahrhundert lebenden modernen Menschen, aber er wusste auch, dass es in seinem Kopf eine Verbindung zur primitiven Vergangenheit des Menschen gab, in der über Hunderttausende von Jahren hinweg jedes Lebewesen ein Räuber oder Rivale hatte sein können, der augenblicklich richtig eingeschätzt und beurteilt werden musste. Wer war der Überlegene? Wer würde sich unterwerfen müssen?

Was da an dem Ecktisch saß, würde eine Herausforderung sein. Falls es dazu kam. Falls die Diskussion ins Tätliche abglitt. Keine kolossale Herausforderung. Irgendwo zwischen groß und klein. Der Mann würde technisch schlechter sein, wenn er nicht auch in der U.S. Army gedient hatte, die die schmutzigsten Nahkampftricks der Welt lehrte, auch wenn sie das nie zugeben würde. Andererseits war der Kerl groß, etliche Jahre jünger und bestimmt kein heuriger Hase. Er sah nicht aus, als würde er sich leicht einschüchtern lassen. Er sah aus, als wäre er's gewöhnt, Sieger zu bleiben. Der atavistische Teil von Reachers Gehirn registrierte das alles und löste Alarmstufe Gelb aus, aber er ging trotzdem weiter. Der Kerl hinter dem Tisch beobachtete ihn seinerseits, um zu einer Beurteilung zu gelangen. Wer war der Überlegene? Er wirkte ziemlich zuversichtlich. Als schätzte er seine Chancen gut ein.

Reacher nahm auf dem Stuhl Platz, auf dem sechs Stunden zuvor Shevick gesessen hatte. Auf dem Besucherstuhl. Aus der Nähe betrachtet schien der Kerl im Chefsessel doch etwas älter zu sein. Eher Mitte vierzig. In leitender Position. Ein Mann von Substanz, aber der gewichtige Eindruck litt unter seiner geisterhaften Blässe. Die war das Auffälligste an ihm. Und seine Tätowierung, die amateurhaft aussah. Gefängnisarbeit. Vermutlich aus keinem amerikanischen Gefängnis.

Der Kerl griff nach dem Kassenbuch, schlug es auf und stellte es vor sich auf die Tischplatte. Wie ein Kartenspieler, der sein Blatt fast an die Brust drückt, hatte er Mühe, darin zu lesen.

Er fragte: »Wie heißen Sie?«

»Wie heißen *Sie?*«, fragte Reacher.

»Mein Name spielt keine Rolle.«

»Wo ist Fisnik?«

»Fisnik ist abgelöst worden. Was Sie ihm schuldig waren, schulden Sie jetzt mir.«

»Das genügt mir nicht«, sagte Reacher. »Dies ist eine wichtige Transaktion. Hier geht's um viel Geld. Fisnik hat mir Geld geliehen, und ich muss es ihm zurückzahlen.«

»Ich habe Ihnen gesagt, dass Fisnik abgelöst worden ist. Fisniks Klienten sind jetzt meine. Schulden Sie Fisnik Geld, schulden Sie's jetzt mir. So einfach ist das. Wie heißen Sie also?«

Reacher sagte: »Aaron Shevick.«

Der Kerl sah mit zusammengekniffenen Augen in sein Kassenbuch.

Er nickte.

Er fragte: »Ist dies eine Abschlusszahlung?«

»Bekomme ich eine Quittung?«, fragte Reacher.

»Hat Fisnik Quittungen ausgestellt?«

»Sie sind nicht Fisnik. Ich weiß nicht mal Ihren Namen.«

»Mein Name ist nicht wichtig.«

»Für mich schon. Ich muss wissen, an wen ich zahle.«

Der Mann tippte sich mit einem geisterhaft bleichen Finger an die Schläfe.

»Ihre Quittung ist hier«, sagte er. »Mehr brauchen Sie nicht zu wissen.«

»So riskiere ich, dass Fisnik morgen hinter mir her ist.«

»Ich hab's Ihnen schon zweimal gesagt: Gestern haben Sie Fisnik gehört, heute gehören Sie mir. Auch morgen gehören

Sie noch mir. Fisnik ist Geschichte. Fisnik gibt's nicht mehr. Manche Dinge ändern sich eben. Wie viel schulden Sie mir?«

»Das weiß ich nicht«, entgegnete Reacher. »Ich habe mich darauf verlassen, dass Fisnik mir das sagen würde. Er hatte eine Formel.«

»Welche Formel?«

»Für Gebühren und Strafen und Zuschläge. Auf den nächsten Hunderter aufgerundet plus weitere fünfhundert als Verwaltungsgebühr. Das war seine Regel. Ich habe sie nie ganz verstanden, aber er sollte nicht glauben, dass ich ihm was abhandeln wollte. Ich habe lieber gezahlt, was er verlangt hat. Das war sicherer.«

»Wie viel sollte es Ihrer Meinung nach sein?«

»Diesmal?«

»Als Ihre Abschlusszahlung.«

»Ich möchte nicht, dass Sie glauben, ich wollte Ihnen was abhandeln. Nicht wenn Sie Fisniks Geschäft geerbt haben. Ich gehe davon aus, dass die Bedingungen bleiben.«

»Nennen Sie mir beide Zahlen«, sagte der Kerl. »Womit Sie rechnen und was sich nach Fisniks Formel ergeben würde. Vielleicht haben Sie Glück, und wir teilen uns den Unterschied. Als Einführungsangebot.«

»Ich rechne mit achthundert Dollar«, sagte Reacher. »Aber Fisnik würde vermutlich auf vierzehnhundert kommen. Sie wissen schon: Auf den nächsten Hunderter aufgerundet plus fünfhundert Verwaltungsgebühr.«

Der Kerl sah mit zusammengekniffenen Augen in sein Kassenbuch.

Er nickte langsam, weise, vollkommen einverstanden.

»Aber ohne Rabatt«, sagte er. »Ich habe mich dagegen entschieden. Ich nehme die vollen vierzehnhundert.«

Er klappte das Buch zu und legte es flach auf den Tisch.

Reacher griff in seine Tasche, steckte den Daumen in den Umschlag und zählte vierzehn Hunderter von Shevicks Geld ab. Er schob sie dem Kerl hin, der sie mit geübten Fingern nachzählte, zusammenfaltete und einsteckte.

»Sind wir jetzt quitt?«, fragte Reacher.

»Voll und ganz.«

»Quittung?«

Der Kerl tippte sich nochmals an die Schläfe.

»Verschwinden Sie jetzt«, sagte er. »Bis zum nächsten Mal.«

»Bis wann?«, fragte Reacher.

»Bis Sie den nächsten Kredit brauchen.«

»Hoffentlich nie wieder.«

»Loser wie Sie brauchen immer einen. Sie wissen, wo Sie mich finden können.«

Reacher schwieg einen Moment.

»Ja«, sagte er dann, »das weiß ich. Verlassen Sie sich drauf.«

Er blieb noch einen Augenblick länger sitzen, dann stand er auf und ging langsam weg, ohne nach links oder rechts zu sehen, durch die Tür auf den Gehsteig hinaus.

Eine Minute später kam Shevick hinter ihm hergehinkt.

»Wir müssen miteinander reden«, sagte Reacher.

6

Shevick hatte noch ein Handy. Er habe es nicht verkauft, sagte er, weil ein altes Klapphandy nahezu wertlos sei. Außerdem brauche er es manchmal wirklich. Reacher erklärte ihm, dies sei eine dieser Gelegenheiten. Er forderte ihn auf, ein Taxi zu rufen. Shevick protestierte, er könne sich keines leisten. Reacher versicherte ihm, dieses eine Mal könne er sich ein Taxi leisten.

Der Wagen, der vorfuhr, war ein klappriger alter Crown Vic mit abplatzendem orangerotem Lack, einem Suchscheinwerfer an der A-Säule und einem Taxischild mit Magnetfuß auf dem Dach. Optisch kein ansprechendes Fahrzeug. Aber es funktionierte. Es schaukelte sie eine Meile weit zu Shevicks Haus und setzte sie dort ab. Reacher stützte Shevick auf dem schmalen Weg zur Haustür. Auch diesmal ging sie auf, bevor der Mann seinen Schlüssel ins Schloss stecken konnte. Auf Mrs. Shevicks Gesicht standen stumme Fragen. Ein Taxi? Wegen deines Knies? Warum ist der große Mann dann wieder mitgekommen?

Und vor allem: Schulden wir ihnen weitere tausend Dollar?

»Es ist wieder kompliziert«, sagte Shevick.

Sie gingen in die Küche. Der Herd war kalt. Also kein Abendessen. Sie hatten heute schon mal gegessen. Als sie alle am Küchentisch saßen, erzählte Shevick seinen Teil der Geschichte. Kein Fisnik. Stattdessen ein Ersatzmann. Ein finsterer blasser Unbekannter mit einem schwarzen Buch. Dann Reachers Angebot, seine Rolle zu übernehmen.

Mrs. Shevick starrte Reacher an.

Der sagte: »Ich bin mir ziemlich sicher, dass er ein Ukrainer war. Er hatte ein Häftlingstattoo am Hals. Eindeutig in kyrillischer Schrift.«

»Ich glaube nicht, dass Fisnik ein Ukrainer war«, entgegnete Mrs. Shevick. »Fisnik ist ein albanischer Name. Ich habe ihn in der Bibliothek nachgeschlagen.«

»Er hat gesagt, Fisnik sei abgelöst worden. Er hat gesagt, Fisniks Klienten seien jetzt seine. Er hat gesagt, wer Fisnik

Geld schulde, schulde es jetzt ihm. Er hat dieselbe Information mehrmals wiederholt. So einfach ist das, hat er gesagt.«

»Wollte er weitere tausend Dollar?«

»Er hat das offene Kassenbuch so dicht vor sich gehalten, dass er kaum hineinsehen konnte. Das war mir anfangs ein Rätsel. Ich dachte, ich sollte die Eintragungen nicht sehen können. Als er nach meinem Namen fragte, habe ich Aaron Shevick gesagt. Er hat in sein Buch geschaut und genickt. Das ist mir komisch vorgekommen.«

»Warum?«

»Wie wahrscheinlich ist's, dass er gerade den Buchstaben S erwischt hatte? Eins zu sechsundzwanzig. Möglich, aber unwahrscheinlich. Also sollte ich vermutlich nicht sehen, was in dem Buch stand, sondern was nicht darin stand. Weil es leer war. Das war meine Vermutung. Dann hat er sie damit bewiesen, dass er fragte, wie viel ich schuldig bin. Das wusste er nicht. Er hatte Fisniks altes Kassenbuch nicht. Dies war ein neues leeres Buch.«

»Was bedeutet das alles?«

»Es bedeutet, dass dies keine routinemäßige interne Reorganisation war. Sie haben Fisnik nicht auf die Bank gesetzt und einen Ersatzmann auf den Platz geschickt. Das war eine feindliche Übernahme von außen. Das gesamte Management ist ausgewechselt worden. Ich habe mir noch mal durch den Kopf gehen lassen, was der Kerl gesagt und wie er sich ausgedrückt hat. Er hat keinen Zweifel daran gelassen, dass hier Leute von außen reindrängen.«

»Augenblick!«, sagte Mrs. Shevick. »Ich habe da was im Radio gehört. Letzte Woche, glaube ich. Wir bekommen einen neuen Polizeichef. Er sagt, dass es in der Stadt rivalisierende ukrainische und albanische Banden gibt.«

Reacher nickte.

»Da haben Sie's«, erklärte er. »Die Ukrainer übernehmen einen Teil der Geschäfte der Albaner. Daher haben Sie's jetzt mit neuen Leuten zu tun.«

»Wollten *sie* die zusätzlichen tausend Dollar?«

»Diese Leute blicken nach vorn, nicht in die Vergangenheit zurück. Sie sind bereit, Fisniks alte Darlehen abzuschreiben. Ganz oder teilweise. Ihnen bleibt gar nichts anderes übrig. Sie wissen nicht, wie viel die Leute schuldig sind. Diese Informationen haben sie nicht. Und wieso sollten sie die Altschulden nicht abschreiben? Das war schließlich nicht ihr Geld. Sie wollen seine Kunden, sonst nichts. Mit diesen Leuten wollen sie zukünftig Geschäfte machen.«

»Haben Sie den Mann bezahlt?«

»Er wollte wissen, was ich schuldig bin, und ich habe riskiert, vierzehnhundert Dollar zu sagen. Er hat in sein leeres Kassenbuch gesehen und feierlich genickt. Also habe ich ihm vierzehnhundert Dollar gezahlt, und er hat mir auf Nachfrage bestätigt, dass wir quitt sind.«

»Wo ist das restliche Geld?«

»Hier«, sagte Reacher. Er zog den Umschlag aus der Tasche. Kaum dünner als zuvor. Noch immer mit zweihundertelf Scheinen. Zwanzigtausendeinhundert Dollar. Er legte ihn gleich weit von allen entfernt in die Tischmitte. Shevick und seine Frau starrten ihn schweigend an.

Reacher sagte: »Wir leben in einem Universum der Zufälle. Alle Jubeljahre einmal entwickeln die Dinge sich zum Guten. Wie jetzt. Jemand hat einen Bandenkrieg angefangen, und Sie sind das exakte Gegenteil von einem Kollateralschaden.«

Shevick entgegnete: »Nicht, wenn Fisnik nächste Woche aufkreuzt und dies alles plus sieben Mille Aufgeld verlangt.«

»Das tut er nicht«, meinte Reacher. »Fisnik ist abgelöst worden. Wenn ein ukrainischer Gangster mit einem Häftlingstattoo das sagt, ist er ziemlich sicher tot. Oder sonst wie außer Gefecht. Er kommt weder nächste Woche noch sonst irgendwann. Und Sie sind mit dem neuen Kerl quitt. Das hat er selbst gesagt. Ihnen kann nichts mehr passieren.«

Danach herrschte lange Schweigen.

Mrs. Shevick sah Reacher an.

»Ich danke Ihnen«, sagte sie.

In diesem Augenblick klingelte Shevicks Handy. Er hinkte in die Diele hinaus, um den Anruf entgegenzunehmen. Reacher hörte ein leises, blechernes Quäken aus dem Lautsprecher. Eine Männerstimme, dachte er. Was gesagt wurde, war nicht zu verstehen. Irgendwelche ausführlichen Informationen. Er hörte Shevick antworten: laut und deutlich, nur drei Meter entfernt, etwas Zustimmendes murmelnd, das müde resigniert und nicht überrascht, aber trotzdem enttäuscht klang. Dann stellte Shevick eine unmissverständliche Frage.

Er fragte: »Wie viel?«

Das blecherne Quäken antwortete.

Shevick klappte sein Handy zu. Er blieb einen Augenblick stehen, dann hinkte er in die Küche zurück und setzte sich wieder an den Tisch. Er faltete die Hände vor sich. Er betrachtete den Geldumschlag schmerzlich lächelnd. Gleich weit von allen entfernt. Mitten auf dem Tisch.

Er sagte: »Sie brauchen weitere vierzigtausend Dollar.«

Seine Frau schloss die Augen und schlug die Hände vors Gesicht.

Reacher fragte: »Wer braucht die?«

»Nicht Fisnik«, antwortete Shevick. »Auch nicht die Ukrainer. Keiner von ihnen. Dies ist das andere Ende der Geschichte.

Der eigentliche Grund dafür, dass wir uns Geld leihen mussten.«

»Werden Sie erpresst?«

»Nein, nichts in dieser Richtung. Ich wollte, es wäre so einfach. Ich kann nur sagen, dass es Rechnungen gibt, die wir bezahlen müssen. Eine ist gerade fällig geworden. Jetzt müssen wir weitere vierzigtausend Dollar auftreiben.« Er sah wieder den Umschlag an. »Dank Ihrer Bemühungen haben wir schon einen Teil davon.« Er rechnete im Kopf nach. »Theoretisch müssen wir weitere achtzehntausendneunhundert Dollar auftreiben.«

»Bis wann?«

»Morgen früh.«

»Können Sie das?«

»Ich könnte weitere achtzehn Cent finden.«

»Warum so schnell?«

»Manche Dinge können nicht warten.«

»Was wollen Sie tun?«

Shevick gab keine Antwort.

Seine Frau nahm die Hände vom Gesicht.

»Wir müssen uns das Geld leihen«, sagte sie. »Was bleibt uns anderes übrig?«

»Von wem?«

»Von dem Mann mit dem Häftlingstattoo«, sagte sie. »Von wem sonst? Wir sind schon überall verschuldet.«

»Können Sie's zurückzahlen?«

»Diese Brücke überqueren wir, wenn wir sie erreichen.«

Keiner sprach.

Reacher sagte: »Tut mir leid, dass ich Ihnen nicht mehr helfen kann.«

Mrs. Shevick schaute ihn an.

»Doch, das können Sie«, sagte sie.

»Kann ich das?«

»Sie müssen sogar.«

»Muss ich das?«

»Der Mann mit dem Häftlingstattoo hält Sie für Aaron Shevick. Sie müssen unser Geld von ihm holen.«

7

Sie diskutierten eine weitere halbe Stunde darüber. Reacher und die Shevicks, hin und her. Bestimmte Tatsachen standen frühzeitig fest. Fixpunkte. Ausschlusskriterien. Sie brauchten das Geld unbedingt. Keine Frage. Keine Debatte. Sie brauchten es absolut bis zum Morgen. Kein Spielraum. Keine Flexibilität.

Sie wollten absolut nicht sagen, warum.

Ihre Ersparnisse waren weg. Ihr Haus war weg. Sie hatten es vor Kurzem gegen lebenslängliches Wohnrecht verkauft. Es gehörte nun der Bank. Der Verkaufserlös war bereits ausgegeben. Ihre Kreditkarten waren ausgereizt und gesperrt. Sie hatten ihre Sozialversicherung beliehen. Sie hatten ihre Lebensversicherung verkauft und ihr Festnetztelefon abgemeldet. Nachdem nun auch ihr Auto weg war, besaßen sie nichts Wertvolles mehr. Übrig waren nur ein paar billige Schmuckstücke, eigene und geerbte: fünf schmale Eheringe aus 585er-Gold, drei kleine Brillantringe und eine vergoldete Armbanduhr mit einem Sprung im Glas. Reacher schätzte, dass der warmherzigste Pfandleiher der Welt ihnen an einem Glückstag vielleicht zweihundert Dollar dafür geben würde. Bestimmt nicht mehr. Und an einem Unglückstag vielleicht nur hundert. Nicht mal ein Tropfen auf den heißen Stein.

Sie erzählten, sie seien vor fünf Wochen erstmals bei Fisnik gewesen. Seinen Namen hatten sie von einer Nachbarin bekommen. Gerüchteweise erwähnt, nicht als Empfehlung. Irgendeine Art Skandal. Eine reißerische Geschichte über die Frau eines Verwandten eines anderen Nachbarn, die sich von einem Gangster in einer Bar Geld geliehen hatte. Von einem Mann namens Fisnik, man stelle sich das vor! Shevick hatte den Suchradius durch scheinbar harmlose Nachfragen eingeengt und angefangen, die Bars in dem betreffenden Gebiet abzuklappern: schüchtern, errötend, verlegen, angestarrt, überall nach einem gewissen Fisnik fragend, bis ein fetter Kerl in der vierten Bar sarkastisch mit dem Daumen auf einen Ecktisch gewiesen hatte.

Reacher fragte: »Wie ist's abgelaufen?«

»Sehr einfach«, sagte Shevick. »Ich bin an seinen Tisch getreten und habe dort gestanden, während er mich begutachtet hat. Dann hat er mir ein Zeichen gemacht, ich solle mich setzen, und ich hab's getan. Anfangs bin ich um den heißen Brei rumgeschlichen, aber dann habe ich mir ein Herz genommen und gesagt: Also, ich brauche Geld und habe gehört, dass Sie welches verleihen. Er wollte wissen, wie viel, und ich hab's ihm gesagt. Er hat mir die Vertragsbedingungen erklärt. Er hat mir Fotos gezeigt. Ich habe mir das Video angesehen. Ich habe ihm meine Kontonummer genannt. Zwanzig Minuten später war das Geld auf meiner Bank. Es ist von irgendwoher über eine Firma in Delaware überwiesen worden.«

»Ich dachte an einen Umschlag voller Geldscheine«, sagte Reacher.

»Zurückzahlen mussten wir das Geld in bar.«

Reacher nickte.

»Zwei Dinge auf einmal«, sagte er. »Wucherzinsen und Geldwäsche. Sie haben schmutziges elektronisches Geld überwiesen und sauberes Bargeld von der Straße zurückbekommen. Und üppige Zinsen obendrauf. Bei Geldwäsche verliert man meist einen bestimmten Prozentsatz, statt Zinsen zu bekommen. Echt clever, diese Jungs!«

»Den Eindruck hatten wir auch.«

»Glauben Sie, dass die Ukrainer besser oder schlimmer sein werden?«

»Schlimmer, denke ich. Das Gesetz des Dschungels scheint sich schon durchzusetzen.«

»Wie wollen Sie das Geld jemals zurückzahlen?«

»Das ist ein Problem von morgen.«

»Sie haben nichts mehr zu veräußern.«

»Vielleicht ergibt sich irgendwas.«

»In Ihren Träumen.«

»Nein, in der Realität. Wir warten auf etwas. Wir haben Grund zu der Annahme, dass es sehr bald eintreten wird. Wir müssen nur durchhalten, bis es so weit ist.«

Sie wollten absolut nicht sagen, worauf sie warteten.

Zwanzig Minuten später trat Reacher leichtfüßig vom Randstein und überquerte mit raschen Schritten die Straße und den jenseitigen Gehsteig und zog die Eingangstür der Bar auf. Drinnen schien es heller zu sein als zuvor, weil es draußen dunkler war, und der Lärmpegel war etwas höher, weil sich jetzt mehr Gäste dort aufhielten, darunter fünf Männer, die sich an einem Vierertisch drängten und alte Erinnerungen aufwärmten.

Der blasse Kerl saß immer noch an seinem Ecktisch.

Reacher ging auf ihn zu. Der blasse Kerl beobachtete ihn unentwegt. Reacher nahm sich etwas zurück. Hier gab es Konventionen zu befolgen. Geldverleiher und Bittsteller. Er versuchte, sich unbefangen zu bewegen, ohne irgendwie bedrohlich zu wirken. Er setzte sich auf denselben Stuhl wie zuvor.

Der blasse Kerl sagte: »Aaron Shevick, richtig?«

»Ja«, sagte Reacher.

»Was führt Sie so bald wieder her?«

»Ich brauche einen Kredit.«

»Schon? Sie haben mich eben erst ausgezahlt.«

»Bei mir hat sich etwas ergeben.«

»Sehen Sie«, meinte der Kerl, »Loser wie Sie kommen immer zurück.«

»Ja, ich weiß«, sagte Reacher.

»Wie viel brauchen Sie?«

»Achtzehntausendneunhundert Dollar«, sagte Reacher.

Der blasse Kerl schüttelte den Kopf.

»Nicht zu machen«, sagte er.

»Warum nicht?«

»Das ist ein zu großer Schritt im Vergleich von den achthundert beim letzten Mal.«

»Vierzehnhundert.«

»Sechshundert davon waren Gebühren und Aufgeld. Gekriegt haben Sie nur achthundert.«

»Das war damals. Heute ist heute. So viel brauche ich.«

»Tilgen Sie verlässlich?«

»Bisher immer«, antwortete Reacher. »Fragen Sie Fisnik.«

»Fisnik ist Geschichte«, sagte der Kerl.

Sonst nichts.

Reacher wartete.

Dann sagte der blasse Kerl: »Vielleicht kann ich Ihnen doch

helfen. Aber ich würde ein Risiko eingehen, müssen Sie wissen, das sich im Preis widerspiegeln müsste. Wären Sie mit diesem Szenario einverstanden?«

»Ich denke schon«, erwiderte Reacher.

»Und ich muss Ihnen sagen, dass ich jemand bin, der gern in runden Zahlen denkt. Achtzehn-neun sind nichts für mich. Wir müssten zwanzig sagen. Dann würde ich elfhundert als Verwaltungsgebühr aufschlagen. Sie bekämen genau den Betrag, den Sie brauchen. Möchten Sie die Zinssätze hören?«

»Ich denke schon«, wiederholte Reacher.

»Seit Fisniks Ära hat sich einiges verändert. Wir leben in einem Zeitalter der Innovation. Wir sind zu dynamischer Preisgestaltung übergegangen. Der Zins steigt oder fällt je nach Angebot und Nachfrage, aber auch unser Eindruck von dem Kunden ist wichtig. Ist er verlässlich? Können wir ihm vertrauen? Fragen dieser Art.«

»Wo stehe ich dann?«, fragte Reacher. »Oben oder unten?«

»Mit Ihnen fange ich lieber ganz oben an, bei den schlimmsten Risiken. Tatsächlich mag ich Sie nicht besonders, Aaron Shevick. Bei Ihnen habe ich kein gutes Gefühl. Sie nehmen zwanzig mit, Sie bringen mir in einer Woche von heute fünfundzwanzig. Danach sind pro Woche oder angefangener Woche fünfundzwanzig Prozent fällig. Und eine Verspätungsgebühr von tausend Dollar pro Tag oder angefangenem Tag. Nach dem ersten Termin ist der Gesamtbetrag auf Anforderung sofort fällig. Können oder wollen Sie nicht zahlen, müssen Sie mit höchst unerfreulichen Konsequenzen rechnen. Das alles sollte Ihnen vorher klar sein. Ich muss hören, wie Sie's mit eigenen Worten bestätigen. Diese Dinge kann man nicht zu Papier bringen und unterschreiben lassen. Ich habe Fotos, die Sie sich ansehen müssen.«

»Klasse«, sagte Reacher.

Der Kerl tippte auf seinem Smartphone herum und gab es Reacher dann quer, als wollte er ihm Landschaften, keine Porträts zeigen, was passend war, weil alle Dargestellten lagen. Die meisten waren in einem schimmligen Kellerloch mit Gewebeband an ein eisernes Bettgestell gefesselt. Manchen hatte man die Augäpfel mit einem Löffel herausgehebelt, und andere wiesen tiefe Schnitte von einer Elektrosäge auf. Wieder andere hatten Brandwunden von einem Lötkolben, und manche waren mit Akkuschraubern, die noch in ihrem Fleisch steckten, angebohrt worden.

Scheußliche Bilder.

Doch nicht das Schlimmste, was Reacher in seinem Leben gesehen hatte.

Aber vielleicht die schlimmste Zusammenstellung auf einem einzigen Smartphone.

Reacher gab das Handy zurück. Der Kerl tippte wieder darauf herum, bis er dort war, wo er sein wollte. Jetzt wurde es ernst.

Er fragte: »Verstehen Sie die Vertragsbedingungen?«

»Ja«, antwortete Reacher.

»Sind Sie damit einverstanden?«

»Ja«, antwortete Reacher.

»Bankkonto?«

Reacher nannte ihm Shevicks Bankkonto. Der Kerl gab die Ziffern auf seinem Display ein, dann tippte er auf ein großes grünes Quadrat rechts unten. Auf den Sendeknopf.

Er sagte: »Das Geld ist in zwanzig Minuten auf Ihrem Konto.«

Dann rief er den Kameramodus auf, hob plötzlich das Smartphone und knipste ein Bild von Reacher.

Er sagte: »Danke, Mr. Shevick. War mir ein Vergnügen. Ich erwarte Sie also in genau einer Woche.«

Dabei tippte er sich mit einem knochenweißen Finger erneut an die Schläfe. Wie um zu zeigen, wo alles gespeichert war. Eine irgendwie bedrohliche Geste.

Und wenn schon, dachte Reacher.

Er stand auf und ging in die Dunkelheit hinaus. Am Randstein stand eine Limousine. Ein schwarzer Lincoln mit laufendem Motor und einem Fahrer, der sich am Steuer sitzend entspannte, wie es wartende Chauffeure immer tun, wenn sie Pause haben.

Außerhalb der Limousine wartete ein weiterer Mann an der hinteren rechten Tür lehnend. Er war wie der Fahrer angezogen. Und wie der Kerl in der Bar. Schwarzer Anzug, weißes Oberhemd, schwarze Seidenkrawatte. Wie eine Uniform. Er sah aus, wie der Kerl am Ecktisch nach etwa einem Monat in der Sonne ausgesehen hätte. Bleich, aber nicht auffällig blass. Er hatte einen blonden Bürstenhaarschnitt und eine schiefe Boxernase und vernarbte Augenbrauen. Kein guter Kämpfer, sagte Reacher sich. Musste offenbar viel einstecken.

Der Mann fragte: »Sind Sie Shevick?«

Reacher fragte: »Wer will das wissen?«

»Die Leute, von denen Sie sich eben Geld geliehen haben.«

»Sie scheinen schon zu wissen, wer ich bin.«

»Wir fahren Sie jetzt nach Hause.«

»Und wenn ich nicht will?«, fragte Reacher.

»Das gehört zu dem Deal«, antwortete der Kerl.

»Zu welchem Deal?«

»Wir müssen wissen, wo Sie wohnen.«

»Warum?«

»Rückversicherung.«

»Schlagen Sie im Telefonbuch nach.«

»Das haben wir schon getan.«

»Und?«

»Sie stehen nicht im Telefonbuch. Sie besitzen keine Immobilie.«

Reacher nickte. Die Shevicks hatten ihr Festnetztelefon gekündigt. Und ihr Häuschen gehörte jetzt der Bank.

Der Kerl sagte: »Also müssen wir Ihnen einen persönlichen Besuch abstatten.«

Reacher schwieg.

Der Kerl fragte: »Gibt's eine Mrs. Shevick?«

»Warum?«

»Vielleicht sollten wir ihr einen kurzen Besuch abstatten, während wir uns ansehen, wo Sie wohnen. Wir legen Wert auf ein enges Verhältnis zu unseren Kunden. Wir lernen gern ihre Familie kennen. Das ist oft nützlich. Los jetzt, steigen Sie ein!«

Reacher schüttelte den Kopf.

»Sie täuschen sich«, sagte der Kerl. »Sie haben keine Wahl. Dies gehört zu dem Deal. Sie schulden uns Geld.«

»Ihr milchweißer Freund hat mir den Vertrag erklärt. Er hat alle Bestimmungen ausführlich besprochen. Die Verwaltungsgebühr, die dynamische Preisgestaltung, die Strafzinsen. Er hat sie sogar mit einem Video illustriert. Danach hat er mich gefragt, ob ich zustimme, und ich habe Ja gesagt, und damit war der Vertrag geschlossen. Sie können nicht anfangen, ihn zu ergänzen, damit Sie mich heimfahren und die Familie kennenlernen können. Dem hätte ich vorher zustimmen müssen. Ein Vertrag ist keine Einbahnstraße. Er wird verhandelt und angenommen. Einseitige Veränderungen kann's nicht geben. Das ist ein Grundprinzip.«

»Sie haben ein flinkes Mundwerk.«

»Hoffentlich«, sagte Reacher. »Manchmal fürchte ich, dass ich nur pedantisch bin.«

»Was?«

»Sie können mir anbieten, mich mitzunehmen, aber Sie können nicht darauf bestehen, dass ich Ihr Angebot annehme.«

»Was?«

»Sie haben gehört, was ich gesagt habe.«

»Okay, ich biete Ihnen an, Sie mitzunehmen. Letzte Chance. Steigen Sie ein.«

»Sagen Sie bitte.«

Der Kerl zögerte sekundenlang.

Er sagte: »Bitte steigen Sie ein.«

»Okay«, meinte Reacher, »weil Sie so nett gefragt haben.«

8

Die ziemlich sicherste Methode, eine widerstrebende Geisel im Auto zu transportieren, besteht darin, sie ohne Sicherheitsgurt ans Steuer zu setzen. Das taten die Kerle mit dem Lincoln nicht. Sie entschieden sich für die konventionelle zweitbeste Methode. Sie setzten Reacher hinter den leeren Beifahrersitz, wo er nichts vor sich hatte, was er hätte angreifen können. Der Kerl, der ihn abgepasst hatte, stieg links hinten ein, saß halb zur Seite gedreht wachsam hinter dem Fahrer.

Er fragte: »Wohin?«

»Wenden«, antwortete Reacher.

Der Fahrer wendete, fuhr mit dem rechten Vorderrad auf den Randstein gegenüber und ließ ihn wieder auf den Asphalt klatschen.

»Fünf Blocks geradeaus«, erklärte Reacher.

Der Fahrer gab Gas. Er war eine kleinere Version des ersten Kerls. Nicht so blass. Ein Weißer, gewiss, aber nicht blendend weiß. Auch er trug einen goldenen Bürstenhaarschnitt. Auf dem linken Handrücken prangte eine Messernarbe. Vermutlich eine Defensivwunde. Aus seiner rechten Manschette schlängelte sich ein verblassendes Tattoo. Er hatte große rosa Segelohren.

Ihre Reifen polterten über rissigen Asphalt und kurze Abschnitte mit Kopfsteinpflaster. Nach fünf Blocks erreichten sie die Kreuzung, an der Shevick hatte warten müssen. Dort rollten sie aus der alten Welt in die neue. Flaches, offenes Terrain. Beton und Kies. Breite Gehwege. Bei Dunkelheit sah alles anders aus. Vor ihnen lag der Busbahnhof.

»Geradeaus«, sagte Reacher.

Der Fahrer rollte bei Grün über die Kreuzung. Sie passierten den Busbahnhof. Sie machten einen höflichen Bogen um die teuren Viertel. Eine halbe Meile weiter erreichten sie die Stelle, wo der Bus von der Hauptstraße abgebogen war.

»Rechts abbiegen«, befahl Reacher. »Weiter in Richtung Highway.«

Er sah, dass die Straße innerhalb der Stadtgrenze Center Street hieß. Dann wurde sie vierspurig und bekam eine Straßennummer. Vor ihnen der riesige Supermarkt. Anschließend die Gewerbeparks mit Bürogebäuden.

»Wohin zum Teufel fahren wir?«, fragte der Kerl auf dem Rücksitz. »Hier draußen wohnt niemand.«

»Drum gefällt's mir«, sagte Reacher.

Der Asphalt war glatt. Die Reifen zischten darüber. Vor ihnen fuhren keine Autos. Wie es hinter ihnen aussah, wusste Reacher nicht. Aber er durfte nicht riskieren, sich umzudrehen.

Er sagte: »Erzählen Sie mir noch mal, warum Sie meine Frau kennenlernen wollen.«

Der Kerl neben ihm sagte: »Das finden wir nützlich.«

»Wieso?«

»Bankkredite zahlt man zurück, weil man sich Sorgen wegen seiner Kreditwürdigkeit, seines guten Namens und seines Ansehens in der Gemeinde macht. Aber bei Ihnen trifft das alles nicht mehr zu. Sie sind in der Gosse gelandet. Was macht Ihnen jetzt noch Sorgen? Was wird Sie dazu bringen, pünktlich zu zahlen?«

Sie passierten die Bürogebäude. Weiterhin kein Verkehr. Vor ihnen tauchte der Autohändler auf. Ein Maschendrahtzaun, ordentlich aufgereihte Fahrzeuge, im Mondschein grau aussehende Girlanden.

»Klingt wie eine Drohung«, sagte Reacher.

»Töchter sind auch gut.«

Noch immer kein Verkehr.

Reacher boxte den Kerl ins Gesicht. Eine ansatzlos geschlagene Gerade. Eine Explosion ohne die geringste Vorwarnung. Eine Dampframme mit der ganzen Wucht, die in so beengtem Raum möglich war. Der Kopf des Kerls knallte an den Fensterrahmen hinter ihm. Blutnebel aus seiner Nase besprühte das Glas.

Reachers nächste Gerade traf den Fahrer. Mit ebensolcher Wucht. Und dem gleichen Ergebnis. Er beugte sich über die Sitzlehne, traf den Kerl am rechten Ohr, dass sein Kopf von der Seitenscheibe abprallte, und ließ eine zweite und dritte Gerade folgen, nach der bei ihm die Lichter ausgingen. Der Kerl sackte über dem Lenkrad zusammen.

Reacher rollte sich im hinteren Fußraum zusammen.

Sekunden später prallte der Lincoln mit vierzig Meilen in

der Stunde gegen den Zaun des Autohändlers. Reacher hörte einen ohrenbetäubenden Knall und ein schrilles Kreischen. Die Airbags entfalteten sich, und er wurde an die Lehne des Vordersitzes geworfen, der sich losriss und den Airbag aufschlitzte, als der Wagen fast ungebremst in das erste einer langen Reihe von Ausstellungsfahrzeugen unter Flaggen und Girlanden knallte. Die Frontscheibe des Lincolns zersplitterte, sein Heck stieg hoch und krachte wieder zu Boden, der Motor setzte aus, dann kam die Limousine zum Stehen. Zu hören war nur mehr zischender Dampf, der unter der aufgewölbten Motorhaube entwich.

Reacher faltete sich auseinander und stemmte sich nach oben auf den Rücksitz. Er hatte alle starken Aufpralle mit dem Rücken abgefangen und fühlte sich, wie Shevick auf dem Gehsteig liegend ausgesehen hatte. Durchgerüttelt. Schmerzen am ganzen Körper. *Noch im Rahmen oder schlimmer?* Er tippte auf Ersteres. Er bewegte Kopf, Schultern, Arme und Beine. Nichts gebrochen. Nichts gerissen. So weit, so gut.

Was man von den beiden anderen Männern nicht sagen konnte. Der Fahrer hatte den explodierenden Airbag ins Gesicht bekommen und war dann am Hinterkopf von dem anderen Kerl getroffen worden, der wie ein Speer vom Rücksitz nach vorn und durch die zersplitternde Frontscheibe geflogen war. Jetzt lag er mit dem Gesicht nach unten auf der aufgewölbten Motorhaube. Seine Füße waren Reacher am nächsten. Er bewegte sich so wenig wie der Fahrer.

Reacher stieß seine Tür auf, wobei verformtes Blech kreischte, kroch hinaus und drückte die Tür wieder hinter sich zu. Hinter ihnen war niemand gefahren, aber in Gegenrichtung erkannte er Autoscheinwerfer, vielleicht noch eine halbe Meile entfernt. Bei sechzig Meilen in der Stunde waren sie in einer halben Minute hier. Der Wagen, den der Lincoln gerammt hatte, war ein Minivan von Ford. Seine rechte Flanke war völlig eingedrückt. Nach innen gebogen wie eine Banane. Auf dem Aufkleber an seiner Frontscheibe stand *Unfallfrei*. Der Lincoln war ein Totalschaden. Bis zur Frontscheibe wie eine Ziehharmonika zusammengefaltet. Wie eine Sicherheitsreklame in der Zeitung. Bis auf den Kerl auf der Motorhaube.

Zeit zu verschwinden.

Reacher kletterte durch das Loch im Zaun, steif und wund, mit Prellungen und blauen Flecken, aber funktionierend. Er mied die Straße und stolperte parallel zu ihr über Felder und unbebaute Grundstücke, fünfzig Meter vom Asphalt entfernt, wohin kein Autoscheinwerfer reichte, während der Verkehr auf der Straße plötzlich zunahm. Er umging die beiden ersten Bürogebäude auf der Rückseite, dann änderte er seine Richtung und hielt auf den Parkplatz des riesigen Supermarkts zu, den er überqueren wollte, um wieder auf die Hauptstraße zu gelangen.

Gregory erhielt die Nachricht mehr oder weniger sofort – von einem Raumpfleger, der in der Notaufnahme arbeitete. Teil des ukrainischen Netzwerks. Der Mann machte eine Rauchpause und rief sofort an. Zwei von Gregorys Leuten, eben auf Fahrtragen eingeliefert. Mit Blinklicht und Sirene. Einer schwer verletzt, der andere noch schwerer. Beide würden vermutlich sterben. Angeblich hatte es draußen bei dem Fordhändler einen Unfall gegeben.

Gregory rief seine Topleute zusammen. Zehn Minuten später waren sie alle an einem Tisch im Hinterzimmer des Taxiunternehmens versammelt. Seine rechte Hand sagte: »Sicher wissen wir nur, dass heute Abend zwei unserer Leute zu einer Bar gefahren sind, um die Adresse eines ehemaligen Kreditkunden der Albaner zu überprüfen.«

»Aber wie lange kann es dauern, eine Adresse zu überprüfen?«, fragte Gregory. »Damit müssen sie längst fertig gewesen sein. Hier muss etwas ganz anderes vorliegen. Dies kann nichts mit der Überprüfung zu tun haben. Wer, zum Teufel, wohnt schon dort draußen bei dem Ford-Händler? Also haben sie den Kerl heimgebracht, sich die Adresse notiert, vielleicht ein Foto vom Haus gemacht und sind anschließend zu dem Ford-Händler gefahren. Warum? Sie müssen einen Grund gehabt haben. Und warum sind sie verunglückt?«

»Vielleicht hat man sie dorthin gejagt. Oder sie wurden gelockt, dann gerammt und von der Straße abgedrängt. Dort draußen ist's nachts ziemlich einsam.«

»Glaubst du, dass das Dino war?«

»Man muss sich fragen: Warum gerade diese zwei? Vielleicht sind sie verfolgt worden, seit sie von der Bar weggefahren sind. Was nachvollziehbar wäre. Weil Dino hier möglicherweise etwas beweisen will. Wir haben ihm sein Geschäft gestohlen. Da ist eine Reaktion unvermeidlich.«

»Aber anfangs hat er stillgehalten.«

»Jetzt vielleicht nicht mehr.«

»Wie viel wird er beweisen wollen?«

»Vielleicht war's das«, meinte der Kerl. »Zwei Männer für zwei Männer. Wir behalten das Kreditgeschäft. Das wäre eine ehrenhafte Kapitulation. Er ist ein realistischer Mann. Er hat nicht viele Optionen. Er kann keinen Krieg anfangen, solange die Cops uns beobachten.«

Gregory sagte nichts. Im Raum herrschte Schweigen. Das einzige Geräusch waren gedämpfte Stimmen im Taxifunk im vorderen Dispatcherraum. Niemand achtete darauf. Sonst hätten sie gehört, wie ein Fahrer meldete, er habe eben eine alte Lady vor dem Supermarkt abgesetzt und werde die Wartezeit nutzen, um sich etwas extra zu verdienen und einen Mann heimzufahren – zu der alten GI-Siedlung im Osten der Stadt. Der Kerl war zu Fuß, sah aber einigermaßen zivilisiert aus und hatte Geld in der Tasche. Vielleicht hatte sein Wagen eine Panne. Das waren vier Meilen hin, vier Meilen zurück. Er würde wieder da sein, bevor die alte Lady an den Backwaren vorbei war. Kein Problem.

In diesem Augenblick erhielt Dino eine Meldung, die einen viel früheren und unvollständigen Stand der Dinge abbildete. Sie hatte fast eine Stunde gebraucht, um über mehrere Zwischenstationen nach oben zu gelangen. Von dem Unfall bei dem Ford-Händler war darin nicht die Rede. Der größte Teil des Tages war damit draufgegangen, Fisnik und seinen von Gregory genannten Komplizen zu entsorgen. Die Reorganisation war erst sehr spät angegangen worden. Fast als nachträglicher Einfall. Ein Ersatzmann war zu der Bar geschickt worden, um Fisniks Geschäft fortzuführen. Als der Kerl kurz nach acht Uhr abends hingekommen war, hatte er auf der Straße ukrainische Bewacher gesehen. Zwei Männer mit einem Town Car. Er war zum Notausgang auf der Rückseite des Gebäudes geschlichen und hatte dort einen Blick in die Bar werfen können. Ein Ukrainer hatte an Fisniks Ecktisch gesessen und mit einem großen Kerl gesprochen, der zerzaust und arm aussah. Offenbar ein Kunde.

Daraufhin hatte der Ersatzmann den Rückzug angetreten. Er hatte telefonisch Meldung erstattet. Der Mann, dem er das meldete, rief einen anderen Mann an. Der wiederum mit einem anderen telefonierte. Und so weiter. Weil schlechte Nachrichten langsam verbreitet werden, erreichte sie Dino erst nach fast einer Stunde. Er rief seine Topleute in dem Büro hinter dem Holzlagerplatz zusammen.

Er sagte: »Es gibt zwei mögliche Szenarien. Entweder war die Sache mit der Liste des neuen Polizeichefs wahr, und sie haben die Gelegenheit genutzt, um sich unser Kreditgeschäft opportunistisch und verräterisch anzueignen, oder sie war gelogen, und sie haben die Übernahme sorgfältig geplant und uns reingelegt, damit wir ihnen den Weg dafür ebnen.«

Seine rechte Hand sagte: »Ich denke, wir müssen hoffen, dass die erste Möglichkeit zutrifft.«

Dino schwieg lange nachdenklich.

Dann sagte er: »Wir müssen so tun, als träfe sie zu, fürchte ich. Uns bleibt nichts anderes übrig. Wir können jetzt keinen Krieg anfangen. Wir müssen sie das Kreditgeschäft behalten lassen. Ich sehe keine vernünftige Möglichkeit, es zurückzubekommen. Aber wir müssen uns ehrenhaft ergeben. Doch es muss zwei gegen zwei heißen. Mit weniger dürfen wir uns nicht zufriedengeben. Legt zwei ihrer Männer um, dann sind wir wieder quitt.«

Seine rechte Hand fragte: »Welche zwei?«

»Mir egal«, antwortete Dino.

Dann überlegte er sich die Sache anders.

»Nein, sucht sie sorgfältig aus«, sagte er. »Vielleicht können wir uns damit einen Vorteil verschaffen.«

9

Reacher stieg vor dem Haus der Shevicks aus dem Taxi und ging auf dem schmalen Weg aus Betonplatten zur Haustür. Sie wurde geöffnet, bevor er klingeln konnte. Shevick stand von hinten beleuchtet mit seinem Mobiltelefon in der Hand auf der Schwelle.

»Das Geld ist vor einer Stunde eingegangen«, verkündete er. »Vielen Dank.«

»Gern geschehen.«

»Sie sind spät dran. Wir dachten schon, Sie würden nicht mehr kommen.«

»Ich musste einen kleinen Umweg machen.«

»Wohin?«

»Gehen wir rein«, sagte Reacher. »Wir müssen miteinander reden.«

Diesmal setzten sie sich ins Wohnzimmer. Mit den Familienfotos an den Wänden und dem aus der Wand hängenden Antennenkabel. Die Shevicks bekamen die Sessel, Reacher das zweisitzige Sofa.

Er sagte: »Alles ist ziemlich genauso abgelaufen wie bei Fisnik und Ihnen. Allerdings hat der Kerl ein Foto von mir gemacht. Was letztlich eine gute Sache sein kann. Ihr Name, mein Gesicht. Ein bisschen Verwirrung schadet nie. Aber wenn ich ein echter Klient gewesen wäre, hätte mir das nicht gefallen. Ganz und gar nicht. Es hätte sich wie ein knochiger Finger auf meiner Schulter angefühlt. Ich wäre mir verletzlich vorgekommen. Draußen hat mich eine weitere Überraschung erwartet. Zwei Typen wollten mich nach Hause fahren, um zu sehen, wo ich wohne – und mit wem. Meine Frau, falls ich eine habe. Das war ein weiterer knochiger Finger. Vielleicht eine ganze knochige Hand.«

»Was ist passiert?«

»Wir drei haben ein anderes Arrangement getroffen. Ohne die geringste Verbindung zu Ihrem Namen oder Ihrer Adresse. Tatsächlich ziemlich verwirrend in Bezug auf den genauen Ablauf. Ich wollte ein gewisses mysteriöses Element einführen. Die Bosse werden eine Message vermuten, ohne recht zu wissen, von wem. Ich denke, sie werden auf die Albaner tippen. Jedenfalls nicht auf Sie.«

»Was ist aus den Männern geworden?«

»Die waren Teil der Botschaft. Wir sind hier in Amerika. Schickt kein Arschloch, das letztes Mal bei einem MMMA-Turnier in einem Kiewer Kellerlokal Siebter geworden ist. Nehmt die Sache wenigstens ernst. Beweist Respekt.«

»Sie haben Ihr Gesicht gesehen.«

»Sie werden sich nicht daran erinnern. Sie hatten einen Unfall. Sie sind schwer verletzt. In ihrer Erinnerung werden ein, zwei Stunden fehlen. Ein Filmriss, wie er nach physischen Traumata häufig vorkommt, wenn sie nicht vorher sterben.«

»Dann ist also alles in Ordnung?«

»Eigentlich nicht«, sagte Reacher.

»Warum nicht?«

»Diese Männer sind keine vernünftigen Leute.«

»Das wissen wir.«

»Wie wollen Sie das Geld zurückzahlen?«

Keine Antwort.

»Heute in einer Woche brauchen Sie fünfundzwanzig Mille. Verspäten dürfen Sie sich nicht. Der Kerl hat mir Fotos auf seinem Handy gezeigt. Fisnik kann nicht schlimmer ausgesehen haben. Sie brauchen irgendeine Art Plan.«

Shevick sagte: »Eine Woche ist lang.«

»Eigentlich nicht«, wiederholte Reacher.

Mrs. Shevick sagte: »Vielleicht passiert bis dahin etwas Gutes.«

Mehr nicht.

Reacher sagte: »Sie müssen mir wirklich erzählen, worauf Sie warten.«

Natürlich ging es um ihre Tochter. Während Mrs. Shevick die Geschichte erzählte, glitt ihr Blick mehrmals über die gerahmten Fotos an der Wand. Der Name ihrer Tochter war Margaret, seit ihrer Kindheit Meg genannt. Sie war ein aufgewecktes, fröhliches Kind gewesen, voller Charme und Energie. Sie liebte andere Kinder. Sie liebte den Kindergarten. Sie liebte die Grundschule. Sie las und schrieb und zeichnete gern. Sie lächelte und schwatzte ständig. Sie konnte jeden dazu überreden, alles zu tun. Sie hätte Eskimos Eis verkaufen können, sagte ihre Mutter.

Meg liebte auch die weiterführenden Schulen bis zur Highschool. Sie war beliebt. Alle mochten sie. Sie spielte Theater und sang im Chor und war eine gute Leichtathletin und Schwimmerin. Sie machte ihren Abschluss, ging aber nicht aufs College. Sie hatte gute Noten, aber trockenes Buchwissen war nicht ihre Stärke. Sie brauchte den Umgang mit Menschen, musste lächeln und plaudern und Leute um den Finger wickeln. Ihnen ihren Willen aufzwingen, um es genau zu sagen. Sie mochte es, eine Aufgabe zu haben.

Sie bekam einen ersten Job in der Werbebranche und arbeitete bei einer PR-Agentur nach der anderen, um zu verkaufen, wofür das örtliche Establishment gerade Geld besaß. Sie arbeitete hart, machte sich einen Namen, wurde befördert und verdiente mit dreißig ein Mehrfaches von dem, was ihr Vater jemals als Feinmechaniker verdient hatte. Zehn Jahre später, mit vierzig, verdiente sie weiter gut, hatte aber das Gefühl, ihre Erfolgskurve sei abgeflacht. Ihr Tempo hatte nachgelassen. Sie konnte ihre Gipfelhöhe über sich sehen. Manchmal saß sie am Schreibtisch und dachte: Das soll's gewesen sein?

Nein, beschloss sie. Sie wollte noch einen großen Erfolg. Größer als groß. Sie befand sich am falschen Ort, das wusste sie. Sie würde umziehen müssen. Nach San Francisco, wo das Hightech-Geld war. Wo komplizierte Dinge erklärt werden mussten. Oder nach New York. Aber sie konnte sich nicht entscheiden. Die Zeit verging. Dann kam San Francisco überraschenderweise zu ihr. Gewissermaßen. Später sah sie, dass dies ein Spiel war, das Immobilienmakler und IT-Entwickler ständig spielten und bei dem es darum ging herauszufinden, wo das übernächste Silicon Valley liegen würde. Um frühzeitig einsteigen zu können. Aus irgendeinem Grund erfüllte ihre Heimatstadt alle geheimen Kriterien. Aufstrebend, die richtigen Leute, die richtige Bausubstanz und Power, gutes Internet. Die ersten Scouts schnüffelten bereits herum.

Vom Freund eines Freundes wurde Meg einem Mann empfohlen, der einen Mann kannte, der ihr ein Gespräch mit einem Start-up-Gründer vermittelte. Sie trafen sich in einem Coffeeshop in der Innenstadt. Der Gründer war ein Mittzwanziger, der gerade erst mit dem Flugzeug aus Kalifornien gekommen war. Ein im Ausland geborenes Computergenie, das medizinische Software und Apps für Smartphones entwickelte. Mrs. Shevick gestand ein, nie genau gewusst zu haben, woraus das Produkt bestand, außer dass es zu der Sorte gehörte, die Leute reich machte.

Meg bekam den Job. Sie wurde Vizepräsidentin für Kommunikation und Kommunalpolitik. Das Start-up-Unternehmen steckte noch in den Kinderschuhen, daher war das Gehalt nicht großartig. Nur wenig mehr, als sie bereits verdiente. Aber die Zusatzleistungen hatten es wirklich in sich. Aktienoptionen, üppige Altersversorgung, großzügige Krankenversicherung und ein europäisches Coupé als Dienstwagen. Dazu verrücktes Zeug aus San Francisco wie kostenlose Pizza, Süßigkeiten und Massagen. Das alles gefiel ihr. Am weitaus wertvollsten fand sie jedoch die Aktienoptionen, die sie eines Tages zur Milliardärin machen konnten. Buchstäblich. Dafür gab es genügend Beispiele.

Anfangs lief alles ziemlich gut. Meg rührte sehr erfolgreich die Werbetrommel, und im ersten Jahr sah es mehrmals so aus, als wäre der Gipfel erreichbar. Aber das schafften sie nicht ganz. Das zweite Jahr verlief ähnlich. Weiter glanzvoll und glamourös, topmodern und an der Spitze des Fortschritts, aber in Wirklichkeit passierte nichts. Das dritte Jahr war schlimmer. Die Investoren wurden nervös. Der Geldhahn wurde weitgehend zugedreht. Aber sie speckten ab und hielten durch. Sie mieteten nur noch ein Stockwerk ihres Gebäudes. Keine Pizza, keine Süßigkeiten mehr. Die Massagetische wurden zusammengeklappt und verräumt. Sie arbeiteten mehr als je zuvor, Schulter an Schulter auf beengtem Raum, weiter entschlossen, weiter zuversichtlich.

Dann bekam Meg Krebs.

Genauer gesagt erfuhr sie, dass sie seit etwa einem halben Jahr Krebs hatte. Sie war zu beschäftigt gewesen, um zum Arzt zu gehen. Sie hatte geglaubt, ihr Gewichtsverlust sei auf Überarbeitung zurückzuführen. Aber das stimmte nicht. Die Diagnose war niederschmetternd: ein aggressiver, relativ weit fortgeschrittener Krebs. Der einzige Hoffnungsstrahl war eine neuartige Chemotherapie. Sie war exotisch und teuer, schien aber gut anzuschlagen. Ihre Erfolgsquote war hoch. Die einzige Chance, sagten die Ärzte. Termine wurden abgesagt, und Megs Behandlung sollte gleich am folgenden Morgen beginnen.

Womit die Probleme anfingen.

Mrs. Shevick sagte: »Mit ihrer Krankenversicherung hat's ein Problem gegeben. Der Computer hat ihre Versichertennummer nicht akzeptiert. Während sie sich auf die Chemo vorbereitet hat, sind immer wieder Leute gekommen, die nach ihrem Namen, ihrem Geburtsdatum und ihrer Sozialversicherungsnummer gefragt haben. Ein Albtraum! Sie haben mit der Versicherung telefoniert, bei der sie als Kundin geführt war, aber ihre Nummer ist immer mit einer Fehlermeldung quittiert worden. Angeblich nur eine Computerpanne. Keine große Sache, die bis zum Folgetag behoben sein würde. Aber das Krankenhaus konnte nicht warten. Wir mussten unterschreiben, dass wir die Behandlungskosten übernehmen würden, wenn die Versicherung nicht zahlte. Das sei nur eine Formalität, hat es geheißen. Angeblich passierten solche Computerpannen dauernd. Alles würde wieder in Ordnung kommen.«

»Oder auch nicht, vermute ich«, sagte Reacher.

»Dann kam das Wochenende mit zwei weiteren Behandlungen, und dann war's Montag, und dann erfuhren wir die Wahrheit.«

»Nämlich?«, fragte Reacher, obwohl er sie sich vorstellen konnte.

Mrs. Shevick schüttelte den Kopf, seufzte und machte eine abwehrende Handbewegung, als brächte sie die Worte nicht heraus. Als könnte sie unmöglich weiterreden. Ihr Mann beugte sich mit auf die Knie gestützten Ellbogen nach vorn und erzählte weiter.

»Im dritten Jahr«, sagte er, »als die Investoren nervös wurden, war alles viel schlimmer, als irgendjemand ahnte. Der Boss hatte Geheimnisse – vor allen, auch vor Meg. Hinter den Kulissen zerfiel alles. Er hatte schon lange keine Rechnungen mehr bezahlt, keinen Cent. Darunter fiel auch die Krankenversicherung der Angestellten. Er hat einfach aufgehört, die Prämie zu überweisen. Megs Versicherungsnummer war ungültig, weil der Vertrag gekündigt war. Am vierten Tag ihrer Behandlung haben wir erfahren, dass sie überhaupt nicht versichert war.«

»Nicht ihre Schuld«, meinte Reacher. »Das war Betrug oder ein Vertragsbruch. Dagegen muss es ein Mittel geben.«

»Oder sogar zwei«, warf Shevick ein. »Es gibt einen staatlichen Hilfsfonds und einen Hilfsfonds der Versicherungsindustrie, beide für genau solche Fälle. Natürlich haben wir uns an beide gewandt. Sie haben sich sofort darangemacht, die Zuständigkeit zwischen sich aufzuteilen. Sobald das geschehen ist, wollen sie uns ersetzen, was wir bisher ausgegeben haben, und alle weiteren Kosten übernehmen. Wir warten jeden Tag auf ihre Entscheidung.«

»Aber Sie können Megs Behandlung nicht unterbrechen.«

»Sie braucht so viel. Ihr Zimmer, drei bis vier Behandlungen täglich, Medikamente, Bestrahlungen, alle möglichen Scans, Laboruntersuchungen... Staatliche Unterstützung bekommt sie keine. Theoretisch ist sie noch angestellt, theoretisch bekommt sie ein gutes Gehalt. Die Presse interessiert sich nicht für ihren Fall. Wo ist die Story? Ein Kind braucht etwas, die Eltern zahlen. Kommt täglich vor. Vielleicht hätten wir diesen Vordruck nicht unterschreiben sollen. Vielleicht hätte sich eine andere Möglichkeit aufgetan. Aber wir haben nun mal unterschrieben. Das Krankenhaus will natürlich sein Geld – für Unterbringung, Personalkosten und millionenteure

Geräte. Also verlangt es Vorauszahlungen. Das ist in solchen Fällen üblich. Bar auf die Hand, sonst passiert nichts. Daran können wir nichts ändern. Wir müssen durchhalten, bis uns jemand zu Hilfe kommt. Das könnte morgen früh sein. Wir haben sieben Chancen, bevor die Woche vorbei ist.«

»Sie brauchen einen Anwalt«, sagte Reacher.

»Können wir uns nicht leisten.«

»Wahrscheinlich wäre der Ihre so eine Art Präzedenzfall. Sie könnten einen bekommen, der die Sache kostenlos übernimmt.«

»Von der Sorte hatten wir schon drei«, erklärte Shevick. »Sie bieten kostenlose Rechtsberatung an. Ganz junge Leute. Ärmer als wir.«

»Sieben Chancen, bevor die Woche vorbei ist«, sagte Reacher. »Klingt wie ein Countrysong.«

»Das ist alles, was wir haben.«

»Na ja, es könnte fast als Plan durchgehen.«

»Danke.«

»Haben Sie einen Plan B?«

»Eigentlich nicht.«

»Sie könnten versuchen abzutauchen. Ich bin dann längst fort. Das Foto, das der Kerl von mir gemacht hat, nützt ihnen nichts.«

»Sie sind fort?«

»Ich kann nirgends eine Woche bleiben.«

»Sie haben unseren Namen. Bestimmt ist's nicht schwierig, uns aufzuspüren. Da reicht schon ein Blick in ein altes Telefonbuch.«

»Erzählen Sie mir von den Anwälten.«

»Sie arbeiten umsonst«, sagte Shevick. »Wie gut können sie da sein?«

»Klingt wie ein weiterer Countrysong.«

Shevick gab keine Antwort. Mrs. Shevick sah auf.

»Sie sind zu dritt«, sagte sie. »Drei nette junge Männer. Im Rahmen eines Bürgerprojekts zur Rechtsberatung tätig. Bestimmt mit besten Absichten. Aber die Mühlen der Justiz mahlen langsam.«

Reacher sagte: »Plan B wäre die Polizei. Hat sich heute in einer Woche nichts anderes ergeben, sollten Sie aufs Polizeirevier gehen und Ihre Story erzählen.«

Shevick fragte: »Wie gut würde sie uns beschützen?«

»Nicht besonders, fürchte ich«, antwortete Reacher.

»Und wie lange?«

»Nicht besonders lange«, sagte Reacher.

»Damit würden wir die Schiffe hinter uns verbrennen«, sagte Mrs. Shevick. »Passiert die andere Sache nicht bald, brauchen wir diese Leute mehr denn je. An wen sollen wir uns wenden, wenn die nächste Rechnung kommt? Gehen wir zur Polizei, schneiden wir uns von allen Geldquellen ab.«

»Okay«, erklärte Reacher. »Keine Polizei. Sieben Chancen. Das mit Meg tut mir leid. Ehrlich. Ich hoffe wirklich, dass sie's schafft.«

Er stand auf und kam sich in dem kleinen Raum mit niedriger Decke riesig vor.

Shevick fragte: »Sie gehen?«

Reacher nickte.

»Ich nehme mir in der Stadt ein Hotelzimmer«, sagte er. »Vielleicht komme ich morgen früh noch mal vorbei. Um mich vor der Abreise zu verabschieden. Tu ich's nicht, war's mir ein Vergnügen, Sie kennenzulernen. Bei Ihren Schwierigkeiten wünsche ich Ihnen alles Gute.«

Er ließ sie allein in dem halb leeren Wohnzimmer zurück.

Schloss die Haustür hinter sich und folgte dem schmalen Weg zur Straße, ging an geparkten Autos und stillen Häusern vorüber bis zur Hauptstraße, auf der er in Richtung Innenstadt abbog.

10

Auf der Westseite der Center Street gab es einen besonderen Straßenblock mit zwei nebeneinanderliegenden Restaurants, einem dritten am Nordrand des Blocks, einem vierten am Südrand und einem fünften an der Parallelstraße. Alle fünf florierten. Sie hatten viel Stammpublikum und waren immer voll. Immer im Gespräch. Mit fünf Restaurants auf engstem Raum stellte dies das Gourmetviertel der Stadt dar. Die Lieferdienste und Wäschereien liebten diese räumliche Nähe. Ein Stopp, fünf Kunden. Lieferungen waren einfach.

Abholungen ebenfalls. Dies war ein ukrainischer Block, weil er westlich der Center Street lag. Sie schauten regelmäßig vorbei, um ihr Schutzgeld zu kassieren. Ein Stopp, fünf Kunden. Ideal. Sie kamen am späten Abend, wenn die Kassen voll waren. Bevor sonst jemand bezahlt wurde. Sie gingen hinein, immer zwei Kerle, immer paarweise, schwarze Anzüge, schwarze Seidenkrawatten und blasse ausdruckslose Gesichter. Sie sagten niemals ein Wort. Theoretisch wäre es schwierig gewesen, ihnen etwas Illegales nachzuweisen. Tatsächlich war selbst zu Anfang, vor vielen Jahren, keine Forderung gestellt worden, sondern die Besucher hatten nur gemurmelt: *Hübsch haben Sie's hier. Wär doch schade, wenn der Einrichtung was zustieße.* Höfliche Konversation. Darauf wurde ein Hunderter angeboten und mit einem Kopfschütteln abgelehnt, bis ein zweiter Hunderter draufgelegt und mit einem Nicken akzeptiert wurde. Später lag das Geld meist in einem Briefumschlag am Platz des Maître d'hôtel bereit und wurde wortlos übergeben. Theoretisch eine freiwillige Leistung. Tausend Dollar für einen Spaziergang um den Block. Fast legal. Nette Arbeit, wenn man sie kriegen konnte. Natürlich wollten viele den Gig. Natürlich bekamen ihn die Bonzen. Führungskräfte, die sich ein ruhiges Leben machen wollten.

An diesem speziellen Abend war damit Schluss.

Sie hatten ihren Wagen in der Center Street geparkt und mit den dortigen Restaurants begonnen. Dann waren sie entgegen dem Uhrzeigersinn um den Block geschlendert und hatten in den Restaurants auf der Nordseite, in der Parallelstraße und auf der Südseite kassiert. Jetzt gingen sie weiter und wollten um die letzte Ecke des Karrees biegen, um zu ihrem Wagen zurückzukehren.

Das alles taten sie. Ohne auf ein paar wichtige Einzelheiten zu achten. Gleich an der nächsten Querstraße stand ein Abschleppwagen: geparkt, aber mit laufendem Motor und brennenden Rückfahrscheinwerfern. Ungefähr auf gleicher Höhe kam ihnen ein Mann in einem schwarzen Regenmantel rasch auf dem anderen Gehsteig entgegen. Was hatte das zu bedeuten? Das fragten sie sich nicht. Sie waren Führungskräfte, die sich ein ruhiges Leben machen wollten.

Fahrer und Beifahrer trennten sich an der Motorhaube ihres Wagens, um zu ihren Türen zu gehen. Sie öffneten sie fast synchron und sahen sich noch mal mit hochgerecktem Kinn um, damit niemand im Zweifel sein konnte, wem dieser Block gehörte.

Sie achteten nicht darauf, dass der Abschleppwagen sich in

Bewegung setzte, langsam zurückstieß, genau auf sie zu. Sie achteten nicht darauf, dass der Mann im Regenmantel schräg über die Straße auf sie zukam.

Sie glitten auf ihre Sitze, Füße, Knie, Hintern, aber bevor sie die Türen schließen konnten, tauchte auf einer Seite eine Gestalt aus dem Dunkel auf, und der Mann im Regenmantel erschien auf der anderen. Beide hatten Pistolen Kaliber .22 mit aufgeschraubten langen dicken Schalldämpfern, die kaum Schussknalle hören ließen, als die Sitzenden mit jeweils mehreren Kopfschüssen aus nächster Nähe erledigt wurden. Die beiden Kerle im Auto fielen nach vorn und sackten von den Pistolen weg nach innen. Ihre zertrümmerten Schädel stießen über der Mittelkonsole zusammen, als machten sie sich den Platz streitig.

Dann wurden die Türen ihres Wagens zugeknallt. Inzwischen war der Abschleppwagen heran. Die Gestalt aus dem Dunkel und der Mann im Regenmantel halfen dem Fahrer, das Auto auf den Haken zu nehmen. Anschließend stiegen alle drei in den Abschleppwagen, der gemächlich davonfuhr. Ein gewöhnlicher Anblick. Ein Pannenfahrzeug, das würdelos auf den Vorderrädern und mit dem rückwärtigen Teil in der Luft abgeschleppt wurde. Hinter den Scheiben war nichts zu erkennen. Dafür sorgte die Schwerkraft. Die beiden Kerle würden im vorderen Fußraum zusammengesackt sein. Weich und schlaff. Die Leichenstarre würde erst in Stunden einsetzen.

Sie fuhren direkt zur Autoverwertung. Dort stellten sie den Wagen auf ölgetränkter Erde ab. Ein riesiger Radlader tauchte auf. Statt einer Ladeschaufel verfügte er über eine Ladegabel, mit der er das Auto anhob und zur Schrottpresse transportierte. Er setzte ihn auf dem Stahlboden einer dreiseitigen Box ab, die nicht viel größer als der Wagen war, und stieß zurück.

Die vierte Seite der Box klappte hoch, ihr Deckel senkte sich herab.

Ein Motor röhrte und Hydraulikschläuche vibrierten. Die Seiten der Box bewegten sich knirschend nach innen, als von allen Seiten hundertfünfzig Tonnen Druck ausgeübt wurde. Dann kamen sie zum Stehen, kehrten fauchend in ihre Ausgangslage zurück, und ein Druckkolben stieß einen Stahlwürfel mit etwa einem Meter Seitenlänge heraus. Der Quader verharrte noch einen Augenblick auf einem massiven Stahlgitter, damit heraussickernde Flüssigkeiten abfließen konnten. Benzin und Öl, Bremsflüssigkeit und Kühlmittel aus der Klimaanlage. Und weitere Flüssigkeiten wie diesmal. Dann erschien ein Schwenklader, der statt einer Ladegabel eine Greifklaue besaß. Er packte den Stahlwürfel, fuhr damit weg und stapelte ihn auf dem Lagerplatz mit Hunderten von weiteren Quadern.

Erst dann rief der Mann in dem Regenmantel Dino an. Totaler Erfolg. Zwei für zwei. Ehre wiederhergestellt. Sie hatten ihr Kreditgeschäft gegen das Gourmetkarree eingetauscht. Kurzfristig ein Verlust, aber langfristig vielleicht ein Gewinn. Damit hatten sie einen Fuß in der Tür. Dies war ein Brückenkopf, der sich verteidigen und später vergrößern ließ. Vor allem bewies er, dass Reviere neu definiert werden konnten.

Dino ging zufrieden ins Bett.

Reacher war über das zufällig wartende Taxi auf dem Parkplatz des Supermarkts erfreut gewesen. Teils wegen der Zeitersparnis. Er hatte sich ausgerechnet, dass die Shevicks sich Sorgen machen würden. Und teils wegen der Mühe, die es ihm besonders in seinem lädierten Zustand ersparte. Aber damit hatte er sich keinen Gefallen getan. Sein ganzer Körper war steif geworden, sodass sich sein Rückweg in die Innenstadt schmerzhaft gestaltete.

Sein Orientierungssinn sagte ihm, dass die beste Route die schon bekannte Strecke war. An der Bar und am Busbahnhof vorbei und weiter zur Center Street, wo die Häuser der großen Hotelketten stehen würden, vielleicht auch etwas südlich davon, alle innerhalb weniger Blocks. Er kannte sich mit Städten aus. Er marschierte schneller, als er eigentlich wollte, achtete auf seine Haltung, hielt den Kopf hoch, straffte die Schultern, ließ die Arme locker und spürte die Schmerzen auf, ignorierte sie bewusst, gab ihnen nicht nach.

Auf der Straße vor der Bar hielt sich niemand mehr auf. Kein geparkter Town Car, keine aggressiven Schlägertypen. Reacher überquerte die Straße und sah durch eines der schmutzigen Fenster. An den staubigen Harfen und Kleeblättern vorbei. Der Ukrainer hockte noch immer an seinem Tisch in der hinteren rechten Ecke. Noch immer leuchtend blass. Vor ihm saß niemand. Kein unglücklicher Kunde, der in der Gosse gelandet war.

Reacher setzte seinen Weg fort, wurde lockerer, bewegte sich besser. Er ließ die alten Klinkergebäude hinter sich, ging über die Kreuzung, passierte den Busbahnhof und suchte den Himmel vor sich nach Neonlicht ab. Nach Hochhäusern mit Leuchtreklamen an den Fassaden. Die Banken, Versicherungen oder TV-Sender sein konnten. Oder Hotels. Davon gab es insgesamt sechs, die eine stolze kleine Citygruppe bildeten. Ein tapferes Statement.

Die hellsten Leuchtreklamen gab es halb links voraus im Südwesten. Um dorthin zu gelangen, überquerte er die Center Street auf einer Straße, die eigentlich nicht besser als die mit der Bar war. Aber man hatte sie mit viel Geld herausgeputzt.

Die Straßenbeleuchtung funktionierte. Die Gehsteige waren intakt. Und es gab hier keine mit Brettern verschalten Schaufenster, aber eine Menge Büros. Nicht unbedingt von Firmen. Vor allem Non-Profit-Organisationen. Städtische Dienststellen und dergleichen. Eine Eheberatung. Das Bürgerbüro einer Partei. Alle bis auf eins waren dunkel. Schräg gegenüber am Ende des Blocks. Es war noch hell beleuchtet. Seine restaurierte Fassade erinnerte an ein altmodisches Ladengeschäft. Auf dem Schaufenster stand in großer Schreibmaschinenschrift, die Reacher aus seiner Jugend vertraut war, *The Public Law Project*. Das Bürgerprojekt zur Rechtsberatung.

Sie sind zu dritt, hatte Mr. Shevick gesagt.

Von einem Bürgerprojekt.

Drei nette junge Männer.

Hinter dem Fenster standen moderne helle Büromöbel, auf denen sich Akten türmten. An den Schreibtischen saßen drei Männer. Jung, gewiss. Ob sie nett waren, konnte Reacher nicht beurteilen. Darüber wollte er sich kein Urteil erlauben. Alle waren gleich gekleidet, trugen beige Chinos und blaue Hemden mit Button-down-Kragen.

Reacher überquerte die Straße. Aus der Nähe sah er, dass ihre Namen an der Eingangstür standen. In der gleichen Schreibmaschinenschrift, aber kleiner. Die Namen lauteten Julian Harvey Wood, Gino Vettoretto und Isaac Mehay-Byford. Eine Menge Namen für nur drei Kerle, fand Reacher. Alle hatten mehrere Abkürzungen hinter ihrem Namen stehen. Doktortitel von Stanford Law, Harvard und Yale.

Er zog die Tür auf und trat ein.

11

Die drei Kerle sahen überrascht auf. Einer war schwarzhaarig, einer blond, und einer lag dazwischen. Sie schienen alle Ende zwanzig zu sein und sahen müde aus. Anstrengende Arbeit, nicht genug Schlaf, Pizza und Kaffee. Wie damals im Jurastudium.

Der Dunkle fragte: »Was können wir für Sie tun?«

»Wer sind Sie?«, fragte Reacher. »Julian, Gino oder Isaac?«

»Ich bin Gino.«

»Freut mich, Sie kennenzulernen, Gino«, sagte Reacher. »Kennen Sie zufällig ein altes Ehepaar namens Shevick?«

»Warum?«

»Ich habe gerade ein paar Stunden mit den beiden verbracht und einiges über ihre Probleme erfahren. Sie haben mir erzählt, dass sie sich von drei Anwälten eines Bürgerprojekts beraten lassen. Ich frage mich, ob Sie das sind. Ich nehme es sogar an. Ich meine, wie viele Bürgerprojekte kann eine Stadt dieser Größe sich leisten?«

Der Blonde sagte: »Wenn sie unsere Mandanten sind, können wir natürlich nicht über ihren Fall sprechen.«

»Wer sind Sie?«

»Ich bin Julian.«

Der Mittlere sagte: »Und ich bin Isaac.«

»Ich bin Reacher. Freut mich, Sie kennenzulernen. Sind die Shevicks Ihre Mandanten?«

»Ja, das sind sie«, sagte Gino. »Also können wir nicht über sie reden.«

»Machen Sie ein hypothetisches Beispiel daraus. Ist es in einem Fall wie ihrem wahrscheinlich, dass einer der beiden eingeschalteten Hilfsfonds innerhalb der nächsten sieben Tage zahlt?«

Isaac sagte: »Darüber sollten wir wirklich nicht sprechen.«

»Bloß theoretisch«, meinte Reacher. »Als abstraktes Gedankenexperiment.«

»Die Sache ist kompliziert«, sagte Julian.

»Weshalb?«

»Ich meine, theoretisch betrachtet wäre ein Fall wie dieser anfangs simpel, aber er würde sehr kompliziert werden, wenn Familienmitglieder sich bereit erklären, für Zahlungen zu bürgen. Dieser Schritt würde die Dringlichkeit mindern. Das meine ich buchstäblich. Er würde sie um eine Stufe herabsetzen. Die Hilfsfonds bearbeiten viele Zehntausend Anträge. Vielleicht sogar Hunderttausende. Wissen sie bestimmt, dass ein Patient ohnehin behandelt wird, bekommt er einen anderen Code. Er wird herabgestuft. Nicht gerade in die unterste Schublade, aber doch auf die lange Bank geschoben. Während dringendere Fälle vorgezogen werden.«

»Die Shevicks haben also einen Fehler gemacht, als sie unterschrieben haben?«

»Über die Shevicks dürfen wir nicht sprechen«, erklärte Gino. »Wir sind zu Vertraulichkeit verpflichtet.«

»Theoretisch«, entgegnete Reacher. »Hypothetisch. Wäre es für hypothetische Eltern ein Fehler, die Verpflichtungserklärung zu unterschreiben?«

»Aber natürlich«, sagte Isaak. »Betrachten Sie die Sache mal aus der Sicht eines Bürokraten. Der Patient wird behandelt. Wie, ist dem Bürokraten egal. Er weiß nur, dass er keine negative Publicity zu befürchten hat. Also kann er sich beliebig viel Zeit lassen. Die hypothetischen Eltern hätten standhaft bleiben, Nein sagen und die Unterschrift verweigern sollen.«

»Das konnten sie nicht über sich bringen, vermute ich.«

»Ich stimme Ihnen zu, dass das unter den Umständen schwierig gewesen wäre. Aber es hätte funktioniert. Der Bürokrat hätte sein Scheckbuch zücken müssen. Ohne Wenn und Aber.«

»Da wäre noch viel Aufklärung zu leisten«, meinte Gino. »Die Leute sollten ihre Rechte im Voraus kennen. Vor Ort ist nichts mehr zu machen. Man sieht das eigene Kind auf einer Tragbahre liegen. Alles viel zu emotional.«

Reacher fragte: »Wird sich in den nächsten sieben Tagen etwas daran ändern?«

Keiner antwortete.

Was natürlich auch eine Art Antwort war.

Schließlich sagte Julian: »Das Problem ist, dass sie jetzt Zeit haben, alle möglichen Argumente vorzubringen. Der Staatsfonds gibt Steuergelder aus. Seine Existenz ist unpopulär. Deshalb will die Regierung, dass der Versicherungsfonds zahlt. Der gibt wiederum das Geld der Aktionäre aus. Daher spielt die Versicherung den Ball wieder und wieder an den Staat zurück, bis sich etwas ändert.«

»Was denn?«

»Der Patient stirbt«, sagte Isaac. »Für den Versicherungsfonds ist das der Hauptgewinn. Weil daraus eine ganz neue Argumentation resultiert. Das Quasi-Vertragsverhältnis hat zwischen der Versicherung und dem Verstorbenen existiert. Was ist da zu ersetzen? Der Verstorbene hat kein Geld ausgegeben. Für seine Krankheitskosten sind großzügige Verwandte aufgekommen. Das passiert ständig. Solche Kosten werden so häufig übernommen, dass sie in der Einkommensteuererklärung eigens ausgewiesen werden können. Aber das ist nicht so, als würde man Aktien kaufen. Es gibt keine Gewinnbeteiligung. Dieses Geld ist ein Geschenk, eine Spende. Es wird nicht erstattet. Vor allem nicht von und an Parteien, die nicht mal in dem ursprünglichen Vertrag gestanden haben. Präzedenzfälle dafür sind kaum bekannt. Der Fall könnte letztlich beim Obersten Gericht landen.«

»Also nichts in den nächsten sieben Tagen?«

»Wir wären mit den nächsten sieben Jahren zufrieden.«

»Sie sind bis über beide Ohren bei Kredithaien verschuldet.«

»Wie, ist dem Bürokraten egal.«

»Und Ihnen?«

Julian erklärte: »Unsere Mandanten weigern sich strikt, uns Einblick in ihre Finanzen zu geben.«

Reacher nickte.

Er sagte: »Sie wollen ihre Schiffe nicht hinter sich verbrennen.«

»Exakt ihre Worte«, sagte Gino. »Sie wollen die Kredithaie nicht anzeigen, weil sie fürchten, sich dann kein Geld mehr leihen zu können, was aller Erfahrung nach bald wieder nötig sein dürfte.«

Reacher fragte: »Gäbe es für sie sonst noch juristische Möglichkeiten?«

»Rein hypothetisch«, antwortete Julian. »Das Mittel der Wahl wäre eine Zivilklage gegen den schuldigen Arbeitgeber. Kann nie schiefgehen. Wird aber in solchen Fällen nicht angestrengt, weil allein die Klage den Beschuldigten als Betrüger entlarvt und dadurch ruiniert, sodass er keine Vermögenswerte mehr besitzt, auf die der erfolgreiche Kläger zurückgreifen könnte.«

»Sonst können sie nichts tun?«

»Wir haben bei Gericht eine Petition eingereicht«, sagte

Gino. »Aber der Richter legt sie weg, wenn er liest, dass ihre Behandlung sichergestellt ist.«

»Okay«, sagte Reacher. »Hoffen wir das Beste. Jemand hat mir heute erzählt, dass eine Woche lang ist. Vielen Dank für Ihre Hilfe.«

Er wandte sich ab und trat auf den Gehsteig hinaus. Blieb an der Straßenecke stehen, um sich zu orientieren. Einmal rechts, einmal links, dachte er. Das müsste hinkommen.

Dann hörte er, wie sich hinter ihm die Tür erneut öffnete. Er hörte Schritte auf dem Gehsteig. Als er sich umdrehte, sah er Isaac herankommen. Der Kerl mit der mittleren Haarfarbe. Er war knapp eins achtzig groß und massig wie ein Seelöwe.

Er sagte: »Ich bin Isaac, erinnern Sie sich?«

»Isaac Mehay-Byford«, antwortete Reacher. »J. D. der Stanford Law School. Eine Eliteuniversität. Glückwunsch. Aber ich vermute, dass Sie von der anderen Küste stammen.«

»Boston«, sagte er. »Mein Dad war dort ein Cop. Sie erinnern mich ein bisschen an ihn. Er war auch ein guter Beobachter.«

»Jetzt fühle ich mich alt.«

»Sind Sie ein Cop?«

»Ich war einer«, sagte Reacher. »Vor langer Zeit. In der Army. Zählt das auch?«

»Vielleicht«, meinte Isaac. »Sie könnten mir einen Rat geben.«

»Wenn ich kann.«

»Wie haben Sie die Shevicks kennengelernt?«

»Ich habe ihm heute Morgen geholfen. Er hatte sich am Knie verletzt. Ich habe ihn nach Hause begleitet. Sie haben mir die Story erzählt.«

»Seine Frau ruft mich gelegentlich an. Sie haben nicht viele

Freunde. Ich weiß, woher sie Geld bekommen. Früher oder später werden sie an ihre Grenzen stoßen.«

»Das tun sie bereits, denke ich«, sagte Reacher. »Oder in sieben Tagen.«

»Ich habe eine verrückte private Theorie«, sagte Isaac.

»Worüber?«

»Aber vielleicht bilde ich mir nur etwas ein.«

»Was denn?«, fragte Reacher.

»Ich denke an den letzten Punkt«, antwortete Isaac. »An die Zivilklage gegen den Arbeitgeber. Zwecklos, wenn keine Vermögenswerte da sind. Im Allgemeinen ist das ein guter Rat. Bestimmt auch in diesem Fall. Aber ich bin mir nicht ganz sicher ...«

»Wieso nicht?«

»Der Mann war hier eine Zeit lang berühmt. Die ganze Stadt hat über ihn geredet. Durch eine Ironie des Schicksals hat Meg Shevick das mit ihrer großartigen PR-Arbeit erreicht. Viel Hightech-Mythologie, viel Jungunternehmer-Hype, viel Lob für einen Mann, der mittellos nach Amerika gekommen ist und solchen Erfolg hatte. Aber ich habe auch Negatives gehört. Hier und da, Fragmente, Gerüchte, Klatsch, alles zusammenhanglos. Unbewiesen und nur vom Hörensagen, aber von Leuten, die solche Dinge wissen. Ich war förmlich davon besessen rauszukriegen, wie alle diese Teilchen hinter seinem öffentlichen Image zusammenpassten. Es schien drei Hauptthemen zu geben: Er war ein krasser Egoist, er war skrupellos, und er schien viel mehr Geld zu besitzen, als er haben dürfte. Meine persönliche Schlussfolgerung war, dass er sich wohl an Firmengeldern bereicherte. Was für einen skrupellosen Boss ein Kinderspiel gewesen wäre. Damals gab es einen Tsunami von frischem Geld. Unglaublich! Ich vermute, dass er der Versuchung nicht widerstehen konnte. Dass er Millionen Dollar Anlegerkapital unter seiner privaten Matratze gebunkert hat.«

»Was erklären würde, wieso die Firma so rasch untergegangen ist«, sagte Reacher. »Sie verfügte über keine Reserven. Die waren gestohlen. Die Buchhaltung war ein Chaos.«

»Der springende Punkt ist, dass das Geld noch da sein könnte«, meinte Isaac. »Oder der größte Teil davon. Oder ein kleiner Teil. Weiter unter seiner Matratze. In diesem Fall wäre eine Klage aussichtsreich. Gegen ihn persönlich, nicht gegen die Firma.«

Reacher schwieg.

Isaac sagte: »Der Anwalt in mir ist davon überzeugt, dass die Chancen hundert zu eins stehen. Aber ich fänd's schrecklich, wenn die Shevicks untergehen würden, ohne dass das versucht worden ist. Doch ich weiß nicht, wie ich's anstellen soll. Deshalb möchte ich Sie um Rat bitten. Eine richtige Kanzlei würde einen Privatdetektiv beauftragen. Der würde den Mann aufspüren und seinen Finanzstatus überprüfen. Zwei Tage später hätten wir Klarheit. Aber dafür hat unser Projekt keine Mittel. Und wir verdienen nicht genug, um für einen Detektiv zusammenlegen zu können.«

»Wieso müsste der Kerl aufgespürt werden? Ist er verschwunden?«

»Wir wissen, dass er nach wie vor in der Stadt lebt. Aber er hat sich verkrochen. Ich glaube nicht, dass ich ihn allein finden könnte. Er ist sehr clever und, wenn ich recht habe, auch sehr reich. Keine gute Kombination. Sie verringert die Chancen.«

»Wie heißt er?«

»Maxim Trulenko«, entgegnete Isaac. »Er ist Ukrainer.«

12

Das erste Raunen aus dem Gourmetkarree erreichte Gregory eine Stunde nach den dortigen Ereignissen. Sein Buchhalter rief an, um zu melden, dass sein abendlicher Bericht sich verspäten würde, weil er auf zwei Abholer wartete, die noch nicht eingecheckt hatten. Gregory fragte, welche zwei das seien, und erfuhr, dass es sich um die Kerle handelte, die die fünf Restaurants abkassiert hatten. Zunächst dachte Gregory sich nichts dabei. Sie waren erwachsen.

Dann rief seine rechte Hand an, um zu melden, diese beiden Abholer seien seit längerer Zeit nicht mehr auf dem Handy erreichbar, und weil ihr Auto nicht dort stand, wo es hätte stehen sollen, war die Taxiflotte mit einer Beschreibung des Wagens alarmiert worden und hatte ausnahmsweise sofort geantwortet. Zwei Fahrer hatten unabhängig voneinander das Gleiche ausgesagt. Sie hätten vor einiger Zeit gesehen, wie ein Wagen, auf den diese Beschreibung passte, abgeschleppt wurde. Die Hinterräder angehoben, hinter einem mittelgroßen Abschleppwagen. Drei Silhouetten im Fahrerhaus. Zunächst dachte Gregory sich nichts dabei. Autos konnten eine Panne haben.

Dann fragte er: »Aber würde sie das daran hindern, sich am Telefon zu melden?«

Er glaubte Dinos Stimme zu hören: *Wir haben einen Kerl, der bei der Autoverwertung an der Schrottpresse arbeitet. Auch er schuldet uns Geld.* Laut sagte er: »Er macht vier für zwei daraus. Nicht zwei für zwei. Er muss den Verstand verloren haben.«

Sein Mann sagte: »Der Restaurantblock ist weniger wert als das Kreditgeschäft. Vielleicht ist das die Message.«

»Was ist er jetzt, ein Wirtschaftsprüfer?«

»Er kann's sich nicht leisten, schwach zu wirken.«

»Ich auch nicht. Vier für zwei ist Bullshit. Sag den Jungs Bescheid. Sie sollen bis morgen früh zwei weitere umlegen. Diesmal etwas auffälliger.«

Reacher bog erst rechts, dann links ab und erreichte ein Dreieck aus Hotelhochhäusern, alles Mittelklassehotels großer Ketten, zwei davon westlich der Center Street und eines östlich. Er betrat das nächste und verbrachte volle fünf Minuten seines Lebens an der Rezeption, wo er seinen Reisepass und seine Bankkarte vorlegen und auf zwei Vordrucken zwei Unterschriften aus zwei verschiedenen Gründen leisten musste. In der guten alten Zeit war es einfacher gewesen, ins Pentagon reinzukommen.

Er nahm einen Stadtplan mit und fuhr in sein Zimmer hinauf, das nichts Empfehlenswertes an sich hatte, aber mit Bett und Bad alles bot, was er brauchte. Er setzte sich auf die Bettkante, um den Stadtplan zu studieren. Die Stadt war birnenförmig angelegt, hatte auffällig gerade Straßen und streckte sich im oberen Teil nach der Interstate. Der Ford-Händler und die Landmaschinen befanden sich ganz oben, wo der Stängel gesessen hätte. Die Hotels standen mitten in dem bauchigen Teil. Im Geschäftsbezirk. Hier gab es eine Galerie und ein Kunstmuseum. Die GI-Siedlung mit dem Haus der Shevicks lag fast am östlichen Stadtrand. Auf dem Stadtplan sah sie wie ein winziger quadratischer Daumenabdruck aus.

Wo würde eine sehr clevere und sehr reiche Person sich verkriechen?

Nirgends. Das war Reachers Schlussfolgerung. Die Stadt war groß, aber nicht groß genug. Der Mann schien eine Lokalgröße gewesen zu sein. Er hatte eine Vizepräsidentin für Kommunikation beschäftigt. Alle hatten über ihn geredet. Vermutlich war sein Bild öfter in der Zeitung erschienen. Konnte jemand wie er über Nacht ein Eremit werden? Unmöglich. Schließlich musste der Typ essen. Er musste einkaufen gehen oder sich Essen bringen lassen. So oder so würde er gesehen werden. Leute würden ihn erkennen und tratschen. Nach einer Woche würde es Bustouren zu seinem Haus geben.

Es sei denn, die Leute, die ihm das Essen brachten, hielten eisern dicht.

In den Vereinigten Staaten lebten etwa vierhunderttausend gebürtige Ukrainer. Kein Grund zu glauben, dass sie sich alle kannten. Kein Grund, irgendwelche Verbindungen vorauszusetzen. Aber in einer Stadt dieser Größe konnte sich jemand nur mit Verbindungen versteckt halten. Die einzige Erfolgsgarantie bestand darin, von einer loyalen und wachsamen Truppe versteckt, beschützt und versorgt zu werden. Wie ein Geheimagent in einem sicheren Haus. Sehnsüchtig aus dem Fenster starrend, während diskrete Kuriere kommen und gehen.

Sieben Chancen, bevor die Woche vorüber ist, dachte er.

Reacher faltete den Stadtplan zusammen, steckte ihn in eine Hüfttasche. Dann fuhr er in die Hotelhalle hinunter und trat auf die Straße hinaus. Er war hungrig. Seit dem Lunch mit den Shevicks hatte er nichts mehr gegessen. Ein Sandwich mit Hühnersalat, einen Beutel Kartoffelchips und eine Dose Limonade. Nicht viel und lange her. Er ging die Center Street entlang und stellte nach anderthalb Blocks fest, dass die meisten Restaurants schon geschlossen hatten. Es war bereits spätabends.

Was ihn nicht störte. Er legte keinen Wert auf die meisten Restaurants.

Er ging auf der Center Street nach Norden bis zu der Stelle, wo der bauchige Teil der Birne dünner zu werden begann. Dann kehrte er um, ging ein Stück weit nach Süden und setzte sich an einer Bushaltestelle auf die Bank und beobachtete die Passanten. Das geschah praktisch in Zeitlupe. Fahrbahn und Gehsteig waren meist leer. Zwischen einzelnen Autos gab es große Lücken. Fußgänger kamen und gingen, oft in Vierer- oder Fünfergruppen, die je nach Alter und Kleidung auf dem Heimweg aus Restaurants oder die ersten Gäste der Klubszene waren. Die ungefähr fifty-fifty östlich und westlich der Center Street angesiedelt zu sein schien, wenn man die allgemeine Drift beobachtete. Die tatsächlich mehr als nur eine Drift war. In ihr steckte eine gewisse Energie. Als spürten die Menschen eine Anziehungskraft.

Ab und zu kamen auch einzelne Männer vorbei. Manche betrachteten den Gehsteig vor ihren Füßen, während andere starr geradeaus blickten, als wäre es ihnen peinlich, gesehen zu werden. Alle hatten es eilig, ihr Ziel zu erreichen.

Reacher erhob sich und schloss sich der Drift nach Osten an. Vor sich sah er ein elegantes Quartett durch eine Tür nach rechts verschwinden. Als er sie erreichte, erkannte er dahinter eine Bar, die wie ein Bundesgefängnis eingerichtet war. Die Barkeeper trugen orangerote Häftlingsoveralls. Nicht kostümiert war nur ein großer Mann auf einem Hocker gleich hinter der Tür. Schwarzhaarig und schwarz gekleidet. Bestimmt ein Albaner. Reacher kannte den Balkan aus eigener Erfahrung. Der Kerl wirkte wie frisch importiert. Er schien sehr mit sich zufrieden zu sein. Er besaß Macht und genoss sie.

Reacher schlenderte weiter. Er folgte einem Mann, der sich verstohlen, aber entschlossen bewegte, um eine Ecke und verfolgte, wie er durch eine neutrale Tür verschwand, aus der eben ein anderer Mann trat – rot angelaufen und happy. Glücksspiel, dachte Reacher. Nicht Prostitution. Er kannte den Unterschied. Er war dreizehn Jahre Militärpolizist gewesen. Der Hineingehende glaubte vermutlich, das gestern verlorene Geld zurückgewinnen zu können, während der andere Kerl jetzt seine Schulden bezahlen konnte und noch genug für einen Blumenstrauß und ein Dinner für zwei übrig hatte. Oder sollte er lieber darauf vertrauen, dass seine Glückssträhne anhielt? Eine schwierige Entscheidung. Fast eine moralische Frage. Was tun?

Reacher beobachtete ihn.

Der Kerl entschied sich für Blumen und Dinner.

Reacher driftete weiter.

Die Albaner tendierten dazu, später am Abend zu kassieren, weil ihre Szene dazu tendierte, erst später in Schwung zu kommen, was bedeutete, dass die Kassen sich später füllten. Ihre Methode war ganz anders als die auf der anderen Seite der Center Street praktizierte. Sie gingen nicht hinein. Kein bedrohliches Auftreten. Keine schwarzen Anzüge. Keine schwarzen Seidenkrawatten. Sie blieben im Auto sitzen. Sie waren gebeten worden, die Klientel der von ihnen betreuten Lokale nicht zu erschrecken. Sie konnten allzu leicht mit Cops oder Drogenfahndern verwechselt werden. Schlecht fürs Geschäft. In niemandes Interesse. Stattdessen brachte ein Bote ihnen den Umschlag, reichte ihn durchs Fenster hinein und lief ins Lokal zurück. Tausende von Dollar für eine Fahrt um den Block. Nette Arbeit, wenn man sie kriegen konnte.

Zwei Blocks östlich und einen Block nördlich des Casinos hatte Reacher drei Lokalitäten nebeneinander entdeckt, die alle derselben Familie gehörten. Erst eine Bar, dann ein die ganze Nacht geöffneter Spätverkauf und an dritter Stelle ein Spirituosenladen. Ihre Schutzgelder wurden von zwei Veteranen kassiert, beide pensionierte Beinbrecher, die hohes Ansehen genossen. Ihre Fahrt von Tür zu Tür lief nach einem bewährten System ab. Von einer Tür zur nächsten waren es ungefähr zehn Meter. Ein Kerl fuhr, und der andere saß hinten rechts. Ihre bevorzugte Methode. Das hintere Fenster stand eine halbe Handbreit offen. Der Umschlag fiel in ein Nichts. Kein Kontakt. Keine allzu große Nähe. Dann wurde das Gaspedal kurz angetippt, was für die nächsten zehn Meter reichte, wo der nächste Umschlag in ein Nichts fiel. Und so weiter, nur dass an diesem Abend vor dem Spirituosenladen kein Umschlag, sondern ein fetter schwarzer Schalldämpfer vor dem Fenster erschien.

13

Die Waffe war eine Maschinenpistole MP5 von Heckler & Koch, die offenbar auf Feuerstöße mit drei Schuss eingestellt war, denn die trafen den Kerl auf dem Rücksitz – blind, aber clever abgegeben, tief bis mittelhoch steppend, um Beine oder Arme, vielleicht auch die Brust zu treffen. Gleichzeitig bekam der Fahrer von einem weiteren Kerl, der mit seiner H&K vom anderen Gehsteig herübergekommen war, durch zersplitterndes Glas drei Kugeln in den Kopf.

Danach wurden die Autotüren fast synchron aufgerissen. Der Typ vom Gehsteig stieß den Fahrer auf den leeren rechten Sitz und nahm seinen Platz am Steuer ein, während der Typ vom Spirituosenladen sich mit auf den Rücksitz zwängte.

Sie knallten die Türen zu, und der Wagen schoss davon: alle Plätze besetzt, seine Insassen diagonal verteilt, zwei Männer mit ihrer Arbeit zufrieden, dazu ein Toter und ein Sterbender.

Zu diesem Zeitpunkt befand sich Reacher schon zwei Blocks jenseits der Center Street. Er wusste jetzt, wo die Demarkationslinie zwischen den Revieren der Albaner und der Ukrainer verlief. Und er hatte genau das gefunden, was er suchte. Er hielt sich in einer Bar mit kleinen runden Kabaretttischen und einem niedrigen Podium vor der Rückwand auf. Auf dem Podium spielte ein Trio – Gitarre, Bass, Schlagzeug –, und auf den Tischen lagen Speisekarten für Mitternachtssnacks. Hinter der Theke stand eine italienische Kaffeemaschine. An der Tür saß ein Kerl auf einem Hocker. Schwarzer Anzug, schwarze Seidenkrawatte, blasses Gesicht, blondes Haar. Bestimmt ein Ukrainer.

Alles gut, dachte Reacher. Alles, was er brauchte, nichts, was er nicht leicht entbehren konnte.

Er entschied sich für einen Tisch ungefähr in der Mitte des Raums, an dem er mit dem Rücken zur Wand sitzen konnte. Im linken Augenwinkel hatte er den Kerl am Eingang, im rechten das Trio auf dem Podium. Die Jungs waren ziemlich gut. Sie spielten Blues in Arrangements aus den fünfziger Jahren. Volle, runde Gitarrentöne, nicht zu laut, hölzernes Klopfen vom Bass, das Schwirren der Besen auf der Snaredrum. Kein Gesang. Die meisten Gäste tranken Wein. Manche aßen Pizzen in der Größe von Untertassen. Auf der Speisekarte hießen sie Pizzas *à la carte*. Salami oder Peperoni. Neun Dollar.

Eine Bedienung trat an seinen Tisch. Sie passte zu der Musik aus den Fünfzigern. Sie war zierlich und burschikos, schätzungsweise Ende zwanzig, schlank und athletisch, schwarz gekleidet, mit dunkler Kurzhaarfrisur, lebhaften Augen und zurückhaltendem, aber ansteckendem Lächeln. Sie hätte in einem alten Schwarz-Weiß-Film mit Jazz als Soundtrack mitspielen können. Als jemandes freche kleine Schwester. Gefährlich aufmüpfig. Wollte bei der Arbeit Hosen tragen.

Reacher mochte sie.

Sie fragte: »Was darf's sein?«

Reacher bestellte zwei Gläser Leitungswasser, zwei doppelte Espresso und zwei Peperonipizzen.

Sie fragte: »Erwarten Sie jemanden?«

»Ich mache mir Sorgen wegen Unterernährung«, antwortete er.

Sie lächelte und ging, und das Trio stimmte eine trübselige Version von Howlin' Wolfs altem Song »Killing Floor« an. Die Gitarre übernahm den Gesangspart und erklärte mit perlenden Noten, dass er sich wünschte, er wäre seinem Instinkt gefolgt und hätte sie verlassen, um nach Mexiko zu gehen. Unterdessen kamen weitere Gäste herein, immer zu zweit oder mehreren, niemals einzeln. Alle machten kurz halt, wie Reacher es getan hatte, damit der Türsteher sie begutachten konnte. Er musterte sie von Kopf bis Fuß und sah jedem ins Gesicht, bevor er eine knappe Kopfbewegung zu dem Lokal hinter seiner Schulter machte. Sobald die Gäste an ihm vorbei waren, verschränkte er die Arme und sackte wieder auf seinem Hocker zusammen.

Zwei Songs später erschien die Bedienung mit seinem Essen. Sie stellte alles vor ihn hin. Er sagte vielen Dank. Sie sagte bitte sehr. Reacher fragte: »Weist der Kerl an der Tür jemals Gäste ab?«

»Kommt darauf an, wer sie sind«, entgegnete sie.

»Wen lässt er nicht rein?«

»Cops. Allerdings haben wir seit Jahren keine mehr als Gäste gehabt.«

»Wieso Cops?«

»Nie eine gute Idee. Man weiß nie, was passiert. Dreht sich der Wind, ist's plötzlich Bestechung oder Korruption oder eine Falle oder irgendeine andere große Sache. Darum haben Cops ihre eigenen Bars.«

»Daher hat er seit Jahren niemanden mehr abgewiesen. Aber was tut er dann überhaupt hier?«

»Wieso fragen Sie das?«

»Ich bin neugierig«, sagte Reacher.

»Sind Sie ein Cop?«

»Als Nächstes erzählen Sie mir, dass ich wie Ihr Dad aussehe.«

Sie lächelte.

»Er ist viel kleiner«, meinte sie.

Sie zwinkerte ihm nicht ganz zu, als sie sich abwandte, aber fast. Das Trio spielte weiter. Der Kerl an der Tür zählte die Gäste, vermutete Reacher. Er war ein Kuckuckskind. Schutzgeld wurde vermutlich pro Kopf fällig. Er zählte die Gäste, damit die Besitzer nicht schummeln konnten. Außerdem fungierte er als eine Art Wachmann. Um den Deal zu versüßen. Damit alle sich besser fühlten.

Die Bedienung kehrte zurück, bevor Reacher aufgegessen hatte. Sie brachte ihm die Rechnung in einem schwarzen Kunstledermäppchen. Sie hatte jetzt dienstfrei. Er zahlte bar, rundete den Betrag auf und legte einen Zehner als Trinkgeld dazu. Sie ging. Er aß auf, blieb aber noch einen Augenblick an seinem Tisch und beobachtete den Kerl am Eingang. Dann stand er auf, ging auf ihn zu. Anders konnte man die Bar nicht verlassen. Zur Tür rein, zur Tür raus.

Er blieb neben dem Hocker stehen.

Er sagte: »Ich habe eine dringende Nachricht für Maxim Trulenko. Sie müssen überlegen, wie ich sie ihm zukommen lassen kann. Ich bin morgen zur gleichen Zeit wieder da.«

Dann ging er weiter, durch die Tür, auf die Straße hinaus. Fünf, sechs Meter rechts von ihm kam die Bedienung aus dem Personaleingang. Im genau gleichen Moment. Das hatte er nicht erwartet.

Sie blieb auf dem Gehsteig stehen.

Zierlich, burschikos, dienstfrei.

Sie sagte: »Hi.«

Er sagte: »Noch mal besten Dank für den guten Service. Viel Spaß für den Rest Ihres Abends.«

In Gedanken zählte er die Sekunden mit.

Sie sagte: »Ihnen auch und danke für das großzügige Trinkgeld.«

Sie hielt gut zwei Meter Abstand, wirkte irgendwie nervös, angespannt. Ihre Körpersprache verriet alles Mögliche.

Er sagte: »Ich versuche mir vorzustellen, welches Trinkgeld mir gefallen würde, wenn ich eine Bedienung wäre.«

»Eine originelle Idee!«

Reacher zählte in Gedanken, weil bald etwas passieren würde. Oder auch nichts. Vielleicht nichts, weil der Name Maxim Trulenko ihnen nichts sagte. Oder vielleicht etwas, weil der Name Trulenko auf ihrer Liste von VIP-Klienten ganz oben stand.

Das würde sich erweisen.

Die Bedienung fragte: »Was sind Sie also, wenn Sie kein Cop sind?«

»Ich bin gerade zwischen zwei Jobs.«

Falls der Name Trulenko auf einer Liste stand, sah das Protokoll vermutlich vor, dass der Türsteher die Frage sofort telefonisch oder per SMS meldete. Anschließend würde er – weil er den Auftrag dazu erhalten hatte oder es ohnehin zum Protokoll gehörte – herauskommen, um Reacher mit allen möglichen Tricks so lange hinzuhalten, dass er wenigstens ein Handyfoto von ihm machen konnte. Hoffentlich lange genug, bis ein fliegendes Überwachungsteam eintreffen würde. Oder ein fliegendes Entführungsteam. Autos hatten sie bestimmt genug. Und ihr Gebiet war nicht riesig. Die Hälfte einer birnenförmigen Stadt.

»Oh, das tut mir leid«, sagte die Bedienung. »Hoffentlich finden Sie bald etwas.«

»Danke«, sagte Reacher.

Der Kerl in der Bar würde ungefähr vierzig Sekunden brauchen, um anzurufen oder eine SMS zu schicken, bevor er von seinem Hocker aufstand, tief durchatmete und hinter ihnen ins Freie trat. Dann war er demnächst fällig.

Falls etwas an der Sache dran war.

Vielleicht war auch nichts dran.

Die Bedienung fragte: »Was möchten Sie denn arbeiten?«

Hinter ihnen kam der Kerl aus der Tür.

Reacher trat an den Randstein, sodass ein flaches Dreieck mit der Bedienung links von ihm und dem Kerl rechts von ihm entstand, bei dem er den Rücken frei hatte.

Der Kerl starrte Reacher an, aber er sprach mit der Bedienung.

Er sagte: »Verpiss dich, Kid.«

Reacher sah zu ihm hinüber.

Sie sagte mit lautlosen Lippenbewegungen etwas. Vielleicht: *Passen Sie auf, wohin ich gehe.* Dann wandte sie sich ab und überquerte rasch die Straße. Reacher schaute sich zweimal

kurz nach ihr um. Beim ersten Blick war sie auf dem gegenüberliegenden Gehsteig nach Norden unterwegs, beim zweiten Mal schon verschwunden. Vermutlich in einem Hauseingang. Ziemlich am Ende des Blocks.

Der Kerl rechts von ihm sagte: »Ich bräuchte Ihren Namen,
bevor ich eine Verbindung zu Maxim Trulenko herstellen
könnte. Und vielleicht sollten wir erst mal darüber reden, Sie
und ich, woher Sie ihn kennen. Nur damit ich beruhigt sein
kann.«

»Wann könnten wir das machen?«, fragte Reacher.

»Am besten gleich jetzt«, antwortete der Kerl. »Kommen
Sie wieder rein. Ich spendiere Ihnen einen Kaffee.«

Hinhalten, dachte Reacher. Bis das Entführungsteam eintraf. Er blickte nach links und rechts die Straße entlang. Kein
Auto, keine Scheinwerfer. Noch nicht.

Er sagte: »Danke, ich habe gerade Kaffee getrunken. Ich
möchte nichts. Ich komme morgen Abend wieder. Ungefähr
um diese Zeit.«

Der Kerl zog sein Handy heraus.

»Ich könnte ihm Ihr Foto schicken«, bot er an. »Als ersten
Schritt. Das wäre schneller.«

»Nein, danke«, sagte Reacher.

»Sie müssen mir sagen, woher Sie Maxim kennen.«

»Maxim kennt jeder. Schließlich war er hier eine Zeit lang
berühmt.«

»Sagen Sie mir, welche Nachricht Sie für ihn haben.«

»Die ist nur für ihn bestimmt«, erklärte Reacher.

Der Mann gab keine Antwort. Reacher sah sich erneut auf
der Straße um. Keine Scheinwerfer. Noch nicht.

Der Kerl sagte: »Sie dürfen mich nicht falsch verstehen.
Jeder Freund von Maxim ist mein Freund. Aber wenn Sie Max

kennen, wissen Sie natürlich auch, dass wir Sie überprüfen müssen. Sie würden nichts anderes für ihn wollen.«

Reacher kontrollierte erneut die Straße. Jetzt kam ein Auto heran. Um die Südwestecke des übernächsten Blocks bog ein Scheinwerferpaar, das wippte, hüpfte und sprang, als der Fahrer die Kurve viel zu schnell nahm. Dann leuchtete es kurz geradeaus, bis der Lichtkegel hochstieg, als der Wagen stark beschleunigte.

Direkt auf sie zu.

»Man sieht sich«, sagte Reacher. »Hoffentlich.«

Er wandte sich ab, überquerte die Straße und entfernte sich von dem Auto weg nach Norden. Und entdeckte einen zweiten Wagen, der um die Nordwestecke des übernächsten Blocks bog. Auch er mit wippenden Scheinwerfern. Starke Beschleunigung. Direkt auf ihn zu. Vermutlich zwei Männer pro Fahrzeug. Kein schlechtes Aufgebot, und sie hatten schnell reagiert. Offenbar herrschte Alarmstufe Rot. Folglich war Trulenko wichtig. Folglich würden ihre Einsatzregeln in erheblichem Maß Ermessenssache sein.

Im Augenblick war Reacher das Fleisch in einem Sandwich aus hellem Licht.

Passen Sie auf, wohin ich gehe.

Ein Hauseingang am Ende des Blocks.

Er hastete weiter, kniff die Augen im Scheinwerferlicht zusammen und sah einen Hauseingang nach dem anderen aus ständig wechselnden Schatten hervortreten. Die meisten Türen gehörten zu Läden, sodass hinter ihnen nur das formlose Grau geschlossener Geschäfte lag. Einige wirkten schlichter und massiver und führten anscheinend zu Wohnungen hinauf, aber keine von ihnen stand auch nur einen einladenden Fingerbreit offen, hinter keiner brannte Licht. Er lief weiter nach Norden, weil die Bedienung nach Norden gegangen war, und aus den Schatten traten nacheinander neue Türen hervor, die jedoch alle grau und hartnäckig geschlossen waren.

Die Autos näherten sich. Ihre Scheinwerfer leuchteten heller. Reacher gab die Sache mit den Hauseingängen auf. Anscheinend hatte er ihre lautlose Botschaft falsch verstanden. Sein Gehirn begann sich Szenarien vorzustellen, in denen zwei Kerle aus Norden und zwei aus Süden kamen, alle vier zweifellos bewaffnet, doch hier in der Stadt eher nicht mit Schrotflinten, eher mit Pistolen, vielleicht sogar mit Schalldämpfern, je nachdem, welche Vereinbarung mit der hiesigen Polizei existierte. Schließlich sollten die Wähler nicht erschreckt werden. Aber jeder Instinkt, der vielleicht zu Vorsicht riet, würde durch das starke Bestreben überlagert werden, ihre Bosse unter keinen Umständen zu enttäuschen.

Die Autos wurden langsamer, hielten.

Reacher war in der Mitte zwischen ihnen gefangen.

Seit seiner Kindheit, seit er zu der Erkenntnis gelangt war, dass man erschreckt werden oder selbst erschrecken konnte, lautete seine Regel Nummer eins: Immer auf die Gefahr zugehen, nicht von ihr weg. Vorwärts oder rückwärts? Er entschied sich für vorwärts. Nach Norden, wo er sowieso hinwollte. Im selben Tempo weiter. Ohne an Schwung zu verlieren. Gleißend helles Licht vor ihm, hinter ihm. Er marschierte weiter. Instinktiv, aber auch eine gute Taktik. So gut wie unter diesen verzweifelten Umständen möglich. Als versuchte man, aus einem miserablen Blatt das Beste zu machen. Zumindest veränderte er dadurch die Geometrie des Gefechtsfelds. Die Kerle vor ihm würden sich unter Druck gesetzt fühlen, je näher er kam. Für die Kerle hinter ihm würde die Schussentfernung größer werden. Beides würde ihre Effizienz beeinträchtigen. Sie mit etwas Glück unter fünfzig Prozent drücken. Weil die Kerle hinter ihm sich Sorgen wegen ihrer Kumpel machen würden, die wegen ihrer Nähe zu der Zielperson leicht getroffen werden konnten.

Vielleicht würden die Kerle hinter ihm bewusst nicht schießen.

Das Beste aus einem miserablen Blatt machen.

Reacher eilte weiter.

Er hörte, wie Autotüren geöffnet wurden.

Im Vorbeihasten erkannte er links neben sich Ladeneingänge, die einer nach dem anderen aus den Schlagschatten auftauchten, alle abweisend und fest verschlossen. Bis auf einen, der keine Ladentür, sondern ein Durchgang war. Eine schmale Gasse. Rechts von ihm verlief der Randstein in gleicher Höhe weiter, aber links tat sich zwischen den Häusern eine zweieinhalb Meter breite dunkle Lücke auf. Ihr Boden war mit denselben Platten belegt wie der Gehsteig. Irgendeine öffentliche Fußgängerpassage. Wohin führte sie? Das war im Augenblick egal. Sie wirkte dunkel. Und sie führte garantiert zu etwas, das besser war als eine leere Straße, die von zwei Paar aufgeblendeten Autoscheinwerfern erhellt wurde.

Reacher verschwand in der Gasse.

Hinter sich hörte er rennende Schritte.

Er lief weiter. Nach einer Haustiefe verbreiterte sich die Gasse, ging in eine enge Straße über. Ebenfalls düster. Die Schritte hinter ihm kamen näher. Er blieb dicht bei den Häusern, wo die Schatten am dunkelsten waren.

Vor ihm im Dunkel öffnete sich eine Tür.

Eine Hand packte ihn am Arm und zog ihn hinein.

14

Die Tür schloss sich lautlos wieder, und drei Sekunden später trampelten draußen die Schritte in langsamem, vorsichtigem Joggingtempo vorbei. Stille kehrte ein. Die Hand auf Reachers Arm zog ihn tiefer in die Dunkelheit hinein. Kleine, aber kräftige Finger. Sie gelangten in einen anderen Raum mit anderer Akustik. Er hörte Fingernägel über eine Wand scharren, als sie den Lichtschalter suchten.

Licht flammte auf.

Er blinzelte. Die Bedienung.

Passen Sie auf, wohin ich gehe.

Eine Gasse, kein Hauseingang. Oder eine Gasse, die zu einem Hauseingang führte. Eine Gasse, die zu einem Hauseingang mit einer Haustür führte, die einladend einen Spalt weit offen stand.

»Sie wohnen hier?«, fragte er.

Sie nickte.

Sie trug noch ihre Arbeitskleidung. Schwarze Jeans, schwarze kurzärmlige Leinenbluse. Zierlich, burschikos, dunkle Kurzhaarfrisur, besorgter Blick.

»Danke«, sagte Reacher. »Dafür, dass Sie mich gerettet haben.«

»Ich hab mir überlegt, welches Trinkgeld mir gefallen würde«, sagte sie. »Wenn ich ein Fremder wäre, den der Türsteher von der Seite her beobachtet.«

»Hat er das getan?«

»Sie müssen ihn irgendwie misstrauisch gemacht haben.«

Er gab keine Antwort. Das Zimmer, in dem sie standen, war ein behaglicher Raum in gedämpften Farben, voller abgenutzter, komfortabler Möbel, teils aus Secondhandshops, gesäubert und instand gesetzt, teils aus alten Maschinenteilen zusammengeschraubt. Der Standfuß irgendeiner alten Maschine trug die Platte des Couchtischs; die Beistelltische wirkten ähnlich konstruiert. Und so weiter. Umfunktionieren, nannte man das. Das hatte er in einer Zeitschrift gelesen. Ihm gefiel ihr Stil. Ihm gefiel das Resultat. Ein hübsches Zimmer. Dann hörte er eine Stimme in seinem Kopf: *Wär doch schade, wenn ihm was zustieße.*

»Sie arbeiten für sie«, sagte er. »Sie sollten mir keine Zuflucht bieten.«

»Ich arbeite nicht für sie«, entgegnete sie. »Ich arbeite für das Ehepaar, dem die Bar gehört. Der Kerl an der Tür ist in diesem Geschäft unvermeidlich. Das wäre in keiner Bar anders.«

»Er hat anscheinend geglaubt, Sie herumkommandieren zu können.«

»Das tun sie alle. Ich habe Sie auch reingeholt, um mich ein bisschen zu revanchieren.«

»Danke«, sagte er noch mal.

»Gern geschehen.«

»Ich bin Jack Reacher«, erklärte er. »Freut mich sehr, Sie kennenzulernen.«

»Abigail Gibson«, sagte sie. »Die Leute nennen mich Abby.«

»Mich nennen sie Reacher.«

Sie sagte: »Freut mich sehr, Sie kennenzulernen, Reacher.«

Sie schüttelten sich ganz förmlich die Hand. Kleine Finger, aber kräftig.

Er sagte: »Ich habe sie absichtlich provoziert. Ich wollte sehen, ob und wie schnell und wie energisch sie auf etwas reagieren würden.«

»Worauf?«

»Auf den Namen Maxim Trulenko. Sie haben von ihm gehört?«

»Klar«, antwortete Abby. »Er ist gerade pleitegegangen. Eine dieser Dotcom-Pleiten. Eine Zeit lang war er hier eine Lokalgröße.«

»Ich möchte ihn finden.«

»Wozu?«

»Er ist Leuten Geld schuldig.«

»Sind Sie ein Schuldeneintreiber? Mir haben Sie erzählt, dass Sie arbeitslos sind.«

»Ehrenamtlich«, sagte Reacher. »Nur vorübergehend. Für ein altes Ehepaar, das ich getroffen habe. Noch im Anfangsstadium.«

»Ob er Leuten Geld schuldet, ist egal. Er hat keins. Er ist bankrott.«

»Eine Theorie lautet, dass er einen Haufen Geld unter seiner Matratze gebunkert haben soll.«

»Solche Theorien gibt's immer.«

»Ich glaube, dass sie in seinem Fall zutrifft. Das ist nur logisch. Wäre er pleite, hätte man ihn inzwischen aufgespürt. Doch bisher hat ihn niemand gefunden, folglich kann er nicht pleite sein. Weil er sich auf Dauer nur verstecken kann, wenn er die Ukrainer dafür bezahlt, dass sie ihn verbergen. Was eine Menge Geld kostet. Also hat er noch welches. Wenn ich ihn bald aufstöbern kann, ist vielleicht noch etwas davon übrig.«

»Für Ihr altes Ehepaar.«

»Hoffentlich genug für ihre Bedürfnisse.«

»Wer nicht gefunden werden will, darf nicht pleite sein«, sagte sie. »Das könnte auf dem Zettel in einem Glückskeks stehen. Aber der heutige Abend hat wohl bewiesen, dass das stimmt.«

Reacher nickte.

»Zwei Autos«, sagte er. »Vier Kerle. Er bekommt eine Menge für sein Geld.«

»Sie sollten sich nicht mit diesen Leuten anlegen«, meinte Abby. »Ich hab sie schon mehrmals erlebt.«

»Sie haben sich mit ihnen angelegt. Sie haben mir die Tür geöffnet.«

»Das ist etwas anderes. Das erfahren sie nie. Es gibt hundert Türen.«

Er fragte: »Warum haben Sie mich reingeholt?«

»Das wissen Sie«, antwortete sie.

»Vielleicht wollten die Typen sich nur in aller Freundschaft mit mir unterhalten.«

»Das glaube ich nicht.«

»Vielleicht wäre ich nur streng ermahnt worden.«

Sie äußerte sich nicht dazu.

»Sie wussten, dass mir Schlimmeres gedroht hätte«, sagte er. »Deshalb haben Sie mich reingeholt.«

»Ich hab sie schon mehrmals erlebt«, wiederholte sie.

»Was hätten die Kerle gemacht?«

»Sie mögen es nicht, wenn jemand sich in ihre Geschäfte einmischt«, erklärte Abby. »Ich glaube, sie hätten Sie arg zugerichtet.«

»Haben Sie so was schon mal miterlebt?«

Sie schwieg.

»Jedenfalls noch mal vielen Dank«, sagte Reacher.

»Brauchen Sie sonst noch etwas?«

»Ich muss weiter. Sie haben schon genug für mich getan. Ich habe ein Hotelzimmer.«

»Wo?«

Er sagte es ihr. Sie schüttelte den Kopf.

»Das ist westlich der Center Street«, meinte sie. »Sie haben dort ihre Leute. Der Suchauftrag mit Ihrer Beschreibung ist längst per SMS rausgegangen.«

»Die Ukrainer scheinen diese Sache ziemlich ernst zu nehmen.«

»Ich hab's Ihnen gesagt. Sie mögen es nicht, wenn jemand sich in ihre Geschäfte einmischt.«

»Wie viele sind es denn?«

»Mehr als genug«, sagte sie. »Ich wollte gerade Kaffee machen. Mögen Sie auch einen?«

»Klar«, sagte Reacher.

Sie nahm ihn in ihre Küche mit, die klein und zusammengestückelt, aber sauber und aufgeräumt wirkte. Ein gemütlicher Raum. Sie füllte Kaffee und Wasser ein und setzte die Kaffeemaschine in Gang. Das Gerät blubberte und gurgelte und erfüllte die Küche mit Kaffeeduft.

»Können Sie dann überhaupt schlafen?«, fragte Reacher.

»Für mich ist jetzt Abend«, antwortete sie. »Ich gehe ins Bett, wenn die Sonne aufgeht. Dann schlafe ich den ganzen Tag.«

»Klingt vernünftig.«

Sie stellte zwei weiße Porzellanbecher, die sie aus einem Hängeschrank nahm, auf den Tisch.

»Ich gehe unter die Dusche«, sagte sie. »Bedienen Sie sich, wenn der Kaffee vor mir fertig ist.«

Eine Minute später hörte er Wasser rauschen und anschließend das gedämpfte Geräusch eines Föns. Die Kaffeemaschine blubberte und gurgelte weiter, bis Abby zurückkam. Sie hatte rosige Wangen, duftete nach guter Seife und trug jetzt ein Hemdkleid, das wie ein Herrenhemd aussah, aber länger und schmaler geschnitten war. Vermutlich ohne viel Wäsche darunter. Ihre Füße waren jedenfalls nackt. Freizeitkleidung. Ein gemütlicher Abend daheim. Sie schenkten sich Kaffee ein und nahmen ihre Becher ins Wohnzimmer mit.

»Sie haben meine Frage nicht beantwortet«, sagte sie. »Dazu war wohl keine Gelegenheit mehr.«

»Welche Frage?«, wollte er wissen.

»Was möchten Sie denn arbeiten?«

Reachers Antwort bestand aus seiner Kurzbiografie. Anfangs leicht zu verstehen, später schwieriger. Sohn eines Offiziers im Marine Corps, Kindheit an fünfzig Orten, dann West Point, danach an hundert Orten bei der Militärpolizei und dann die Sparmaßnahmen nach dem Kalten Krieg, durch die er plötzlich Zivilist geworden war. Eine geradlinige Story. Gefolgt von seiner Wanderschaft, die nicht so geradlinig war. Kein Job, kein Heim, immer ruhelos. Ständig unterwegs. Immer ohne Gepäck. Kein bestimmtes Ziel und alle Zeit der Welt, um es zu erreichen. Manche Leute fanden das schwer begreiflich. Abby schien es jedoch zu verstehen. Sie stellte keine der üblichen dummen Fragen.

Ihre eigene Biografie war aufgrund ihres geringeren Lebensalters kürzer. Am Rand einer Großstadt in Michigan geboren, in kalifornischen Suburbias aufgewachsen, liebte Bücher und Philosophie und Theater und Musik, Tanz und experimentelle Performances. War als Studentin hergekommen und hier hängen geblieben. Aus einem vierwöchigen Aushilfsjob als Bedienung waren zehn Jahre geworden. Sie war zweiunddreißig. Älter, als sie aussah. Sie sei glücklich, sagte sie.

Zwischendurch holten sie sich frischen Kaffee aus der Küche und saßen sich dann an beiden Enden des Sofas gegenüber: Reacher entspannt hingefläzt, Abby im Schneidersitz, der ihre nackten Knie sehen ließ. Reacher verstand nicht viel von Philosophie, Theater, Musik, Tanz oder experimentellen Performances, aber er las Bücher, wenn er konnte, und hörte Musik, wenn sich die Gelegenheit bot, sodass er einigermaßen mitreden konnte. Mehrfach ergab sich, dass sie die gleichen Sachen gelesen hatten. Bei Musik war es ähnlich. Abby nannte das ihre Retrophase. Er sagte, ihm komme es wie gestern vor. Darüber lachten sie.

So wurde es zwei Uhr morgens. Reacher wusste, dass er in einem albanischen Hotel ein Zimmer bekommen würde. Einen Block weiter östlich. Bestimmt nicht schlechter. Was er schon gezahlt hatte, konnte er verschmerzen. Er ärgerte sich mehr über die fünf Minuten seines Lebens an der Rezeption. Die würde er nie zurückbekommen.

Abby sagte: »Du kannst hierbleiben, wenn du möchtest.«

Ihr Hemdkleid war jetzt einen Knopf weiter aufgeknöpft als zuvor, das erschien ihm ziemlich sicher. Er wusste, dass er in dieser Beziehung seiner Beobachtungsgabe trauen konnte. Er war ein ausgezeichneter Beobachter. Das ursprüngliche Dekolleté hatte er schon mehrere Male bewundert. Es war sehr reizvoll gewesen. Doch das neue wirkte noch verlockender.

Er sagte: »Ich habe kein Gästezimmer gesehen.«

Sie sagte: »Ich habe keins.«

»Wäre das ein Lifestyle-Experiment?«

»Im Gegensatz wozu?«

»Zu den üblichen Gründen.«

»Eine Mischung aus beiden, denke ich.«

»Aber gern«, sagte Reacher.

15

Dinos zwei Kerle blieben die ganze Nacht über verschwunden. Ihre Spur verlor sich ab dem Spirituosenladen. Ihre Smartphones waren tot. Niemand hatte ihr Auto gesehen. Sie hatten sich in nichts aufgelöst. Was natürlich unmöglich war. Aber trotzdem wurde Dino nicht geweckt. Stattdessen lief eine kleine Suchaktion an. In allen infrage kommenden Vierteln. Ohne Ergebnis. Die beiden Männer blieben verschollen. Bis sieben Uhr morgens auf ihrem eigenen Territorium, als ein Staplerfahrer Zedernstämme aus der hintersten Ecke des Holzlagerplatzes holen sollte.

Nun wurde Dino geweckt.

Der Lagerplatz war von einem zweieinhalb Meter hohen Maschendrahtzaun umgeben. Die beiden Männer waren mit dem Kopf nach unten an diesen Zaun gehängt worden. Man hatte sie aufgeschlitzt. Durch die Schwerkraft waren ihre Eingeweide herausgesackt – über die Brust, über den Kopf, bis auf den Boden. Zum Glück nach ihrem Tod. Beide wiesen verkrustete Schusswunden auf. Der Kopf eines der Kerle war weitgehend zertrümmert.

Keine Spur von ihrem Wagen. Keine Fußabdrücke. Nichts, was irgendwie weiterhelfen konnte.

Dino berief eine Besprechung im rückwärtigen Konferenzraum ein. Nur fünfzig Meter von dem grausigen Fundort entfernt. Wie ein General auf Frontbesuch, um sich selbst ein Bild von der Lage zu machen.

Er sagte: »Gregory muss den Verstand verloren haben. Wir waren hier die ursprünglichen Opfer, wir haben jedes Mal den Kürzeren gezogen, und jetzt will er's uns durch vier für zwei hinreiben? Das ist Bullshit! Wie ungleich soll die Sache noch werden? Was zum Teufel denkt er sich dabei?«

»Aber warum so grässlich?«, fragte seine rechte Hand. »Wozu all das Drama mit den raushängenden Eingeweiden? Sieht fast nach Rache aus. Als wären wir bei irgendwas besser gewesen«

»Waren wir aber nicht.«

»Möglicherweise geht's um etwas, von dem wir nichts ahnen. Vielleicht haben wir irgendwo die Oberhand behalten und es nur noch nicht gemerkt.«

»Was nicht gemerkt?«

»Das wissen wir noch nicht. Das ist der springende Punkt.«

»Wir haben nur den Restaurantblock dazubekommen.«

»Vielleicht ist er irgendwie besonders. Oder er bringt mehr, als wir dachten. Vielleicht kommen wir so besser an Leute heran. Alle Bonzen müssen dort essen. Mit ihren Frauen und so weiter. Wohin sollten sie sonst gehen?«

Dino gab keine Antwort.

Der Mann fragte: »Warum sollten sie sonst so wütend sein?«

Dino äußerte sich noch immer nicht dazu.

Dann sagte er: »Vielleicht hast du recht. Vielleicht ist der Restaurantblock mehr wert als das Kreditgeschäft. Das hoffe ich jedenfalls. Wir hatten Glück, sie sind sauer. Aber vier für zwei ist trotzdem Bullshit. Damit können wir nicht leben. Alarmiere die Jungs. Bis Sonnenuntergang muss der Stand ausgeglichen sein.«

Reacher wachte gegen acht Uhr morgens auf: warm, entspannt, ausgeglichen, teilweise mit Abby verschlungen, die ungestört weiterschlief. Neben ihm liegend schaute sie winzig aus. Sie war über einen Kopf kleiner, wog weniger als die Hälfte. In

Ruhe wirkte sie weich und knochenlos, in Bewegung hart, geschmeidig und stark. Und sie experimentierte gern. Ihre Performance war ein Kunstwerk gewesen. Das stand verdammt fest. Er konnte sich glücklich schätzen. Er atmete tief durch und blickte zu der ungewohnten Zimmerdecke auf. Sie hatte Risse im Putz, die an das Mündungsdelta eines Flusses erinnerten und oftmals übertüncht waren, sodass sie wie verheilte Narben aussahen.

Er machte sich sanft frei, glitt aus dem Bett, ging nackt ins Bad und dann in die Küche, wo er Kaffee aufsetzte. Dann betrat er wieder das Bad und duschte. Anschließend suchte er seine Sachen im Wohnzimmer zusammen und zog sich an. Er nahm einen weißen Porzellanbecher aus dem Hängeschrank und genoss den ersten Kaffee des Tages. Er saß an dem kleinen Tisch am Fenster. Der Himmel war blau, und die Sonne strahlte. Ein herrlicher Morgen. Von draußen drangen schwach Geräusche herein. Verkehr und Stimmen. Geschäftiges Treiben, als Leute zur Arbeit gingen.

Er stand auf, schenkte sich Kaffee nach und setzte sich wieder. Eine Minute später kam Abby nackt herein, streckte sich gähnend und lächelnd. Sie goss sich einen Kaffee ein, trat damit an den Tisch und setzte sich auf seinen Schoß. Nackt, weich, warm und duftend. Was sollte ein Mann tun? Eine Minute später landeten sie wieder im Bett. Es war noch besser als beim ersten Mal. Zwanzig volle Minuten von der Vorbis zur Nachspeise. Danach lagen sie keuchend und hechelnd nebeneinander. Nicht übel für einen alten Kerl, dachte er. Sie kuschelte sich an ihn, erschöpft, schwer atmend. Er spürte eine körperliche Erfüllung in ihr. Irgendeine tiefe animalische Befriedigung. Und noch etwas anderes. Sie fühlte sich sicher, warm und beschützt. Das genoss sie.

»Gestern Abend«, sagte er, »vor der Bar, als ich dich nach dem Kerl an der Tür gefragt habe, wolltest du wissen, ob ich ein Cop bin.«

»Du bist ein Cop«, murmelte sie.

»War einer«, sagte er.

»Für einen ersten Eindruck hat's gereicht. Diesen Look wird man nie los, glaub ich.«

»Wolltest du, dass ich ein Cop bin? Hast du das gehofft?«

»Wieso sollte ich das?«

»Wegen des Typs an der Tür. Vielleicht hast du gehofft, ich könnte etwas gegen ihn unternehmen.«

»Nein«, sagte sie. »Das zu hoffen wäre Zeitverschwendung. Die Cops unternehmen nichts wegen dieser Kerle. Nie. Zu viel Stress. Zu viel Schmiergeld. Glaub mir, vor den Cops sind diese Männer ziemlich sicher.«

Alte Enttäuschungen in ihrer Stimme.

Aus Neugier fragte er: »Hätte es dir gefallen, wenn ich seinetwegen etwas unternommen hätte?«

Sie kuschelte sich enger an ihn. Unbewusst, dachte er. Was etwas bedeuten musste.

Sie fragte: »Wegen dieses speziellen Kerls?«

»Er war der Einzige, der vor mir gestanden hat.«

Sie zögerte kurz.

»Ja«, sagte sie dann, »das hätte mir gefallen.«

»Was hätte ich mit ihm anfangen sollen?«

Er spürte, dass sie sich ein wenig versteifte.

Dann sagte sie: »Ich glaube, mir hätte es gefallen, wenn du ihn zusammengeschlagen hättest.«

»Schlimm.«

»Echt schlimm.«

»Was hast du gegen ihn?«

Sie schwieg.

Nach einer Weile sagte er: »Gestern Abend hast du noch etwas anderes erwähnt. Du hast gesagt, dass SMS mit meiner Beschreibung rausgegangen sind.«

»Sobald klar war, dass sie dich nicht finden konnten.«

»An Hotels und dergleichen.«

»An alle. So machen sie's heutzutage. Das funktioniert automatisch. Sie arbeiten immer mit der neuesten Technik. Probieren ständig neue Betrügereien aus. Dagegen ist eine automatische Suchmeldung ein Kinderspiel.«

»Und buchstäblich jeder bekommt diese Suchmeldung?«

»Denkst du an jemand Bestimmten?«

»Potenziell an einen Kerl in einer anderen Branche. Im Kreditgeschäft.«

»Wäre das ein Problem?«

»Er besitzt ein Foto von mir. Mein Gesicht aus nächster Nähe. Ich wette, dass er mich nach der Beschreibung erkennt und daraufhin das Foto verbreitet.«

Sie kuschelte sich enger an ihn. Wieder entspannt.

»Spielt keine große Rolle«, meinte sie. »Alle halten sowieso Ausschau nach dir. Deine Beschreibung reicht völlig. Ein Foto von deinem Gesicht macht keinen großen Unterschied. Nicht aus der Entfernung.«

»Das ist nicht das Problem.«

»Sondern?«

»Der Kredithai glaubt, dass ich Aaron Shevick heiße.«

»Wieso?«

»Die Shevicks sind ein altes Ehepaar. Ihretwegen war ich geschäftlich bei ihm. Ich dachte, das sei eine gute Idee. Aber jetzt ist der falsche Name in Umlauf. Sie könnten die Adresse herausfinden. Ich möchte nicht, dass sie auf der Suche nach mir bei den Shevicks aufkreuzen. Das könnte zu allen möglichen Unannehmlichkeiten führen. Die Shevicks haben schon genügend andere Sorgen.«

»Wo wohnen sie denn?«

»Fast an der östlichen Stadtgrenze. In einer ehemaligen GI-Siedlung.«

»Das ist albanisches Territorium. Für die Ukrainer wär's höchst riskant, dort aufzukreuzen.«

»Sie haben schon ihre Bar mit dem Kreditgeschäft übernommen«, erklärte Reacher. »Die liegt weit westlich der Center Street. Die Frontlinien scheinen in Bewegung geraten zu sein.«

Abby nickte verschlafen an seiner Brust.

»Ich weiß«, sagte sie. »Alle sind sich einig, dass es wegen des neuen Polizeichefs keinen Krieg geben darf, aber trotzdem passiert alles Mögliche.«

Dann atmete sie tief durch, setzte sich auf und sagte entschlossen: »Komm, wir müssen los.«

»Wohin?«, fragte Reacher.

»Wir sollten uns vergewissern, dass mit deinem alten Ehepaar alles in Ordnung ist.«

Abby verfügte über ein Auto. Es stand einen Block weit entfernt in einer Tiefgarage. Es war ein kleiner viertüriger weißer Toyota mit Handschaltung und ohne Radkappen. Und mit Kabelbindern, mit denen ein Ende der vorderen Stoßstange befestigt war. Und mit einem Sprung in der Frontscheibe, der den Blick auf die Straße ungefähr in zwei Hälften teilte. Aber der Motor sprang an, und die Lenkung funktionierte ebenso wie die Bremsen. Die Scheiben waren nicht getönt, sodass Reacher das Gefühl hatte, sein Gesicht sei ihnen wegen des beengten Innenraums sehr nahe und daher von außen gut sichtbar. Er hielt Ausschau nach Lincoln Town Cars, wie er sie bei dem Ford-Händler verschrottet und am Abend zuvor auf der Straße gesehen hatte, als sie von Norden und Süden auf ihn zugekommen waren. Aber er sah keine – und auch keine blassen Männer in schwarzen Anzügen, die an Straßenecken herumlungerten und die Passanten beobachteten.

Sie fuhren auf dem Weg zurück, den er gekommen war: am Busbahnhof vorbei, über die Kreuzung, auf schmaleren Straßen weiter, an der Bar vorbei und in ein Gebiet mit lockerer Bebauung. Vor ihnen tauchte die Tankstelle mit der Imbisstheke auf.

»Fahr dort rein«, sagte Reacher. »Wir sollten ihnen etwas Essen mitbringen.«

»Ist ihnen das recht?«

»Ist das wichtig? Essen müssen sie doch.«

Sie bog in die Tankstelle ab. Die Auswahl war unverändert. Geflügel- oder Thunfischsalat. Er kaufte von jeder Sorte zwei, dazu Kartoffelchips und Limonade. Und eine Dose gemahlenen Bohnenkaffe. Wenig zu essen zu haben war eine Sache. Ohne Kaffee auskommen zu müssen war eine ganz andere.

Sie fuhren in die Siedlung hinein und navigierten auf schmalen Straßen und durch enge Kurven bis zu der Sackgasse ziemlich in der Mitte. Sie parkten vor dem Staketenzaun mit seinen Rosenknospen.

»Das ist ihr Haus?«, fragte Abby.

»Jetzt gehört es der Bank«, antwortete Reacher.

»Wegen Maxim Trulenko?«

»Und weil sie in bester Absicht ein paar Fehler gemacht haben.«

»Meinst du, dass sie's von der Bank zurückkriegen können?«

»Von solchen Sachen verstehe ich nicht viel. Aber das müsste möglich sein. Ich glaube nicht, dass die sich gegen einen Rückkauf sperren würde. Sie würde bestimmt eine Möglichkeit finden, dabei Gewinn zu machen.«

Sie gingen den schmalen Weg entlang. Die Haustür wurde geöffnet, bevor sie sie erreichten. Aaron Shevick stand auf der Schwelle. Er war sichtlich nervös und besorgt.

»Maria ist verschwunden«, sagte er. »Ich kann sie nirgends finden.«

16

Aaron Shevick mochte vor vielen Jahren ein ausgezeichneter Feinmechaniker gewesen sein, aber zum nützlichen Zeugen in der Gegenwart taugte er nicht. Er habe draußen keinen Verkehr gehört, sagte er. Er hatte keine Autos auf der Straße gesehen. Seine Frau und er waren um sieben Uhr morgens aufgestanden und hatten um acht Uhr gefrühstückt. Anschließend war er zu einem Spaziergang aufgebrochen, um im Nachbarladen Milch zu holen. Bei seiner Rückkehr hatte er Maria nirgends finden können.

»Wie lange waren Sie weg?«, fragte Reacher.

»Zwanzig Minuten«, erwiderte Shevick. »Vielleicht etwas länger. Ich bin noch immer schlecht zu Fuß.«

»Und Sie haben sie im ganzen Haus gesucht?«

»Ich dachte, sie sei vielleicht gestürzt. Aber sie war nirgends. Auch nicht im Garten. Also ist sie irgendwohin unterwegs. Oder jemand hat sie entführt.«

»Fangen wir damit an, dass sie irgendwohin unterwegs ist. Hat sie ihren Mantel an?«

»Den brauchte sie nicht«, warf Abby ein. »Dafür ist's zu warm. Eine bessere Frage wäre: Hat sie ihre Handtasche mitgenommen?«

Shevick sah an den üblichen Orten nach, wie er sie nannte. Von diesen gab es vier. Eine spezielle Stelle auf der Arbeitsplatte in der Küche, ein spezielles Tischchen in der Diele, einen speziellen Kleiderhaken an der Garderobe und eine spezielle Stelle auf dem Teppich im Wohnzimmer neben ihrem Sessel.

Keine Handtasche.

»Okay«, sagte Reacher. »Das ist ein gutes Zeichen. Es bedeutet, dass sie das Haus aus eigenem Antrieb verlassen hat – ruhig und geordnet, nicht in Panik, auch nicht unter Zwang.«

Shevick sagte: »Vielleicht hat sie ihre Handtasche woanders hingestellt.« Er sah sich hilflos um. Das Haus war klein, enthielt aber trotzdem hundert mögliche Verstecke.

»Sehen wir die Sache positiv«, fuhr Reacher fort. »Sie hat ihre Handtasche mitgenommen, sie sich über den Arm gehängt und ist auf die Straße hinausgegangen.«

»Oder sie haben sie in ein Auto gezerrt. Sie dazu gezwungen, ihre Handtasche mitzunehmen. Vielleicht wussten sie, wie wir das interpretieren würden. Sie versuchen, uns auf eine falsche Fährte zu locken.«

»Ich glaube, dass sie zum Leihhaus gefahren ist«, sagte Reacher.

Shevick machte eine nachdenkliche Pause. Dann hob er einen Finger, wie um zu bedeuten, er sei gleich wieder da, und hinkte den Flur entlang ins Schlafzimmer. Eine Minute später kam er mit einem alten Schuhkarton in den Händen zurückgehinkt. Der in verblassten Farben Weiß und Rosa gestreifte Karton trug an der Stirnseite ein Etikett mit dem Namen des Herstellers, einem gezeichneten Pumps mit mittelhohem Absatz, der Größenangabe – Größe 36 – und dem Preis: $3.99. Vielleicht Maria Shevicks Brautschuhe.

»Der Familienschmuck«, erklärte Shevick.

Er nahm den Deckel ab. Der Schuhkarton war leer. Keine Eheringe aus 585er-Gold, keine kleinen Brillantringe, keine vergoldete Armbanduhr mit einem Sprung im Glas.

»Wir sollten hinfahren und sie abholen«, meinte Abby. »Sonst steht ihr ein trauriger Heimweg bevor.«

Zu den traditionellen Betätigungsfeldern des organisierten Verbrechens gehörten Zinswucher, Drogenhandel, Prostitution, Glücksspiel und Schutzgelderpressung. In ihrer Hälfte der Stadt betätigten die Ukrainer sich auf allen diesen Gebieten sehr geschickt und souverän. Der Drogenhandel lief besser als je zuvor. Mit Cannabis war kaum noch Geld zu verdienen, seit es überall schleichend legalisiert wurde, aber die explodierende Nachfrage nach Meth und Oxycodon machte diesen Ausfall mehr als wett. Die Gewinne waren ungeheuer. Gesteigert wurden sie durch eine Abgabe auf das mexikanische Heroin, das in der Stadt vom Westrand bis zur Center Street vertickt wurde. Auf jedes einzelne Gramm. Das war Gregorys größter Erfolg. Diesen Deal hatte er persönlich ausgehandelt. Die mexikanischen Gangs waren berüchtigte Barbaren, und es hatte einige Mühe gekostet, sie davon zu überzeugen, dass ihr Straßenverkauf nur dann sicher war, wenn die Ukrainer ihn garantierten. Daher die Umsatzbeteiligung. So waren alle zufrieden.

Auch die Prostitution florierte, wobei Gregory ein natürlicher Vorteil zu Hilfe kam. Ukrainische Mädchen waren oft schön: groß und schlank und sehr blond. Keine hatte zu Hause rosige Zukunftsaussichten. In der alten Heimat stand ihnen ein ärmliches Leben bevor. Keine elegante Kleidung, kein Luxusapartment, kein Mercedes. Das war ihnen klar. Deshalb wanderten sie gern nach Amerika aus. Sie verstanden, dass der Papierkram kompliziert und das Verfahren teuer war. Sie wussten, dass sie ihren Helfern die verauslagten Kosten möglichst schnell zurückerstatten müssten. Und definitiv, bevor sie den nächsten Schritt in ein neues Leben taten, in dem es hoffentlich elegante Kleidung, ein Luxusapartment und einen Mercedes gab. Aber vorher würden sie für kurze Zeit eine Stelle annehmen müssen. Erst danach hätten sie Zugang zu all diesen glitzernden Möglichkeiten. Und das System war sehr gut organisiert, die Arbeit angenehm und sozial. Eigentlich wie PR-Arbeit, die einen mit vielen Leuten zusammenbrachte. Sie würde ihnen gefallen. Vielleicht hatten sie sogar Glück und lernten einen Mann fürs Leben kennen.

Nach ihrer Ankunft wurden sie in Klassen eingeteilt. Nicht, dass etwa eine von ihnen hässlich gewesen wäre. Gregory konnte mit einer großen Auswahl aufwarten. Alle wirkten unverbraucht und attraktiv. Überraschenderweise waren nicht die Jüngsten am begehrtesten. Natürlich gab es genügend Typen, die bereit waren, für einen Blowjob von einem Mädchen zu zahlen, das jünger als ihre Enkelinnen war, aber die Erfahrung zeigte, dass die Kerle, die wirklich Geld besaßen, dies nicht ganz geheuer fanden. Erfahrungsgemäß bevorzugte ein Kerl dieser Art eine etwas ältere Frau, vielleicht sogar Ende zwanzig, mit Eleganz und Raffinesse, mit gewisser Reife, vielleicht sogar ein paar Lachfältchen, damit er sich nicht wie ein Kinderschänder vorkam. Damit er das Gefühl haben konnte, mit einer jüngeren Kollegin, vielleicht einer aufstrebenden Führungskraft zusammen zu sein, die einen Ratschlag, eine Beförderung oder eine Gehaltserhöhung anstrebte – und dann alles bekommen würde, wenn sie ihre Karten richtig ausspielte.

Eine Frau dieser Art blieb meist etwa fünf Jahre in dieser Rolle. Irgendwie brachte sie es nie zu eleganter Kleidung, einem Luxusapartment und einem Mercedes. Irgendwie gelang es ihr nie, ihre Schulden zu tilgen. Niemand hatte daran gedacht, dass auch Zinsen fällig wurden. Hielt sie sich gut, arbeitete sie – auf der Webseite als »Mature« beworben – manchmal weitere fünf Jahre; tat sie das nicht, wurde ihr Stundenlohn um ein paar Hundert Dollar reduziert, und sie machte so gut und so lange weiter, wie sie konnte. Danach wurde sie ganz von der Webseite genommen und in einem der vielen Massagesalons eingesetzt, in denen der kürzeste Einsatz zwanzig Minuten dauerte. Dort trug sie eine äußerst knappe Schwesterntracht sowie Gummihandschuhe und musste sechzehn Stunden am Tag arbeiten.

Jeder einzelne dieser Massagesalons wurde von einem Boss und seinem Stellvertreter geleitet. Wie die dort arbeitenden Frauen gehörten sie nicht zur Elite der Ukrainer. Andererseits hatte ihr Job den Vorteil, unkompliziert zu sein. Sie hatten nur drei Aufgaben: Sie mussten einen festgelegten Betrag pro Woche abliefern. Sie mussten die Frauen bei Laune halten. Sie mussten für Ordnung unter den Freiern sorgen, mehr nicht. Diese Anforderungen lockten sehr spezielle Kandidaten an. Brutal genug, um das Geld einzutreiben, taff genug, um die Freier zu bändigen, anspruchslos genug, um Spaß mit dem Personal zu haben.

In einem Massagesalon zwei Blocks westlich der Center Street hießen diese beiden Bohdan und Artem. Bohdan war der Boss, Artem sein Stellvertreter. Bisher lief der Tag gut. Sie hatten eine Textnachricht wegen eines gesuchten Kerls bekommen. Mit einer kurzen Beschreibung, auch von Größe und Gewicht, die beide beeindruckend klangen. Daraufhin hatten sie sich ihre Kundschaft angesehen. Kein Typ dieser Art. Aber viele andere Typen. Bisher alle manierlich. Alle befriedigt. Auch mit dem Personal bis auf eine Kleinigkeit keine Probleme. Eine der älteren Frauen hatte sich morgens verspätet und sich nicht angemessen entschuldigt. Sie erhielt die Wahl unter mehreren Bußen. Sie entschied sich für das Lederpaddel, sobald ihr Dienst beendet war. Bohdan würde die Strafe ausführen, und Artem würde sie per Video festhalten. Eine Stunde später würde der Film auf ihren Pornoseiten abrufbar sein. Vielleicht hatte er bis zum Morgen schon ein paar Bucks verdient. Eine Win-win-Situation. Alles gut. Bisher lief ihr Tag bestens.

Dann betraten zwei Freier den Laden, die anders ausschauten. Schwarzes Haar, dunkler Teint, Sonnenbrille. Kurze dunkelgraue Regenmäntel. Schwarze Jeans. Fast wie eine Uniform. Was vorkommen konnte. Meist wegen der Universität. Sie zog alle möglichen Ausländer an, die sich häufig wie daheim kleideten. So auch diese beiden. Vielleicht wollten sie die verbotenen Freuden ihres Gastlandes rein zu Forschungszwecken ausloten. Nur um das gegenseitige Verständnis zu fördern.

Oder auch nicht.

Unter ihren gleich aussehenden Regenmänteln zogen sie gleiche MP5 von Heckler & Koch hervor: Maschinenpistolen mit aufgeschraubten Schalldämpfern. Zufällig dieselbe Marke und dasselbe Modell, das die Ukrainer am Vorabend vor dem Spirituosenladen benutzt hatten. Die beiden Männer bedeuteten Bohdan und Artem, sie sollten sich nebeneinander aufstellen. Um zu beweisen, dass ihre Waffen schallgedämpft waren, schossen beide einmal in den Boden. Zwei kurze trockene Knalle. Laut, aber nicht laut genug, dass jemand angerannt kam.

Die beiden stellten sie in stockendem Ukrainisch mit starkem albanischem Akzent vor eine Wahl. Draußen stand ein Wagen, in den Bohdan und Artem steigen konnten, oder sie würden an Ort und Stelle erschossen werden – mit MPs, die leise genug waren, dass niemand angerannt kam. Sie konnten nach zwanzig Minuten Todeskampf auf dem Fußboden verbluten und würden dann hinausgeschleift und trotzdem in den Wagen geladen werden.

Ihre Wahl.

Bohdan antwortete nicht gleich. Auch Artem nicht. Sie waren sich wirklich unsicher. Die Albaner hatten einen üblen Ruf als Folterer. Vielleicht war ein Bauchschuss doch besser. Sie sagten nichts. In dem Gebäude herrschte Stille. Nirgends ein Laut. Die Massagekabinen lagen hinter einer geschlossenen Tür an einem langen Korridor. Der vordere Raum hätte der Empfangsbereich einer Anwaltskanzlei sein können. Das Ergebnis eines Geheimdeals mit der Stadtverwaltung. Aus den Augen, aus dem Sinn. Nur nicht die Wähler verschrecken. Den Deal hatte Gregory ausgehandelt.

Dann wurde die Stille unterbrochen. Vom Korridor her war ein Geräusch zu hören. *Tap-tap-tap*. Das Klicken von Stilettoabsätzen, wie alle sie tragen mussten. Stripper Heels. Die Amerikaner hatten für alles ein Wort. *Tap-tap-tap*. Eine von ihnen war unterwegs, vielleicht von der Toilette zu ihrer Kabine. Oder von einer Kabine zur anderen. Von einem Kunden zum nächsten. Manche Girls waren beliebt. Manche wurden extra angefordert.

Die High Heels kamen näher. *Tap-tap-tap*. Vielleicht war sie zu einer Kabine ganz vorn unterwegs.

Tap-tap-tap.

Die innere Tür ging auf. Eine Frau kam herein. Bohdan sah, dass sie eine der älteren Frauen war – tatsächlich sogar die eine, die nach Dienst bestraft werden sollte. Wie alle Girls trug sie sehr knappe Schwesterntracht aus weißem Latex mit einer im Haar festgesteckten frechen kleinen Kappe. Ihr Rock endete eine Handbreit über ihren schwarzen Nylons. Sie hob eine Hand mit vage vorgestrecktem Mittelfinger, wie es Leute tun, um sich wegen einer Störung zu entschuldigen oder eine Frage anzukündigen.

Dazu kam sie nicht mehr. Welche banale Sache sie hergeführt hatte, blieb unausgesprochen. Neue Handtücher, neue Lotion, neue Gummihandschuhe. Irgendwas in dieser Art. Als die Tür sich am linken Rand des Blickfelds des linken Kerls öffnete, gab er sofort einen kurzen Feuerstoß ab. Die drei Geschosse trafen ihre Körpermitte. Eigentlich ohne Grund. Nur aus nervöser Anspannung heraus. Ein Zucken der Mündung, ein Zucken des Fingers am Abzug. Es gab keine Schussknalle, kein Echo. Nur ein dumpfer Aufprall, als die Frau zusammensackte.

Bohdan sagte: »Jesus!«

Damit waren alle anderen Argumente hinfällig. Erschossen zu werden war keine bloße Theorie mehr. Die Demonstration war überzeugend gewesen. Nun setzte der uralte Überlebenstrieb ein. Noch eine Minute länger leben. Abwarten, was als Nächstes passiert. Sie stiegen freiwillig in das Auto. Wie es der Zufall wollte, gelangten sie in genau dem Augenblick, in dem die Frau in Schwesterntracht starb, jenseits der Center Street auf albanisches Gebiet. Sie lag allein auf dem Fußboden des Empfangsbereichs, halb drinnen und halb draußen im Korridor. Alle Kunden hatten die Flucht ergriffen. Sie waren über sie hinweggesprungen und weggerannt. Ebenso ihre Kolleginnen. Sie starb allein, unter Schmerzen, ohne Beistand, ohne Trost. Sie hieß Anna Uljana Doroschkin und war einundvierzig. Fünfzehn Jahren zuvor war sie mit sechsundzwanzig in die Stadt gekommen – ganz aufgeregt wegen einer Karriere im PR-Sektor.

17

Aaron Shevick hatte keine Vorstellung davon, wo es in der Stadt Leihhäuser gab. Reacher vermutete, sie würden ungefähr gleich weit von dem Busbahnhof entfernt sein, in diskretem Abstand zu den besseren Vierteln. Er kannte Städte. Dort würde es mehrere Blocks mit Billigmieten für kleine Geschäfte geben. Werkstätten für Fensterfolien und Waschsalons, staubige Eisenwarengeschäfte und Läden für preiswerte Autoteile. Und Leihhäuser. Kompliziert war nur die Routenplanung. Sie wollten Mrs. Shevick abfangen, wenn sie bereits wieder auf dem Heimweg war. Das gestaltete sich schwierig, weil sie ihr Ziel nicht kannten. Also beschrieben sie weite Kreise, bis sie ein Leihhaus fanden, schauten durchs Fenster und fuhren erst ein gutes Stück in Richtung Siedlung, bevor sie eine neue Suche begannen.

Zuletzt entdeckten sie Aarons Frau weit westlich der Center Street, als sie aus einem schmuddeligen Pfandhaus trat, das in einer engen Straße gegenüber einem Taxiunternehmen und einer Firma lag, die Gerichtskautionen stellte. Mrs. Shevick, wie sie leibte und lebte, mit erhobenem Kopf und ihrer Handtasche am Arm. Abby hielt neben ihr. Aaron kurbelte das Fenster herunter und rief ihren Namen. Sie war sehr überrascht, ihn zu sehen, stieg jedoch sofort ein. Das Ganze dauerte keine zehn Sekunden. Als hätten sie alles zuvor vereinbart.

Anfangs wirkte sie wegen Abby verlegen. Wegen einer Fremden. *Sie müssen uns für sehr töricht halten.* Als Aaron fragte, wie viel sie für die Ringe und die Uhr bekommen habe, schüttelte sie nur den Kopf und gab keine Antwort.

Etwas später sagte sie: »Achtzig Dollar.«

Niemand äußerte sich dazu. Sie fuhren nach Osten zurück, am Busbahnhof vorbei und über die Ampelkreuzung.

Zur selben Zeit erfuhr Gregory in seinem Büro, was sich in seinem Massagesalon ereignet hatte. Ein anderer seiner Kerle war dort zufällig vorbeigekommen. Er hatte gespürt, dass hier etwas nicht stimmte. Zu still. Er war reingegangen und hatte den Salon völlig leer vorgefunden. Bis auf eine alte Nutte, die erschossen in einer großen Blutlache auf dem Boden lag. Sonst niemand. Keine Kunden. Auch die anderen Girls hatten offenbar das Weite gesucht. Von Bohdan und Artem keine Spur. Artems Handy lag auf seinem Schreibtisch, und Bohdans Jackett hing über seiner Stuhllehne. Keine guten Zeichen. Sie bedeuteten, dass die beiden den Salon nicht freiwillig verlassen hatten. Sie mussten irgendwie dazu gezwungen worden sein.

Gregory rief seine Topleute zusammen. Er schilderte ihnen den Sachverhalt und forderte sie auf, sechzig Sekunden lang angestrengt nachzudenken und dann zu analysieren, was zum Teufel passiert war – und was zum Teufel sie dagegen unternehmen sollten.

Seine rechte Hand sprach als Erster.

»Dahinter steckt Dino«, erklärte er. »Ich glaube, das wissen wir alle. Er verfolgt einen Plan. Mit dem Trick, dass wir einen Spitzel bei der Polizei haben, haben wir zwei seiner Leute ausgeschaltet, also hat er bei dem Ford-Händler zwei unserer Kerle erledigt. Was fair war, keine Frage. Wie du mir, so ich dir. Aber weil's ihm anscheinend nicht gefällt, das Kreditgeschäft verloren zu haben, hat er zur Strafe zwei weitere Männer im Restaurantblock umgelegt. Also mussten wir uns mit den beiden vor dem Spirituosengeschäft revanchieren. Damit waren es vier zu vier. Ein fairer Tausch. Ende der Geschichte. Nur ist Dino offenbar anderer Meinung. Er will anscheinend etwas beweisen. Könnte ein Egotrip sein. Er hat den Ehrgeiz, immer zwei Kerle Vorsprung zu haben. Vielleicht fühlt er sich dann besser. Deshalb steht's jetzt sechs zu vier.«

»Was sollten wir dagegen tun«, fragte Gregory.

Der andere schwieg lange.

Dann sagte er: »Wo wir jetzt stehen, sind wir, weil wir clever waren. Machen wir daraus sechs zu sechs, erhöht er auf acht zu sechs. Und so weiter und so fort. Das wäre ein Krieg in Zeitlupe. Aber wir können uns jetzt keinen Krieg leisten.«

»Was sollten wir also tun?«

»Wir sollten uns damit abfinden. Wir haben zwei Leute und den Restaurantblock verloren, aber das Kreditgeschäft dazugewonnen. Alles in allem stehen wir jetzt besser da als zuvor.«

Gregory sagte: »Lässt uns schwach aussehen.«

»Nein«, widersprach der Kerl. »Es lässt uns wie Erwachsene aussehen, die auf lange Sicht planen und ihr Ziel fest im Blick haben.«

»Wir haben zwei Mann weniger. Das ist demütigend.«

»Hätte Dino dir vor einer Woche sein gesamtes Kreditgeschäft im Tausch gegen zwei unserer Kerle und das Restaurant angeboten, hättest du sofort eingeschlagen. Wir schneiden weit besser ab. Dino ist gedemütigt, nicht wir.«

»Erscheint mir verrückt, die Sache auf sich beruhen zu lassen.«

»Nein«, widersprach der Kerl noch mal. »Das ist clever. Dies ist eine Schachpartie. Und vorläufig gewinnen wir.«

»Was macht er mit unseren Leuten?«

»Bestimmt nichts Nettes.«

Dann sagte Gregory: »Wir müssen die Nutten finden. Dürfen nicht zulassen, dass sie weglaufen. Schlecht für die Disziplin.«

»Wir sind dran«, warf irgendwer ein.

Schweigen.

Gregorys Handy klingelte. Er meldete sich, hörte zu und beendete das Gespräch.

Dann grinste er.

»Vielleicht hast du recht«, sagte er. »Vielleicht bringt uns das Kreditgeschäft wirklich nach vorn.«

»Wie das?«, fragte seine rechte Hand.

»Wir haben jetzt einen Namen«, antwortete Gregory. »Und ein Foto. Der Kerl, der gestern Abend nach Maxim Trulenko gefragt hat, heißt Aaron Shevick. Er ist ein Kunde. Im Augenblick schuldet er uns fünfundzwanzigtausend Dollar. Wir sind dabei, seine Adresse rauszukriegen. Er scheint ein großer hässlicher Hundesohn zu sein.«

Abby parke am Randstein vor dem Staketenzaun, und sie stiegen alle aus, gingen den schmalen Weg entlang. Maria Shevick holte ihre Schlüssel aus der Handtasche und sperrte auf. Sie traten ein. Maria sah die Kaffeedose auf der Arbeitsplatte stehen.

»Danke«, sagte sie.

»Purer Egoismus«, meinte Reacher.

»Möchten Sie welchen?«

»Ich dachte schon, Sie würden das nie fragen.«

Maria öffnete die Dose und schaltete die Kaffeemaschine ein. Dann ging sie ins Wohnzimmer, wo Abby die Familienfotos an der Wand betrachtete.

Sie fragte mitfühlend: »Was haben Sie zuletzt von Meg gehört?«

»Die Behandlung ist brutal«, sagte Maria. »Sie liegt isoliert auf der Intensivstation, ist wegen starker Schmerzmittel nicht ansprechbar oder schläft tief, weil sie sediert wird. Wir können sie nicht besuchen, nicht mal mit ihr telefonieren.«

»Das klingt schrecklich.«

»Aber die Ärzte sind optimistisch«, fuhr Maria fort. »Wenigstens bis jetzt. Bald sollen wir mehr erfahren. Demnächst wollen sie einen weiteren Scan vornehmen.«

»Wenn wir im Voraus dafür zahlen«, warf ihr Mann ein.

Sechs Chancen, bevor die Woche zu Ende ist, dachte Reacher.

Er sagte: »Wir glauben, dass Megs früherer Boss noch hier lebt und irgendwo Geld gebunkert hat. Ihre Anwälte halten es für die absolut beste Strategie, ihn persönlich zu verklagen. Kann unmöglich schiefgehen, haben sie gesagt.«

»Aber wo ist er?«, fragte Shevick.

»Das wissen wir noch nicht.«

»Können Sie ihn finden?«

»Ich denke schon«, sagte Reacher. »Solche Dinge haben früher zu meinem Job gehört.«

»Die Mühlen der Justiz mahlen langsam«, sagte Maria wie schon einmal.

Sie aßen den aus der Tankstelle mitgebrachten Lunch. Im Wohnzimmer, nicht in der Küche, denn dort gab es nur drei Stühle. Abby saß im Schneidersitz auf dem Teppich, wo der Fernseher gestanden hatte, und balancierte ihren Teller auf einem Knie. Maria Shevick fragte sie nach ihrem Beruf. Abby erzählte es ihr. Aaron sprach über die gute alte Zeit vor der Einführung rechnergesteuerter Werkzeugmaschinen. Als es auf Auge und Tastsinn angekommen war – auf Tausendstelzoll genau. Sie hatten alles herstellen können. Amerikanische Arbeiter. Eine der größten natürlichen Ressourcen der Welt. Und was hatten die Computer aus ihnen gemacht? Eine Schande war das!

Reacher hörte draußen ein Auto vorfahren. Dem Geräusch nach eine große Limousine. Er stand auf, trat in die Diele und lugte aus dem Fenster neben der Haustür. Ein schwarzer Lincoln Town Car. Mit zwei Kerlen. Blond, blasse Gesichter, schwarze Anzüge. Sie versuchten, auf dem beengten Raum zu wenden, stießen mehrmals vor und zurück, um abfahrbereit zu parken. Vielleicht, um rasch flüchten zu können. Abbys Toyota stand ihnen im Weg.

Reacher ging ins Wohnzimmer zurück.

»Sie haben Aaron Shevicks Adresse ausfindig gemacht«, sagte er.

Abby sprang auf.

Maria fragte: »Sie sind hier?«

»Weil jemand sie hergeschickt hat«, erklärte Reacher. »Das müssen wir bedenken. Uns bleibt ungefähr eine halbe Minute Zeit, uns eine Taktik zurechtzulegen. Wer sie geschickt hat, weiß, wo sie sind. Stößt ihnen etwas zu, wird dieses Haus der Ground Zero für Vergeltungsmaßnahmen. Also sollten wir das möglichst vermeiden. Woanders wäre das kein Problem. Aber nicht hier.«

Shevick fragte: »Was machen wir also?«

»Sie abwimmeln.«

»Ich?«

»Irgendeiner von euch. Nur ich nicht. Mich halten sie für Aaron Shevick.«

Jemand klopfte an die Haustür.

18

Erneutes Klopfen an der Haustür. Keiner bewegte sich. Dann machte Abby einen Schritt vorwärts, doch Maria legte ihr eine Hand auf den Arm, und Aaron ging an ihrer Stelle hinaus. Reacher verschwand in der Küche und nahm auf einem Stuhl Platz, um zu lauschen. Er hörte, wie die Haustür geöffnet wurde, worauf sekundenlang Schweigen herrschte, als wären die beiden Männer kurzzeitig darüber verblüfft, dass ihnen nicht der Mann öffnete, den sie suchten.

Dann sagte einer der Kerle: »Wir müssen Mr. Aaron Shevick sprechen.«

Mr. Aaron Shevick fragte: »Wen?«

»Aaron Shevick.«

»Er war unser Vormieter, denke ich.«

»Sie sind hier Mieter?«

»Ich bin im Ruhestand. Kaufen wäre zu teuer.«

»Wer ist Ihr Vermieter?«

»Eine Bank.«

»Wie heißen Sie?«

»Bevor ich Ihnen das sage, möchte ich den Grund Ihres Besuchs erfahren.«

»Der geht nur Mr. Shevick etwas an. Die Angelegenheit ist sehr delikat.«

»Augenblick!«, sagte Shevick. »Kommen Sie von einer Behörde?«

Keine Antwort.

»Oder dem Versicherungsfonds?«

Einer der Kerle fragte: »Wie heißen Sie, Alter?«

Seine Stimme klang drohend.

Shevick sagte: »Jack Reacher.«

»Woher wissen wir, dass Sie nicht Shevicks Vater sind?«

»Wir hätten denselben Namen.«

»Dann eben sein Schwiegervater. Woher wissen wir, dass er nicht hier im Haus ist? Vielleicht haben Sie den Mietvertrag übernommen, und er hat hier nur ein Zimmer. Im Augenblick schwimmt er nicht gerade in Geld.«

Shevick schwieg.

Dieselbe Stimme sagte: »Wir kommen jetzt rein, um uns umzusehen.«

Shevick wurde zur Seite gestoßen, dann waren Schritte in der Diele zu hören. Reacher stand auf und trat hinter die Küchentür. Er zog eine Schublade nach der anderen auf, bis er ein großes Tranchiermesser fand. Besser als nichts. Er hörte Abby und Maria aus dem Wohnzimmer in die Diele kommen.

Die Kerle machten halt.

Er hörte Abby fragen: »Wer sind Sie?«

»Wir suchen Mr. Aaron Shevick«, antwortete einer der Kerle.

»Wen?«

»Wie heißen *Sie*?«

»Abigail«, sagte Abby.

»Abigail wie?«

»Reacher«, sagte sie. »Das hier sind meine Großeltern, Jack und Joanna.«

»Wo ist Shevick?«

»Er war der Vormieter. Er ist ausgezogen.«

»Wohin?«

»Er hat keine Nachsendeadresse hinterlassen. Anscheinend hatte er große finanzielle Schwierigkeiten. Im Prinzip hat er sich nachts verdrückt, glaub ich. Er ist heimlich abgehauen.«

»Bestimmt?«

»Ich weiß, wer hier wohnt, Mister. Dieses Haus hat zwei Schlafzimmer. Eines für meine Großeltern und eines für mich, wenn ich hier bin. Für Gäste, wenn ich nicht da bin. Sonst lebt hier niemand. Das wäre mir aufgefallen, denke ich.«

»Kennen Sie ihn persönlich?«

»Wen?«

»Mr. Aaron Shevick.«

»Nein.«

»Ich habe ihn kennengelernt«, sagte Maria Shevick. »Als wir das Haus besichtigt haben.«

»Wie hat er ausgesehen?«

»Ich erinnere mich, dass er groß und kräftig war.«

»Das ist der Mann«, sagte die Stimme. »Wie lange ist das her?«

»Ungefähr ein Jahr.«

Keine Antwort. Die Schritte bewegten sich Richtung Wohnzimmertür. Die Stimme sagte: »Sie wohnen seit einem Jahr hier und haben noch keinen Fernseher?«

»Wir leben im Ruhestand«, erklärte Maria. »Diese Dinger sind teuer.«

Die Stimme sagte: »Oh.«

Reacher hörte ein leises kratziges Klicken, dann Schritte durch die Diele zur Haustür. Verhallten auf dem schmalen Fußweg. Autotüren wurden zugeschlagen, ein Motor sprang an, und die große Limousine fuhr davon.

Danach herrschte wieder Stille.

Er legte das Messer in die Schublade zurück und verließ die Küche.

»Gut gemacht«, sagte er.

Aaron wirkte zittrig. Maria sah blass aus.

»Sie haben ein Foto gemacht«, sagte Abby. »Sozusagen als Abschiedsgruß.«

Reacher nickte. Das leise kratzige Klicken. Ein Smartphone, das eine Kamera imitierte.

»Ein Foto wovon?«

»Von uns dreien. Teils für ihren Bericht, teils für ihre Notfalldatenbank. Aber vor allem, um einzuschüchtern. Das ist ihre Methode. Die Leute sollen sich verwundbar fühlen.«

Reacher nickte erneut. Er erinnerte sich an den blassen Kerl in der Bar. Wie er sein Smartphone hob. Dann das Klicken, als er ein Foto machte. *Wäre ich ein Klient gewesen, hätte mir das nicht gefallen.*

Die Shevicks gingen in die Küche, um mehr Kaffee zuzubereiten. Reacher und Abby setzten sich ins Wohnzimmer, um darauf zu warten.

Abby sagte: »Einschüchterung ist nicht der einzige Zweck dieses Fotos.«

»Sondern?«, fragte Reacher.

»Sie schicken sich das Foto untereinander zu. Für den Fall, dass jemand ein weiteres Puzzleteil einfügen kann. Früher oder später bekommt es jeder – auch der Türsteher in der Bar. Er weiß, dass ich nicht Abigail Reacher bin. Er weiß, dass ich

Abigail Gibson heiße. Das wissen auch andere Türsteher, weil ich schon in verschiedenen anderen Bars gearbeitet habe. Sie werden anfangen, Fragen zu stellen. Ich bin ohnehin schon unbeliebt bei ihnen.«

»Wissen sie, wo du wohnst?«

»Das können sie bestimmt aus meinem Boss rauskriegen.«

»Wann verschicken sie das Foto?«

»Das haben sie bestimmt schon getan.«

»Könntest du woanders unterkommen?«

Sie nickte.

»Bei einem Freund«, sagte sie. »Östlich der Center Street. Zum Glück auf albanischem Gebiet.«

»Kannst du dort arbeiten?«

»Das hab ich schon getan.«

Reacher sagte: »Tut mir echt leid, dass ich dich da mit reingezogen habe.«

»Ich sehe die Sache als Experiment«, sagte sie. »Jemand hat mir mal gesagt, eine Frau sollte jeden Tag etwas tun, das sie ängstigt.«

»Sie könnte zur Army gehen.«

»Du brauchst auch eine Unterkunft östlich der Center Street. Wir könnten zusammenbleiben. Wenigstens noch heute Nacht.«

»Wäre das deinem Freund recht?«

»Das hoffe ich«, sagte sie. »Und den Shevicks passiert heute Nacht nichts?«

Reacher nickte.

»Die Leute verlassen sich auf ihre eigenen Augen«, meinte er. »In diesem Fall auf die des blassen Kerls in der Bar. Er kennt mich persönlich. Er hat mich fotografiert. Ich bin Aaron Shevick. Das ist in Stein gemeißelt. In ihrer Vorstellung ist Shevick ein großer, kräftiger Typ aus einer jüngeren Generation. Das konnte man aus dem heraushören, was sie sagten. Sie haben den Alten verdächtigt, Shevicks Vater oder Schwiegervater zu sein, aber nie behauptet, er sei Shevick selbst. Also passiert ihm nichts. Aus der Sicht dieser Leute sind die beiden nur ein altes Ehepaar namens Reacher.«

Dann rief Maria aus der Küche, der Kaffee sei fertig.

Der Inhaber des schäbigen Pfandhauses in der engen Straße gegenüber dem Taxiunternehmen und einer Firma, die Gerichtskautionen stellte, kam aus seiner Tür, wich einem Lastwagen aus und überquerte die Straße zu dem Taxiunternehmen. Er ignorierte den Dispatcher am Funkgerät und ging nach hinten durch. Zu Gregorys Büro. Gregorys rechte Hand sah auf und fragte, was er wolle. Er sagte, er habe etwas zu berichten. Da sei es schneller, über die Straße zu laufen, als eine Textnachricht zu schreiben.

»Welche Textnachricht?«, fragte Gregorys rechte Hand.

»Heute Morgen ist ein Alarm mit dem Foto eines Kerls namens Shevick gekommen. Ein großer hässlicher Hundesohn.«

»Hast du ihn gesehen?«

»Ist Shevick ein häufiger amerikanischer Name?«

»Wie kommst du darauf?«

»Ich hatte heute Morgen eine Kundin namens Shevick. Aber sie war eine kleine alte Frau.«

»Wahrscheinlich verwandt. Vielleicht eine ältere Tante oder Cousine.«

Der Mann nickte.

»Das hab ich erst auch gedacht«, sagte er. »Aber dann ist ein neuer Alarm mit einem weiteren Foto gekommen. Auf dem war dieselbe alte Frau zu sehen. Aber dieses Mal mit einem anderen Namen. In der zweiten Alarmmeldung heißt sie

Joanna Reacher. Aber bei mir hat sie heute Morgen als Maria Shevick unterschrieben.«

19

Reacher und Abby ließen die Shevicks in ihrer Küche sitzen und gingen zu dem Toyota hinaus. Reacher hatte bereits gepackt. Die Klappzahnbürste steckte in seiner Tasche. Aber Abby wollte in ihre Wohnung, um sich ein paar Sachen zu holen. Was nur verständlich war. Reacher hingegen wollte bei den Juristen des Bürgerprojekts vorbeifahren, um sich eine Frage beantworten zu lassen. Beide Ziele lagen auf ukrainischem Gebiet. Aber er hielt das Risiko für gering. Möglicherweise. Schlecht war, dass nun zwei Fotos im Umlauf waren – und vermutlich die Beschreibung des Toyotas mitsamt dem Kennzeichen. Gut war, dass sie bei Tageslicht unterwegs waren und nirgends lange bleiben würden.

Nicht sehr riskant, dachte er. Vielleicht nicht.

Sie fuhren durch die noch immer schäbigen Straßen zu dem Bürgerprojekt in der Nähe der Hotels, knapp westlich der Center Street, am Ende einer gentrifizierten Straße. Die tagsüber anders wirkte als bei Nacht. Auch alle anderen Büros und Geschäfte hatten offen. Die Gehsteige waren voller Menschen. Auf beiden Straßenseiten parkten Autos. Aber Reacher entdeckte keine schwarzen Lincolns und keine blassen Anzugträger, die nicht hergehörten.

Nicht sehr riskant. Vielleicht nicht.

Abby parkte gekonnt ein. Reacher und sie stiegen aus und gingen zum Büro des Bürgerprojekts. Diesmal saßen nur zwei der Männer an ihren Schreibtischen. Isaac Mehay-Byford war nirgends zu sehen. Nur Julian Harvey Wood und Gino Vettoretto. Harvard und Yale. Gut genug. Sie begrüßten Reacher, schüttelten Abby die Hand und sagten, sie freuten sich, sie kennenzulernen.

Reacher fragte: »Was wäre, wenn Maxim Trulenko unterschlagenes Geld gebunkert hätte?«

»Das ist Isaacs Theorie«, sagte Gino.

»Solche Gerüchte gibt es immer«, warf Julian ein.

»Diesmal stimmt es, denke ich«, sagte Reacher. »Gestern Abend habe ich den Türsteher in der Bar, in der Abby arbeitet, nach Trulenko gefragt. Etwa drei Minuten später sind vier Typen mit zwei Autos aufgekreuzt. Eine ziemlich beeindruckende Reaktion. Das war Personenschutz der Extraklasse. Ohne Cash tun diese Leute keinen Handschlag. Folglich entlohnt Trulenko sie fürstlich, damit binnen drei Minuten vier Kerle mit zwei Autos da sind. Also muss er noch über reichlich Geld verfügen.«

»Was ist aus den vier Kerlen geworden?«, fragte Gino.

»Sie haben mich aus den Augen verloren«, entgegnete Reacher. »Aber nebenbei ist das der Beweis dafür, dass Isaac recht hat, glaube ich.«

»Kennen Sie Trulenkos Aufenthaltsort?«, fragte Julian.

»Nicht genau, nein.«

»Wir bräuchten seine Adresse, um ihm die Klage zustellen zu lassen. Und um seine Bankkonten einzufrieren. Wie viel Geld hat er schätzungsweise noch?«

»Keine Ahnung«, sagte Reacher. »Bestimmt mehr als ich. Mehr als die Shevicks, das steht verdammt noch mal fest.«

»Ich schätze, wir könnten ihn auf hundert Millionen Dollar verklagen und uns mit dem zufriedengeben, was er noch besitzt. Mit etwas Glück ist's genug.«

Reacher nickte. Dann stellte er die Frage, deretwegen er hergekommen war. »Wie lange würde das alles dauern?«, fragte er.

Gino antwortete: »Die andere Seite würde niemals vor Gericht gehen. Das könnte sie sich nicht leisten. Sie wüsste, dass sie nur verlieren kann. Sie würde eine außergerichtliche Einigung anstreben. Sie würde uns darum anbetteln. Die Einzelheiten würden zwischen den Anwälten ausgehandelt, hauptsächlich per E-Mail. Es würde nur darum gehen, Trulenko ein paar Cents pro Dollar zu lassen, damit er nicht für den Rest seines Lebens unter Brücken hausen muss.«

»Wie lange würde das alles dauern?«, wiederholte Reacher.

»Sechs Monate«, sagte Julian. »Sicher nicht länger.«

Die Mühlen der Justiz mahlen langsam, hatte Maria Shevick mehr als einmal gesagt.

»Und es lässt sich nicht beschleunigen?«

»Das ist schon beschleunigt.«

»Okay«, sagte Reacher. »Schönen Gruß an Isaac.«

Sie hasteten zu dem Toyota zurück. Er stand noch da. Unbemerkt, unbeobachtet, nicht umzingelt und ohne Strafzettel. Sie stiegen ein. Abby sagte: »Mir kommt's vor, als liefe ein Film in Zeitlupe und der andere im Zeitraffer.«

Reacher äußerte sich nicht dazu.

Abbys Wohnung lag eigentlich nicht weit entfernt, aber um sie zu erreichen, mussten sie ein Quadrat aus Einbahnstraßen ausfahren. Sie kamen von Norden.

Vor der Tür stand ein Auto.

Am Randstein geparkt. Ein schwarzer Lincoln Town Car, den sie von hinten sahen. Wegen der getönten Scheiben war nicht zu erkennen, ob jemand drinsaß.

»Hier ranfahren«, sagte Reacher.

Abby hielt weniger als dreißig Meter hinter dem Lincoln.

Reacher meinte: »Schlimmstenfalls sitzen zwei Typen drin, und ich wette, dass die Türen verriegelt sind.«

»Was täte die Army in diesem Fall?«

»Panzerbrechende Munition einsetzen, um jeglichen Widerstand zu brechen. Und dann Leuchtspurgeschosse in den Benzintank, um alle Beweise zu vernichten.«

»Das können wir nicht.«

»Leider. Aber wir müssen etwas unternehmen. Dies ist dein Haus. Sie stecken ihre Nasen in etwas, das sie nichts angeht.«

»Sicherer ist's bestimmt, sie zu ignorieren.«

»Das wäre kurzsichtig gedacht«, sagte Reacher. »Wir dürfen ihnen nicht alles durchgehen lassen. Wir müssen ihnen eine Botschaft schicken. Sie haben eine rote Linie überschritten. Sie haben deine Adresse mit Gewalt aus einem unbeteiligten Paar herausgeholt, das genug Geschmack hatte, dich anzustellen und dieses Trio zu buchen. Sie müssen erfahren, dass es Dinge gibt, die man nicht tut. Und sie müssen wissen, dass sie sich mit den falschen Leuten angelegt haben. Wir müssen ihnen ein bisschen Angst einjagen.«

Abby schüttelte den Kopf.

»Das ist verrückt«, sagte sie. »Du bist allein. Du kannst es nicht mit zwei Kerlen aufnehmen.«

»Irgendwer muss es tun. Ich bin's gewöhnt. Ich war Militärpolizist. Ich hab alle Scheißjobs bekommen.«

Sie überlegte einen Moment.

»Dir macht Sorgen, dass ihre Türen verriegelt sind«, sagte sie. »Weil du dann nicht an sie herankommst.«

»Korrekt«, erwiderte Reacher.

»Ich konnte um den Block gehen und von hinten ins Haus

kommen. Drinnen könnte ich überall Licht machen. Vielleicht würde sie das aus dem Auto locken.«

»Nein«, sagte Reacher.

»Okay, ich würde kein Licht machen und wenigstens meine Sachen holen.«

»Nein«, sagte Reacher wieder. »Aus demselben Grund. Sie könnten in deiner Wohnung warten. Das Auto könnte leer sein. Oder hier wäre einer und dort einer.«

»Das klingt unheimlich.«

»Manche Dinge sollten sie eben nicht tun.«

»Ich könnte ohne mein Zeug leben. Ich meine, du tust's ja auch. Das ist offenbar möglich. Es könnte Teil des Experiments sein.«

»Nein«, sagte Reacher noch mal. »Dies ist ein freies Land. Willst du deine Sachen, solltest du sie bekommen. Und brauchen sie einen Denkzettel, sollten sie einen kriegen.«

»Okay, meinetwegen. Aber wie fangen wir das an?«

»Das hängt davon ab, wie experimentierfreudig du bist.«

»Was soll ich also tun?«

»Es müsste ziemlich gut funktionieren, denke ich.«

»Was denn?«

»Aber du wirst dir wahrscheinlich vorher Sorgen machen.«

»Lass hören.«

»Idealerweise würde ich wollen, dass du an den Lincoln heranfährst und ihn etwa mit Schrittgeschwindigkeit von hinten rammst.«

»Wozu das?«

»Dann würden die Türen entriegelt. Für die Ersthelfer. Weil der Wagen glauben würde, in einen kleinen Unfall verwickelt zu sein. Das meldet ein eingebauter Sensor. Ein Sicherheitsmechanismus.«

»Und dann lassen die Türen sich von außen öffnen?«

»Das wäre das erste taktische Ziel. Alles andere würde sich von selbst ergeben.«

»Aber vielleicht haben sie Waffen.«

»Nicht mehr sehr lange. Dann hätte ich sie.«

»Was ist, wenn die Kerle im Haus sind?«

»Vielleicht könnten wir ihr Auto in Brand stecken. Das wäre eine deutliche Botschaft.«

»Das ist verrückt!«

»Machen wir lieber einen Schritt nach dem anderen.«

»Ist mein Auto dann kaputt?«

»Es hat vorschriftsmäßige Stoßstangen. Die müssten bis fünf Meilen in der Stunde aushalten. Vielleicht brauchst du neue Kabelbinder.«

»Okay«, sagte sie.

»Denk daran, den Fuß auf der Kupplung zu lassen. Du darfst den Motor nicht abwürgen. Außerdem willst du ohnehin gleich wieder ein Stück zurückstoßen.«

»Und dann?«

»Du parkst und holst deine Sachen, während ich den Kerlen im Wagen sage, was sie tun sollen.«

»Und das wäre?«

»Sie sollen dir zu einer abgelegenen Stelle östlich der Center Street folgen. Wie's dann weitergeht, hängt von ihnen ab.«

Abby schwieg einige Sekunden lang.

Dann nickte sie, sodass ihr kurzes schwarzes Haar wippte. Ihre Augen funkelten. Ihr Lächeln war halb grimmig, halb aufgeregt.

»Okay«, sagte sie wieder. »Machen wir's!«

In diesem Augenblick erläuterte Gregorys rechte Hand das wenige, was er wusste. Er saß seinem Boss in dessen Büro gegenüber, das leicht einschüchternd wirkte. Der riesige, mit Schnitzereien verzierte Schreibtisch bestand aus karamellbraunem Holz. Der dazu passende Chefsessel war mit grünem Raffleder gepolstert. Die hohe Bücherwand dahinter passte wiederum zu Sessel und Schreibtisch. Ein imposanter Gesamteindruck. Keine beruhigende Umgebung, wenn man eine verworrene Geschichte zu erzählen hatte.

Er berichtete: »Gestern Abend um sechs Uhr war Aaron Shevick ein großer hässlicher Nobody, der einen Kredit zurückgezahlt hat. Um acht Uhr war er ein großer hässlicher Nobody, der einen neuen Kredit aufgenommen hat. Aber um zehn Uhr wirkte er wie ausgewechselt. Er war ein Lebemann, der die Musik genossen, mit der Bedienung geflirtet, Minipizzen gegessen und Kaffee für sechs Dollar die Tasse getrunken hat. Beim Verlassen der Bar war er plötzlich wieder anders: ein taffer Kerl, der sich nach Maxim Trulenko erkundigt hat. Er ist ein Typ mit drei Gesichtern, und wir haben keinen blassen Schimmer, wer er wirklich ist.«

Gregory fragte: »Für wen hältst *du* ihn?«

Sein Mann überhörte diese Frage. Stattdessen sagte er: »Inzwischen haben wir seine letzte bekannte Adresse ausgegraben. Aber er war nicht dort. Er wohnt schon seit einem Jahr nicht mehr da. Die neuen Mieter sind ein altes Paar im Ruhestand: Jack und Joanna Reacher. Ihre Enkelin war bei ihnen zu Besuch. Sie heißt Abigail Reacher. Nur stimmt das nicht. Ihr richtiger Name ist Abigail Gibson. Sie ist die Bedienung, mit der Shevick gestern Abend geflirtet hat. Über sie wissen wir alles. Sie ist eine Unruhestifterin.«

»Wie das?«

»Vor ungefähr einem Jahr hat sie der Polizei etwas erzählt, das sie gesehen hatte. Wir haben die Sache ausgebügelt und sie auf den rechten Weg zurückgeführt. Weil sie versprochen hat, sich zu bessern, haben wir sie weiterarbeiten lassen.«

Gregory neigte den Kopf nach links, blieb kurz in dieser Haltung, legte ihn nach rechts und verharrte wieder so, als hätte er Nackenschmerzen.

Er sagte: »Aber jetzt flirtet sie mit Shevick und taucht unter falschem Namen an seiner letzten bekannten Adresse auf.«

»Es kommt noch schlimmer«, fuhr seine rechte Hand fort. »Grandma Reacher war heute Morgen in unserem Leihhaus und hat mit Shevick unterschrieben.«

»Echt jetzt?«

»Maria Shevick. Und dann ist auch sie an Aaron Shevicks letzter bekannter Adresse aufgetaucht. Wir haben keine Ahnung, wer diese Leute wirklich sind.«

»Für wen hältst *du* sie?«, fragte Gregory wieder.

»Wir sind nicht blöd, sonst stünden wir nicht dort, wo wir jetzt sind«, sagte sein Mann. »Wir sollten alle Möglichkeiten bedenken. Fangen wir mit Abigail Gibson an. Wir bekommen einen neuen Polizeichef. Vielleicht arbeitet er sich schon mal in die Akten ein. Ihr Name steht dort drin. Vielleicht hat er sie angeworben. Vielleicht hat er dafür gesorgt, dass der große Typ mit ihr zusammenarbeitet.«

»Er ist noch nicht Polizeichef.«

»Umso schlimmer. Wir bilden uns bloß ein, noch sicher zu sein.«

Gregory fragte: »Du hältst Shevick für einen Cop?«

»Nein«, antwortete sein Mann. »Wir haben einen guten Draht zu den Cops. Wir hätten etwas gehört. Irgendwer hätte mit uns geredet.«

»Was ist er dann?«

»Vielleicht ein FBI-Agent. Vielleicht hat die Polizei Hilfe von außen angefordert.«

»Nein«, widersprach Gregory. »Das täte kein neuer Polizeichef. Er würde wollen, dass die eigenen Leute Erfolg haben. Damit er ihn für sich beanspruchen kann.«

»Dann ist er vielleicht ein ehemaliger Cop oder Agent, den Dino geholt hat, damit er uns Schwierigkeiten macht.«

»Nein«, sagte Gregory wieder. »Dino würde keinen Außenstehenden engagieren. Er traut keinem von außerhalb. Genau wie wir.«

»Wer ist er also?«

»Ein Kerl, der sich Geld geliehen und dann nach Maxim gefragt hat. Eine seltsame Kombination, das gebe ich zu.«

»Was willst du gegen ihn unternehmen?«

»Beobachtet das Haus, das ihr gefunden habt«, sagte Gregory. »Lebt er tatsächlich dort, kreuzt er früher oder später wieder auf.«

Abby ließ ihren Sicherheitsgurt angelegt. Reacher verzichtete auf seinen. Er stemmte sich mit zwei Händen vom Ablagefach ab. Sie legte den ersten Gang ein.

»Kann's losgehen?«, fragte sie.

»Schrittgeschwindigkeit«, antwortete er. »Die wird dir kurz vor dem Aufprall schrecklich schnell vorkommen. Aber du darfst auf keinen Fall langsamer werden. Vielleicht machst du auf dem letzten Stück besser die Augen zu.«

Sie fuhr an und rollte die Straße entlang.

20

Als Schrittgeschwindigkeit galten im Allgemeinen etwa drei Meilen in der Stunde, was gut achtzig Meter in der Minute waren, sodass der klapprige weiße Toyota volle zwanzig Sekunden brauchte, um die Strecke bis zu dem geparkten Lincoln zurückzulegen. Abby hielt darauf zu, atmete tief durch und schloss auf den letzten Metern die Augen. Der Toyota rollte ungebremst weiter und rammte den Lincoln von hinten. Schrittgeschwindigkeit, aber trotzdem ein metallisch krachender Aufprall. Abby wurde nach vorn geworfen und von ihrem Sicherheitsgurt gestoppt. Reacher stemmte sich mit beiden Händen ab. Der Lincoln wurde einen halben Schritt weitergeschoben. Der Toyota prallte einen halben Schritt zurück. Reacher sprang sofort hinaus, machte einen, zwei, drei Schritte zur hinteren rechten Tür des Lincolns und riss am Türgriff.

Der Sicherheitsmechanismus hatte funktioniert.

Die Tür ging auf. In dem Wagen saßen zwei Männer. Ohne Gurte nebeneinander auf den Vordersitzen; vor Kurzem noch behaglich entspannt, jetzt durchgeschüttelt und leicht verwirrt. Ihre Köpfe waren auf den Kopfstützen zu liegen gekommen, sodass Reacher sie mühelos mit beiden Händen packen konnte, als er auf den Rücksitz glitt. Dann war es ein Leichtes, sie aneinanderzuschlagen wie der Musiker ganz hinten im Orchester seine Becken. Und noch zweimal kräftig, bevor der linke Kerl vorne an den Rand des Lenkrads, der rechte Kerl gegen den Wulst über dem Ablagefach krachte.

Dann beugte er sich von hinten über die Sitzlehnen, griff mit beiden Händen in ihre Jacketts, tastete ihre Oberkörper ab und fand Lederriemen, Schulterholster und Pistolen, die er herauszog. In ihren Hosenbunden steckte nichts, und auch als Reacher sich weit nach vorn runterbeugte, konnte er keine Knöchelholster entdecken.

Er ließ sich zurücksinken. Die Pistolen waren P7 von Heckler & Koch. Deutsche Polizeiwaffen. Sehr präzise gearbeitet. Fast zierlich. Aber auch stählern und kantig. Also männlich.

Reacher sagte: »Aufwachen, Jungs!«

Er wartete. Ein Blick nach draußen zeigte ihm, dass Abby ausstieg und in ihrem Haus verschwand.

»Aufwachen, Jungs!«, wiederholte er.

Und das taten sie nach ein paar Minuten. Sie setzten sich benommen auf, schauten sich blinzend um und versuchten zu verstehen, was passiert war.

Reacher sagte: »Ich schlage euch einen Deal vor. Mit einem besonderen Anreiz. Ihr fahrt mich nach Osten. Unterwegs stelle ich euch Fragen. Belügt ihr mich, übergebe ich euch den Albanern, wenn wir dort sind. Sagt ihr die Wahrheit, steige ich aus, verschwinde und lasse euch wenden und unversehrt heimfahren. Das ist der Anreiz. Ihr habt die Wahl. Haben wir uns verstanden?«

Aus dem Augenwinkel heraus sah er Abby mit einer vollgepackten Reisetasche aus dem Haus kommen. Sie stellte die Tasche auf den Rücksitz und stieg wieder in ihr Auto.

In dem Lincoln griff der Kerl am Steuer sich mit beiden Händen an den Kopf und sagte: »Sind Sie verrückt? Ich sehe alles verschwommen. Ich kann Sie nirgends hinfahren.«

»Nein ist keine Antwort«, entgegnete Reacher. »Ich rate Ihnen, sich größte Mühe zu geben.«

Er fuhr sein Fenster herunter, streckte den Arm ins Freie und signalisierte Abby, sie solle vorausfahren. Er beobachtete, wie sie seine Anweisung zögernd ausführte. Die vordere Stoßstange des Toyotas war nicht mehr waagrecht, sondern hing auf der einen Seite weit herunter. Ihre Kante schwebte nur noch eine Handbreit über dem Asphalt. Vielleicht würde eine Reparatur zwei neue Kabelbinder erfordern. Oder sogar drei.

»Hinter dem Toyota herfahren!«, befahl er.

Der Kerl am Steuer fuhr unbeholfen wie ein Fahrschüler an. Sein Partner neben ihm drehte sich so weit nach links, wie es sein steifer Hals zuließ, und behielt Reacher unverwandt im Auge. Der noch schwieg.

Der beschädigte Toyota vor ihnen kam gut voran. Auf Querstraßen unbeirrt nach Osten. Der Lincoln blieb dicht dahinter. Der Kerl am Steuer fuhr allmählich besser. Weniger ruckartig.

Reacher fragte: »Wo ist Maxim Trulenko?«

Zunächst antwortete keiner. Dann sagte der Typ mit dem steifen Hals: »Sie sind ein erbärmlicher Schwindler.«

»Wie das?«, fragte Reacher.

»Was unsere eigenen Leute uns antäten, wenn wir Trulenkos Aufenthaltsort verraten würden, ist schlimmer als alles, was die Albaner uns antun könnten. Also haben wir nicht wirklich die Wahl. Der Anreiz existiert nicht. Außerdem sind wir Kerle, die in Autos sitzen und Häuser beobachten. Glauben Sie, dass Leute wie wir erfahren, wo Trulenko ist? Also können wir nur sagen, dass wir's nicht wissen. Was Sie als Lüge bezeichnen werden. Also wieder keine Wahl, kein Anreiz. Tun Sie einfach, was Sie tun müssen, und ersparen Sie uns Ihren heuchlerischen Scheiß.«

»Aber Sie wissen, wer Trulenko ist?«

»Natürlich wissen wir das.«

»Und Sie wissen, dass jemand ihn irgendwo versteckt hält.«

»Kein Kommentar.«

»Aber Sie wissen nicht, wo.«

»Kein Kommentar.«

»Wo würden Sie ihn suchen, wenn Ihr Leben davon abhinge?«

Der Typ auf dem Beifahrersitz gab keine Antwort. Dann klingelte das Handy des Fahrers. In seiner Tasche. Eine flotte kleine Marimba-Melodie, mehrmals wiederholt, gedämpft. Reacher dachte an codierte Warnungen und geheime SOS-Rufe und sagte: »Nicht drangehen.«

»Dann kommen sie uns suchen«, sagte der Fahrer.

»Wer denn?«

»Sie schicken ein paar Leute.«

»Wie ihr zwei? Jetzt habe ich wirklich Angst.«

Keine Antwort. Das Handy verstummte.

Reacher fragte: »Wie heißt euer Boss?«

»Unser Boss?«

»Nicht der Boss der Männer mit Überwachungsaufgaben. Der oberste Chef. Der *capo di tutti capi.*«

»Was heißt das?«

»Italienisch«, antwortete Reacher. »Der Boss aller Bosse.«

Keine Antwort. Jedenfalls nicht sofort. Die beiden sahen sich an, als versuchten sie, stumm eine gemeinsame Entscheidung zu treffen. Wie weit konnten sie gehen? Einerseits galt für sie die *Omertà* – ebenfalls ein italienisches Wort –, die absolute Schweigepflicht aller Mitglieder einer kriminellen Vereinigung. Eine Pflicht, für die man lebte und starb. Andererseits steckten sie tief in der Scheiße. Ganz persönlich und individuell. In der realen Welt, im Hier und Jetzt. Für eine Pflicht zu sterben war in der Theorie schön und gut, in der Praxis sah die Sache anders aus. Oberste Priorität für sie war kein ehrenvoller oder ruhmreicher Opfertod, sondern nacktes Überleben, damit sie anschließend nach Hause konnten.

Der Kerl mit dem steifen Hals sagte: »Gregory.«

»Das ist sein Name?«

»Auf Englisch.«

Dann blickten sie sich erneut an. Diesmal mit einem anderen Ausdruck. Eine neue Debatte.

»Wie lange seid ihr schon hier drüben?«, fragte Reacher. Um sie wieder aufs Gleis zu setzen. Weil es zur Gewohnheit werden konnte, Fragen zu beantworten. Mit leichten Fragen anfangen, sich zu den schweren hocharbeiten. Eine bewährte Vernehmungsmethode. Auch diesmal wechselten die Typen wieder einen Blick. Einerseits, andererseits …

»Acht Jahre sind wir jetzt hier«, entgegnete der Fahrer.

»Euer Englisch ist ziemlich gut.«

»Danke.«

Im nächsten Augenblick klingelte das Handy des Beifahrers. Ebenfalls in seiner Tasche. Gedämpft, aber mit einem anderen Klingelton. Er hatte sich für das schrille Läuten eines altmodischen Telefons entschieden, sodass es wie das Wandtelefon in der Bar des fetten Kerls klang.

»Nicht drangehen!«, befahl Reacher.

»Sie können uns über die Handys orten«, erklärte der Typ.

»Spielt keine Rolle. Sie können nicht schnell genug reagieren. Ich schätze, dass in zwei Minuten alles vorbei ist. Dann fahrt ihr ohnehin wieder heim.«

Ein zweites gedämpftes Klingeln. Und ein drittes.

»Oder auch nicht«, sagte Reacher. »Vielleicht erwischen euch in zwei Minuten die Albaner. Jedenfalls dauert's nicht mehr lange.«

Vor ihnen wurde der Toyota langsamer und hielt am Randstein. Der Lincoln kam dahinter zum Stehen. An einem Straßenblock mit alten Klinkerbauten, Gehsteigen aus alten Klinkersteinen und alten Klinkern unter dem rissigen Asphalt der Fahrbahn. Zwei Drittel der Gebäude standen leer, waren mit Brettern vernagelt, und das restliche Drittel enthielt wenig vertrauenerweckende Geschäfte. *Eine abgelegene Stelle östlich der Center Street.* Abby hatte eine gute ausgesucht.

Das Handy hörte zu klingeln auf.

Er fragte: »Wo würdet ihr Maxim Trulenko suchen, wenn euer Leben davon abhinge?«

Keine Antwort. Wieder stumme Blicke. Zwei Arten. Erst frustriert, weil sie die Wahl zwischen Pest und Cholera hatten, dann merklich verändert. Die neue Debatte.

Der Typ mit dem steifen Hals sagte: »Sie werden uns misstrauen und wissen wollen, warum wir entführt und dann doch freigelassen worden sind.«

»Richtig, das ist Ansichtssache.«

»Das ist das Problem. Sie werden annehmen, dass wir etwas verraten haben.«

»Sagt einfach die Wahrheit.«

»Das wäre Selbstmord.«

»Eine Version der Wahrheit«, erklärte Reacher. »Sorgfältig ausgewählt und redigiert. Aber trotzdem in allen Einzelheiten wahr. Ihr sagt einfach, dass eine Frau aus der Tür gekommen ist, die ihr beobachten solltet. Sie hatte eine Reisetasche dabei, mit der sie in ihr Auto gestiegen ist, und ihr seid ihr hinterhergefahren. Nennt irgendeine Adresse in dieser Straße. Ihr dachtet, wenn Gregory das Haus wichtig genug war, um es beobachten zu lassen, würde er bestimmt auch wissen wollen, wohin seine Bewohnerin sich abgesetzt hat. Das alles bringt ihr ein bisschen verlegen vor. Dann bekommt ihr den Kopf getätschelt und werdet für eure Eigeninitiative gelobt.«

Der Fahrer fragte: »Wir sollen Sie gar nicht erwähnen?«

»Das ist immer besser.«

Die beiden Männer sahen sich erneut an. Suchten Löcher in dieser Story. Fanden jedoch keine. Sie wandten sich wieder Reacher zu. Die Pistole in seiner rechten Hand bewegte sich nicht im Geringsten.

Er fragte: »Wo würde ein vernünftiger Mensch zu suchen beginnen?«

Fahrer und Beifahrer wechselten erneut einen Blick: noch immer besorgt, aber schon etwas mutiger – und umso kühner, je länger sie darüber nachdachten. Schließlich verlangte niemand Tatsachen von ihnen. Tatsachen hatten sie keine erfahren. Nicht kleine Leute wie sie. Stattdessen wurden sie nach ihrer Meinung gefragt. Das war alles. Wo würde ein vernünftiger Mensch zu suchen beginnen? Bloße Spekulation. Ein Gedankenexperiment. Eigentlich nur eine höfliche Unterhaltung. Und natürlich schmeichelhaft, dass kleine Leute um ihre Meinung gefragt wurden.

Reacher verfolgte diesen Prozess. Er sah sie mutiger werden, sah, wie sie sich aufsetzten, wie sie durchatmeten und einander zunickten. Bereit zu reden, körperlich wie geistig. Aber auch bereit für etwas anderes. Etwas Schlechtes. Eine neue Debatte, irgendeine verrückte Idee. Daran war er selbst schuld – hundertprozentig. Weil er ihnen keine wirkliche Wahl gelassen hatte. Das hatte der Kerl richtig erkannt. Und wegen seiner Frage nach dem Capo. Sicher eine beängstigende Person, die für schreckliche Vergeltungsmaßnahmen berüchtigt war. Und weil die von ihm vorgeschlagene Story gut ausging. Das hatte sie nachdenklich gemacht. Ein Tätscheln und ein Lob fanden sie großartig, aber eine Beförderung und mehr Status waren besser. Nach acht langen Jahren in untergeordneter Stellung lockte endlich eine Beförderung. Sie wollten auf der Leiter nach oben. Das erforderte natürlich mehr, als einer jungen Frau zu einer Adresse zu folgen. Dafür mussten sie mehr leisten.

Aaron Shevick gefangen zu nehmen würde reichen. Für den sie ihn offenbar hielten. Wie alle anderen hatten sie die Suchmeldung mit der Beschreibung und seinem Foto bekommen. Sie hatten nicht gefragt, wer er war. Die meisten Leute würden das tun. Sie hätten gefragt, wer, zum Teufel, sind Sie? Was, zum Teufel, wollen Sie? Aber diese Typen waren überhaupt nicht neugierig gewesen. Weil sie's bereits wussten. Er war ein Kerl, nach dem gefahndet wurde. Folglich wichtig. Folglich eine Trophäe. Daher die verrückten Ideen.

Selbst schuld.

Tut es nicht, dachte er.

Laut sagte er: »Tut es nicht.«

Der Fahrer fragte: »Was nicht?«

»Irgendwas Dummes.«

Sie überlegten eine Weile. Er vermutete, dass sie damit anfangen würden, indem sie ihm etwas Wahres erzählten. Eine Lüge mit stummen Blicken zu koordinieren war zu schwierig. Es würde etwas sein, das einige Sekunden Nachdenken und eine sorgfältig formulierte nächste Frage erforderte. Alles, um ihn vorübergehend abzulenken. Damit sie über ihn herfallen konnten. Der Typ mit dem steifen Hals würde über seine Rückenlehne gleiten und auf Reachers linkem Arm landen, während seine Hüften den rechten Arm blockierten. Im selben Augenblick würde der Fahrer Reachers unverteidigten Kopf attackieren. Mit der Kante seines Smartphones, wenn er clever und bereit war, ein teures Handy zu zertrümmern. Wie Reacher aus Erfahrung wusste, waren die meisten Leute dazu bereit, wenn es ums Leben ging.

Tut es nicht, dachte er.

Laut fragte er: »Wo würdet ihr Maxim Trulenko suchen?«

Der Fahrer antwortete: »Natürlich an seinem Arbeitsplatz.«

Reacher verzog keine Miene, aber innerlich dachte er nicht über diese Information nach und formulierte auch keine Folgefrage. Er wartete einfach ab. Die Zeit verstrich in Viertelsekundenintervallen: Erst passierte nichts, dann immer noch nichts, dann stieß der Beifahrer sich mit den Füßen ab, warf sich mit ausgestreckten Armen über die Rückenlehne und versuchte, seine Körpermasse über den Punkt zu wuchten, an dem es kein Zurück mehr gab. So würde die Schwerkraft ihm die restliche Arbeit abnehmen und er unbeholfen, aber trotzdem effizient auf Reachers Schoß landen.

Nur erreichte er diesen Punkt nicht.

Reacher rammte die Pistolenmündung in die Rückenlehne und erschoss den Kerl durchs Sitzpolster. Anschließend wehrte er den fallenden Toten mit dem Ellbogen ab. Eins, zwei, Schuss, Ellbogen. Der Schuss war laut, aber nicht übermäßig. Das Innere der Rückenlehne hatte wie ein riesiger Schalldämpfer gewirkt. Jede Menge Polstermaterial: Wolle, Baumwolle, Pferdehaar. Von Natur aus schalldämmend. Allerdings gab es ein kleines Problem – das Zeug war in Brand geraten. Und der Fahrer beugte sich nach vorn. Tastete unter dem Lenkrad nach etwas. Dann richtete er sich auf und drehte sich um. In einer Hand hielt er eine winzige Pistole. Sie war mit Klettband unter dem Instrumentenbrett befestigt gewesen. Reacher erschoss auch ihn durch seine Rückenlehne, die ebenfalls Feuer fing. Ein Neun-Millimeter-Geschoss. Die Pistolenmündung an den Sitz gedrückt, ein massiver Austritt superheißer Gase. Daran hatten die Konstrukteure des Lincolns vermutlich nie gedacht.

Reacher öffnete die Tür und glitt aus der Limousine. Die Pistolen steckte er ein. Als Frischluft ins Wageninnere strömte, brannten die Flämmchen höher. Dies war nicht nur ein Schwelbrand, sondern der Luftzug entfachte helle Flammen. Kaum größer als ein Fingernagel, flackernd in den Sitzlehnen tanzend.

Abby fragte: »Was ist passiert?«

Sie stand wie gelähmt am Heck ihres Wagens auf dem Gehsteig und starrte mit aufgerissenen Augen durch die Frontscheibe des Lincolns.

Reacher sagte: »Sie haben außergewöhnliche Loyalität gegenüber einer Organisation bewiesen, die sie anscheinend nicht sehr gut behandelt hat.«

»Du hast auf sie geschossen?«

»Notwehr.«

»Warum?«

»Sie haben zuerst geblinzelt.«

»Sind sie tot?«

»Vielleicht dauert's noch eine Minute. Hängt davon ab, wie stark sie bluten.«

Sie sagte: »So was habe ich noch nie erlebt.«

Er sagte: »Tut mir leid, aber ich konnte nicht anders.«

»Du hast zwei Menschen erschossen.«

»Ich habe sie gewarnt. Ich hab ihnen gesagt, sie sollten's nicht tun. Alle meine Karten haben auf dem Tisch gelegen. Das war mehr Beihilfe zum Selbstmord. So solltest du die Sache sehen.«

»Hast du's für mich getan«, fragte sie, »weil ich wollte, dass sie einen Denkzettel bekommen?«

»Ich wollte es überhaupt nicht tun«, antwortete er. »Ich wollte sie heil und gesund nach Hause schicken. Aber nein, sie haben versucht, ihr Bestes zu geben. Wie ich's vermutlich auch getan hätte. Nur wahrscheinlich besser.«

»Was machen wir jetzt?«

Die Flammen leckten höher. Der Kunstlederbezug der Rückenlehnen wurde blasig, bekam Risse und schälte sich wie Haut ab.

Reacher sagte: »Wir sollten uns in dein Auto setzen und wegfahren.«

»Einfach so?«

»Ich stelle mir nur vor, wie's umgekehrt wäre. Was würden sie für mich tun? Das gibt den Ton an.«

Abby schwieg eine Weile.

Dann sagte sie: »Okay, steig ein.«

Sie fuhr. Er saß auf dem Beifahrersitz. Sein zusätzliches Gewicht auf dieser Seite ließ den Stoßdämpfer rechts vorn etwas weiter einfedern, sodass die seit Kurzem herabhängende Stoßstange des Toyotas ab und zu auf den Asphalt prallte – auf ihrer gesamten Route willkürlich und unregelmäßig wie Morsezeichen, die mit langen Zwischenräumen auf einer Basstrommel gesendet wurden.

21

Niemand hätte im Traum daran gedacht, wegen eines Autos, das in einem zu zwei Dritteln leer stehenden Straßenblock im Osten der Stadt brannte, die Cops zu alarmieren. Das war anscheinend irgendeine Privatangelegenheit, die am besten privat blieb. Aber viele Leute träumten davon, Dino anzurufen. Immer. Wegen irgendetwas, das sich als nützlich erweisen würde. Aber besonders mit einer Meldung wie dieser. Die konnte ihnen eine Beförderung sichern. Damit konnten sie sich einen Namen machen. Ein paar Kerle wagten sich trotz der abgestrahlten Hitze gefährlich nahe heran. Sie sahen die verbrennenden Toten. Sie schrieben sich das Kennzeichen auf, bevor die Schilder von den Flammen zerstört wurden.

Sie riefen Dinos Leute an und meldeten, dort brenne ein Auto der Ukrainer. Ein Lincoln Town Car, mit dem sie westlich der Center Street herumfuhren. Soviel man erkennen konnte, hatten die Toten Anzüge und Krawatten getragen. Was dort drüben üblich war. Sie schienen von hinten erschossen worden zu sein, was allgemein üblich war. Fall abgeschlossen. Sie waren der Feind.

Dino selbst traf die Entscheidung.

»Lasst es brennen«, sagte er.

Während der Lincoln ausbrannte, rief er seine engsten Berater zusammen. In dem Büro hinter dem Holzlagerplatz. Das gefiel einigen von ihnen nicht, weil Holz brennbar war und irgendwo in der Nähe etwas brannte. Vielleicht Funken versprühte. Aber sie kamen alle. Seine rechte Hand und die übrigen Topleute. Keine andere Wahl.

»Waren wir das?«, fragte Dino sie.

»Nein«, entgegnete seine rechte Hand. »Damit haben wir nichts zu schaffen.«

»Bestimmt nicht?«

»Unterdessen wissen alle, was in dem Massagesalon passiert ist. Alle wissen, dass es vier zu vier steht, ein ehrenvolles Unentschieden, Game over. Wir haben keine Einzelkämpfer, keine Eigenbrötler, keine Leute auf einem privaten Rachefeldzug. Dafür garantiere ich. Das hätte ich gehört.«

»Dann erklärt mir diesen Vorfall.«

»Das kann niemand.«

»Wenigstens den Ablauf«, sagte Dino, »wenn schon nicht die Bedeutung.«

Einer seiner Männer sagte: »Vielleicht sind sie rübergekommen, um sich mit jemandem zu treffen. Ihr Kontaktmann hat auf dem Gehsteig gewartet. Er ist hinten eingestiegen, um mit ihnen zu reden. Aber er hat sie stattdessen erschossen. Vielleicht einen Molotowcocktail ins Auto geworfen.«

»Welcher Kontaktmann?«

»Keine Ahnung.«

»Jemand von hier?«

»Vermutlich.«

»Einer unserer Jungs?«

»Möglich.«

»Ein anonymer Spitzel?«

»Könnte sein.«

»So anonym, dass er uns bisher nie aufgefallen ist? So gerissen, dass wir ihn in all den Jahren nicht bemerkt haben? Das glaube ich nicht. Ein Meisterspitzel dieser Art würde in einem Coffeeshop an der Center Street warten, denke ich. Er würde sich hüten, zwei Kerle in Anzügen und mit einem Town Car an sich ranzulassen. Niemals! Vor allem nicht in diesem Teil der Stadt. Da könnte er genauso gut ein Geständnis in die Zeitung setzen. Also war's kein Treffen.«

»Okay.«

»Und wozu hätte er sie erschießen sollen?«

»Weiß ich nicht.«

Ein anderer Mann sagte: »Dann muss der Schütze gleich von Anfang an hinten um Wagen gesessen haben. Sie sind zu dritt hergekommen.«

»Folglich ist der Schütze einer von ihnen?«

»Muss so sein. Man lässt keinen Bewaffneten hinter sich sitzen, außer man kennt ihn.«

»Wo ist er jetzt?«

»Er ist ausgestiegen und vielleicht von einem anderen Wagen mitgenommen worden. Nicht von einem weiteren Town Car. Der wäre jemandem aufgefallen.«

»Wie viele Leute in dem zweiten Wagen?«

»Bestimmt zwei. Sie arbeiten immer paarweise.«

»Folglich war dies kein kleines Unternehmen«, sinnierte Dino. »Es hat einiges an Ressourcen, Planung und Koordinierung erfordert. Und an Geheimhaltung. Fünf Männer sind hier rausgefahren. Ich nehme an, dass zwei nicht wussten, was ihnen bevorstand.«

»Vermutlich nicht.«

»Aber welchen Zweck hatte das Ganze? Was war die strategische Zielsetzung?«

»Weiß ich nicht.«

»Warum hat er den Wagen angezündet?«

»Weiß ich nicht«, wiederholte der Mann.

Dino sah sich am Tisch um.

Er fragte: »Sind wir uns also einig, dass der Schütze von Anfang an hinten im Auto gesessen hat und folglich einer von ihnen war?«

Alle nickten, die meisten mit ernster Miene, als wäre dies eine gewichtige Schlussfolgerung, zu der sie nach mehrstündiger Beratung gelangt waren.

»Und wir wissen, dass er den Wagen angezündet hat, nachdem er die Typen auf den Vordersitzen erschossen hatte.«

Weiteres Nicken, diesmal rascher und lebhafter, weil manche Wahrheiten auf der Hand lagen.

»Wozu das alles?«, fragte Dino.

Keiner antwortete.

Niemand wusste es.

»Irgendwie erinnert mich das an alte Mythen und Legenden«, sagte Dino. »Ausgesprochen symbolisch. Wie die Wikinger gefallene Krieger in ihren Booten verbrannt haben. Wie ein Opferritual. Als wollte Gregory uns ein Opfer darbringen.«

»Zwei seiner Männer?«, fragte seine rechte Hand.

»Die Zahl ist bedeutsam.«

»Wieso?«

»Wir bekommen einen neuen Polizeichef. Gregory darf keinen Krieg riskieren. Er weiß, dass er zu weit gegangen ist. Nun entschuldigt er sich. Er macht ein Friedensangebot. Er weiß, dass er im Unrecht ist. Das versucht er zu korrigieren. Er sorgt dafür, dass es sechs zu vier für uns steht. Als großzügige Geste. Damit wir uns nicht selbst zu bemühen brauchen. Damit beweist er, dass er unserer Ansicht ist. Er bestätigt, dass wir einen zahlenmäßigen Vorsprung haben sollten.«

Keiner äußerte sich dazu.

Das konnte niemand.

Dino stand auf und ging hinaus. Die anderen hörten seine Schritte im Vorzimmer, dann in der großen Wellblechhalle, in der sie verklangen. Sie hörten, wie sein Fahrer den Motor anließ. Sie hörten die Limousine wegfahren. Draußen war es wieder still.

Anfangs sprach niemand.

Dann fragte jemand: »Ein Opfer?«

Danach kurzes Schweigen.

»Du bist anderer Meinung?«, fragte Dinos rechte Hand.

»Wir täten so was nie. Folglich denkt auch Gregory nicht daran. Wozu sollte er?«

»Du glaubst, dass Dino unrecht hat?«

Eine bedeutungsschwere, gefährliche Frage.

Der Mann sah sich langsam um.

»Ich glaube, dass Dino nicht mehr ganz richtig im Kopf ist«, erklärte er. »Ein Brandopfer der Wikinger? Das ist verrücktes Gerede.«

»Kühne Worte!«

»Bist du anderer Meinung?«

Wieder Schweigen.

Dann schüttelte Dinos Vertrauter den Kopf.

»Nein«, sagte er. »Ich stimme dir zu. Ich glaube nicht, dass es ein Friedensangebot oder ein Opfer war.«

»Was also sonst?«

»Ich glaube, dass jemand von außen mitgemischt hat.«

»Wer?«

»Ich glaube, dass jemand diese Kerle umgelegt hat, um Gregory gegen uns aufzuhetzen. Er wird uns angreifen, wir werden uns wehren. So vernichten wir uns letztlich gegenseitig. Damit irgendein Unbekannter profitiert. Damit er sich unsere Territorien aneignen kann. Das könnte dahinterstecken, denke ich.«

»Wer?«, fragte der andere noch mal.

»Das weiß ich nicht. Aber wir kriegen's raus. Und dann legen wir sie alle um. Sie sind völlig außer Rand und Band.«

»Das wäre Dino nicht recht. Er hält die Toten für ein Friedensangebot. Er glaubt, dass jetzt alles gut und harmonisch ist.«

»Wir dürfen nicht länger warten.«

»Willst du's ihm vorher sagen?«, fragte der Mann.

Dinos Vertrauter schwieg einen Augenblick.

Dann sagte er: »Nein, noch nicht. Er würde uns nur behindern. Diese Sache ist zu wichtig.«

»Bist jetzt du der neue Boss?«

»Vielleicht. Wenn Dino nicht mehr ganz richtig im Kopf ist. Was übrigens du als Erster gesagt hast. Alle haben dich gehört.«

»Das war nicht abwertend gemeint. Aber dies ist ein sehr großer Schritt. Wir müssen uns genau überlegen, was wir tun. Sonst ist's Verrat von der schlimmsten Sorte. Dafür lässt er uns alle liquidieren.«

»Also wird's Zeit, sich für eine Seite zu entscheiden«, sagte der Vertraute. »Jetzt heißt's, den Einsatz auf den Tisch zu legen. Wikingerrituale oder der Übernahmeversuch eines Außenstehenden? Der kann uns sowieso schneller umbringen, als Dino das könnte.«

Der Mann, der als Erster gesprochen hatte, schwieg volle zehn Sekunden lang.

Dann fragte er: »Womit fangen wir an?«

»Wir löschen den Brand. Karren das Wrack in die Schrottpresse. Dann fangen wir an, Fragen zu stellen. Zwei Wagen sind reingekommen. Einer war ein großer protziger Lincoln. Irgendjemand wird sich an das zweite Auto erinnern. Wir finden es, und dann finden wir den Kerl, der es gefahren hat, und kriegen aus ihm heraus, für wen er arbeitet.«

In diesem Augenblick war Reacher vier Blocks weit entfernt: im Wohnzimmer eines heruntergekommenen Reihenhauses, das einem Musiker namens Frank Barton gehörte. Barton war Abbys Freund im Ostteil der Stadt. Ebenfalls anwesend war Bartons Mitbewohner, ein Mann namens Joe Hogan, früher Marineinfanterist, jetzt ebenfalls Musiker. Genauer gesagt Schlagzeuger. Sein Drumkit nahm eine Hälfte des Raums ein. Barton spielte Bassgitarre. Sein Zeug nahm die andere Hälfte ein. Vier Instrumente auf Ständern, Verstärker, riesige Lautsprecherboxen. Dazwischen standen schmale Stühle mit dünnen, abgewetzten und fleckigen Sitzpolstern. Reacher hockte auf einem, Abby auf einem anderen und Barton auf dem dritten und letzten. Hogan saß auf dem Hocker hinter seinem Schlagzeug. Der weiße Toyota parkte draußen vor dem Haus.

Barton sagte: »Das ist verrückt, Mann. Ich kenne diese Leute. Ich spiele drüben in Klubs. Sie vergessen nie etwas. Abby kann nicht mehr dorthin zurück, niemals!«

»Außer ich finde Trulenko«, sagte Reacher.

»Was soll das bringen?«

»Eine Niederlage in dieser Größenordnung würde manches verändern, glaube ich.«

»Wie?«

Reacher gab keine Antwort.

Hogan erklärte: »Er will sagen, dass die Route zu einer wichtigen Zielperson wie Trulenko über die Führungsspitze der Organisation gehen muss. Folglich werden die Überlebenden anschließend kopflos herumrennen. Die Albaner werden sie verfrühstücken. Und danach gehört ihnen die ganze Stadt. Worüber die Ukrainer sich mal Sorgen gemacht haben, spielt keine Rolle mehr. Weil sie dann alle tot sind.«

Ein ehemaliger Marineinfanterist. Mit gutem strategischem Verständnis.

»Das ist verrückt«, sagte Barton noch mal.

Sechs Chancen, bevor die Woche zu Ende ist, dachte Reacher.

22

Gregorys Vertrauter klopfte an die innere Bürotür, trat ein und setzte sich vor den riesigen Schreibtisch. Er berichtete kurz, was bisher bekannt war. Zwei Typen waren vor Abigail Gibsons Haus postiert gewesen. Jetzt wurden sie vermisst. Sie reagierten nicht auf Handyanrufe. Ihr Lincoln befand sich nicht mehr dort, wo er hätte stehen müssen. Irgendjemand hatte sie aus dem Verkehr gezogen.

Gregory fragte: »Dino?«

»Eher nicht.«

»Wie das?«

»Vielleicht war er's nie. Zumindest nicht anfangs. Wir haben bestimmte Dinge angenommen. Jetzt müssen wir die Fakten neu bewerten. Fangen wir mit den beiden ersten an, die bei dem Ford-Händler verunglückt sind. Wer war ihr letzter bekannter Kontakt?«

»Sie sollten eine Adresse überprüfen.«

»Die von Aaron Shevick. Und wer wurde dabei beobachtet, dass er mit der Bedienung geflirtet hat, vor deren Haus jetzt unsere beiden Typen verschwunden sind?«

»Aaron Shevick.«

»Zufälle gibt es nicht.«

»Wer ist er?«

»Jemand hat ihn hergeschickt. Um Dino und dich gegeneinander aufzuhetzen. Damit wir einander vernichten. Damit dieser Jemand die Stadt übernehmen kann.«

»Wer?«

»Das erzählt uns Shevick. Sobald wir ihn gefunden haben.«

Die Albaner karrten das noch rauchende Autowrack in die Schrottpresse und fingen dann an, sich umzuhören. Der innere Rat. Die Topleute. Ohne viel Erfahrung mit solchen Befragungen. Ihre Frage war verhältnismäßig einfach: Haben Sie einen Konvoi aus zwei Autos gesehen, von denen einer ein schwarzer Lincoln Town Car war? Niemand belog sie. Das wussten sie ziemlich sicher. Den Leuten war klar, was Personen passierte, die das taten. Stattdessen zermarterten sich alle das Gehirn. Aber die Ergebnisse waren enttäuschend. Zum Teil auch, weil der Begriff »Konvoi« sperrig klang. Beispielsweise gab es in der Hauptverkehrszeit keine Konvois aus zwei, sondern aus hundertzwei Fahrzeugen. In der Innenstadt bestanden sie bestenfalls aus zweiundzwanzig Autos. Wer sollte wissen, welches die gesuchten zwei Fahrzeuge waren? Die Leute wollten auf keinen Fall die falsche Antwort geben. Nicht, wenn die Topleute fragten.

Also wurde eine andere Möglichkeit gefunden, dieselbe Frage zu stellen. Nach ersten Ermittlungen stand fest, dass zum bewussten Zeitpunkt nur eine Handvoll schwarzer Lincolns unterwegs gewesen war. Vermutlich insgesamt sechs. Drei davon mit der von den Ukrainern bevorzugten Vollausstattung. Die Topleute forderten nun detaillierte Beschreibungen der Personen auf den Vordersitzen, denn wegen der getönten Heck- und Seitenscheiben waren nur sie sichtbar gewesen. Irgendwo steckte darin ein Konvoi aus zwei Autos.

Drei Zeugen erinnerten sich unabhängig voneinander an einen kleinen weißen Viertürer mit herabhängender vorderer Stoßstange. Alle sagten aus, er sei vor einem schwarzen Lincoln hergefahren, der sich bei Spurwechseln und dergleichen an ihm orientiert habe, als folge er ihm. Aus dem Westteil der

Stadt kommend, nach Osten unterwegs. Der Konvoi aus zwei Fahrzeugen.

Bei den kleinen weißen Viertürer handelte es sich vielleicht um einen Honda. Oder einen Hyundai, ebenfalls mit H. Oder vielleicht einen Kia. Oder irgendeine andere neue Marke? Aber der Wagen war keineswegs neu, sondern ziemlich alt gewesen. Vielleicht ein Toyota? Genau, ein Toyota Corolla. In einfachster Ausführung. Das schien festzustehen. Darin waren sich alle drei Zeugen einig.

Niemand hatte ihn wegfahren sehen.

Die Topleute alarmierten ihre Männer. Augen auf! Ein alter weißer Toyota Corolla mit herabhängender vorderer Stoßstange. Jede Beobachtung sofort melden.

Inzwischen war es später Nachmittag, für Musiker eine vernünftige Zeit, ihren Tag zu beginnen. Hogan wärmte sich mit einem stetigen 4/4-Beat auf, die High-Hat klirrend, das Ride-Becken rhythmisch pulsierend. Barton steckte eine ziemlich ramponierte Fender ein und drehte die Lautsprecher auf, bis sie summten und brummten. Er spielte ein paar Takte, loopig und geschmeidig, hielt Takt mit dem Standtom, passte sich dem 4/4-Takt an und variierte die ursprüngliche Melodie. Nachdem Reacher und Abby eine Zeit lang zugehört hatten, machten sie sich auf die Suche nach dem Gästezimmer.

Es lag im ersten Stock: ein kleiner Raum über der Haustür mit einem runden Fenster, dessen Glas so wellig war, als wäre es hundert Jahre alt. Der Toyota parkte direkt darunter. Der Nachttisch neben dem französischen Bett war ein auf die Seite gelegter alter Verstärker. Einen Kleiderschrank gab es nicht. Stattdessen hatte jemand ein halbes Dutzend Messinghaken an die Wand geschraubt. Von unten drang das Wummern von Schlagzeug und Bassgitarre herauf.

»Nicht so hübsch wie bei dir«, meinte Reacher. »Tut mir leid.«

Abby schwieg.

Reacher sagte: »Ich hab die Kerle in dem Lincoln gefragt, wo Trulenko ist. Sie wussten es nicht. Also habe ich sie gefragt, wo ein cleverer Mensch ihn als Erstes suchen würde. An seinem Arbeitsplatz, haben sie gesagt.«

»Arbeitet er denn?«

»Ich gebe zu, dass ich das nicht gedacht hätte.«

»Vielleicht als Gegenleistung dafür, dass er versteckt wird. Vielleicht hat er doch kein Geld gebunkert. Vielleicht muss er seine Überfahrt abarbeiten.«

»Das wäre schlimm«, sagte Reacher.

»Wieso sollte er sonst arbeiten?«

»Vielleicht langweilt er sich.«

»Möglich.«

»Was würde er arbeiten?«

»Nichts Körperliches«, sagte Abby. »Er hat ziemlich schmächtig ausgesehen. Sein Bild war ständig in der Zeitung. Er war jung, aber hatte schon Stirnglatze und Brille. Also wird er nicht im Steinbruch schuften, sondern in irgendeinem Büro sitzen. Wahrscheinlich als IT-Spezialist. Darin kannte er sich aus. Sein neuestes Produkt war eine App, die deine Vitaldaten an deinen Hausarzt übermittelt. In Echtzeit, für alle Fälle. Aber wie das funktionieren sollte, hat niemand genau verstanden. Jedenfalls ist Trulenko ein Theoretiker. Ein Tüftler.«

»Also sitzt er irgendwo im Westteil der Stadt in einem Büro. Mit angeschlossener Unterkunft oder einem Apartment ganz in der Nähe. Schwer bewacht. Vielleicht sogar in einem Bunker.

Mit nur einem Eingang, der sich leicht verteidigen lässt. Dort hat niemand Zutritt außer bewährten, zuverlässigen Leuten.«

»Also kommst du nicht an ihn heran.«

»Ich gebe zu, dass das eine Herausforderung sein wird.«

»Praktisch unmöglich, denke ich.«

»Dieses Wort kenne ich nicht.«

»Wie groß wäre der Bunker – falls es einen gibt?«

»Keine Ahnung«, sagte Reacher. »Vielleicht mit Platz für ein Dutzend Leute. Oder für mehr. Oder für weniger. Eine Art Nervenzentrum, in dem alle Meldungen zusammenlaufen. Du hast selbst gesagt, dass sie technisch auf der Höhe sind.«

»Viele geeignete Orte kann es nicht geben.«

»Siehst du?«, meinte Reacher. »Wir machen bereits Fortschritte.«

»Zwecklos, wenn das Geld weg ist.«

»Seine Arbeitgeber besitzen bestimmt welches. Ich habe noch nie einen armen Gangster gekannt.«

»Die Shevicks können Trulenkos neuen Arbeitgeber nicht verklagen. Die haben nichts mit seiner Unterschlagung zu tun. Sie können nichts dafür.«

»Wenn's so weit ist, könnte der Geist des Gesetzes wichtiger erscheinen als sein Buchstabe.«

»Du würdest es stehlen?«

Reacher trat ans Fenster und sah auf die Straße hinunter.

»Der Capo dort drüben ist ein Mann namens Gregory«, erklärte er. »Ich würde ihn um eine Spende für wohltätige Zwecke bitten. Für unverschuldet in Not geratene Leute, von denen ich gehört habe. Ich könnte mehrere Argumente vorbringen, denen er sicher zustimmen würde. Und falls er irgendwie von Trulenkos Arbeit profitiert, wäre das nicht viel anders, als wenn das Geld direkt von Trulenko käme.«

Abby wirkte geistesabwesend, als sie jetzt eine Hand an ihre Wange legte.

»Von Gregory habe ich gehört«, sagte sie. »Bin ihm aber nie selbst begegnet.«

»Wieso hast du von ihm gehört?«

Sie gab keine Antwort, schüttelte nur den Kopf.

Er fragte: »Was haben sie dir getan?«

»Wer sagt, dass sie mir was getan haben?«

»Du hast gerade zwei Tote gesehen. Jetzt rede ich davon, Menschen zu bedrohen und um ihr Geld zu bringen. Das ist eben meine Art. Wir stehen neben einem Doppelbett. Die meisten Frauen wären bereits unauffällig auf dem Weg zur Tür. Du aber nicht. Du magst diese Leute wirklich nicht. Das muss einen Grund haben.«

»Vielleicht mag ich dich wirklich.«

»Das hoffe ich«, sagte Reacher. »Aber ich bin Realist.«

»Ich erzähl's dir später«, meinte sie. »Vielleicht.«

»Okay.«

»Was nun?«

»Wir sollten deine Tasche holen. Und dein Auto anderswo abstellen. Ich will nicht, dass es direkt vor dem Haus parkt. Sie haben es schon vor dem Haus der Shevicks gesehen. Und andere könnten uns heute damit herumfahren gesehen haben. Wir sollten es einfach irgendwo anders abstellen. Das ist jedenfalls sicherer.«

»Wie lange werden wir so leben müssen?«

»So lebe ich die ganze Zeit. Täte ich das nicht, wäre ich längst unter der Erde.«

»Frank hat gesagt, dass ich nie mehr nach Hause kann.«

»Und Hogan hat aufgezeigt, wie du's doch kannst.«

»Wenn du Trulenko aufspürst.«

»Sechs Chancen, bevor die Woche rum ist.«

Sie gingen wieder nach unten und zum Auto hinaus. Abby hievte ihre Reisetasche vom Rücksitz und stellte sie in der Diele ab. Der Motor sprang beim zweiten Versuch an, und die Stoßstange scharrte über den Asphalt, als Abby aus der Parklücke rangierte. Sie fuhren im Zickzack durch verschiedene Stadtteile: durch ein schäbiges Wohnviertel und ein Gewerbegebiet mit Baustoff-, Elektro- und Sanitärgroßhandel sowie einem Holzlagerplatz. Danach folgten unterschiedliche Verfallsstadien bis hin zu mehrheitlich unbewohnten Straßenblocks wie der, auf dem der Lincoln gebrannt hatte.

»Hier?«, fragte Abby.

Reacher schaute sich um. Überall Verwahrlosung. Keine Besitzer, keine Mieter, keine Bewohner. Keine Haustüren Unbeteiligter, die aufgebrochen werden konnten, wenn der Toyota hier entdeckt wurde. Geringes Risiko für Kollateralschäden.

»Einverstanden«, sagte er.

Abby parkte. Sie stiegen aus, schlossen den Wagen ab und verschwanden. Mehr oder weniger auf der Route, auf der sie hergekommen waren, aber mit einigen Abkürzungen. Ihre Umgebung wurde sauberer und gepflegter. Sie erreichten das Gewerbegebiet mit dem Baustoffhandel. In umgekehrter Reihenfolge kam als Erstes der Holzlagerplatz. An seiner Einfahrt stand ein Mann auf dem Gehsteig. Eine Art Wachmann. Vielleicht kontrollierte er ein- und ausfahrende Lastwagen. Vermutlich wurde auch Bauholz geschmuggelt oder geklaut.

Sie gingen an dem Mann vorbei, passierten nacheinander den Sanitär-, Elektro- und Baustoffgroßhandel und marschierten durch ein Gewirr aus kleinen Straßen weiter. Die Bassgitarre und das Schlagzeug hörten sie schon aus dreißig Metern Entfernung.

Die Meldungen trafen schnell ein, aber nicht schnell genug. Einer der Topleute nach dem anderen bekam hastige Anrufe auf seinem Handy. Ein alter weißer Toyota mit herabhängender vorderer Stoßstange war mal hier, mal dort auf der Straße gesehen worden. Anscheinend ohne bestimmtes Ziel kreuz und quer unterwegs. Generell jedoch in Richtung zu den verlassenen Blocks, in denen nicht mal Obdachlose hausten.

Dann kam der lohnende Anruf. Ein zuverlässiger Informant sah den Wagen in hundert Metern Entfernung langsamer werden, halten und parken. Zwei Personen stiegen aus. Die Fahrerin war eine zierliche Frau mit schwarzer Kurzhaarfrisur. Ende zwanzig oder Anfang dreißig, ganz in Schwarz gekleidet. Ihr Begleiter, ein Hüne, war älter, fast zwei Meter groß, bestimmt hundertzehn Kilo schwer und nachlässig gekleidet. Sie sperrten das Auto ab, gingen miteinander weg und kamen nach der ersten Ecke außer Sicht.

Alle diese Informationen wurden sofort durch Anrufe, Videobotschaften und Textnachrichten verbreitet. Schnell, aber nicht schnell genug. Den Mann am Tor des Holzlagerplatzes erreichten sie, ungefähr neunzig Sekunden nachdem eine zierliche schwarzhaarige Frau und ein hässlicher riesiger Kerl so nahe an ihm vorbeigelaufen waren, dass er sie hätte berühren können. Kostbare Minuten verstrichen, bis mehrere Autos organisiert waren, die sich auf die Suche nach den beiden machten.

Ohne Erfolg. Die zierliche Frau und der riesige Mann waren längst über alle Berge. Sie waren in einem eng bebauten Wohnviertel verschwunden, das ungefähr zehn Blocks mit Reihenhauszeilen umfasste. Mindestens vierhundert einzelne Adressen. Dazu Kellerwohnungen und Untervermietungen. Voller Gammler und Spinner, die zu allen Tages- und Nachtzeiten kamen und gingen oder nie das Haus verließen. Hoffnungslos.

Die Topleute erteilten neue Anweisungen. Augen auf! Eine zierliche schwarzhaarige Frau, jünger, und ein großer hässlicher Kerl, älter. Sofort melden!

23

Da weder Barton noch Hogan an diesem Abend einen Gig hatten, beendeten sie ihre Probe, als Abby und Reacher zurückkamen, und schlugen vor, abends daheim zu chillen, vielleicht mit geliefertem chinesischem Essen, vielleicht einer Flasche Wein, vielleicht etwas Gras, um zu quatschen, Storys zu erzählen und allgemein auf den neuesten Stand zu kommen. Vielleicht bei ein paar Schallplatten. Das klang alles gut, bis Abbys Smartphone klingelte.

Der Anruf kam von Maria Shevick, die Aaron Shevicks Handy benutzte. Abby und sie hatten ihre Nummern ausgetauscht. Für Notfälle. Und dies schien einer zu sein. Maria sagte, vor ihrem Haus parke jetzt ein schwarzer Lincoln Town Car. Mit zwei Männern, die das Haus beobachteten. Sie standen schon den ganzen Nachmittag da und schienen bleiben zu wollen.

Abby gab das Telefon an Reacher weiter.

Er sagte: »Die Kerle suchen mich. Weil ich Trulenko erwähnt habe. Das macht ihnen Sorgen. Ignorieren Sie sie einfach.«

Maria fragte: »Was machen wir, wenn sie an die Haustür kommen?«

Siebzig, gebeugt, halb verhungert.

Reacher antwortete: »Lassen Sie sie das Haus durchsuchen.

Zeigen Sie ihnen, was sie sehen wollen. Dann wird ihnen klar, dass ich nicht da bin. Sie setzen sich wieder in ihr Auto und werden dann nur noch den Gehsteig im Auge behalten. Sollte relativ schmerzlos sein.«

»Also gut.«

»Gibt's was Neues von Meg?«

»Gute und schlechte Nachrichten«, erwiderte Maria.

»Die gute zuerst«, sagte Reacher.

»Ich denke, dass die Ärzte erstmals wirklich glauben, dass ihr Zustand sich gebessert hat. Das höre ich an ihrem Tonfall. Nicht, was sie sagen, sondern wie sie's sagen. Sie drücken sich immer vorsichtig aus. Aber jetzt sind sie irgendwie aufgeregt und haben das Gefühl zu gewinnen. Das spüre ich deutlich.«

»Und die schlechte Nachricht?«

»Sie wollen eine Bestätigung durch weitere Tests und Scans, die wir im Voraus bezahlen müssen.«

»Wie viel?«

»Das wissen wir noch nicht. Aber bestimmt ein Haufen Geld. Heutzutage verfügen sie über erstaunliche Geräte. Die Diagnose- und Behandlungsmöglichkeiten haben sich dramatisch verbessert. Nur sind sie leider sehr teuer.«

»Wann ist die Zahlung fällig?«

»Eine Hälfte von mir will, dass alles möglichst bald weitergeht. Und die andere bremst natürlich.«

»Sie sollten tun, was medizinisch notwendig ist. Alles andere findet sich.«

»Wir können uns das Geld nicht leihen«, entgegnete Maria. »Das würden Sie für uns tun müssen, weil die Kerle Sie für Aaron Shevick halten. Aber für Sie wäre das jetzt eine Falle, weil Sie nach Trulenko gefragt haben.«

»Aaron könnte sich unter meinem Namen Geld leihen.

Oder unter einem anderen. Für die Kerle ist dieses Geschäft neu. Sie können nichts überprüfen. Zumindest vorläufig nicht. Das wäre eine Option, wenn Sie schnell Geld brauchen.«

»Sie sagten, Sie könnten Trulenko finden, weil so was zu Ihrem Job gehört hat.«

»Die Frage ist nur, wann«, erklärte Reacher. »Ich dachte, ich hätte bis Ende der Woche sechs Chancen. Jetzt sind's vielleicht weniger. Das erfordert einen schnelleren Plan.«

»Ich muss mich für meinen Tonfall entschuldigen.«

»Nicht nötig«, wehrte Reacher ab.

»Wir stehen unter großem Stress.«

»Das kann ich mir vorstellen«, sagte Reacher.

Sie beendeten das Gespräch, und Reacher gab Abby das Smartphone zurück.

Barton mischte sich ein: »Das ist verrückt, Mann. Das sage ich immer wieder, weil's wahr bleibt. Ich kenne diese Leute. Ich spiele in ihren Klubs und habe gesehen, wozu sie imstande sind. Ich erinnere mich an einen Pianisten, der Streit mit ihnen hatte. Sie haben ihm die Finger mit einem Hammer zertrümmert. Er hat nie wieder gespielt. Mit denen darf man sich nicht anlegen.«

Reacher sah zu Hogan und fragte: »Spielst du auch in ihren Klubs?«

»Ich bin Schlagzeuger«, antwortete Hogan. »Ich spiele überall, wo ich bezahlt werde.«

»Du kennst diese Leute auch?«

»Ich stimme Frank zu. Das sind keine angenehmen Menschen.«

»Was würde das Marine Corps gegen sie unternehmen?«

»Nichts. Die Eierköpfe würden die SEALs einsetzen. Viel glamouröser. Das Corps bliebe außen vor.«

»Was würden die SEALs tun?«

»Die würden erst mal gründlich planen. Mit Karten und Blaupausen. Stellen wir uns vor, dass es um irgendeine Art Bunker geht, würden sie Ausschau nach Notausgängen oder Ladebuchten oder Lüftungsschächten oder Schwachstellen halten, an denen sich Sprengladungen anbringen ließen. Dann würden sie gleichzeitige Angriffe an mehreren Punkten ins Auge fassen, mindestens drei oder vier, jeweils mit Drei- oder Vier-Mann-Teams. Das Unternehmen hätte vermutlich Erfolg, aber es könnte schwierig werden, noch jemanden zu finden, den man verhören kann. Es würde viel Kreuzfeuer geben. Das hinge von den Abmessungen und den Sichtverhältnissen ab.«

Reacher fragte: »Was warst du im Corps?«

»Infanterist«, sagte Hogan.

»Nicht Musiker?«

»Das wäre für das Corps zu logisch gewesen.«

»Warst du schon immer Schlagzeuger?«

»Als Jugendlicher. Dann habe ich damit aufgehört. Aber im Irak wieder damit angefangen. Auf jedem großen Stützpunkt steht irgendwo ein Schlagzeug herum. Mir ist gesagt worden, ich würde die Ablenkung genießen. Und es würde mir gefallen, meine Grundkenntnisse aufzufrischen. Außerdem könnte ich damit eine Menge Aggressionen abbauen.«

»Wer hat dir dazu geraten?«

»Ein alter Stabsarzt. Erst habe ich darüber gelacht, aber dann hatte ich wirklich Spaß daran. Mir ist klar geworden, dass ich Drummer hätte bleiben sollen. Seither bin ich auf einer Aufholjagd. Ich habe noch einiges zu lernen.«

»Du bist ziemlich gut, finde ich.«

»Du schmeichelst mir und versuchst das Thema zu wechseln. Du bist ein Einzelkämpfer, kein SEAL-Team.«

»Mir fällt schon was ein. Bestimmt gibt's ein Dutzend besserer Pläne als alles, was der Navy einfiele. Ich müsste lediglich den Kerl finden.«

»Viele geeignete Orte kann es nicht geben«, meldete sich Abby wieder zu Wort.

Reacher nickte und schwieg. Um ihn herum ging die Unterhaltung weiter. Die anderen drei schienen gut befreundet zu sein. In der flexiblen Welt der Klubs mit Musik und Tanz und Männern in Anzügen an der Tür hatten sie gelegentlich zusammengearbeitet. Jeder von ihnen kannte Storys, manche komisch, andere nicht. Sie schienen keinen Unterschied zwischen Ukrainern und Albanern zu machen. Die Arbeitsbedingungen östlich und westlich der Center Street waren allem Anschein nach ziemlich gleich.

Ein junger Mann erschien mit dem Auto und brachte chinesisches Essen. Reacher teilte sich eine scharf-saure Suppe mit Abby und süß-saures Hühnerfleisch mit Barton. Die anderen tranken Wein. Er Kaffee. Als er ausgetrunken hatte, sagte er: »Ich mache einen Spaziergang.«

Abby fragte: »Allein?«

»Nichts gegen dich persönlich.«

»Wohin?«

»Westlich der Center Street. Ich muss diese Sache beschleunigen. Den Shevicks steht eine weitere hohe Rechnung ins Haus. Sie können nicht warten.«

»Verrückt, Mann«, meinte Barton.

Hogan äußerte sich nicht dazu.

Reacher stand auf und verließ das Haus.

24

Reacher ging nach Westen, auf den nächtlichen Lichtschein der hohen Gebäude in der Stadtmitte zu. Die Banken, die Versicherungen und der hiesige Fernsehsender. Alle beiderseits der Center Street konzentriert, alle auf der Managementebene von Ukrainern oder Albanern unterwandert, ohne es vielleicht zu ahnen, wenn nicht der Boss selbst der Maulwurf war. Unterwegs kam er an Bars, Klubs und Restaurants vorbei. Hier und da sah er Männer in Anzügen an der Tür stehen. Reacher ignorierte sie. Sie gehörten zur falschen Fraktion. Er befand sich noch östlich der Center Street. Er ging weiter.

Hätte er hinten Augen gehabt, hätte er gesehen, wie einer der Anzugträger sekundenlang angestrengt nachdachte und dann eine Textnachricht versendete.

Er ging weiter. Er überquerte die Center Street nördlich des ersten Hochhauses und gelangte in ein ganz ähnliches Viertel mit Bars, Klubs und Restaurants. Hier und da entdeckte er Männer in Anzügen an der Tür stehen, nur waren die Anzüge anders geschnitten, die Krawatten aus Seide und die Gesichter blasser. Diesmal beobachtete er sie aufmerksamer, möglichst aus den Schatten, um die Art Mann zu finden, die er suchte. Wach, aber nicht allzu wach, und taff, aber nicht allzu taff. Dafür gab es mehrere Kandidaten. Zwei standen an der Tür von Weinbars, einer vor einer Art Lounge. Vielleicht ein Kabarett.

Reacher entschied sich für den, dessen Platz dem Ausgang am nächsten war. Ein taktischer Vorteil. Der Türsteher der Lounge saß gleich hinter dem Glas. Reacher ging auf ihn zu. Der Kerl nahm eine Bewegung wahr. Drehte den Kopf leicht zur Seite. Reacher blieb stehen. Der Kerl starrte ihn an.

Reacher bewegte sich weiter. Kam direkt auf ihn zu. Der Kerl erinnerte sich. Textnachrichten, Beschreibungen, Fotos, Namen. Aaron Shevick!

Reacher blieb erneut stehen.

Der Kerl holte sein Smartphone heraus und fing an, darauf herumzutippen.

Reacher zog seine Pistole und zielte auf ihn. Eine der beiden P7 von Heckler & Koch, die er in dem Lincoln erbeutet hatte. Bevor der Wagen in Flammen aufgegangen war. Deutsche Polizeiwaffen. Sehr präzise gearbeitet. Fast zierlich. Aber auch stählern und kantig. Der Typ erstarrte. Reacher war drei Schritte entfernt. Gerade genug Zeit. Die Versuchung war groß. Der Typ ließ das Handy fallen und griff nach der Pistole in seinem Schulterholster.

Nicht schnell genug.

Reacher war bei ihm, bevor er die Waffe halb gezogen hatte, und drückte ihm die Mündung der H&K aufs rechte Auge: fest genug, damit sie nicht abgeschüttelt werden konnte, fest genug, um den Kerl einzuschüchtern, der sofort wieder erstarrte. Reacher bückte sich und hob sein Smartphone mit der linken Hand auf, bevor er ihm die Pistole abnahm – eine weitere P7 von H&K wie die beiden, die er schon hatte. Vielleicht die Standardwaffe westlich der Center Street. Vielleicht als Sammelbestellung zu einem guten Preis erworben.

Mit der linken Hand steckte er das Smartphone und die Pistole ein, mit der rechten drückte er dem Mann die Mündung seiner Waffe in die Rippen.

»Los, wir machen einen kleinen Spaziergang«, sagte er.

Der Kerl stand leicht nach hinten gebeugt, um dem Druck auszuweichen, von seinem Hocker auf und ging durch die offene Tür rückwärts auf den Gehsteig hinaus, wo Reacher ihn nach rechts dirigierte. Nach sieben oder acht Schritten ließ er ihn erneut abbiegen: rückwärts in eine Durchfahrt mit Mülltonnen, deren Gestank sich mit Küchengeruch vermischte.

Reacher drückte ihn mit dem Rücken gegen die Wand.

Er fragte: »Wie viele Leute haben's gesehen?«

»Was gesehen?«, fragte der Mann.

»Sie mit einer Pistole am Kopf.«

»Ein paar, schätze ich.«

»Wie viele sind Ihnen zu Hilfe gekommen?«

Der Mann gab keine Antwort.

»Yeah, kein einziger«, sagte Reacher. »Keiner mag Sie. Keiner würde auf Sie pissen, wenn Sie in Flammen stünden. Also geht's hier nur um uns beide. Niemand kommt angestürmt, um Sie zu retten. Ist das klar?«

»Was wollen Sie?«

»Wo ist Maxim Trulenko?«

»Das weiß niemand.«

»Irgendjemand muss es wissen.«

»Nicht ich«, sagte der Kerl. »Ehrenwort! Ich schwör's beim Leben meiner Schwester.«

»Wo ist Ihre Schwester jetzt?«

»Kiew.«

»Das macht Ihren Schwur eher theoretisch. Finden Sie nicht auch? Versuchen Sie's noch mal.«

»Bei meinem Leben«, sagte der Mann.

»Schon weniger theoretisch«, meinte Reacher. Er drückte fester zu. Die Pistolenmündung bohrte sich schmerzhaft in die Rippen des Kerls.

Der Kerl unterdrückte einen Aufschrei und sagte: »Ich schwöre, dass ich nicht weiß, wo Trulenko ist.«

»Aber Sie haben von ihm gehört.«

»Natürlich.«

»Arbeitet er jetzt für Gregory?«

»Ja, das hab ich gehört.«

»Wo?«

»Das weiß keiner«, entgegnete der Kerl. »Das ist ein großes Geheimnis.«

»Bestimmt?«

»Beim Grab meiner Mutter.«

»Das wo liegt?«

»Sie müssen mir glauben. Wo Trulenko sich aufhält, wissen nur eine Handvoll Leute. Ich gehöre nicht zu ihnen. Bitte, Sir, ich bin nur ein kleiner Türsteher.«

Reacher nahm die Pistole weg und trat einen Schritt zurück. Der Kerl rieb sich die schmerzende Stelle und starrte ins Halbdunkel, als versuchte er, sich Reachers Gesicht einzuprägen. Der trat ihm kräftig zwischen die Beine und ließ ihn zusammengekrümmt und alle möglichen Brech- und Würgelaute von sich gebend zurück.

Reacher gelangte ohne Schwierigkeiten auf die Center Street zurück. Seine Probleme begannen gleich danach. Östlich der Straße, was unverständlich war. Doch sicher die falschen Leute. Aber er spürte sofort, dass er beobachtet wurde. In diesen Blicken lag kein Wohlwollen. Das war eindeutig. Seine Nackenhaare sträubten sich. Irgendein uralter Instinkt. Eine Art sechster Sinn. Ein Überlebensmechanismus, der sich ihm im Lauf der Evolution tief eingeprägt hatte. Wie man nicht gefressen wurde. Über Zehntausende von Jahren hinweg erprobt. Eine Urahnin, die aus einem Fluchtreflex heraus ihre Richtung änderte, Ausschau nach Bäumen und Schatten hielt. Um zu überleben und später weiterkämpfen zu können. Um zu überleben und ein Kind haben zu können, dessen Nachkomme nun ebenfalls Schatten suchte, aber nicht auf grüner Savanne, sondern im grauen Großstadtdschungel, während er an beleuchteten Klubs, Bars und Restaurants vorbeihastete.

Es waren Männer in Anzügen, die ihn beobachteten. Kerle, die einer Organisation angehörten. Unverkennbar. Aber weshalb? Das wusste er nicht. Hatte er auch die Albaner gegen sich aufgebracht? Eigentlich nicht. Nach ihren primitiven Maßstäben hatte er ihnen schon mehr als einen Gefallen getan. Sie hätten einen Festzug für ihn veranstalten sollen.

Er blieb in Bewegung.

Er hörte Schritte hinter sich.

Er ging weiter. Buchstäblich und im übertragenen Sinn lag der Lichterglanz der Center Street längst hinter ihm. Die Straßen waren eng und dunkel, wurden mit jedem Schritt schäbiger. Hier gab es geparkte Autos, Einfahrten und tief im Schatten liegende Hauseingänge. Zwei Drittel aller Straßenlampen brannten nicht. Fußgänger waren keine unterwegs.

Seine Art Umgebung.

Er blieb stehen.

Es gab mehr als nur eine Methode, nicht gefressen zu werden. Grandmas Instinkt hatte damals funktioniert. Tausende von Generationen später funktionierte der Instinkt ihres Nachkommen auch für die Zukunft. Für immer. Weil er effizienter war. Das Prinzip der natürlichen Auslese. Er blieb eine Minute im Halbschatten stehen, dann trat er in tieferen Schatten zurück und horchte.

Er hörte eine Ledersohle wie feines Sandpapier auf dem Gehsteig scharren. Zehn, zwölf Meter hinter ihm. Irgendeine hastig arrangierte Überwachung. Irgendein Kerl, der von seinem Hocker gescheucht und plötzlich in die Nacht hinausgeschickt worden war. Um ihm zu folgen. Aber wie lange? Das war die entscheidende Frage. Ganz bis nach Hause oder nur bis zu einem in aller Eile organisierten Hinterhalt?

Reacher wartete. Noch mal das leise Scharren, als der Kerl einen vorsichtigen Schritt machte. Er drückte sich tiefer in den Schatten. In einen Hauseingang. Presste sich gegen behauene Steinrippen. Der schicke Eingang eines längst vergessenen Unternehmens. Zu seiner Zeit bestimmt lukrativ.

Wieder das Scharren. Jetzt nur noch sechs bis sieben Meter entfernt. Näher kommend. Aus der Gegenrichtung war außer den Hintergrundgeräuschen der Stadt nichts Bedrohliches zu vernehmen. Dazu abgestandene Luft und der schwache Geruch von Ruß und Ziegeln.

Er hörte weitere Schritte. Nun war der Abstand auf etwa fünf Meter geschrumpft. Er wartete. Der Kerl war praktisch schon in Reichweite. Aber noch ein paar Schritte würden alles einfacher machen. Er stellte sich den Ablauf schon mal bildlich vor und steckte eine Hand in die Tasche mit der H&K, die er schon einmal benützt hatte. Weil er sicher wusste, dass sie funktionierte. Immer ein Vorteil.

Ein weiterer Schritt. Der Kerl war auf weniger als vier Meter heran. Nicht klein. Das Geräusch seiner Schritte hörte sich an wie ein breit knirschendes, schweres Scharren. Ein großer Mann, der sich leise zu bewegen versuchte.

Jetzt nur mehr drei Meter entfernt.

Showtime.

Reacher trat vor und baute sich vor dem Kerl auf. Die H&K schimmerte im Halbdunkel. Er zielte damit aufs Gesicht des Mannes. Der begann zu schielen, als er die Pistole bei dem schlechten Licht zu fixieren versuchte.

Reacher befahl: »Keinen Laut!«

Der Kerl blieb stumm. Reacher horchte über seine Schulter hinweg. Hatte der Typ einen zweiten Mann hinter sich? Anscheinend nicht. Jedenfalls war nichts zu hören. In beiden Richtungen nur Stadtgeräusche und abgestandene Luft.

Reacher fragte: »Haben wir ein Problem?«

Der Kerl war eins achtzig groß und etwa neunzig Kilo schwer, Anfang vierzig, hager und sehnig, ganz aus Knochen, Muskeln und misstrauischen dunklen Augen bestehend. Seine Lippen hatte er zu einem starren Grinsen verzogen, das besorgt, fragend oder verächtlich sein konnte.

»Haben wir ein Problem?«, fragte Reacher noch mal.

»Sie sind ein toter Mann«, antwortete der Kerl.

»Bisher nicht«, sagte Reacher. »Tatsächlich sind Sie diesem traurigen Zustand näher als ich. Finden Sie nicht auch?«

»Legen Sie sich mit mir an, legen Sie sich mit einem Haufen Leute an.«

»Lege ich mich mit Ihnen an? Oder Sie mit mir?«

»Wir wollen wissen, wer Sie sind.«

»Warum? Was habe ich euch getan?«

»Über meiner Besoldungsstufe. Ich soll Sie bloß mit zurückbringen.«

»Na, dann viel Glück dabei«, entgegnete Reacher.

»Leicht zu sagen mit einer Pistole in der Hand.«

Reacher schüttelte im Dunkeln den Kopf.

»Immer leicht zu sagen«, meinte er.

Er trat einen Schritt zurück und steckte die H&K wieder ein. Dann stand er mit leeren Händen da, die Handflächen leicht nach außen gekehrt, die Arme locker herabhängend.

»Besser?«, fragte er. »Jetzt können Sie mich mitnehmen.«

Der Kerl machte keine Bewegung. Er war eine gute Handbreit kleiner, wog ungefähr zwanzig Kilo weniger und hatte einen Viertelmeter weniger Reichweite. Offenbar unbewaffnet, denn sonst hätte er seine Waffe längst gezogen. Anscheinend auch durch Reachers Blick eingeschüchtert, der ruhig und gelassen und leicht amüsiert wirkte, aber auch eindeutig gefährlich und sogar ein bisschen verrückt.

Keine Situation, die man sich wünschte.

Reacher sagte: »Vielleicht können wir dasselbe Ergebnis auf etwas andere Weise erreichen.«

Der Kerl fragte: »Wie?«

»Geben Sie mir Ihr Handy. Teilen Sie Ihrem Boss mit, dass er mich anrufen soll. Dann sage ich ihm, wer ich bin. Die persönliche Note ist immer besser.«

»Ich darf Ihnen mein Handy nicht geben.«

»Ich nehm's mir sowieso. Sie können sich aussuchen, wann.«

Der Blick. Ruhig und gelassen, amüsiert, gefährlich, leicht verrückt.

Der Kerl sagte: »Okay.«

Reacher sagte: »Rausholen und auf den Gehsteig legen.«

Das tat der Mann.

»Jetzt drehen Sie sich um.«

Das tat der Mann.

»Jetzt laufen Sie weg, so schnell und weit Sie können.«

Das tat der Mann. Er setzte zu einem athletischen Spurt an und wurde fast augenblicklich von der Dunkelheit verschluckt. Seine Schritte hallten noch durch die Straße, als er längst nicht mehr zu sehen war. Diesmal versuchte er nicht, sich verstohlen zu bewegen. Reacher horchte auf das Knirschen, Klatschen und Gleiten, bis es schwächer werdend verhallte. Dann hob er das Smartphone auf und ging weiter.

Drei Straßenblocks von Bartons Haus entfernt zog Reacher seine Jacke aus, faltete sie quadratisch zusammen, rollte das Quadrat auf und steckte es in den verrosteten Briefkasten eines einstöckigen Bürogebäudes mit verschalten Fenstern und Brandschäden an der Fassade. Die restliche Strecke legte er im T-Shirt zurück. Die Nachtluft fühlte sich kühl an. Schließlich war es noch Frühling. Die Sommerhitze stand erst bevor.

Hogan wartete in Bartons Diele auf ihn. Der Schlagzeuger. Ein ehemaliger Marineinfanterist. Ein Drummer auf Aufholjagd.

»Alles okay?«, wollte er wissen.

»Hast du dir Sorgen um mich gemacht?«, fragte Reacher.

»Professionelle Neugier.«

»Ich hab nicht mit den Rolling Stones gespielt.«

»Ich meine meinen früheren Beruf.«

»Ziel erreicht«, sagte Reacher.

»Welches genau?«

»Ich wollte ein ukrainisches Handy. Anscheinend schicken sie sich viele Textnachrichten. Ich denke, dass man sie mitlesen und so erfahren könnte, was sie vorhaben. Vielleicht wird irgendwann auch Trulenko erwähnt. Vielleicht kann ich dafür sorgen, dass sie in Panik geraten und ihn umquartieren. Das wäre dann die beste Gelegenheit.«

Abby kam die Treppe herunter. Noch immer angezogen.

Sie sagte: »Hi.«

Reacher sagte: »Selbst hi.«

»Ich habe alles mitgehört. Ein guter Plan. Aber legen sie das Handy nicht einfach ferngesteuert still? Dann hörst du nichts von ihnen und sie nichts von dir.«

»Ich habe den Kerl, dem ich's weggenommen habe, ziemlich gut ausgesucht. Er war relativ kompetent. Deshalb relativ vertrauenswürdig. Vielleicht in relativ hoher Stellung. Also jemand, der ungern eingestehen würde, dass ich sein Smartphone erbeutet habe. Aus verletztem Stolz wird er den Verlust nicht so schnell melden. Ich glaube, dass mir wenigstens ein paar Stunden bleiben.«

»Okay, ein guter Plan, aber?«

»Aber ich verstehe nichts von Smartphones. Ich kenne mich nicht mit den Menüs aus. Man kann auf alle möglichen Knöpfe drücken. Aus Versehen könnte ich sogar etwas löschen.«

»Okay, zeig's mir.«

»Und selbst wenn ich nichts lösche, sind die Nachrichten vermutlich auf Ukrainisch verfasst. Das ich ohne Übersetzungshilfe aus dem Internet nicht lesen kann. Und ich verstehe wirklich nicht viel von Computern.«

»Das wäre der zweite Schritt. Wir müssten mit dem Handy anfangen. Zeig's mir.«

»Ich hab's nicht mitgebracht«, erklärte Reacher. »Der Kerl in dem Lincoln hat behauptet, es könnte geortet werden. Ich wollte nicht, dass die Typen fünf Minuten später hier vor der Tür stehen.«

»Wo ist's also?«

»Ich hab es drei Blocks von hier entfernt versteckt. Das ist mir sicher genug erschienen. Pi mal Radius im Quadrat. Sie müssten fast dreißig Blocks durchsuchen. Das würden sie nicht mal versuchen.«

Abby sagte: »Okay, sehen wir's uns mal an.«

»Außerdem hab ich ein albanisches Handy, zu dem ich eher zufällig gekommen bin. Ich möchte es ebenfalls auswerten. Vielleicht kann ich rauskriegen, was sie plötzlich gegen mich haben.«

»Sie haben etwas gegen dich?«

»Sie haben einen Kerl auf mich angesetzt. Sie wollen wissen, wer ich bin.«

»Das braucht nicht viel zu bedeuten. Du bist hier neu. Alle neuen Gesichter interessieren sie.«

»Schon möglich.«

Hogan sagte: »Es gibt einen Mann, mit dem du reden solltest.«

Reacher fragte: »Welcher Mann?«

»Er kommt manchmal, wenn ich spiele. Ein ehemaliger Soldat wie du.«

»Army?«

»Das heißt: Sind noch lange keine Marines.«

»Und Marine heißt: Muskeln werden verlangt, Intelligenz wird nicht erwartet.«

»Dieser Kerl, den ich meine, spricht etliche alte Ostblocksprachen. Er war gegen Ende des Kalten Krieges als Kompaniechef drüben. Und er weiß im Allgemeinen, was hier in der Stadt läuft. Er könnte hilfreich sein. Oder wenigstens nützlich. Vor allem in Bezug auf die Sprachen. Allein auf eine Computerübersetzung solltest du dich nicht verlassen. Dafür ist diese Sache zu wichtig. Wenn du willst, könnte ich ihn anrufen.«

»Kennst du ihn gut?«

»Er ist in Ordnung. Hat guten Musikgeschmack.«

»Traust du ihm?«

»Wie jedem Exsoldaten, der kein Drummer ist.«

»Okay«, sagte Reacher. »Ruf ihn an. Kann nicht schaden.«

Abby und er gingen in die stille Nacht hinaus, und Hogan blieb mit seinem Smartphone in der Hand in der schwach beleuchteten Diele zurück.

25

Reacher und Abby legten die drei Blocks lange Strecke auf Umwegen zurück. Ließen die Handys sich wirklich orten, waren sie vielleicht schon in ihrem offensichtlich vorläufigen Versteck entdeckt worden. In diesem Fall würde der Fundort überwacht werden, um Abholer schnappen zu können. Da war es besser, vorsichtig zu sein. Oder so vorsichtig wie möglich, denn es gab Schatten, Einfahrten und tiefe Hauseingänge, und zwei Drittel aller Straßenlampen funktionierten nicht. Für nächtliche Überwacher gab es genug geeignete Verstecke.

Reacher sah den verrosteten Briefkasten vor ihnen. Im ersten Drittel des nächsten Blocks. Er sagte: »Wir tun so, als unterhielten wir uns angeregt, und bleiben am Briefkasten stehen, als würden wir einen speziellen Punkt erörtern.«

»Verstanden«, sagte Abby. »Und dann?«

»Dann ignorieren wir den Briefkasten völlig und gehen weiter. Aber dann schweigsam.«

»Unterhalten wir uns richtig? Oder bewegen wir wie in einem Stummfilm nur die Lippen?«

»Vielleicht flüsternd. Als redeten wir über geheime Informationen.«

»Wann beginnend?«

»Jetzt«, sagte Reacher. »Geh einfach weiter. Nicht langsamer werden.«

»Worüber soll ich reden?«

»Was dich gerade beschäftigt, denke ich.«

»Im Ernst? Vielleicht begeben wir uns in eine sehr gefährliche Lage. *Das* beschäftigt mich.«

»Du hattest dir vorgenommen, jeden Tag etwas zu tun, das dich ängstigt.«

»Ich habe mein Soll längst übererfüllt.«

»Und du lebst noch.«

»Wir könnten mit einem Feuerhagel empfangen werden.«

»Mich erschießen sie nicht. Sie wollen mich ausfragen.«

»Bist du dir da sicher?«

»Hier geht's um psychologische Dynamik. Wie auf der Bühne. Nicht unbedingt eine Frage, die sich mit Ja oder Nein beantworten lässt.«

Der Briefkasten war fast erreicht.

»Gleich bleiben wir stehen«, flüsterte Reacher.

»Und geben ein stationäres Ziel für sie ab?«

»Nur so lange es dauert, ein wichtiges imaginäres Argument vorzubringen. Dann gehen wir weiter. Aber ganz ruhig, okay?«

Reacher blieb stehen.

Abby blieb stehen.

Sie sagte: »Welches wichtige imaginäre Argument?«

»Was dich gerade bewegt.«

Sie schwieg einen Augenblick.

Dann sagte sie: »Nein. Was mich bewegt, ist die Tatsache, dass ich mich nicht dazu äußern will, was mich bewegt. Noch nicht.«

»Los«, sagte er.

Sie gingen weiter. So leise wie nur möglich. Drei Schritte. Vier.

»Okay«, sagte Reacher.

Abby fragte: »Was ist okay?«

»Keiner da.«

»Und woher wissen wir das?«

»Das möchte ich von dir hören.«

Sie überlegte einen Moment, dann sagte sie: »Wir waren still, weil wir gehorcht haben.«

»Und was haben wir gehört?«

»Nichts.«

»Genau. Wir haben am Ziel haltgemacht und niemanden gehört, der aus einem Versteck tritt. Dann sind wir weitergegangen und haben niemanden gehört, der wieder in sein Versteck verschwunden ist und sich entspannt oder nervös darauf wartet, dass ein Plan B durchgegeben wird. Folglich ist niemand hier.«

»Klasse.«

»Bisher«, sagte Reacher. »Aber wer weiß, wie lange so was dauert? Damit kenne ich mich nicht aus. Sie könnten jeden Augenblick auftauchen.«

»Was sollten wir also tun?«

»Ich denke, wir sollten die Handys anderswo hinbringen. Dann müssen sie die Suche von vorn beginnen.«

Zwei Blocks südlich von ihnen sahen sie Scheinwerfer aus einer Querstraße kommen. Wie eine ferne Vorwarnung. Sekunden später bog ein Wagen links ab und fuhr auf sie zu. Langsam. Vielleicht suchend. Oder vielleicht mit einem Fahrer, der nachtblind war oder getrunken hatte. Schwer zu beurteilen. Den Scheinwerfern nach war es eine große Limousine.

»Achtung«, sagte Reacher.

Nichts. Der Wagen rollte an ihnen vorbei, unbeirrbar langsam, unbeirrbar geradeaus. Ein alter Cadillac. Seine Fahrerin blickte weder nach links noch nach rechts. Eine kleine alte Lady, die kaum übers Lenkrad schauen konnte.

Abby sagte: »Jedenfalls sollten wir uns beeilen. Wie du ganz richtig festgestellt hast, wissen wir nicht, wie lange so was dauert.«

Sie machten vier Schritte zurück, und Reacher zog seine zu-sammengerollte Jacke aus dem verrosteten Briefkasten.

Abby nahm die Smartphones an sich. Darauf bestand sie. Wie-der auf Umwegen gingen sie drei Blocks weiter und fanden eine noch geöffnete Bodega. Kein Mann im Anzug an der Tür. Tatsächlich nirgends ein Anzug. Der Wirt hinter der Theke trug ein weißes T-Shirt. Die wenigen anderen Gäste saßen an einem runden Tisch im vorderen Bereich. Der neonhelle kleine Raum stand voller summender Getränkekühlschränke. An der Rückwand war ein Zweiertisch frei.

Reacher holte zwei Pappbecher Kaffee und brachte sie an den Tisch. Abby hatte die Smartphones nebeneinander vor sich liegen. Sie betrachtete sie zweifelnd, als wäre sie halb be-gierig, ihnen ihre Geheimnisse zu entreißen, und halb ängst-lich, als sendeten die Geräte pulsierende SOS-Signale in den Äther. *Finde mich, finde mich.*

Was sie auch taten.

Sie fragte: »Kannst du dich erinnern, welches wem gehört hat?«

»Nein«, antwortete er. »Für mich sehen sie alle gleich aus.«

Sie schaltete eines ein. Kein Passwort erforderlich. Das war schneller, verriet eine gewisse Arroganz und machte den In-halt leichter zugänglich. Sie klickte und wischte sich durch alle möglichen Bildschirme. Reacher sah eine senkrechte Anord-nung grüner Textblasen. Texte. Rätselhafte ausländische Wör-ter, aber in lateinischer Schrift. Manche Buchstaben waren verdoppelt, andere hatten hoch- oder tiefgesetzte Akzente. Umlaute und Cedillen.

»Albanisch«, erklärte Reacher.

Draußen fuhr ein Auto vorbei. Langsam. Das bläuliche Streulicht seiner Scheinwerfer leuchtete das kleine Lokal aus, dann verschwand es wieder. Abby schaltete das zweite Smartphone ein. Ebenfalls kein Passwort. Sie fand weitere lange Ketten grüner Textblasen. Alle in kyrillischer Schrift. Nach St. Kyrill benannt, der im neunten Jahrhundert an Alphabeten gearbeitet hatte.

»Ukrainisch«, erklärte Reacher.

»Hier sind Hunderte von Texten gespeichert«, sagte Abby. »Mindestens. Vielleicht sogar Tausende.«

Draußen fuhr ein weiterer Wagen vorbei. Schneller.

Reacher fragte: »Kannst du die Daten feststellen?«

Abby scrollte nach oben, dann sagte sie: »Seit gestern mindestens fünfzig. Ein paar mit deinem Foto.«

Wieder fuhr ein Auto vorbei. Diesmal langsamer. Mit aufgeblendeten Scheinwerfern. Als suchte jemand etwas oder wollte auf der nur schwach beleuchteten Straße nichts übersehen. Der Fahrer war sekundenlang sichtbar: ein dunkel gekleideter Mann, dessen Gesicht von der Instrumentenbeleuchtung geisterhaft erhellt wurde.

»Albanische Texte sind's auch nicht weniger«, sagte Abby. »Vielleicht sogar mehr.«

»Was machen wir jetzt?«, fragte Reacher. »Die Handys zu Frank mitzunehmen wäre gefährlich. Aber wir können diesen ganzen Scheiß auch nicht auf Servietten abschreiben. Wir würden Fehler machen. Und das würde ewig dauern. Dafür reicht die Zeit nicht.«

»Pass gut auf«, sagte Abby.

Sie zog ihr eigenes Smartphone heraus, rückte das ukrainische Handy vor sich zurecht, hielt ihr eigenes darüber, richtete es parallel aus und veränderte den Winkel, bis sie zufrieden war.

»Machst du ein Foto?«, fragte Reacher.

»Video«, entgegnete sie. »Sieh her.«

Sie hielt ihr eigenes Smartphone in der linken Hand und scrollte mit dem rechten Zeigefinger in mäßigem Tempo durch die Textnachrichten auf dem erbeuteten Handy, fünf Sekunden, zehn, fünfzehn, zwanzig. Dann war sie am Ende der Kette angelangt und beendete die Aufnahme.

Das Gleiche machte sie mit dem albanischen Telefon. Fünf Sekunden, zehn, fünfzehn, zwanzig.

»Klasse gemacht«, meinte Reacher. »Jetzt sollten wir diese Handys anderswo deponieren. Hier dürfen wir sie nicht lassen. Der Wirt hat es nicht verdient, dass ein Schlägertrupp bei ihm aufkreuzt.«

»Wo also?«

»Ich stimme wieder für den Briefkasten.«

»Aber das ist der Ground Zero ihrer Suche. Sind sie ein bisschen spät dran, könnten sie ungefähr jetzt dort aufkreuzen.«

»Tatsächlich hoffe ich, dass die Dinger nicht senden können, wenn sie in einem kleinen Metallkasten liegen. Dann gibt's auch keine Suche.«

»Sie hätten die Handys nicht orten können?«

»Vermutlich nicht.«

»Dann waren wir also nie in Gefahr?«

»Bis wir sie rausgeholt haben.«

»Wie lange dauert so was?«

»Wir waren uns darüber einig, dass wir's beide nicht wissen.«

»Muss es unbedingt dieser Briefkasten sein? Wie wär's mit dem nächsten, der auftaucht?«

»Keine Kollateralschäden«, sagte Reacher. »Für alle Fälle.«

»Du weißt es nicht wirklich, stimmt's?«

»Nicht unbedingt eine Frage, die sich mit Ja oder Nein beantworten lässt.«

»Können die Dinger senden oder nicht?«

»Ich kann nur Vermutungen anstellen. Davon verstehe ich
nichts. Aber ich höre die Leute reden. Sie jammern ständig darüber, dass Gespräche unterbrochen werden. Aus allen möglichen Gründen, die mir viel harmloser erscheinen, als in einem
Metallkasten eingesperrt zu sein.«

»Aber im Augenblick liegen sie hier auf dem Tisch, also besteht eine gewisse Gefahr.«

Reacher nickte.

»Die mit jeder Minute zunimmt«, sagte er.

Damit die Last innerhalb der Truppe gleich verteilt war, trug
diesmal Reacher die Smartphones. Auf der Straße waren viele
Autos unterwegs. Viele hüpfende, springende, blendende
Scheinwerferpaare. Alle möglichen Marken und Modelle.
Aber keine Lincoln Town Cars. Keine plötzlichen Tempo-
oder Richtungsänderungen. Anscheinend interessierte sich
niemand für sie.

Sie legten die Handys in den Briefkasten und drückten die
quietschende Klappe zu. Diesmal behielt Reacher seine Jacke.
Nicht nur, um es warm zu haben, sondern wegen der Pistolen
in den Taschen. Dann machten sie sich auf den Rückweg zu
Bartons Haus. Sie kamen nicht mal anderthalb Blocks weit.

26

Das hatte nichts mit komplexen Triangulationen von Handy-signalen oder bis auf einen halben Meter genauen GPS-Positionsmeldungen zu tun. Viel später erkannte Reacher, dass alles nach herkömmlicher Methode abgelaufen war. Irgendein Mensch in irgendeinem Auto hatte sich an die letzte Einsatzbesprechung erinnert. Das war alles. Achtet auf einen Mann und eine Frau.

Reacher und Abby bogen rechts ab, um bei nächster Gelegenheit wieder nach links zu gehen. Nun waren sie auf dem schmalen Gehsteig einer gepflasterten Straße unterwegs, die rechts von einer ununterbrochenen Linie von Ladebuchten hinter den Gebäuden der Parallelstraße und links von in lockeren Abständen geparkten Autos begrenzt wurde. Einer der Wagen stand entgegen der Fahrtrichtung. Auffällig war, dass er nicht wie die anderen taunass aussah. In der halben Sekunde, die Reachers Gehirn brauchte, um diese Informationen zu verarbeiten, öffnete sich die Autotür. Erst erschien die Pistole des Fahrers, dann seine Hand, zuletzt der Mann selbst. Er kauerte athletisch gewandt hinter der Tür, die ihm Deckung bot, und zielte durchs offene Fahrerfenster.

Zuerst auf Reacher. Dann auf Abby. Dann wieder auf ihn. Und wieder auf sie. Hin und her. Wie in einem Kriminalfilm. Der Mann machte klar, dass er beide im Visier hatte. Er trug einen blauen Anzug. Und eine schmale rote Krawatte.

Mich erschießen sie nicht. Sie wollen mich ausfragen.

Hier geht's um psychologische Dynamik. Wie auf der Bühne.

Nicht unbedingt eine Frage, die sich mit Ja oder Nein beantworten lässt.

Die Pistole war eine Glock 17, leicht verkratzt und abgenutzt. Der Kerl hielt sie mit beiden Händen. Die Handgelenke lagen auf dem Fensterrahmen, sein Zeigefinger lag am Abzug. Der Schwenk von links nach rechts und wieder zurück wurde ruhig vollzogen. Kompetent, wenn man davon absah, dass ein Kauern keine stabile Haltung darstellte – und auch sinnlos, weil eine Autotür keinen Schutz vor Schüssen bot. Besser als Alufolie, aber nicht sehr. Ein cleverer Typ hätte gestanden und seine Handgelenke auf die Tür gelegt. Viel imponierender. Und eine gute Ausgangsposition für das, was als Nächstes kam: gehen, rennen oder kämpfen.

Der Kerl mit der Pistole rief: »Lasst eure Hände, wo ich sie sehen kann.«

Reacher fragte: »Haben wir ein Problem?«

Der Kerl antwortete: »Ich habe kein Problem.«

»Okay«, sagte Reacher. »Gut zu wissen.« Er wandte sich Abby zu und erklärte ihr leiser: »Du könntest zur Ecke zurückgehen, wenn du möchtest. Ich komme in einer Minute nach. Der Mann will mir ein paar Fragen stellen, das ist alles.«

Aber der Kerl rief: »Nein, sie bleibt. Alle beide.«

Ein Mann und eine Frau.

Reacher wandte sich ihm wieder zu und nutzte diese Gelegenheit, um unauffällig einen Schritt vorwärts zu machen.

Er fragte: »Wozu sollen wir bleiben?«

»Fragen.«

»Gut, dann fang an.«

»Die Fragen stellt mein Boss.«

»Wo ist er?«

»Hierher unterwegs.«

»Was will er?«

»Bestimmt alles Mögliche.«

»Okay«, entgegnete Reacher. »Stecken Sie die Pistole weg, und kommen Sie dort raus, dann können wir gemeinsam warten. Gleich hier auf dem Gehsteig. Bis Ihr Boss kommt.«

Der Kerl kauerte weiter hinter seiner Tür.

Die Pistole bewegte sich nicht.

»Schießen dürfen Sie sowieso nicht«, sagte Reacher. »Ihr Boss würde es nicht mögen, wenn er eintrifft und uns tot oder verletzt, unter Schock stehend oder im Koma vorfindet. Oder wegen einer traumatischen Belastungsstörung zitternd und kaum ansprechbar. Er will uns Fragen stellen. Er will vernünftige Antworten, mit denen er etwas anfangen kann. Außerdem würden die Cops Ihnen das nicht durchgehen lassen. Ich weiß nicht, welche Vereinbarungen Sie mit ihnen getroffen haben. Ein Schuss auf offener Straße würde sie bestimmt auf den Plan rufen.«

»Sie halten sich wohl für clever, was?«

»Nein, aber ich hoffe, dass Sie's sind.«

Die Pistole bewegte sich nicht.

Was in Ordnung war. Wichtig war der Abzug. Genauer gesagt der Zeigefinger am Abzug. Der mit dem Zentralnervensystem des Mannes verbunden war. Das durch Zweifel und Gedanken und Vermutungen blockiert werden konnte.

Oder zumindest entscheidend verlangsamt.

Reacher tat einen weiteren Schritt nach vorn. Dabei hob er die linke Hand mit nach vorn gekehrter Handfläche zu einer halb beschwichtigenden, halb drängenden Geste, als gäbe es ein wichtiges Problem zu lösen. Der Blick des Mannes folgte dem sich bewegenden Objekt, sodass er nicht mitbekam, wie Reachers rechte Hand sich ebenfalls bewegte. Sie griff unauffällig in seine rechte Tasche mit der H&K, von der er mit Sicherheit wusste, dass sie funktionieren würde.

Der Kerl sagte: »Aber wir warten im Auto. Nicht auf dem Gehsteig.«

»Okay«, sagte Reacher.

»Mit geschlossenen Türen.«

»Klar.«

»Sie auf dem Rücksitz, ich vorn.«

»Bis Ihr Boss kommt«, sagte Reacher. »Dann kann er vorn bei Ihnen einsteigen und seine Fragen stellen. Ist das der Plan?«

»Bis dahin halten Sie den Mund.«

»Klar«, wiederholte Reacher. »Sie haben gewonnen. Schließlich sind Sie der Mann mit der Pistole. Wir steigen ein.«

Der Kerl nickte zufrieden.

Der Rest war einfach. Der Mann hielt die Pistole nicht mehr mit beiden Händen, sondern stützte seine linke Hand mit gespreizten Fingern auf den Fenstergummi, als wollte er damit signalisieren, dass ein Abkommen erzielt sei, obwohl er sich in Wirklichkeit nur aufstützte, um aus seiner Hocke hochzukommen. Was nicht ganz einfach war, weil seine Beine steif und gefühllos sein mussten. Dabei geriet die Pistole etwas außer Kontrolle, indem ihre Mündung nach oben zielte, was man ebenfalls als Geste hätte deuten können, als wäre die unmittelbare Bedrohung zugunsten neuer Kooperation zurückgezogen worden. Tatsächlich handelte es sich hier jedoch um einen Gewichtsausgleich durch die Verlagerung der Glock 17 in nur eine Hand.

Reacher ließ die H&K in seiner Tasche.

Er machte einen großen Schritt vorwärts und trat gegen die Autotür. Sie schlug nach innen und traf den Mann an den Knien. Dieser kleine Impuls reichte aus, um ihn langsam, aber unaufhaltsam nach hinten kippen zu lassen, bis er hilflos wie eine Schildkröte auf dem Rücken landete. Als seine Hände instinktiv versuchten, seinen Fall zu bremsen, schlug die Glock auf den Gehsteig, löste sich aus seinem Griff und schlitterte davon. Aber der Kerl wälzte sich sofort zur Seite und sprang im nächsten Augenblick wieder auf, als wäre nichts passiert – binnen einer Sekunde aus der Horizontalen in die Senkrechte. Athletisch wie zuvor, als er aus dem Wagen gestiegen war. Alles das bedeutete, dass Reacher einen halben Schritt zu spät dran war.

Der Kerl tänzelte seitwärts aus dem Bereich der noch immer offenen Autotür, dann änderte er plötzlich seine Richtung, indem er sich nach vorn beugte und Reachers Gesicht mit einer Geraden zu treffen versuchte, die Reacher kommen sah und mit der rechten Schulter abblockte. Der mit harten Knöcheln geführte Schlag war nicht allzu kräftig, aber der Wechsel zwischen Aktion und Reaktion ließ eine kleine Lücke entstehen, die der Mann mit seiner Beweglichkeit ausnützte, um erneut wegzutänzeln, zu Boden zu sehen und Ausschau nach seiner Pistole zu halten.

Körperlich konnte man Reacher ebenfalls als athletisch bezeichnen, aber er war eher ein schwerfälliger Kraftsportler mit der Brutalität eines Gewichthebers. Schnell, aber nicht wirklich schnell. Er konnte seine Bewegungsrichtung nicht sofort ändern. Das bedeutete, dass er sich manchmal für eine halbe Sekunde in einer Art Leerlaufstellung befand, die der Kerl jetzt ausnützte, um einen weiteren Schlag auszuführen, den Reacher erneut abblockte. Wie zuvor tänzelte der Kerl wieder weg, scharrte mit den Füßen, suchte im Halbdunkel den Gehsteig ab. Reacher rückte mit halben Schritten weiter vor: verhältnismäßig langsam, doch schwer aufzuhalten – vor allem nicht mit schwachen Schlägen, wie der Mann sie anbrachte, den sein Herumhopsen allmählich anstrengen musste.

Der Kerl tänzelte weg.

Reacher rückte weiter vor.

Der Kerl fand seine Pistole.

Sein Schuh berührte sie seitlich und ließ sie mit typischem Kunststoffgeräusch ein kleines Stück weit über den Gehsteig scharren. Der Kerl erstarrte kaum merklich, nur einen Herzschlag lang, während er überlegte, was er tun sollte. Dann bückte er sich blitzschnell danach, wollte sie mit der rechten Hand packen, festhalten und in Sicherheit bringen. Eine instinktive Reaktion auf der Grundlage von Raum, Zeit und Geschwindigkeit. Zweifellos hatte er die beträchtlichen eigenen Fähigkeiten ebenso berücksichtigt, wie er die seines Gegners einberechnet hatte, sodass er – auch mit einem Sicherheitszuschlag für den schlimmsten Fall – darauf vertrauen konnte, dank seiner Schnelligkeit sehr gute Chancen zu haben. Reachers eigene instinktive Berechnung kam zu dem gleichen Ergebnis. Er stimmte mit dem Kerl überein. Dass er die Glock 17 vor ihm erreichte, war unmöglich.

Allerdings wirkten sich manche seiner körperlichen Nachteile nicht nur ungünstig aus. Seine Arme und Beine waren langsam, weil sie schwer, aber auch lang waren. Was seine Beine betraf, sogar sehr lang. Auf dem linken Fuß stehend trat er mit dem weit vorgestreckten rechten Fuß zu: eine wuchtige Ausholbewegung, die auf irgendeinen Körperteil des Kerls abzielte – jeden Teil, jederzeit, was sich gerade bot.

Was sich gerade bot, war der Kopf des Mannes. Ein Zufallsergebnis, weil mit den um den Zeitfaktor erweiterten drei Dimensionen etwas schiefgegangen war. Sein leichtes Zögern, dazu Reachers instinktiver steinzeitlicher Tritt, der mit uralter Alles-oder-nichts-Aggression angereichert war. Der Kerl entschied sich dafür, den Kopf hochzuhalten und seinen Arm auszustrecken, um die Pistole besser aufheben und sich mit ihr wegdrehen zu können, aber Reacher war schon da wie ein Batter, der bei einem Fastball vorzeitig zuschlägt, ein eindeutiges Foul. Der Kerl wurde gleich zu Beginn des Schwungs mit voller Wucht getroffen, seine Schläfe von der Zehenkappe an Reachers Stiefel, kein perfekter Treffer, aber nahe dran. Der Kopf des Kerls flog nach hinten. Der Mann sackte zusammen, seine Beine scharrten über den Asphalt, und er blieb auf dem Gesicht liegen.

Reacher behielt ihn im Auge.

Er fragte: »Siehst du irgendwo seine Pistole?«

Der Kerl bewegte sich nicht.

Abby antwortete: »Ich sehe sie.«

»Heb sie auf. Finger und Daumen, Griff oder Lauf.«

»Ja, ich weiß.«

»Wollte mich nur vergewissern. Das ist immer sicherer.«

Sie kam herangeflitzt, hob die Glock auf und flitzte wieder weg.

Der Mann bewegte sich noch immer nicht.

Sie fragte: »Was machen wir jetzt mit ihm?«

Reacher sagte: »Wir sollten ihn lassen, wo er ist.«

»Und was dann?«

»Wir sollten sein Auto klauen.«

»Wozu?«

»Sein Boss ist hierher unterwegs. Wir müssen die richtige Art Nachricht hinterlassen.«

»Du kannst ihnen nicht den Krieg erklären.«

»Das haben sie ihrerseits längst getan. Nämlich mir. Aus keinem offensichtlichen Grund. Daher schlage ich jetzt kräftig zurück. So signalisiere ich ihnen, dass sie ihre Taktik überprüfen sollten. Das ist die übliche diplomatische Reaktion. Wie ein Zug auf dem Schachbrett. Sie bekommen eine Chance zu Verhandlungen, als wäre weiter nichts passiert. Ich hoffe, dass sie das auch so sehen.«

Abby erklärte: »Wir reden hier von sämtlichen Albanern. Du bist allein. Frank hat recht. Das ist verrückt.«

»Aber es passiert gerade«, sagte Reacher. »Wir können die Uhr nicht zurückdrehen. Wir können uns diese Situation nicht wegwünschen. Wir können nur versuchen, sie möglichst gut zu meistern. Deshalb dürfen wir das Auto nicht zurücklassen. Das wäre zu mild, zu schwächlich. Als wollten wir sagen: ›Huch, war nicht so gemeint.‹ Als wäre dies ein Versehen gewesen. Wir müssen auf die Pauke hauen. Wir müssen signalisieren: ›Legt euch nicht mit uns an, sonst kriegt ihr einen Tritt an den Kopf und seid euren Wagen los.‹ Dann nehmen sie uns ernst. Sie werden taktisch vorsichtiger, ziehen auf jeden Fall stärkere Kräfte zusammen.«

»Das ist schlecht.«

»Nur wenn sie uns finden. Tun sie's nicht, entstehen durch diese Zusammenballung anderswo größere Lücken, die wir nutzen können.«

»Um was zu erreichen?«

»Letzten Endes ein persönliches Gespräch mit dem Big Boss. Gregorys Gegenspieler.«

»Dino«, sagte Abby. »Das ist verrückt!«

»Er ist ein Kerl. Genau wie ich. Wir könnten unsere Meinungen austauschen. Bestimmt ist alles nur ein Missverständnis.«

»Ich muss in dieser Stadt arbeiten. Auf dieser oder jener Seite der Center Street.«

»Dafür muss ich mich entschuldigen.«

»Das solltest du auch.«

»Deshalb müssen wir die Sache richtig anfangen. Wir müssen auf Sieg spielen.«

»Okay, wir stehlen das Auto.«

»Oder wir könnten es anzünden.«

»Stehlen ist besser«, meinte sie. »Ich möchte so schnell wie möglich von hier weg.«

Sie fuhren den Wagen vier Blocks weit bis zu einem Platz, auf dem mehrere gesichtslose Straßen zusammentrafen. Dort ließen sie ihn an einer Ecke stehen: alle vier Türen offen, ebenso die Motorhaube und der Kofferraumdeckel. Irgendwie symbolisch. Dann kehrten sie auf weiten Umwegen zu Bartons Haus zurück und kontrollierten alle vier Seiten des Straßenblocks, bevor sie an seiner Tür klingelten. Er war noch auf, erwartete sie mit Hogan.

Und mit einem weiteren Mann, den Reacher noch nie zuvor gesehen hatte.

27

Der dritte Mann in Bartons Diele hatte die Art Haare und Haut, die Leute zehn Jahre jünger aussehen lässt, als sie tatsächlich sind, sodass er in Wirklichkeit zu Reachers Generation gehörte. Er war jedoch kleiner und adretter, hatte wachsame Augen, die auf beiden Seiten einer Adlernase tief in ihren Höhlen lagen. Eine widerspenstige Locke seines ziemlich langen Haars fiel ihm immer wieder in die Stirn, wenn er sie zurückstrich. Er war recht ordentlich angezogen: gute Schuhe, Cordhose, Oberhemd und Tweedjacke.

Joe Hogan sagte: »Dies ist der Mann, von dem ich euch erzählt habe. Der Exsoldat, der die ganzen alten Ostblocksprachen kennt. Er heißt Guy Vantresca.«

Reacher streckte ihm die Hand hin.

»Freut mich, Sie kennenzulernen«, sagte er.

»Gleichfalls«, entgegnete Vantresca. Er schüttelte erst Reacher, dann Abby die Hand.

Reacher sagte: »Sie sind schnell hergekommen.«

»Ich war noch wach«, sagte Vantresca. »Ich wohne ganz in der Nähe.«

»Danke, dass Sie uns helfen wollen.«

»Tatsächlich bin ich aus einem anderen Grund hier. Ich wollte Sie warnen. Sie dürfen sich nicht mit diesen Leuten anlegen. Zu viele, zu clever, zu gut vernetzt. Das wäre meine Einschätzung.«

»Waren Sie beim Nachrichtendienst?«

Vantresca schüttelte den Kopf.

»Panzer«, sagte er.

Kompaniechef im letzten Stadium des Kalten Krieges, hatte Hogan gesagt.

»Wie viele?«, fragte Reacher.

»Vierzehn«, antwortete Vantresca. »Meine eigenen. Alle mit Front nach Osten. Schöne Zeiten.«

»Wo haben Sie die Sprachen gelernt?«

»Ich dachte, wir würden siegen. Ich dachte, ich könnte einen Bezirk verwalten müssen. Ich wollte eine Flasche Wein in einem Restaurant bestellen oder Mädchen kennenlernen können. Das liegt alles lange zurück. Außerdem hat Onkel Sam dafür gezahlt. Damals hat die Army noch Wert auf Bildung gelegt. Viele haben ein Zusatzstudium angehängt.«

Reacher sagte: »Zu viele und zu clever sind subjektive Urteile.

Über solche Dinge können wir später noch mal reden. Aber zu gut vernetzt ist etwas anderes. Was wissen Sie darüber?«

»Ich bin als Unternehmensberater tätig. Meist geht's um die physische Sicherheit von Gebäuden. Aber ich höre manches und werde vieles gefragt. Als ein staatlich finanziertes Projekt letztes Jahr US-Verbrechensstatistiken verglichen hat, waren die beiden gesetzestreuesten Gruppen im ganzen Land die ukrainischen und albanischen Gemeinden hier in unserer Stadt. Die kriegen nicht mal Strafzettel wegen Falschparkens. Das lässt auf sehr gute Verbindungen zu allen Ebenen der hiesigen Polizei schließen.«

»Aber irgendwo muss es eine rote Linie geben. Ich habe einen von ihnen gewarnt, dass nächtliche Schüsse auf der Straße die Polizei alarmieren wurden, und er hat mir nicht widersprochen. Ich glaube, er war sogar meiner Meinung, denn er hat nicht abgedrückt.«

»Außerdem bekommen wir einen neuen Polizeichef. Das macht sie nervös. Trotzdem passiert in ihren jeweiligen Gebieten noch vieles unter Ausschluss der Öffentlichkeit. Im Allgemeinen geht's nicht um Schießereien auf offener Straße. Es geht darum, dass jemand ein freundschaftliches Gespräch mit einem potenziellen Zeugen führt, meist in seinem Haus, oft an einem bedeutungsvollen Ort wie einem Zimmer seiner kleinen Tochter. Dabei wird besprochen, was für eine verrückte Sache das menschliche Gedächtnis ist, was es aufzeichnet und was nicht, wie es schwankende Bilder malt und einem Streiche spielt, sodass es durchaus keine Schande ist, bedauernd zu sagen: ›Hör zu, Mann, ich kann mich einfach nicht mehr erinnern.‹ Leute, die ich kenne, erzählen mir, wie sehr das ihre Ermittlungen erschwert, sodass die meisten letztlich eingestellt werden.«

»Wie viele sind dort draußen unterwegs?«

»Zu viele. Wie ich gesagt habe: Zu viele, zu clever, zu gut vernetzt. Lassen Sie lieber die Finger davon.«

»Wo hat Ihre Kompanie in der Schlachtordnung gestanden?«

»Ziemlich an der Speerspitze«, sagte Vantresca.

»Mit anderen Worten vom ersten Tag an hoffnungslos in der Unterzahl.«

»Ich verstehe, worauf Sie hinauswollen. Aber ich hatte vierzehn M1 Abrams, die besten Panzer der Welt. Kampfmaschinen wie aus einem Science-Fiction-Roman. Ich war nicht in Zivil in der Fulda-Lücke unterwegs.«

»Wie alle Angehörigen in der Panzertruppe sind Sie ein Maschinenfetischist. Davon abgesehen waren Sie offenbar der Überzeugung, tödlicher als Ihr Gegner zu sein. In der Unterzahl, aber kampfstärker. Rein zahlenmäßig war der Warschauer Pakt Ihnen dreifach überlegen. Aber trotzdem hätten Sie Ihre Motoren angelassen, wenn der Befehl dazu gekommen wäre.«

»Ich verstehe, worauf Sie hinauswollen«, sagte Vantresca noch mal.

»Und Sie haben erwartet zu siegen«, fuhr Reacher fort. »Deshalb haben Sie diese Sprachen gelernt. Die alles sind, was ich im Augenblick wirklich brauche. Ich gehe Schritt für Schritt vor. Erst muss ich wissen, was in den Textnachrichten steht, dann muss ich das Gelernte anwenden, um mir zu überlegen, wie es weitergehen soll. Das bedeutet noch keine Kampfbereitschaft. Und es erfordert keine Warnungen.«

»Was ist, wenn Sie erfahren, dass Ihr Vorhaben aussichtslos ist?«

»Das wäre kein akzeptables Ergebnis. Kann nur ein Pla-

nungsfehler sein. Das haben Sie damals in Deutschland bestimmt gelernt.«

»Okay«, sagte Vantresca. »Schritt für Schritt.«

Sie setzten sich in die Küche und fingen mit den ukrainischen
Texten an. Vantresca bewunderte Abbys Video. Clever, zweck-
mäßig und effizient. Sein Zeigefinger tippte in unregelmäßi-
gen Abständen auf den Bildschirm, Play, Pause, Play, Pause,
und er las die jeweiligen Texte laut vor, erst langsam und sto-
ckend, dann flüssiger, aber immer wieder mit Pausen.

Linguistisch gab es von Anfang an große Probleme. Dies
waren Textnachrichten voller Slang, Abkürzungen und Akro-
nymen, aber anscheinend auch voller Rechtschreibfehler, falls
das keine bewussten Vereinfachungen waren, auf die man sich
möglicherweise eigens für dieses Medium geeinigt hatte. Das
wusste niemand. Vantresca erklärte, für diese Aufgabe brauche er vor allem Zeit. Er müsse nicht nur aus einer schwierigen
Fremdsprache übersetzen, sondern zugleich eine Verschlüsse-
lung knacken. Oder vielleicht sogar zwei wegen der versteckten Anspielungen und Auslassungen, mit denen jeder anstän-
dige Gangster arbeiten würde.

Abby holte ihren Laptop, arbeitete neben ihm am Küchentisch sitzend, schlug einzelne Wörter in Online-Wörterbü-
chern nach oder versuchte, die Abkürzungen und Akronyme
aufzulösen, indem sie Sprachen-Blogs und Nerd-Wörterlisten
im Internet konsultierte. Die Ergebnisse notierte sie auf Zet-
teln. Einige Puzzleteilchen ließen sich so einfügen, aber trotzdem ging die Arbeit langsam voran. Niemals hatte so wenig so
viel ergeben. Sie hatte das Video hastig aufgenommen, fünf,
zehn, zwanzig Sekunden lang, während sie weiter und weiter
scrollte. Das verschwommene Video generierte jetzt Tausende

und Abertausende von Wörtern, viele mit unbekannter Bedeutung, manche sogar doppel- oder mehrdeutig.

Reacher ließ sie arbeiten und saß zusammen mit Barton und Hogan im Wohnzimmer zwischen dem Schlagzeug und den Lautsprechersäulen. Eine graue Box sah kühlschrankgroß aus; unter ihrem Frontgitter zeichneten sich acht kreisrunde Lautsprecher ab. Als Reacher sich auf dem Fußboden sitzend mit dem Rücken dagegenlehnte, gab sie keinen Millimeter nach. Barton nahm seine verkratzte Fender auf die Knie und spielte sie unplugged: mit sanften, kaum hörbaren Tonleitern und Akkorden.

»Glaubst du, dass wir gesiegt hätten?«, fragte Hogan. »Dass Vantresca seine Sprachkenntnisse hätte brauchen können?«

»Alles in allem glaube ich, dass wir gewonnen hätten«, sagte Reacher. »Rein technisch gesehen hätten wir sie vermutlich ausgeschaltet, bevor wir von ihnen ausgeschaltet worden wären. Schwierig, so was als Sieg zu bezeichnen, wenn man das Chaos bedenkt, das zurückgeblieben wäre. Aber die Speerspitze wäre längst pulverisiert gewesen. Euer Freund hat seine Zeit auf der Sprachenschule vergeudet, fürchte ich.«

Barton spielte ein Arpeggio, einen von oben nach unten gespielten gebrochenen Akkord, den er mit einem Schlag auf die unterste Saite beendete. Mit Verstärker wäre das ein Knall gewesen, der das Haus erschüttert hätte. Unplugged klirrte die Saite lediglich auf den Bünden, und diese Töne verhallten rasch. Barton sah Reacher an und sagte: »Die Speerspitze bist jetzt du.«

»Ich bin nicht scharf darauf, einen Krieg anzufangen«, entgegnete Reacher. »Ich will nur das Geld der Shevicks. Gibt es einen leichten Weg, es zurückzuholen, beschreite ich ihn sofort, das könnt ihr mir glauben. Ich habe kein Bedürfnis, ihnen in offener Feldschlacht gegenüberzutreten. Mir wär's lieber, wenn sich das vermeiden ließe.«

»Das wirst du dir nicht aussuchen können. Sie müssen Trulenko ziemlich gut versteckt haben. Schichten über Schichten. Das habe ich schon oft erlebt, wenn ein Prominenter einen ihrer Klubs besucht. Sie haben einen Mann an der Ecke, einen Mann an der Tür und mehrere Kerle im Raum verteilt.«

»Was fällt dir noch zu Trulenko ein?«

»Er war ein Computerfreak wie alle diese Leute. Ich weiß noch, wie ich mir früher vorgenommen habe, nicht auch so zu werden. In der Highschool war ich echt cool. Jetzt sind die Freaks Milliardäre, und ich verdiene mir mühsam meinen Lebensunterhalt. Ich hätte Programmierer, nicht Musiker werden sollen.«

»Was täte er, wenn er arbeiten würde?«

»Arbeitet er denn?«

»Jemand hat davon gesprochen.«

»Er macht todsicher irgendwas mit Computern. Darin war er echt gut. Einer der Besten. Seine App hatte etwas mit Ärzten zu tun, aber im Prinzip sind das alles Software-Anwendungen, stimmt's?«

Abby steckte den Kopf zur Tür herein.

»Wir sind so weit«, verkündete sie. »Wir können mit den Ukrainern anfangen. Trulenko wird zweimal erwähnt.«

28

Vantresca machte das Video vorführbereit, aber bevor er es zeigte, sagte er noch: »Auffällig ist, dass lauter unheimlicher Scheiß passiert. Abgesehen von allem anderen sind sie auf hundertachtzig, weil sie Leute verlieren. Zwei Kerle sind bei einem Unfall auf dem Gelände des Ford-Händlers umgekommen. Dann sind zwei Abkassierer im Restaurantbezirk erschossen und zwei weitere Kerle in einem Massagesalon umgelegt worden. Und zuletzt sind zwei Männer vor Abbys Haus verschwunden. Macht insgesamt acht Leute.«

»Dort draußen lebt man gefährlich«, meinte Reacher.

»Interessant daran ist, dass sie für die ersten sechs die Albaner verantwortlich gemacht haben. Aber das hat sich bei den beiden letzten Kerlen geändert. Jetzt sollen *Sie* der Schuldige sein. Außerdem glauben sie, dass hier heimlich Leute aus New York oder Chicago unterwegs sind, um Unfrieden zu stiften. Nach Ihnen wird steckbrieflich gefahndet, Reacher. Unter dem Namen Shevick, was sich letztlich zu einem großen Problem auswachsen könnte.«

Vantresca schaltete Abbys Smartphone ein und ließ das Video ablaufen. Anfangs im Originaltempo der Aufnahme. Auf dem Bildschirm war ihr rechter Zeigefinger zu sehen, der durch die Textnachrichten scrollte. Dann machte Vantresca eine Pause, begann noch mal von vorn und suchte, bis er eine bestimmte Stelle gefunden hatte. Ein Foto über einem Text: Aaron und Maria Shevick mit Abigail Gibson in der Diele des Hauses der Shevicks. Alle drei besorgt und leicht ängstlich wirkend. Reacher erinnerte sich an das Geräusch, das er hinter der Küchentür versteckt gehört hatte.

Das leise, kratzige Klicken. Ein Smartphone, das eine Kamera imitierte.

Vantresca sagte: »Im Text darunter steht, dass diese Leute Jack, Joanna und Abigail Reacher sind.«

Dann scrollte er weiter, machte bei der fünften Sprechblase halt und erklärte: »Hier wissen sie bereits, dass sie Abby Gibson, nicht Abigail Reacher ist. Wenig später wird ein Kerl zu ihrem Arbeitsplatz geschickt, der herausfinden soll, wo sie wohnt.«

Noch ein schneller Vorlauf.

»Und hier haben sie ihre Adresse und schicken einen Wagen zu ihrem Haus, um sie holen zu lassen, falls sie dort angetroffen wird.«

»Ende gut, alles gut«, meinte Reacher.

»Es wird noch schlimmer«, sagte Vantresca. Er scrollte zu einer großen grünen Sprechblase vom selben Tag weiter, in der unter demselben Foto ein Textblock in kyrillischer Schrift stand. Vantresca las laut vor: »Wie gemeldet wurde, war die alte Frau namens Joanna Reacher (siehe Foto) heute in unserem Pfandhaus, wo sie mit Maria Shevick unterschrieben hat.«

»Scheiße«, sagte Reacher. »Das war deren Pfandhaus?«

»Damit hätte sie rechnen müssen. Westlich der Center Street gehört ihnen praktisch alles. Das Problem ist, dass sie ihren richtigen Namen genannt hat. Das macht es immerhin wahrscheinlich, dass sie auch ihre richtige Adresse und Sozialversicherungsnummer angegeben hat. Damit sind diese Leute nur noch einen Schritt davon entfernt, sie als Aaron Shevicks Ehefrau zu identifizieren. Und ab dann braucht man kein Genie zu sein, um rauszukriegen, wer wirklich wer ist. Ich vermute, dass sie blitzschnell gehandelt haben und schon vor dem Haus der Shevicks auf der Lauer liegen.«

»Aber das hat sie in eine existenzielle Krise gestürzt. Wollen sie den Aaron Shevick, der wirklich so heißt, oder den Aaron Shevick, der sich Geld von ihnen geliehen hat und jetzt anscheinend einen Feldzug gegen sie führt? Worin liegt letztlich das Wesen der Identität? Das ist eine Frage, mit der sie sich auseinandersetzen müssen.«

»Sind Sie ein West Pointer?«

»Woran haben Sie das gemerkt?«

»Das war Bullshit vom Feinsten. Diese Sache könnte verdammt ernst werden. Natürlich wollen die Kerle den richtigen Mann, aber ihnen ist's egal, ob bei der Suche nach ihm Porzellan zerschlagen wird. Beginnend in diesem Haus.«

Reacher nickte.

»Ja, ich weiß«, räumte er ein. »Die Lage ist bereits ernst. Die Shevicks sind über siebzig. Aber ich sehe nicht, was ich für ihre physische Sicherheit tun könnte. Nicht Tag und Nacht. Das einzig vernünftige Mittel wäre eine Umquartierung an einen sicheren Ort. Aber wohin? Dafür fehlen mir die Ressourcen.« Er machte eine Pause, dann sagte er: »Normalerweise würde ich ihnen in dieser Situation raten: ›Zieht für einige Zeit zu eurer Tochter.‹ Das täten sie sicher liebend gern.«

Als Nächstes rief Vantresca eine fette Sprechblase vom Vorabend auf. »Hier erwähnen Sie den Namen Trulenko erstmals gegenüber dem Türsteher der Bar, in der Abby gearbeitet hat. Anschließend nimmt das Gespräch zwei Richtungen. Zunächst geht es um Sie. Die Kerle können nicht verstehen, wie ein bescheidener kleiner Kreditnehmer dazu kommt, diese Frage zu stellen. Das sind zwei verschiedene Welten. Daraus entsteht die Theorie, Sie seien ein von einer anderen Organisation entsandter Provokateur.«

»Und die andere Linie betrifft Trulenko selbst«, meldete

sich Abby zu Wort. »Er wird zweimal erwähnt. Erst wird sein Status überprüft, dann folgt eine Gefahrenanalyse. Die negativ ausfällt. Alles sicher. Aber eine Stunde später fangen sie an, sich Sorgen zu machen.«

»Weil sie mich nicht erwischt haben«, sagte Reacher. »Als du mich von der Straße reingeholt hast. Sie wussten, dass ich noch dort draußen unterwegs war.«

Vantresca fuhr fort: »Um die Bewachung zu verstärken, haben sie vier Crews von ihren normalen Aufgaben abgezogen. Die bereits eingeteilten Wachen sollten sich zurückziehen und als Trulenkos Leibgarde fungieren. Das nennen sie Situation B, die einen bestimmten Grad von Abwehrbereitschaft bezeichnet. Sie ist offenbar geplant, vermutlich geübt und vielleicht schon mehrmals ausgerufen worden.«

»Okay«, sagte Reacher. »Eine Crew besteht woraus? Aus zwei Männern in einem Wagen?«

»Anscheinend.«

»Das wären insgesamt acht Leute. Die wie viele andere Wachen verstärken? Wie viele befanden sich im Alltag ohne Bedrohungspotenzial im Einsatz? Vermutlich nicht mehr als vier, wenn sie dann problemlos als seine Leibgarde fungieren können. Also ziehen vier sich zurück, und acht weitere bilden den äußeren Verteidigungsring.«

»Sie gegen zwölf Kerle.«

»Nicht, wenn ich die richtige Stelle finde, an der ich durch den Verteidigungsring schlüpfen kann.«

»Also bestenfalls vier Kerle.«

»Dazu kommt's vorerst nicht – es sei denn, die acht Männer hätten genaue Anweisungen erhalten, wo sie ihren Wachdienst antreten sollen. Eine Adresse wäre nützlich.«

Vantresca gab keine Antwort.

Reacher sah zu Abby hinüber.

Sie sagte: »Wohin sie kommen sollen, ist genau angegeben.«

»Aber?«

»Das ist ein unglaublich schwieriges Wort. Ich hab's überall nachgeschlagen. Ursprünglich muss es einen Bienenstock, ein Nest oder einen Bau bezeichnet haben. Oder eine Mischung aus allen dreien. Oder etwas dazwischen. Für etwas, das gesummt oder gebrummt oder gekrabbelt hat. Wie viele alte Wörter war es biologisch ungenau. Heutzutage wird es anscheinend nur als Metapher benutzt. Wie in einem Film, in dem der verrückte Wissenschaftler in seinem Labor gezeigt wird – von blinkenden Maschinen und knisternder Elektrizität umgeben. So wird es gebraucht.«

»Wie ein Nervenzentrum.«

»Genau.«

»Die Message lautet also: ›Meldet euch im Nervenzentrum‹.«

»Sie wissen offenbar, wo das ist.«

»Die Kerle, mit denen ich gesprochen habe, wussten's nicht«, sagte Reacher. »Ich habe sie gefragt, und sie haben glaubhaft verneint. Diese Information hat nicht jeder. Folglich müssen die angeforderten Crews hochgestellte Leute gewesen sein. Eingeweihte.«

»Klingt logisch«, meinte Vantresca. »Die bewährtesten Leute. Nur die Besten für Situation B.«

»Genau, wie ich gesagt habe«, entgegnete Reacher. »Die einzig mögliche Route führt direkt zur Spitze hinauf.«

Barton sagte: »Verrückt.«

Als Nächstes machten Vantresca und Abby sich nach demselben System wieder Seite an Seite am Küchentisch arbeitend über die albanischen Textnachrichten her. Vantresca besaß nur Grundkenntnisse des Albanischen, aber weil diese Texte förmlicher und präziser abgefasst waren als die ukrainischen, ging die Arbeit schneller voran. Und es gab viel weniger zu tun. Alle relevanten Dinge hatten sich in den letzten Stunden ereignet. Zum Teil waren sie vertraut. Reacher galt wieder als ein von außen entsandter Provokateur. Anderes war neu. Den weißen Toyota hatte man bei der Ankunft gesehen. Reacher und Abby waren beim Aussteigen beobachtet worden, nachdem sie ihn in einem heruntergekommenen Viertel abgestellt hatten. Eine zierliche, schlanke Frau mit schwarzer Kurzhaarfrisur und ein größerer hässlicher Blonder. Sofort melden!

»Das ist miserabel ausgedrückt, finde ich«, kritisierte Abby. »Eigentlich meinen sie auf attraktive Weise zerklüftet. Nicht hässlich.«

Reacher sagte: »Stock und Stein brechen mein Gebein, doch Worte bringen keine Pein.«

»Diese vielleicht schon«, sagte Vantresca. Er war am Ende des Videos angelangt. Bei dem letzten albanischen Text. Er sagte: »Sie suchen aktiv nach Ihnen. Sie geben sogar Ihre ungefähre Position an. Sie vermuten Sie in einem aus zwölf Straßenblocks bestehenden Rechteck.«

»Und sind wir dort?«

»Nicht weit von seinem geografischen Zentrum entfernt.«

»Das ist nicht gut«, meinte Reacher. »Sie scheinen über reichlich Informationen zu verfügen.«

»Sie haben den Vorteil großer Ortskenntnis. Sie haben überall die Finger drin; sie haben viele Augen hinter vielen Fenstern und viele Autos auf vielen Straßen.«

»Sie scheinen eine Menge über sie zu wissen.«

»Wie ich gesagt habe, höre ich alles Mögliche. Jeder hat eine Story, weil jeder es früher oder später mit denen zu tun bekommt. Ganz gleich, in welcher Branche man tätig ist, das gehört östlich der Center Street zu den Geschäftskosten. Die Leute gewöhnen sich daran. Sie kennen gar nichts anderes mehr. Zehn Prozent, die hat in alten Zeiten die Kirche verlangt. Wie Steuern. Solange man zahlt, was übrigens jeder tut, läuft alles ganz zivilisiert ab. Trotzdem sind das gruselige Leute.«

»Klingt nach persönlicher Erfahrung.«

»Vor einigen Monaten war ich einer Journalistin aus Washington, D. C., hier bei der Arbeit behilflich. Meine Firma ist als privater Sicherheitsdienst registriert. Meine Nummer steht in allen einschlägigen Verzeichnissen. Ich wusste nicht genau, worüber sie zu schreiben gedachte. Damit wollte sie nicht rausrücken. Über organisiertes Verbrechen, habe ich angenommen. Über unsere Albaner und Ukrainer. Vielleicht sogar mehr über die Ukrainer. Aber irgendwie hat sie östlich der Center Street etwas Falsches gesagt und es mit den Albanern zu tun bekommen. Die haben mit ihr diskutiert. Eine Handvoll Albaner und sie ganz allein im Nebenzimmer eines Restaurants. Sie ist rausgekommen und hat mich gebeten, sie direkt zum Flughafen zu fahren. Ohne Umweg über ihr Hotel. Sie wollte nicht einmal ihre Sachen abholen, so verängstigt war sie. Sie hat die erste Maschine genommen und ist nie mehr zurückgekommen. Können die Albaner das durch bloßes Reden erreichen, können sie mühelos jede Menge Leute dazu bringen, auf zwei Fremde zu achten. Reine Einschüchterung. So bekommen sie ihre Informationen.«

»Auch das ist nicht gut«, sagte Reacher. »Ich will diesem Haus kein Unglück bringen.«

Barton und Hogan äußerten sich nicht dazu, weder zustimmend noch ablehnend.

»In ein Hotel können wir nicht gehen«, sagte Abby.

»Vielleicht doch«, widersprach Reacher. »Das könnte ein Mittel sein, das Verfahren zu beschleunigen.«

»Du bist aber noch nicht so weit«, erklärte Hogan.

Barton sagte: »Bleibt über Nacht. Schließlich seid ihr schon hier. Die Nachbarn können nicht durch die Wände sehen. Wir haben morgen Mittag einen Gig. Wollt ihr weiter, könnt ihr hinten im Van mitfahren. Dann sieht euch keiner.«

»Wo findet der Gig statt?«

»In einer Lounge westlich der Center Street. Näher an Trulenko dran als jetzt.«

»Hat die Lounge einen Türsteher?«

»Immer. Am besten steigt ihr eine Ecke vorher aus.«

»Oder auch nicht, wenn wir das Verfahren beschleunigen wollen.«

»Wir müssen dort arbeiten, Mann. Für uns ist das ein guter Gig. Tu uns einen Gefallen und beschleunige das Verfahren woanders, wenn du unbedingt willst. Was ich nicht hoffe. Weil das verrückt ist.«

»Abgemacht«, sagte Reacher. »Wir fahren morgen mit. Besten Dank im Voraus. Und dafür, dass wir hier übernachten dürfen.«

Vantresca verließ zehn Minuten später das Haus. Barton sperrte hinter ihm ab. Hogan setzte seine Kopfhörer ab und zündete sich einen Joint so dick wie Reachers Daumen an. Reacher und Abby gingen nach oben, in das Zimmer mit dem aufgestellten Gitarrenverstärker als Nachttisch. Drei Blocks entfernt kam eine neue Textnachricht nicht bei dem albanischen Handy in dem nicht mehr benutzten Briefkasten aus Stahlblech an. Eine Minute später passierte das Gleiche mit dem ukrainischen Smartphone.

29

Dinos rechte Hand hatte den Namen Shkumbin erhalten, der einen Fluss im Herzen seines schönen Heimatlandes bezeichnete. Im Englischen war dieser Name jedoch schwer zu artikulieren. Die meisten Leute sprachen ihn wie Scum Bin – Mülltonne – aus, manche auch spöttisch, diese aber nur einmal. Wenn sie nach monatelanger Behandlung beim Kieferorthopäden wieder reden konnten, bemühten sie sich äußerst bereitwillig, die erste Silbe seines Namens richtig auszusprechen.

Irgendwann hatte Shkumbin es jedoch satt, sich die Knöchel aufzuschürfen, und er nahm den Namen seines toten Bruders an – teils aus Zweckmäßigkeit, teils als Tribut an ihn. Nicht den seines älteren toten Bruders, der Fatbarth, der Glückliche, geheißen hatte: ein schöner Name, der aber wieder im Englischen schwer auszusprechen war. Stattdessen nannte er sich nach seinem jüngeren toten Bruder Jetmir, der, dem ein gutes Leben beschieden sein wird, ein bisschen schrill und futuristisch, auch wenn das ein traditioneller Segenswunsch war und sogar etwas kommunistisch klingend wie ein Testpilot der Roten Armee in einem sowjetischen Comic oder ein heldenhafter Kosmonaut auf einem Propagandaplakat. Allerdings schien solches Zeug die Amerikaner nicht mehr zu interessieren. Längst vergangene Geschichte.

Als Jetmir den Konferenzraum hinter dem Büro des Holzlagerplatzes betrat, waren die übrigen Mitglieder des Inneren Rats schon versammelt. Alle außer Dino, den man nicht informiert hatte. Noch nicht. Dies war ihre zweite Besprechung ohne ihn. Ein großer Schritt. Eine Besprechung ließ sich vielleicht wegerklären. Bei zweien war das exponentiell schwieriger.

Jetmir sagte: »Das verschwundene Mobiltelefon war noch mal fast zwanzig Minuten online. Es hat nichts gesendet und nichts empfangen. Danach war es nicht mehr zu orten, als hätten sie's in einem tiefen Keller versteckt, aber zwischendurch ist es wieder kurz auf der Straße aufgetaucht. So als wäre jemand nur rasch zum Laden an der Ecke gegangen.«

»Kennen wir seine Position?«, fragte einer der anderen.

»Wir haben eine ziemlich gute Triangulation, aber das betreffende Viertel ist dicht besiedelt. Mit einem Geschäft an jeder Ecke. Aber der Punkt liegt genau dort, wo er zu vermuten war. Fast in der Mitte des Gebiets, das wir festgelegt haben.«

»Wie nahe der Mitte?«

»Die zwölf Blocks, von denen wir ursprünglich ausgegangen sind, können wir vergessen. Das Suchgebiet lässt sich auf die inneren vier Blocks begrenzen. Vielleicht auf sechs, um ganz sicherzugehen.«

»In einem Keller?«

»Oder sonst wie abgeschirmt.«

»Vielleicht haben sie den Akku rausgenommen. Und dann wieder eingesetzt.«

»Aber wozu? Ich hab euch gesagt, dass kein Anruf raus- oder eingegangen ist.«

»Okay, dann ein Keller.«

»Oder ein Gebäude mit einem massiven Stahlgerüst. Irgendwas in dieser Art. Legt euch nicht vorzeitig fest. Schickt jeden Mann hin, den ihr entbehren könnt. Sucht das ganze Gebiet gründlich ab. Überflutet das Viertel. Achtet auf Licht hinter

Vorhängen. Haltet Ausschau nach verdächtigen Autos und Fußgängern. Klingelt Leute heraus und stellt Fragen, wenn's nötig ist.«

Zur selben Zeit saß Jetmirs ukrainischer Kollege jenseits der Center Street ebenfalls in einer Besprechung des Inneren Rats in dem Raum hinter dem Taxiunternehmen, gegenüber dem Leihhaus, neben der Firma, die Gerichtskautionen stellte. Hier war der Boss jedoch anwesend. Gregory saß wie immer am Kopfende des Tisches, leitete die Besprechung. Er hatte sie selbst einberufen, als er darüber informiert wurde, dass Aaron Shevick einen seiner Kerle krankenhausreif geschlagen hatte.

Er sagte: »Dieser letzte Vorfall kommt mir völlig anders vor. Es hat keinen Täuschungsversuch gegeben. Er hat nicht erwartet, dass wir die Albaner dafür verantwortlich machen würden. Stattdessen ist er ganz offen aufgetreten, von Mann zu Mann. Anscheinend hat er den Befehl erhalten, seine bisherige Taktik zu ändern. Um eine neue Phase einzuleiten. Das war ein Fehler, denke ich. Sie haben mehr über sich preisgegeben, als sie über uns erfahren werden.«

»Das Smartphone«, sagte seine rechte Hand.

»Exakt«, stimmte Gregory zu. »Dass er ihm die Pistole abgenommen hat, war zu erwarten. Das hätte jeder getan. Aber wieso sollte er ihm das Handy wegnehmen?«

»Das muss zu ihrer neuen Strategie gehören. Sie werden versuchen, einen Cyberangriff gegen uns zu führen. Um uns weiter zu schwächen. Sie werden versuchen, unser Computersystem über unsere Mobiltelefone anzugreifen.«

»Wer auf dieser Welt besäße die Fähigkeiten und Erfahrungen, das Selbstbewusstsein und die Arroganz, um überhaupt hoffen zu dürfen, damit Erfolg haben zu können?«

»Nur die Russen«, meinte seine rechte Hand.

»Exakt«, sagte Gregory wieder. »Diese neue Taktik hat ihre Identität verraten. Jetzt wissen wir Bescheid. Die Russen wollen uns verdrängen.«

»Nicht gut.«

»Ich frage mich, ob sie auch ein albanisches Handy erbeutet haben.«

»Vermutlich. Die Russen teilen sich nicht gern ein Territorium mit anderen. Ich bin sicher, dass sie uns beide ersetzen wollen. Das wird ein schwerer Kampf. Sie sind verdammt viele.«

Danach herrschte langes Schweigen.

Dann fragte Gregory: »Können wir sie schlagen?«

Seine rechte Hand sagte: »Unser Computersystem können sie nicht hacken.«

»Das habe ich nicht gefragt.«

»Nun, was wir auch aufbieten … sie bieten das Doppelte an Männern, Geld und Material auf.«

»Schlimme Zeiten«, sagte Gregory.

»Allerdings.«

»Die erfordern verzweifelte Maßnahmen.«

»Welche denn?«

»Wenn die Russen das Doppelte von dem aufbieten können, was wir haben, müssen wir ihre Übermacht ausgleichen. Ganz einfach. Natürlich nur vorübergehend. Bis die jetzige Krise überwunden ist.«

»Wie?«

»Wir müssen ein kurzzeitiges Verteidigungsbündnis eingehen.«

»Mit wem?«

»Mit unseren Freunden östlich der Center Street.«

»Mit den *Albanern*?«

»Die sitzen im selben Boot.«

»Würden die sich darauf einlassen?«

»Wenn's gegen die Russen geht, brauchen sie uns so dringend wie wir sie. Mit vereinten Kräften dürften wir ihnen Paroli bieten können. Verbünden wir uns nicht, gehen wir einzeln unter. Vereint stehen wir, getrennt fallen wir.«

Wieder Schweigen.

»Das wäre ein großer Schritt«, warf jemand ein.

»Richtig«, sagte Gregory. »Sogar bizarr und verrückt. Aber notwendig.«

Danach sprach keiner mehr.

»Okay«, sagte Gregory. »Ich mache mich gleich morgen früh auf den Weg, um mit Dino zu reden.«

Die Uhr in Reachers Kopf zeigte 3.50 Uhr an, als er lange vor Tagesanbruch aufwachte. Er hörte ein Geräusch. Ein Auto auf der Straße vor und unter dem runden Fenster. Abklingendes Motorengeräusch, als der Fahrer das Gas wegnahm, und leiser werdendes Abrollgeräusch von Reifen. Ein Wagen, der bremste und zum Stehen kam.

Er wartete. Neben ihm schlief Abby: warm und weich und entspannt. Das alte Haus knirschte und knackte. Unter der Tür zum Flur war ein heller Streifen zu sehen. Die nackte Glühbirne über der Treppe brannte noch. Vielleicht brannte auch im Erdgeschoss noch Licht. In der Küche oder im Wohnzimmer. Vielleicht war Barton oder Hogan noch auf. Oder beide, die noch quatschten. Morgens um zehn vor vier. Für Musiker eine normale Zeit.

Unten auf der Straße lief der Automotor im Leerlauf. Das leise Pfeifen des Keilriemens, das Surren des Ventilators, das

Auf und Ab der Kolben. Dann ein neues Geräusch, dumpfes Klicken.

Der Wählhebel eines Automatikgetriebes war in Parkstellung gedrückt worden.

Der Motor wurde abgestellt.

Wieder Stille.

Eine Tür ging auf.

Eine Ledersohle klatschte auf den Asphalt. Die Federn eines Autositzes knarrten leise, als sie entlastet wurden. Ein zweiter Schuh wurde neben den ersten gestellt. Jemand stand mit einem kleinen Ächzen auf.

Die Tür wurde geschlossen.

Reacher glitt aus dem Bett. Er fand sein Hemd. Fand seine Socken. Schnürte seine Stiefel. Schlüpfte in seine Jacke. Das Gewicht in den Taschen war beruhigend.

Unten im Erdgeschoss wurde laut an die Haustür geklopft. Ein hallendes, hölzernes Geräusch. Um zehn vor vier Uhr morgens. Reacher horchte. Hörte nichts, sozusagen weniger als nichts. Jedenfalls weniger als zuvor. Wie ein Loch in der Luft. Das negative Geräusch zweier Männer, die zuvor munter gequatscht hatten und jetzt schlagartig verstummt nach draußen lauschten. Barton und Hogan, die noch wach waren. Für Musiker eine normale Zeit.

Reacher wartete. *Wimmelt ihn irgendwie ab,* dachte er. *Zwingt mich nicht dazu runterzukommen.* Er hörte einen von ihnen aufstehen. Eine schlurfende Seitwärtsbewegung. Jemand war ans Fenster getreten, spähte vermutlich durch einen Vorhangspalt hinaus.

Er hörte eine Stimme leise sagen: »Albaner.«

Hogans Stimme.

Barton fragte ebenso leise: »Wie viele?«

»Nur einer.«

»Was will er?«

»An dem Tag, an dem sie Wahrsagen gelehrt haben, war ich leider krank.«

»Was sollen wir machen?«

Wieder das Klopfen, bum, bum, bum, hallend und hölzern. Reacher wartete. Hinter ihm bewegte Abby sich, dann fragte sie: »Was ist los?«

»Vor der Haustür steht ein albanischer Söldner. Ziemlich sicher auf der Suche nach uns.«

»Wie spät ist es?«

»Acht Minuten vor vier.«

»Was machen wir jetzt?«

»Barton und Hogan sind unten. Sie waren noch nicht im Bett. Vielleicht können sie ihn irgendwie abwimmeln.«

»Dann ziehe ich mich wohl besser an.«

»Bedauerlich, aber wahr.«

Abby zog sich so schnell an wie er: Hose, T-Shirt, Schuhe. Dann warteten sie. Das Klopfen erklang zum dritten Mal. Bum, bum, bum. Ein Geräusch, das man nicht ignorieren konnte. Sie hörten, wie Hogan sich erbot, an die Tür zu gehen. Sie hörten, wie Barton dankbar annahm. Sie hörten Hogans Schritte, als er die Diele durchquerte: energisch, nachdrücklich, entschlossen. Der U. S. Marine. Der Schlagzeuger. Reacher wusste nicht, was im Augenblick mehr zählte.

Sie hörten, wie die Haustür geöffnet wurde.

Sie hörten Hogan fragen: »Was?«

Dann eine fremde Stimme. Leiser, weil der Mann nicht im Haus, sondern draußen vor der Tür stand, und wegen seiner Tonlage, die zugleich leutselig und spöttisch klang. Fast freundlich, aber doch nicht richtig.

Die Stimme fragte: »Alles in Ordnung bei Ihnen?«

»Wieso fragen Sie das?«, wollte Hogan wissen.

»Ich habe Licht gesehen«, sagte die Stimme. »Ich war in Sorge, Sie könnten nachts durch ein Unglück oder eine Kalamität geweckt worden sein.«

Sie hörte sich gedämpft an, aber trotzdem war dies die Stimme eines großen, starken Mannes mit breiter Brust und Stiernacken, eine befehlsgewohnte Stimme voller Arroganz und Überheblichkeit. Der Kerl war es gewöhnt, seinen Willen durchzusetzen. Er verfügte über die Art Stimme, die niemals *bitte* sagte und niemals *Nein* hörte.

Wimmel ihn ab, dachte Reacher. *Zwing mich nicht dazu runterzukommen.*

Hogan sagte: »Hier ist alles okay. Nichts, worüber man sich Sorgen machen müsste. Kein Unglück. Keine Kalamität.«

»Echt nicht? Sie wissen, dass wir helfen, wo wir können.«

»Danke, wir brauchen keine Hilfe«, entgegnete Hogan. »Das Licht hat gebrannt, weil nicht alle Leute zur selben Zeit schlafen. Leicht zu verstehen, denke ich.«

»Hey, das weiß ich alles«, sagte der Albaner. »Bin selbst zu nachtschlafender Zeit unterwegs, um in der Nachbarschaft für Sicherheit zu sorgen. Tatsächlich könnten Sie mir dabei helfen, wenn Sie möchten.«

Hogan gab keine Antwort.

Der Kerl fragte: »Wollen Sie mir nicht dabei helfen?«

Noch immer keine Antwort.

»Wie man in den Wald hineinruft, so schallt es heraus«, sagte der Mann. »Das ist auch hier der Fall. Sie helfen uns jetzt, wir helfen Ihnen in der Zukunft. Könnte wichtig sein. Könnte genau das sein, was Sie brauchen. Könnte ein großes Problem lösen. Kommen Sie uns andererseits in die Quere, könnten wir

Ihnen später Schwierigkeiten bereiten. In Zukunft, meine ich. Auf alle mögliche Weise. Womit verdienen Sie zum Beispiel Ihr Geld?«

»Wie helfen?«, fragte Hogan.

»Wir suchen einen Mann und eine Frau. Er ist älter, sie ist jünger. Sie ist zierlich und schwarzhaarig, er ist groß und hässlich.«

Schick ihn weg, dachte Reacher. *Zwing mich nicht dazu runterzukommen.*

»Warum suchen Sie die beiden?«, erkundigte sich Hogan.

Der Kerl vor der Haustür sagte: »Wir glauben, dass sie in großer Gefahr schweben. Wir müssen sie warnen. Zu ihrem eigenen Besten. Wir versuchen zu helfen. Das ist unsere Art.«

»Wir haben sie nicht gesehen.«

»Bestimmt nicht?«

»Hundertprozentig.«

»Sie könnten noch etwas tun«, sagte der Kerl.

»Was denn?«

»Rufen Sie uns an, wenn Sie sie sehen. Tun Sie das für uns?«

Hogan äußerte sich nicht dazu.

»Das ist nicht zu viel verlangt, oder?«, sagte der Kerl. »Sie haben Lust, uns mit einem zehn Sekunden langen Anruf zu helfen, oder eben nicht. Beides ist in Ordnung. Wir leben in einem freien Land. Wir nehmen das zur Kenntnis und machen weiter.«

»Okay«, meinte Hogan. »Wir rufen an.«

»Danke. Tag und Nacht, jederzeit. Aktualität ist wichtig.«

»Okay«, sagte Hogan noch mal.

»Eine letzte Sache.«

»Ja?«, fragte Hogan.

»Sie könnten noch was tun, um mir zu helfen.«

»Und zwar?«

»Ich werde diese Adresse als unverdächtig melden, wie wir in unserer Branche sagen. Die Zielpersonen sind offenbar nicht hier, nur gewöhnliche Leute, die ihren gewöhnlichen Beschäftigungen nachgehen, und so weiter und so fort.«

»Gut«, sagte Hogan.

»Aber in unserer Branche nehmen wir solche Dinge sehr ernst. Wir haben ein Faible für Zahlen. Irgendwann wird man mich fragen, wie hoch die Wahrscheinlichkeit ist, dass diese Einschätzung zutrifft.«

»Hundertprozentig«, wiederholte Hogan.

»Klar sagen Sie das, aber am Ende des Tages ist das nur eine Aussage eines Interessierten.«

»Mehr gibt's nicht«, sagte Hogan.

»Stimmt genau«, sagte der Kerl. »Mir wäre wirklich viel geholfen, wenn ich durch Ihr Haus gehen und mich selbst überzeugen dürfte. Dann könnten wir uns auf diesen Augenschein verlassen. Damit wäre der Fall abgeschlossen. Wir müssten Sie nicht noch mal belästigen. Vielleicht bekämen Sie eine Einladung zu unserem Picknick am Unabhängigkeitstag. Als jemand, der nun zur Familie gehört. Ein zuverlässiger, hilfsbereiter Mensch.«

»Dies ist nicht mein Haus«, erklärte Hogan. »Ich habe hier nur ein Zimmer. Ich glaube nicht, dass ich dazu berechtigt bin.«

»Vielleicht der andere Gentleman im Wohnzimmer?«

»Sie müssen unser Wort akzeptieren, und Sie müssen jetzt gehen.«

»Ihnen macht Sorgen, dass Sie ein bisschen Gras geraucht haben?«, fragte der Kerl. »Liegt's daran? Das konnte ich schon auf der Straße riechen. Aber das kümmert mich nicht. Ich bin kein Cop und nicht hier, um Sie hochzunehmen. Ich vertrete die hiesige Nachbarschaftshilfe. Wir arbeiten schwer für die Gemeinschaft und erzielen eindrucksvolle Ergebnisse.«

»Sie müssen unser Wort akzeptieren«, wiederholte Hogan.

»Wer ist sonst noch im Haus?«

»Niemand.«

»Sie waren den ganzen Abend allein?«

»Wir hatten ein paar Leute eingeladen.«

»Was für Leute?«

»Freunde«, sagte Hogan. »Wir hatten chinesisches Essen und etwas Wein.«

»Übernachten sie hier?«

»Nein.«

»Wie viele Freunde?«

»Zwei.«

»Zufällig ein Mann und eine Frau?«

»Nicht der Mann und die Frau, die Sie suchen.«

»Woher wissen Sie das?«

»Weil sie's nicht sein können. Sie sind gewöhnliche Leute. Wie Sie vorhin gesagt haben.«

»Wissen Sie bestimmt, dass sie nicht hier übernachten?«

»Ich hab sie weggehen sehen.«

»Okay«, sagte der Kerl. »Dann haben Sie nichts zu befürchten. Ich schaue mich nur rasch im Haus um. Ich weiß sofort Bescheid. Ich hab einige Erfahrung mit solchen Dingen. Daheim in Tirana war ich Kriminalbeamter. Meiner Erfahrung nach ist's fast ausgeschlossen, dass jemand in einem Haus gewesen ist, ohne sichtbare Spuren zu hinterlassen – auch darauf, wer er ist und weshalb er hier war.«

Hogan wusste keine Antwort.

Reacher und Abby hörten Schritte in der Diele direkt unter ihnen. Der Kerl war hereingekommen.

Abby flüsterte: »Ich kann nicht glauben, dass er ihn hereingelassen hat! Dieser Typ sucht natürlich alles ab. Er begnügt sich nicht mit einem flüchtigen Blick. Und Hogan ist darauf reingefallen.«

»Hogan macht seine Sache gut«, meinte Reacher. »Als ehemaliger U. S. Marine versteht er etwas von Taktik. Er hat uns genügend Zeit verschafft, damit wir uns anziehen, das Bett machen und das Fenster öffnen können. Dann brauchen wir nur noch aufs Dach hinauszuklettern, sodass der Kerl uns nicht findet und befriedigt abzieht, ohne dass es zu einer Konfrontation kommt. Der beste Kampf ist der, der gar nicht erst stattfindet. Das verstehen sogar Marines.«

»Aber wir klettern nicht aufs Dach hinaus. Wir stehen bloß herum. Wir halten uns nicht an den Plan.«

»Vielleicht gibt es eine andere Methode.«

»Zum Beispiel?«

»Vielleicht mehr Army als Marine Corps.«

»Zum Beispiel?«, fragte sie noch mal.

»Warten wir erst mal ab, was passiert«, antwortete er.

Unter ihnen war zu vernehmen, wie der Kerl mit schweren Schritten die Diele durchquerte.

Sie hörten ihn fragen: »Sie sind Musiker?«

»Ja.«

»Sie spielen in unseren Klubs?«

»Ja.«

»Nicht mehr, wenn Ihre Einstellung sich nicht bessert.«

Keine Antwort. Sekundenlang herrschte Stille. Dann war zu hören, wie der Kerl in die Küche ging.

»Chinesisches Essen«, konstatierte er. »Jede Menge Boxen. Sie haben die Wahrheit gesagt.«

»Mit Wein«, erklärte Hogan. »Wie ich's Ihnen gesagt habe.«

Sie hörten ein Klirren. Zwei leere Flaschen, die hochgehoben oder angestoßen oder sonst wie inspiziert oder unter die Lupe genommen wurden.

Wieder eine Pause.

Dann hörten sie den Kerl fragen: »Hey, was ist das?«

Abby und Reacher hatten das Gefühl, aus ihrem Zimmer werde schlagartig die Luft abgesaugt.

Totenstille.

Bis der Mann seine eigene Frage beantwortete.

Sie hörten ihn sagen: »Ein Zettel, auf dem das albanische Wort für *hässlich* steht.«

30

Reacher und Abby traten aus dem Schlafzimmer auf den oberen Treppenabsatz hinaus. Unten in der Küche herrschten Stille und eine nervöse Spannung, die fast mit Händen zu greifen war. Reacher stellte sich besorgte Blicke vor – von Barton zu Hogan, von Hogan zu Barton.

Abby flüsterte: »Wir sollten runtergehen und ihnen helfen.«

»Geht nicht«, sagte Reacher. »Sieht der Kerl uns hier, dürften wir ihn nicht mehr weglassen.«

»Warum nicht?«

»Er würde Meldung erstatten. Diese Adresse käme auf ihre Schwarze Liste. Barton hätte alle möglichen Probleme zu erwarten. Dürfte garantiert nie wieder in ihren Klubs spielen. Hogan auch nicht. Mitgefangen, mitgehangen. Aber die beiden müssen essen.«

Reacher schwieg eine Weile.

Abby fragte: »Wie meinst du das, dass wir ihn nicht mehr weglassen dürften?«

»Da gibt es verschiedene Optionen.«

»Wir sollen ihn hier festhalten, meinst du?«

»Vielleicht hat das Haus einen Keller.«

»Was sind die anderen Optionen?«

»Oh, es gibt alle möglichen. Ich bin für alles offen, was funktionieren könnte.«

Abby sagte: »Das ist meine Schuld, fürchte ich. Ich hätte den Zettel nicht liegen lassen dürfen.«

»Du hast mich in Schutz genommen. Das war nett von dir.«

»Trotzdem ein Fehler.«

»Nicht mehr zu ändern«, meinte Reacher. »Sieh nach vorn. Vergeude keine mentale Energie.«

Unter ihnen kam das Gespräch wieder in Gang.

Sie hörten den Mann fragen: »Sie lernen eine neue Sprache?«

Keine Antwort.

»Vielleicht wär's besser, nicht mit Albanisch anzufangen. Und vor allem nicht mit diesem speziellen Wort, das hauptsächlich auf dem Land benutzt wird. Es hat subtile Bedeutungen, wissen Sie. Ein altertümliches Wort, das heutzutage nicht mehr oft gebraucht wird. Tatsächlich eher selten.«

Keine Reaktion.

»Warum haben Sie's sich auf einem Zettel notiert?«

Keine Antwort.

»Ich glaube nicht einmal, dass Sie das waren. Dies ist eine Frauenschrift, denke ich. Wie ich Ihnen erzählt habe, kenne ich mich mit solchen Dingen aus. Ich war Kriminalbeamter in Tirana. In Bezug auf Spurensicherung bleibe ich gern auf dem Laufenden. Vor allem in meiner neuen Heimat. Die Frau, die das hier geschrieben hat, ist zu jung, um in der Schule noch Schönschrift gelernt zu haben. Sie ist unter vierzig.«

Keine Reaktion.

»Vielleicht ist sie Ihre Freundin, die zum Abendessen eingeladen war. Weil der Zettel zwischen den Kartons auf dem Küchentisch gelegen hat. Sozusagen in derselben archäologischen Schicht. Also aus derselben Zeit.«

Hogan sagte nichts.

Der Kerl fragte: »Ist Ihre Freundin, die zum Abendessen eingeladen war, unter vierzig?«

Hogan antwortete: »Anfang dreißig, glaub ich.«

»Und sie war hier, um chinesisch zu essen und etwas Wein zu trinken?«

Keine Antwort.

»Und vielleicht auch, um etwas Gras zu rauchen und über Leute zu quatschen, die Sie beide kennen, bevor Sie über Ihr Leben und den Zustand der Welt im Allgemeinen diskutiert haben.«

»Oder so ähnlich«, sagte Hogan.

»Und mittendrin ist sie plötzlich aufgesprungen, hat sich einen Zettel gesucht und darauf in einer Fremdsprache, die kaum ein Amerikaner kennt, ein einzelnes Wort mit subtilen Bedeutungen notiert. Können Sie mir das erklären?«

»Sie ist eine clevere Person. Vielleicht hat sie über etwas Spezielles geredet. Vielleicht war dies das genau richtige Wort, wenn es so selten und subtil ist. Das tun clevere Leute, sie streuen Wörter aus anderen Sprachen ein. Vielleicht hat sie's für mich aufgeschrieben. Damit ich's mir später ansehen kann.«

»Möglich«, sagte der Mann. »Bei anderer Gelegenheit hätte ich vielleicht mit den Schultern gezuckt und die Sache auf sich beruhen lassen. Es hat schon seltsamere Dinge gegeben. Aber ich mag keine Zufälle. Vor allem nicht vier auf einmal. Der erste Zufall ist, dass sie nicht allein hier war. Sie hatte einen Partner dabei. Der zweite Zufall ist, dass ich dieses ungewöhnliche Wort in den letzten zwölf Stunden mehrmals gesehen habe. In Textnachrichten auf meinem Handy. In der Personenbeschreibung des von uns Gesuchten. Wie ich anfangs gesagt habe: ein Mann und eine Frau. Sie zierlich und schwarzhaarig, er groß und hässlich.«

Oben auf dem Treppenabsatz flüsterte Abby: »Dies nimmt ein schlimmes Ende.«

Wie eine erfahrene Bedienung, die Prügelei vorausahnt.

»Wahrscheinlich«, sagte Reacher.

Unter sich hörten sie den Mann sagen: »Der dritte Zufall ist, dass heute Nacht ein Smartphone, auf dem diese Nachrichten gespeichert waren, gestohlen wurde. Später war es wieder zwanzig Minuten lang eingeschaltet, ohne etwas zu senden oder zu empfangen. Aber zwanzig Minuten sind Zeit genug, jede Menge Text zu lesen. Und sich schwierige Wörter zu notieren, um sie später nachschlagen zu können.«

Hogan sagte: »Ganz ruhig, Mann. Hier hatte keiner ein geklautes Handy«

»Der vierte Zufall ist, dass das gestohlene Handy von einem großen hässlichen Kerl wie in der Personenbeschreibung gestohlen wurde. Das wissen wir mit Sicherheit. Darüber gibt es einen präzisen Bericht. In diesem Fall ist der Kerl allein in Erscheinung getreten, aber wir wissen, dass er eine zierliche schwarzhaarige Frau als Komplizin hat. Die zweifellos Ihr Gast zum Abendessen war, weil sie das Wort auf den Zettel geschrieben hat. Ein Wort, das sie zweifellos von dem gestohlenen Handy kennt. Denn woher sollte sie's sonst haben?

Wieso sollte sie sich ausgerechnet für dieses eine Wort interessieren?«

»Keine Ahnung, Mann«, sagte Hogan. »Vielleicht reden wir von verschiedenen Leuten.«

»Er ist losgezogen, hat das Handy geklaut und ihr gebracht. Hat er in ihrem Auftrag gehandelt? Ist sie sein Boss? Hat er ihre Anweisungen befolgt?«

»Ich weiß gar nicht, wovon Sie reden, Mann.«

»Spielen Sie bloß nicht den Ahnungslosen«, sagte der Kerl. »Sie sind dabei ertappt worden, dass Sie Feinden der Gemeinschaft Unterschlupf gewährt haben. Das wirft ein schlechtes Licht auf Sie.«

»Wenn Sie meinen«, sagte Hogan.

»Wollen Sie von hier wegziehen?«

»Eigentlich nicht.«

Danach herrschte lange Schweigen.

Als der Mann wieder sprach, lag eine neue Bedrohung in seiner Stimme. Das Ergebnis einer neuen Überlegung. Er fragte: »Sind sie gegangen oder gefahren?«

»Wer?«

»Der Mann und die Frau, denen Sie Unterschlupf gewährt haben.«

»Wir haben keinem Menschen Unterschlupf gewährt. Wir hatten Freunde zum Abendessen da.«

»Gegangen oder gefahren?«

»Wann?«

»Als sie nach dem Essen das Haus verlassen haben. Als sie nicht hier übernachtet haben.«

»Sie sind zu Fuß weggegangen.«

»Wohnen sie in der Nähe?«

»Nicht direkt«, sagte Hogan vorsichtig.

»Dann hatten sie also eine ziemliche Strecke zurückzulegen. Wir überwachen die Straßenblocks der näheren Umgebung sehr genau. Trotzdem haben wir kein Paar auf dem Nachhauseweg gesehen.«

»Vielleicht hatten sie ihr Auto gleich um die Ecke abgestellt.«

»Wir haben auch kein Paar auf der Heimfahrt gesehen.«

»Vielleicht haben Sie sie verpasst.«

»Nein, wir hätten sie sehen müssen.«

»Dann kann ich Ihnen nicht helfen, Mann.«

Der Kerl sagte: »Ich weiß, dass sie hier waren. Ich sehe, was sie gegessen haben. Ich habe den Zettel mit dem vom gestohlenen Smartphone abgeschriebenen Wort. Heute Nacht werden die Straßenblocks in der näheren Umgebung scharf überwacht. Die beiden sind nirgends entdeckt worden. Folglich sind sie noch hier. Ich glaube, dass sie sich in diesem Augenblick im Obergeschoss aufhalten.«

Wieder längeres Schweigen.

Dann sagte Hogan: »Sie nerven echt, Mann. Gehen Sie meinetwegen rauf, und schauen Sie sich um. Drei Zimmer, alle leer. Sehen Sie sich um, und verlassen Sie dieses Haus. Die Einladung zu Ihrem Picknick können Sie sich sparen.«

Auf dem Treppenabsatz im ersten Stock flüsterte Abby: »Wir könnten noch immer aus dem Fenster klettern.«

»Das Bett ist nicht gemacht«, sagte Reacher ebenso leise. »Und wir brauchen das Auto des Typs, denke ich. Wir dürfen ihn ohnehin nicht laufen lassen.«

»Wofür brauchen wir sein Auto?«

»Für etwas, das mir gerade eingefallen ist.«

Unter ihnen war zu hören, wie der Mann die Diele durchquerte. Schwere Schritte näherten sich dem Fuß der Treppe.

Unter dem Gewicht des Mannes gab der alte Holzboden knarrend nach. Reacher ließ seine Pistole in der Tasche. Ein nächtlicher Schuss hätte die Nachbarn aufgeschreckt. Zu viele Komplikationen. Der Albaner sah das offenbar ähnlich. Seine rechte Hand wurde sichtbar, als sie nach dem Geländer griff. Keine Waffe. Dann auch die linke Hand. Keine Waffe. Aber er hatte große Pranken. Glatt und hart, breit und verfärbt, mit kräftigen dicken Fingern.

Der Mann trat auf die unterste Stufe. Feste Lederschuhe. Eine weite Übergröße. Säulenförmige Beine. Massige Schultern in einem zu engen Jackett. Über eins achtzig groß, bestimmt hundert Kilo schwer. Kein schmächtiger Südländer. Ein ehemaliger Kriminalbeamter aus Tirana. Vielleicht gab es dort eine Mindestgröße. Vielleicht ließen sich damit bessere Erfolge erzielen.

Der Mann kam die Treppe herauf. Reacher wich in das Zimmer zurück, um nicht gleich sichtbar zu sein. Er wollte vortreten und Hallo sagen, wenn der Kerl oben ankam. Von dort aus konnte er am tiefsten fallen. Wieder die ganze Treppe hinunter. Die größte Strecke. Besser, als nur zu Boden zu gehen. Effizienter. Jede Stufe knarrte. Reacher wartete.

Der Kerl kam oben an.

Reacher trat aus dem Zimmer.

Der Kerl starrte ihn an.

Reacher sagte: »Erzählen Sie mir von dem seltenen, subtilen Wort.«

In der Diele unter ihm sagte Hogan: »O Scheiße.«

Der Kerl auf der obersten Stufe blieb stumm.

Reacher sagte: »Erzählen Sie mir von den vielfältigen Bedeutungen. Abstoßend, möchte ich wetten, unschön, reizlos, unerfreulich, grausig, widerlich, unansehnlich, abscheulich, widerwärtig, gemein. Lauter moderne Bedeutungen. Aber wenn dieses Wort wirklich alt ist, hat es hauptsächlich mit Angst zu tun. Lebewesen, die man fürchtete, nannte man hässlich. Der unheimliche Waldbewohner war niemals schön.«

Der Kerl äußerte sich nicht dazu.

Reacher fragte: »Habt ihr Jungs Angst vor mir?«

Keine Antwort.

Reacher befahl: »Holen Sie Ihr Handy aus der Tasche und legen Sie's vor Ihre Füße.«

Der Kerl sagte: »Nein.«

»Und Ihre Autoschlüssel.«

»Nein.«

»Ich nehme sie Ihnen sowieso weg«, sagte Reacher. »Wie und wann, hängt von Ihnen ab.«

Wieder dieser Blick. Fest, ruhig, amüsiert, raubtierhaft, leicht verrückt.

Zu diesem Zeitpunkt musste der Mann sich zwischen zwei Möglichkeiten entscheiden. Er konnte sich eine clevere Antwort einfallen lassen oder auf die ganze Diskussion verzichten und gleich zum Angriff übergehen. Reacher war tatsächlich nicht klar, wofür er sich entscheiden würde. Unten hatte er so geklungen, als hörte er sich gern reden. Der ehemalige Kriminalbeamte hielt gern Hof. Er verbreitete sich gern darüber, wie er das Verbrechen bekämpft hatte. Andererseits mussten auf Worte irgendwann Taten folgen. Das wusste er auch. Irgendwann würde er Farbe bekennen müssen. Warum nicht gleich damit anfangen?

Der Kerl stürmte von der obersten Stufe los: auf kräftigen Beinen, Schultern hochgezogen, Kopf gesenkt, um Reacher mit einer Schulter zu rammen, ihn von den Beinen zu holen. Aber Reacher war zu mindestens fünfzig Prozent bereit und verpasste dem Kerl einen bösartigen Aufwärtshaken mitten ins Gesicht, sodass hundertzehn Kilo in einer gigantischen Explosion von kinetischer Energie auf hundert Kilo trafen: Faust gegen Gesicht mit solcher Wucht, dass der Mann auf dem Rücken gelandet wäre. Nur gab es dort keinen Fußboden, sodass er mit rudernden Armen und Beinen sich rückwärts überschlagend die Treppe hinunterpolterte und am Fuß der Treppe benommen liegen blieb.

Aber nicht lange.

Weil er sich mehr oder weniger sofort wieder aufrappelte. Er blinzelte zweimal, schwankte leicht und richtete sich zu voller Größe auf. Wie ein Monster in einem alten Horrorfilm, das von einer Artilleriegranate an der Brust getroffen wird und mit einer blutenden Pfote geistesabwesend über seinen versengten Pelz wischt, während es weiter unversöhnlich nach oben starrt.

Reacher machte sich auf den Weg die Treppe hinunter. In der Diele an ihrem Fuß war nicht viel Platz. Barton und Hogan waren durch die offene Tür ins Wohnzimmer zurückgewichen. Der Albaner stand felsenfest und stolz aufgerichtet da. Seine Nase blutete. Schwierig zu sagen, ob sie gebrochen war. Schwierig zu beurteilen, ob sie schon vorher schief gewesen war. Der Kerl war kein heuriger Hase. Er hatte ein hartes Leben hinter sich. Kriminalbeamter in Tirana.

Der Kerl trat einen Schritt vor.

Reacher machte den letzten Schritt von der Treppe. Sie wussten beide Bescheid. Früher oder später entschied rohe Gewalt. Der Kerl täuschte eine linke Gerade an und schlug eine fast ansatzlose Rechte, die auf Reachers Körpermitte zielte, weil das der kürzeste Weg zum Ziel war. Doch Reacher sah sie kommen und drehte sich weg, sodass der Schlag seinen Brustkorb unter dem Arm traf. Das war schmerzhaft, tat aber nicht so weh wie ein Treffer aufs Sonnengeflecht. Das Wegdrehen war ein reiner Reflex, eine blinde Panikreaktion seines autonomen Nervensystems, das Ergebnis eines plötzlichen Adrenalinschubs, ohne Finesse, ohne Steuerung, ohne Präzision, nur ein augenblicklich abgerufenes Maximum an verfügbarem Drehmoment, das erheblich war. Das bedeutete, dass nun ein Übermaß an gespeicherter Energie eine Zehntelsekunde lang wie ein Kolben auf seinem Totpunkt verharrte, bevor sie sich exakt in Gegenrichtung entlud – diesmal jedoch räumlich und zeitlich koordiniert, bewusst und gezielt eingesetzt. Beim Zurückdrehen seiner Körpermasse beschrieb der Ellbogen einen Bogen, beschleunigte dabei aus eigenem Antrieb und traf den Kopf des Kerls seitlich etwas vor dem Ohr: ein kolossaler Schlag wie mit einem Baseballschläger oder einer Eisenstange. Die meisten Schädel wären unter seiner Wucht zerbrochen. Die wenigsten Kerle hätten diesen Schlag überlebt. Den Albaner warf er nur gegen den Türrahmen und ließ ihn in die Knie gehen.

Von denen er jedoch gleich wieder hochkam. Während er sich mit durchgedrückten Knien aufrichtete, tastete er mit ausgestreckten Armen die Luft vor sich ab, als suchte er dort Halt, als schwämme er durch eine zähflüssige Masse. Reacher trat vor und schlug erneut zu: mit demselben Ellbogen, aber in Gegenrichtung, mit der Vorhand, nicht mit der Rückhand, ein Treffer über dem linken Auge, Knochen auf Knochen, der den Kerl zurücktorkeln ließ. Aber er blinzelte nur, erholte sich rasch, ging wieder zum Angriff über und wollte einen Kopftreffer anbringen, der jedoch sein Ziel verfehlte, weil Reacher sich in den Schlag duckte und ihn mit der linken Schulter abfing. Dieses Mal machte auch Reacher nicht mehr halt, sondern traf den Kerl aus geduckter Haltung hochschnellend mit einer rechten Geraden, die seine Oberlippe aufplatzen ließ.

Der Albaner taumelte rückwärts, klammerte sich an den Türrahmen und fiel dann sozusagen um ihn herum ins Wohnzimmer, als wäre er senkrecht über ihn gestolpert und könnte seinen Sturz nach hinten nicht mehr aufhalten. Reacher folgte ihm und verfolgte, wie der Mann zu Boden ging. Er prallte von der riesigen Box mit den acht Lautsprechern ab und blieb auf dem Rücken liegen.

Er steckte eine Hand unter sein Jackett.

Reacher blieb stehen.

Tu's nicht, dachte er. Reaktion. Komplikationen. *Mir ist's egal, welche Art Übereinkunft ihr zu haben glaubt.* Die Mühlen der Justiz mahlten langsam, wie Mrs. Shevick wusste. Sie konnte nicht so lange warten.

Laut sagte er: »Tu's nicht.«

Der Kerl achtete nicht auf ihn.

31

Die Pranke glitt unter dem Jackett höher, die Handfläche platt gedrückt, die Finger nach dem Pistolengriff tastend. Vermutlich eine Glock, wie sie der andere Typ gehabt hatte. Ziehen, zielen und abdrücken. Oder lieber nicht. Die Hand des Kerls war noch in Bewegung; sie musste den Griff sicher umfassen, die Waffe ziehen und damit zielen, während er von den Kopftreffern benommen auf dem Rücken lag. Mit anderen Worten langsam, aber trotzdem viel schneller, als Reacher seine Pistole hätte zücken können, weil sich die Hand des Kerls schon unter seinem Jackett befand, während Reachers Hände noch unterhalb der Taille zu einer beschwichtigenden Geste ausgestreckt waren, als wollte er sagen: *Brrr, beruhig dich, tu's nicht!*

Weit von seinen Taschen entfernt.

Nicht, dass er eine Pistole einsetzen wollte.

Nicht, dass er das musste.

Er sah eine bessere Alternative. Etwas improvisiert. Keineswegs perfekt. Aber sie würde ihren Zweck erfüllen. Das stand außer Zweifel. Zu den Vorteilen gehörten rasche Einsatzbereitschaft, auf die Geschwindigkeit und Effizienz folgen würden. Das war die gute Nachricht. Bestimmt von Nachteil war, dass er damit gegen die geltende Etikette verstoßen würde. Bestimmt professionell und persönlich empörend. Wie Männer im Mittleren Westen mit ihren Cowboyhüten. Manche Dinge fasste man einfach nicht an.

Manchmal musste es jedoch sein.

Reacher riss Bartons Fender aus ihrem Stand, hielt sie am Hals gepackt und schmetterte den Korpus auf die Kehle des Albaners. Als stieße er einen Spaten tief in weiche Erde. Die gleiche Bewegung, die gleiche Art zu zielen, die gleiche senkrecht nach unten wirkende Wucht.

Der Albaner bewegte sich nicht mehr.

Reacher stellte die Gitarre in den Ständer zurück.

»Entschuldigung«, sagte er. »Hoffentlich ist sie nicht beschädigt.«

»Keine Sorge«, sagte Barton. »Das ist eine Fender Precision. Die hält was aus. Ich hab sie in einem Leihhaus in Memphis, Tennessee, für vierunddreißig Dollar gekauft. Sie hat bestimmt schon Schlimmeres mitgemacht.«

Die Uhr in Reachers Kopf zeigte 4.08 Uhr an. Der Kerl auf dem Fußboden atmete noch, aber leise pfeifend und irgendwie hektisch, fast hechelnd. Daran war vermutlich der Knopf für den Tragegurt schuld, der unten aus dem Korpus herausragte und den Kehlkopfknorpel beschädigt haben musste. Die Augen des Kerls waren nach oben verdreht. Seine Finger scharrten leise auf dem Fußboden, als versuchte er, Halt zu finden oder etwas zu ertasten.

Reacher ging neben dem Mann in die Hocke, durchsuchte ihn und nahm ihm Pistole, Smartphone, Geldbörse und Autoschlüssel ab. Die Pistole war eine weitere Glock 17, relativ alt und abgenutzt, aber gut gepflegt. Das Mobiltelefon in Standardausführung sah wie jedes beliebige Smartphone aus. Die Geldbörse aus schwarzem Leder hatte sich der Körperform ihres Besitzers angepasst; sie enthielt mehrere Hundert Dollar in bar, ein Bündel Kreditkarten und einen Führerschein mit dem Foto des Typs und seinem Namen: Gezim Hoxha. Er war siebenundvierzig. Wie die Autoschlüssel zeigten, fuhr er einen Chrysler.

Hogan fragte: »Was willst du mit ihm machen?«

Abby sagte: »Wir können ihn nicht laufen lassen.«

»Hier kann er nicht bleiben.«

Barton sagte: »Er braucht einen Arzt.«

»Nein«, sagte Reacher. »Auf dieses Recht hat er verzichtet, als er an die Tür geklopft hat.«

»Das ist brutal, Mann.«

»Würde er mich ins Krankenhaus fahren? Oder einen von euch? Ihr braucht euch nur vorzustellen, was er an meiner Stelle täte. Außerdem können wir ihn nicht einliefern. Krankenhäuser stellen zu viele Fragen.«

»Die können wir beantworten. Wir haben legal gehandelt. Er hat sich hier reingedrängt. Wir waren berechtigt, ihn abzuwehren.«

»Versucht mal, das einem Cop zu erklären, dem jede Woche ein Hunderter zugesteckt wird. Das könnte gewaltig schiefgehen. Könnte jahrelang dauern. So viel Zeit haben wir nicht.«

»Er könnte sterben.«

»Das sagst du, als ob's was Schlechtes wäre.«

»Nun, ist's das etwa nicht?«

»Ich würde ihn gegen die Tochter der Shevicks eintauschen. Wenn ich Menschenleben bewerten sollte. Außerdem ist er noch nicht gestorben. Vielleicht nicht in Bestform, aber er hält sich.«

»Was hast du mit ihm vor?«

»Wir müssen ihn irgendwo verstecken. Nur vorübergehend. Aus den Augen, aus dem Sinn. Irgendwo unterkriegen, bis wir die Entscheidung getroffen haben.«

»Welche Entscheidung?«

»Ob er eine langfristige Perspektive hat.«

Kurzes Schweigen.

Dann fragte Barton: »Wo könnten wir ihn verstecken?«

»Im Kofferraum seines Wagens«, antwortete Reacher. »Dort ist er gut und sicher aufgehoben. Vielleicht nicht allzu komfortabel, aber ein steifer Hals dürfte jetzt sein kleinstes Problem sein.«

»Er könnte sich befreien«, erklärte Hogan. »Moderne Autos haben einen Sicherheitsmechanismus. Einen kleinen Hebel, der im Dunkeln leuchtet. Damit lässt sich der Kofferraum von innen öffnen.«

»Aber kein Gangsterauto«, sagte Reacher. »Den haben sie bestimmt ausgebaut.«

Er packte den Kerl unter den Armen, während Hogan die Beine nahm. So trugen sie ihn in die Diele hinaus, während Abby vorauslief und die Haustür öffnete. Sie streckte den Kopf ins Freie und schaute nach links und rechts, bevor sie einen Daumen hochreckte, um zu signalisieren, dass alles in Ordnung war. Reacher und Hogan schleppten den Mann nach draußen und über den Gehsteig. Am Randstein parkte eine schwarze Limousine mit niedrigem Dach und hoher Gürtellinie, sodass die Fenster Reacher an die Sehschlitze eines gepanzerten Fahrzeugs erinnerten. Abby griff in Reachers Tasche, fand die Fernbedienung und drückte darauf. Der Kofferraumdeckel sprang auf. Reacher legte erst den Oberkörper des Kerls ab. Anschließend faltete Hogan auch seine Beine hinein. Reacher kontrollierte die innere Umgebung des Schlosses. Nirgends ein leuchtender Hebel. Ausgebaut.

Hogan trat zurück. Reacher blickte auf den Mann hinunter. Gezim Hoxha. Siebenundvierzig. Ehemals Kriminalbeamter in Tirana. Er drückte den Kofferraumdeckel zu und gesellte sich zu den beiden anderen. Ehemals Militärpolizist in der United States Army.

Hogan sagte: »Das Auto kann nicht hier stehen bleiben. Nicht direkt vor dem Haus. Vor allem nicht mit ihrem Boy im Kofferraum. Irgendwann fahren sie hier vorbei, entdecken und kontrollieren ihn.«

Reacher nickte.

»Abby und ich müssen ihn fahren«, sagte er. »Anschließend stellen wir ihn irgendwo ab.«

»Ihr wollt mit ihm im Kofferraum herumfahren?«

»Not kennt kein Gebot.«

»Wohin wollen wir?«, fragte Abby.

»Als der Kerl im Kofferraum davon gesprochen hat, dass Leute Auftrittsverbot in ihren Klubs bekommen könnten, hab ich gedacht: Yeah, das ist allerdings ein Problem, weil sie essen müssen. Dann ist mir eingefallen, dass ich das schon mal zu dir gesagt habe. Als wir in der Tankstelle waren, um an der Imbisstheke ein paar Sachen für die Shevicks zu besorgen. Du hast gefragt, ob ihnen das recht sei. Ich habe geantwortet, dass sie essen müssen. Ihre Schränke sind leer. Vor allem jetzt. Ich wette, dass sie nicht mehr aus dem Haus gegangen sind, seit die Ukrainer davor parken. Ich kenne diese Leute. Sie sind schüchtern und verlegen, trauen sich nicht an dem fremden Auto vorbei. Keiner von ihnen würde den anderen allein gehen lassen, aber zu zweit würden sie sich auch nicht aus dem Haus wagen, weil sie Angst hätten, dass die Ukrainer ihre Abwesenheit ausnutzen würden, um alles durchzuwühlen. Deshalb vermute ich, dass sie gestern gehungert und auch heute nichts zu essen haben. Wir müssen ihnen ein paar Lebensmittel bringen.«

»Was ist mit dem Auto vor dem Haus?«

»Wir kommen von hinten. Durch den Garten eines Nachbarn. Das letzte Stück legen wir zu Fuß zurück.«

Als Erstes fuhren sie zu dem riesigen Supermarkt an der Ausfallstraße. Wie die meisten solcher Märkte war er durchgehend geöffnet: kalt, leer, weitläufig, höhlenartig, gleißend hell beleuchtet. Sie schoben einen Einkaufswagen von der Größe einer Badewanne durch die Gänge und füllten ihn mit allem, was ihnen für die Shevicks geeignet erschien. An der Kasse zahlte Reacher mit Geld aus Gezim Hoxhas Geldbörse. Das erschien ihm als das Mindeste, was der Kerl unter den gegebenen Umständen tun konnte. Ihre Einkäufe packten sie sorgfältig in sechs gleich schwere Tragetaschen. Wenn sie das letzte Stück zu Fuß zurücklegten, würden sie vielleicht eine längere Strecke gehen, vielleicht über Tore und Zäune klettern müssen.

Sie sperrten den Chrysler auf und stellten die Tragetaschen nebeneinander auf den Rücksitz. Aus dem Kofferraum kam kein Laut. Kein Lebenszeichen. Nichts, gar nichts. Abby wollte nachsehen, wie es dem Mann ging.

»Was ist, wenn's ihm schlecht geht?«, fragte Reacher. »Was willst du dagegen tun?«

»Vermutlich nichts.«

»Also hat's keinen Zweck, nach ihm zu sehen.«

»Wie lange lassen wir ihn darin liegen?«

»Bis ihn jemand findet. Das hätte er sich alles früher überlegen müssen. Ich sehe nicht ein, dass ich plötzlich für sein Wohlergehen verantwortlich sein soll, nur weil er sich dafür entschieden hat, *mein* Wohlergehen zu gefährden. Das kann nicht funktionieren. Sie haben angefangen. Sie können nicht erwarten, dass ich Gesundheitsvorsorge für sie betreibe.«

»Du könntest als Sieger großmütig sein. Das hat mal irgendjemand gesagt.«

»Rückhaltlose Offenheit«, sagte Reacher. »Ich hab dir erzählt, was für eine Art Mensch ich bin. Atmet der Kerl im Kofferraum noch?«

»Weiß ich nicht«, sagte Abby.

»Aber es ist möglich?«

»Ja, natürlich.«

»Da bin ich ein großmütiger Sieger. Normalerweise lege ich sie um, liquidiere ihre Familien und pisse auf die Gräber ihrer Vorfahren.«

»Ich weiß nie, wann du mich nur auf den Arm nehmen willst.«

»Das stimmt wohl.«

»Soll das heißen, dass du mich jetzt nicht auf den Arm nehmen wolltest?«

»Das soll heißen, dass Großmut nicht meine Stärke ist.«

»Du bringst einem alten Ehepaar mitten in der Nacht Lebensmittel.«

»Das ist etwas anderes als Großmut.«

»Trotzdem eine nette Geste.«

»Weil ich eines Tages wie sie sein könnte. Aber niemals wie der Kerl im Kofferraum.«

»Also eine reine Stammesgeschichte«, meinte Abby. »Deine Art Leute gegen alle anderen.«

»Meine Art Leute gegen die falsche Art.«

»Wer gehört zu deinem Stamm?«

»Fast niemand«, sagte Reacher. »Ich führe ein einsames Leben.«

Sie fuhren mit dem Chrysler in die Stadt zurück, bogen nach links ab, ließen die Stadtmitte hinter sich und gelangten in den Osten, in dem die Shevicks lebten. Dann lag die alte GI-Siedlung vor ihnen. Reacher hatte das Gefühl, sie inzwischen gut genug zu kennen. Er rechnete sich aus, dass sie eine Parallelstraße benutzen konnten, ohne dass die Ukrainer irgendwas mitbekamen. Sie würden um den Block fahren und vor dem Nachbarhaus der Shevicks, das mit ihrem Rücken an Rücken stand, auf der Straße parken. So würden der Lincoln und der Chrysler nur dreißig, vierzig Meter voneinander entfernt stehen. Die Tiefe zweier kleiner Grundstücke. Mit zwei Häusern dazwischen.

Zur Straße hin hatte das Haus fünf Fenster. Hinter einem waren die Vorhänge zugezogen. Vermutlich das Schlafzimmer. Dort schliefen Leute.

Abby fragte: »Was ist, wenn sie uns sehen?«

Reacher antwortete: »Sie schlafen.«

»Was ist, wenn sie aufwachen?«

»Spielt keine Rolle.«

»Dann rufen sie die Cops.«

»Eher nicht. Bei einem Blick aus dem Fenster sehen sie ein Gangsterauto. Da machen sie die Augen zu und hoffen, dass es bald wieder wegfährt. Würde jemand sie morgens danach fragen, hätten sie es zweckmäßigerweise vergessen. ›Welches Auto?‹, würden sie fragen.«

Reacher stellte den Motor ab.

Er sagte: »Ein Hund wäre ein größeres Problem. Er könnte zu kläffen anfangen. Andere Hunde in der Nachbarschaft könnten einstimmen. Die Ukrainer könnten aussteigen, um nachzusehen. Vielleicht aus reiner Langeweile.«

»Wir haben Steaks gekauft«, sagte Abby. »Wir haben rohes Fleisch in unseren Tragetaschen.«

»Riechen Hunde besser, als sie sehen – oder ist's genau umgekehrt?«

»Sie riechen und sehen ziemlich gut.«

»Ungefähr ein Drittel aller US-Haushalte besitzen einen Hund. Genau gesagt etwas über sechsunddreißig Prozent. Also haben wir eine über sechzigprozentige Chance, dass alles gut geht. Außerdem bellt er vielleicht gar nicht. Vielleicht bleiben die Nachbarshunde still. Vielleicht denken die Ukrainer gar nicht daran, etwas zu kontrollieren. Zu warm, zu behaglich. Vielleicht schlafen sie sogar. Ich finde, dass wir's ruhig riskieren sollen.«

»Wie spät ist es?«, fragte Abby.

»Gleich zwanzig nach fünf.«

»Ich denke gerade daran, dass man jeden Tag etwas tun sollte, das einem Angst macht. Aber ich bin um halb sechs Uhr morgens schon bei der zweiten Sache.«

»Die hier zählt nicht«, meinte Reacher. »Nur ein Spaziergang im Park. Vielleicht buchstäblich. Vielleicht ist ihr Garten schön angelegt.«

»Weil wir gerade bei zwanzig nach fünf sind – die Shevicks schlafen bestimmt auch noch.«

»Ich kann mir nicht vorstellen, dass sie im Augenblick gut schlafen. Sollte ich mich irren, kannst du sie anrufen, um sie zu wecken, sobald wir dort sind. Du sagst ihnen, dass wir vor ihrer Terrassentür stehen und sie nach vorn hinaus kein Licht machen sollen. Wir wollen bei unserem Besuch nicht gestört werden.«

Sie stiegen aus und blieben einen Augenblick lang schweigend stehen. Die Nacht war grau und von Nebel feucht. Aus dem Kofferraum drang weiter kein Laut. Kein Kicken, keine Faustschläge, kein Schreien. Nichts. Sie sammelten die sechs Tragetaschen vom Rücksitz ein und teilten sie auf. Je zwei für Reacher, je eine für Abby. Keiner von ihnen überladen oder einseitig belastet. Startbereit.

Sie betraten den Vorgarten des Nachbarhauses.

32

Es war zu finster, um beurteilen zu können, ob der Garten schön angelegt war, aber Geruchs- und Tastsinn sowie unabsichtliche Körperkontakte sagten ihnen, dass er mit den normalen Dingen an den normalen Orten konventionell bepflanzt war. Als Erstes kam robuster, elastischer Rasen, vielleicht eine genmanipulierte Züchtung, der sich taunass und glitschig anfühlte. Dann folgte ein Bereich mit knirschendem Feinkies oder gemahlenen Muscheln, vielleicht ein Gartenweg, der auf einer Seite von einer Fundamentbepflanzung aus Koniferen gesäumt wurde, an deren Zweigen ihre Tragtüten im Vorbeigehen raschelten.

Danach kam ein Stück Zaun mit einem Gartentor, das in der Saison bestimmt einmal alle zwei Wochen geöffnet wurde, wenn der Rasen vor dem Haus gemäht werden musste. Trotzdem war es schlecht geölt und quietschte. Als Reacher es aufstieß, war im ersten Drittel ein lautes Holz-auf-Holz-Geräusch zu hören, das wie ein Mittelding aus einem Jaulen und Bellen, einem Schreien und Ächzen klang. Kurz, aber ziemlich laut.

Sie warteten.

Keine Reaktion.

Kein Hund.

Sie zwängten sich durch die nur teilweise geöffnete Tür, schlüpften mit Lebensmitteln voraus und Lebensmitteln hinter sich seitlich durch den Spalt. Dann überquerten sie den Rasen hinter dem Haus. Vor ihnen im Dunkel war der Zaun zum Nachbargrundstück zu erahnen, der zugleich der rückwärtige Zaun der Shevicks war. Nur eben spiegelbildlich. Theoretisch. Wenn sie sich am richtigen Ort aufhielten.

»Alles gut«, flüsterte Abby. »Hier sind wir richtig. Irrtum ausgeschlossen. Man braucht nur Felder wie auf einem Schachbrett abzuzählen.«

Reacher stellte sich auf die Zehenspitzen, um über den Holzzaun sehen zu können. Vor sich hatte er die undeutlich erkennbare Rückseite eines Ranchhauses mit Bitumendach und heller Holzverkleidung. Sehr ähnlich, aber doch anders. Und das richtige Haus. Das bewies die Stelle, wo der Rasen bis ans Gebäude reichte. Dort waren die Familienfotos gemacht worden. Der Soldat und seine junge Frau auf nackter Erde stehend, dasselbe Paar mit einem Säugling auf einjährigem

Rasen, dasselbe Paar acht Jahre später mit der achtjährigen Maria Shevick, das Gras inzwischen üppig und dicht. Dasselbe Rasenstück. Dieselbe Wand dahinter.

In der Küche brannte Licht.

»Sie sind auf«, sagte Reacher.

Der Zaun war schwierig zu überklettern, weil er sich in schlechtem Zustand befand. Vernünftigerweise hätten sie ihn durchbrechen oder eine Bresche hineinschlagen müssen, was sie aus ethischen Gründen verwarfen. Stattdessen vergeudeten sie mehr als die Hälfte ihrer Energie damit, ihr Gleichgewicht zu bewahren, während der Zaun unter ihnen in wellenförmigen Bewegungen schwankte. Sie spürten, dass es einen Punkt geben würde, an dem der Zaun einstürzte, vielleicht auf gesamter Gartenbreite. Abby machte den Anfang und schaffte es hinüber. Dann reichte er ihr mühsam die sechs Tragetaschen mit Lebensmitteln, eine nach der anderen, indem er sie hoch über den Zaun hob und auf der anderen Seite so weit hinunterließ, dass Abby sie ihm problemlos abnehmen konnte. Dabei grub sich das obere Zedernholzbrett jedes Mal schmerzhaft in seine Achsel.

Nun kam Reacher an die Reihe, der doppelt so schwer und dreimal so unbeholfen war wie Abby. Der Zaun gierte und schwankte einen Meter in eine Richtung, dann einen Meter in die andere. Aber er schaffte es, ihn zu stabilisieren, und rollte sich dann rasch ab: ein unelegantes Manöver, nach dem er – mit dem wie durch ein Wunder noch stehenden Zaun hinter sich – in einem Blumenbeet auf dem Rücken landete.

Sie trugen die Lebensmittel zur Küchentür und klopften ans Glas. Potenzielle Herzschlaggefahr für die Shevicks, aber sie überlebten. Es gab ein paar leise Aufschreie, hilflose Gesten, hektisches Atmen und leichte Verlegenheit wegen der Bademäntel, aber das renkte sich alles rasch wieder ein. Sie starrten die von Lebensmitteln überquellenden Tragetaschen mit sichtbar gemischten Gefühlen an. Beschämung und verletzter Stolz und leere Mägen. Reacher brachte sie dazu, Kaffee zu kochen. Abby räumte den Kühlschrank ein und füllte ihren Vorratsschrank.

Maria Shevick sagte: »Wir waren noch auf, weil wir einen Anruf aus dem Krankenhaus bekommen haben. Wir haben ihnen gesagt, dass sie uns jederzeit erreichen können. Das steht in der Krankenakte, glaub ich. Sie haben angerufen, weil sie einen weiteren Scan planen. Gleich morgen früh. Sie sind noch immer aufgeregt.«

»Wenn wir zahlen«, meinte Aaron.

»Wie viel diesmal?«, fragte Reacher.

»Elftausend.«

»Bis wann?«

»Spätestens heute bei Geschäftsschluss.«

»Unter den Sofapolstern haben Sie bestimmt schon nachgesehen?«

»Einen Hosenknopf hab ich gefunden. Der hat schon ewig lange gefehlt. Maria hat ihn wieder angenäht.«

»Der Tag hat gerade erst begonnen«, erklärte Reacher. »Bis Geschäftsschluss kann noch viel passieren.«

»Wir wollten diesmal darauf verzichten«, sagte Aaron. »Was hätten wir schließlich davon? Fällt er gut aus, sind wir natürlich glücklich. Fällt er schlecht aus, wollen wir's gar nicht wissen. Wir waren unsicher, was wir für unsere elftausend Dollar bekommen würden. Aber dann haben die Ärzte gesagt, dass sie wissen müssen, wie groß die Fortschritte sind, um ihre Medikation entsprechend anpassen zu können. Alles andere wäre gefährlich nachlässig.«

»Wie zahlen Sie normalerweise?«

»Per Sofortüberweisung.«

»Nehmen sie auch Bargeld?«, fragte Reacher. »Cash lässt sich am schnellsten auftreiben, wenn die Zeit knapp wird.«

»Aber woher soll das Geld kommen?«

»Jeder Tag bringt neue Möglichkeiten. Schlimmstenfalls könnten wir ihren Wagen verkaufen. Vielleicht dem Ford-Händler. Wie man hört, muss er seinen Bestand aufstocken.«

»Ja, sie nehmen Bargeld«, meinte Shevick. »Wie ein Spielcasino. Sie haben eine Kassiererin hinter Panzerglas.«

»Okay«, sagte Reacher. »Gut zu wissen.«

Er trat auf den dunklen Flur hinaus und hielt sich im Hintergrund, während er auf die Straße hinausspähte. Der Lincoln stand noch immer da. Dieselbe Limousine. Groß und schwarz, nun mit Tau bedeckt. In seinem Inneren zwei schemenhaft erkennbare Gestalten. Köpfe und Schultern, im Dunkel zusammengesackte Köper. Zweifellos mit Pistolen in Schulterholstern. Jeder bestimmt mit einer Geldbörse in der Tasche. Wahrscheinlich wie bei ihrem Gegenspieler aus Tirana mit Geldscheinen vollgestopft. Vermutlich mit ein paar Hundert Dollar. Aber leider wohl nicht mit elftausend.

Reacher kam wieder in die Küche. Maria Shevick reichte ihm eine Tasse Kaffee. Sein erster Kaffee des Tages. Sie lud die beiden ein, zum Frühstück zu bleiben. Sie würde es zubereiten, und sie konnten es gemeinsam am Küchentisch einnehmen. Wie bei einer improvisierten Party. Reacher hätte am liebsten abgelehnt. Die mitgebrachten Lebensmittel waren für das alte Ehepaar bestimmt, nicht für zufällige Gäste. Außerdem wollte er von hier verschwinden, bevor die Sonne aufging. Solange es noch dunkel war. Vor ihm lag ein stressiger Tag. Es gab viel zu tun. Aber die Frühstücksidee schien den Shevicks viel zu bedeuten, und weil Abby nichts dagegen hatte, willigte er widerstrebend ein. Viel später fragte er sich, wie ganz anders dieser Tag verlaufen wäre, wenn er Nein gesagt hätte. Aber er grübelte nicht lange darüber nach. Nicht mehr zu ändern. Vergeudete Energie. Nach vorn blicken.

Maria Shevick briet Spiegeleier mit Schinken, machte Toast und kochte eine zweite Kanne Kaffee. Aaron schleppte den Hocker vom Toilettentisch im Schlafzimmer als vierte Sitzgelegenheit heran. Maria hatte recht, das Frühstück entwickelte sich tatsächlich zu einer kleinen Party. Wie ein Geheimnis im Dunkeln. Abby erzählte einen Witz über einen Krebskranken. Einen Augenblick lang war zweifelhaft, wie die beiden Alten darauf reagieren würden. Aber ihr Instinkt als Performerin erwies sich als untrüglich. Nach einer Sekunde Schweigen prusteten Aaron und Marie los, konnten sich kaum wieder beruhigen. Maria schlug mit einer Hand so kräftig auf den Tisch, dass ihr Kaffee überschwappte, und Aaron bekam wieder Knieschmerzen, so heftig trampelte er mit den Füßen.

Reacher beobachtete, wie die Sonne aufging. Der Himmel wurde erst grau, dann golden. Der Garten vor dem Fenster nahm Form an. Aus dem Dunkel tauchten vage Umrisse auf: der Zaun, über den sie geklettert waren, die dunkle Masse des mit Bitumenschindeln gedeckten Dachs des Nachbarhauses.

»Wer wohnt dort?«, fragte er. »Durch wessen Garten sind wir gegangen?«

»Tatsächlich die Frau, die uns von Fisnik erzählt hat«, antwortete Aaron. »Von ihr haben wir gehört, wie der Cousin der Frau des Neffen eines anderen Nachbarn sich in einer Bar Geld von einem Gangster geliehen hat. Ich glaube, dass sie wenig später auch bei ihm war. Jedenfalls konnte sie plötzlich ihr Auto reparieren lassen. Wovon sie lebt, wissen wir nicht.«

Maria kochte eine dritte Kanne Kaffee. Hol's der Teufel, dachte Reacher. Die Sonne stand bereits über dem Horizont. Er blieb sitzen und leerte noch eine Tasse Kaffee. Dann kam die Unterhaltung irgendwie wieder auf Geld zurück, und plötzlich schienen alle dieselbe Uhr ticken zu hören. Der Geschäftsschluss an diesem Tag rückte näher.

»Aber Cash bleibt die ganze Nacht lang gültig«, sagte Reacher. »Hab ich recht? Diese Sache mit dem Geschäftsschluss gilt nur für Banken. Solange ihre Kasse geöffnet ist, haben wir Zeit, bis sie zum Screening gefahren wird.«

»Aber woher soll das Geld kommen?«, fragte Aaron noch mal. »Elftausend sind kein Pappenstiel.«

»Hoffen wir aufs Beste«, entgegnete Reacher.

Abby und er verließen das Haus auf demselben Weg, auf dem sie gekommen waren – diesmal jedoch mit leeren Händen und schon bei Tageslicht, daher viel schneller, aber nicht weniger unkompliziert.

Ihr Auto war weg.

33

Der schwarze Chrysler mit niedrigem Dach und hoher Gürtellinie, getönten Scheiben und geschlossenem Kofferraumdeckel. Er stand nicht mehr da. Sein Platz am Randstein war leer.

Abby sagte: »Der Kerl hat sich befreit.«

»Ich sehe nicht, wie das möglich gewesen sein soll«, entgegnete Reacher.

»Was sonst könnte passiert sein?«

»Meine Schuld«, sagte Reacher. »Ich habe die öffentliche Reaktion falsch eingeschätzt. Die Frau hat bei einem Blick aus dem Fenster ein Gangsterauto gesehen und ist *nicht* nervös geworden. Stattdessen hat sie das Hauptquartier der Bande angerufen. Vielleicht war sie dazu verpflichtet. Vielleicht hat das zu ihrem Deal mit Fisnik gehört. Sie behaupten, überall ihre Spione zu haben. Vielleicht gehört diese Frau auch dazu. Sie hat angerufen, und sie sind sofort hergekommen, um sich den Wagen anzusehen.«

»Haben Sie den Kofferraum geöffnet?«

»Davon müssen wir ausgehen. Und auch davon, dass der Kerl noch lebt und ausgepackt hat. Was bedeutet, dass Barton und Hogan in Gefahr sind. Wahrscheinlich schlafen sie noch. Du solltest sie sofort anrufen.«

»Wenn sie schlafen, sind ihre Handys ausgeschaltet.«

»Versuch's trotzdem.«

Das tat sie.

Ihre Handys waren ausgeschaltet.

»Was ist mit dem Sprachtalent?«, fragte Reacher. »Dem Panzerkommandeur. Hast du seine Nummer?«

»Vantresca?«

»Ja.«

»Nein.«

»Okay«, sagte Reacher, »dann gehen wir zu Fuß. Uns bleibt nichts anderes übrig. Die zierliche, schlanke Schwarzhaarige und der große hässliche Kerl. Am helllichten Tag. Überall Spione. Das wird vermutlich kein Spaziergang durch den Park mehr, eher dein zweiter Schrecken des Tages.«

»Wieder zurück zu Frank Bartons Haus?«

»Wir müssen sie irgendwie warnen.«

»Ich kann's unterwegs weiter versuchen. Aber die beiden schlafen bis zehn. Du weißt, wie das ist. Ihr Gig beginnt um Mitternacht.«

»Augenblick!«, sagte Reacher. »Du müsstest Vantresca googeln können. Er hat erzählt, dass er als Unternehmensberater für Gebäudesicherheit arbeitet – und dass seine Nummer in den nationalen Verzeichnissen steht.«

Abby begann zu suchen. Sie tippte und wischte und scrollte. Sie sagte: »Ich hab ihn!«

Dann: »Hier steht nur seine Festnetznummer im Büro. Da ist er bestimmt noch nicht.«

»Versuch's trotzdem.«

Das tat sie. Sie schaltete den Lautsprecher ein und ließ das Smartphone flach auf der Hand liegen. Sie hörten eine Serie von Klickgeräuschen, als würde der Anruf von einer Stelle zur nächsten weitergeleitet.

Sie meinte: »Vielleicht lässt er nach Büroschluss eingehende Gespräche auf sein Handy umleiten.«

Genau das war der Fall. Vantresca meldete sich. Er klang genauso, wie sie ihn in Erinnerung hatten: aufgeweckt, wachsam und gut gelaunt. Er sagte: »Vantresca Security, was kann ich für Sie tun?«

Reacher sagte: »Guy, hier ist Reacher. Der ehemalige Militärpolizist. Abby und ich haben deine Telefonnummer aus dem Internet.«

»Ja?«

»Aber dies ist kein offizieller Anruf, okay? Nichts für den Gefechtsbericht.«

»Okay.«

»Außerdem geht's darum, etwas sofort zu tun und erst hinterher Fragen zu stellen.«

»Was zu tun?«

»Fahr los und überzeug dich davon, dass mit deinem Kumpel Joe Hogan alles in Ordnung ist. Und mit Frank Barton.«

»Was sollte nicht in Ordnung sein?«

»Frag bitte erst hinterher.«

»Aber das gleich jetzt?«

»Die Albaner stehen unter Umständen kurz davor, rauszukriegen, wo wir letzte Nacht waren. Vielleicht wissen sie's schon. Hogan und Barton sind telefonisch nicht zu erreichen. Wir hoffen, dass das nur daran liegt, dass sie noch schlafen.«

»Okay, bin unterwegs.«

»Hol sie dort raus, auch wenn ihnen nichts fehlt. Diese Sache kann jederzeit eskalieren.«

»Wo sollen sie unterkommen?«

»Sie können in meine Wohnung«, erklärte Abby. »Die überwacht keiner mehr.«

»Wie lange müssen sie abtauchen?«

»Einen Tag«, sagte Reacher. »Das zeichnet sich jetzt schon ab. Also brauchen sie nicht viel einzupacken.«

Vantresca legte auf. Abby steckte ihr Smartphone ein. Reacher verteilte die Dinge in seinen Taschen neu, bis sie sich wieder im Gleichgewicht befanden. Abby knöpfte ihre Jacke zu. Dann gingen sie los. Eine kleine Frau und ein großer Mann. Am helllichten Tag. Überall Spione.

Gregory hatte gesagt, er würde morgens als Erstes mit Dino reden, und was Gregory sagte, meinte er auch. Er stand früh auf und zog sich wieder so an wie bei seinem Besuch von neulich: enges Hemd, enge Hose. Nichts zu verbergen. Keine Pistole, kein Messer, kein Mikrofon, keine Bombe. Nicht bequem, aber notwendig. Bei Tagesanbruch war die Luft noch zu kalt für diese Aufmachung. Er wartete auf etwas mehr Wärme und ein paar Schatten. Er wollte tagsüber sichtbar unterwegs sein. Alles eine Frage der Präsentation. Ein Mann voller Energie und Lebenskraft, frisch wie der junge Tag, der aktiv war und frühzeitig die Kontrolle übernahm. Kein Nachtgespenst, das aus der Dunkelheit gekrochen kam und sich zur Unzeit auf den Weg machte.

Auch heute fuhr er zu dem Parkhaus in der Center Street. Von dort aus ging er zu Fuß weiter. Auch dieses Mal wurde er auf dem ganzen Weg beschattet und seine Annäherung telefonisch gemeldet. Als er sein Ziel erreichte, standen dort wieder dieselben sechs Männer, die auf dem Gehsteig vor dem Tor des Holzlagerplatzes einen Halbkreis bildeten. Wie Schachfiguren. Die gleiche Abwehrformation.

Auch dieses Mal trat einer der Männer vor: Jetmir. Das war wie zuvor halb eine Blockade, halb ein Angebot, dem Besucher zuzuhören.

Gregory erklärte ihm: »Ich muss mit Dino reden.«

Jetmir fragte: »Worüber?«

»Ich hab einen Vorschlag zu machen.«

»Zu welchem Thema?«

»Das geht vorläufig nur ihn an.«

»Zu welchem Thema ganz allgemein?«

»Zu einer Angelegenheit, an der wir gemeinsam dringend interessiert sind.«

»Gemeinsam«, sagte Jetmir. »Ein Begriff, der in letzter Zeit rar geworden ist.«

Eine Unverschämtheit, wenn man ihren Rangunterschied bedachte. Er stand nur eine Stufe tiefer – aber dies war die höchste Stufe von allen.

Aber Gregory reagierte nicht darauf.

Er sagte: »Wir sind beide getäuscht worden, glaube ich.«

Jetmir überlegte einen Moment.

»In welcher Beziehung?« fragte er.

»Der Fuchs ist gescholten worden, aber in Wirklichkeit war der Hund an allem schuld. Ich nehme an, dass es in eurer Kultur eine Volkssage dieser Art gibt. Oder eine ähnliche Redensart.«

»Wer ist der Hund?«, fragte Jetmir.

Gregory machte eine abwehrende Handbewegung.

»Das geht nur Dino etwas an«, antwortete er.

»Nein«, entgegnete Jetmir. »Wenn du bedenkst, was in letzter Zeit passiert ist, wirst du verstehen, dass Dino im Augenblick wenig Lust hat, mit dir zusammenzutreffen. Nicht ohne eine eingehende Vorbesprechung des Themas mit mir und eine Empfehlung meinerseits. Ich bin sicher, dass du unter solchen Umständen ebenso handeln würdest. Dafür hast du schließlich deinen Stab. Bei Dino ist das nicht anders.«

Gregory sagte: »Bestell ihm, dass nicht wir angefangen haben, eure Männer umzulegen – und dass ich nicht glaube, dass ihr angefangen habt, unsere Leute umzulegen. Frag ihn, ob er sich mit dieser Theorie anfreunden kann.«

»Und wenn er's kann?«

»Frag ihn, was das bedeutet.«

»Was bedeutet es denn?«

»Das muss als Vorschau genügen. Jetzt lasse ich um einen Termin bei Dino bitten.«

»Wer hat dann unsere Kerle umgelegt? Und eure? Soll das heißen, dass jemand unter falscher Flagge Krieg gegen uns beide gleichzeitig führt?«

Gregory schwieg.

»Ich möchte eine klare Antwort«, sagte Jetmir. »Glaubst du, dass sich ein Außenstehender eingemischt hat?«

»Ja«, sagte Gregory.

»Dann sollten wir miteinander reden. Dino hat mich mit dieser Sache beauftragt.«

»Die liegt oberhalb deiner Gehaltsklasse. Bei allem Respekt. Es gibt einen Grund dafür, dass Stäbe Bosse haben.«

»Dino ist nicht da«, erklärte Jetmir.

»Wann kommt er wieder?«

»Er war schon früh hier. Jetzt ist er fort.«

»Das ist mein Ernst«, sagte Gregory. »Die Sache ist äußerst dringend.«

»Dann rede mit mir. Dino würde dich sowieso an mich verweisen. Bisher vergeudest du nur Zeit.«

Gregory fragte: »Haben sie euch Handys abgenommen?«

Jetmir machte eine lange Pause.

Dann antwortete er: »Das fragst du, weil sie offenbar Handys von euch erbeutet haben, was auf einen unmittelbar bevorstehenden Hackerangriff schließen lässt, der das Feld potenzieller Gegner erheblich eingrenzt.«

»Wir glauben, dass letztlich nur die Einzigen infrage kommen, die sich das trauen würden.«

»Dino wird sagen, dass ihr Ukrainer immer von den Russen besessen seid. Das ist allgemein bekannt. Ihr traut ihnen einfach alles zu.«

»Und wenn's diesmal wahr wäre?«

»Keiner von uns könnte die Russen schlagen.«

»Nicht allein.«

»Ist das dein Vorschlag? Gut, ich sorge dafür, dass Dino ihn erfährt.«

»Das ist mein Ernst«, wiederholte Gregory. »Die Sache ist äußerst dringend.«

»Keine Sorge, ich nehme sie ernst. Dino meldet sich bei dir, sobald er kann. Vielleicht kommt er selbst zu euch rüber. Zu dem Taxiunternehmen.«

»Wo er mit der gleichen Höflichkeit empfangen wird, die ich hier genießen durfte.«

»Vielleicht gewöhnen wir uns daran, einander zu vertrauen«, meinte Jetmir.

»Das wird sich zeigen«, sagte Gregory

»Vielleicht werden wir sogar Freunde.«

Darauf gab Gregory keine Antwort. Er wandte sich ab, ließ die Albaner stehen und verschwand. Nach Westen, in Richtung Center Street. Jetmir blieb noch einige Zeit vor Ort und beobachtete ihn. Dann machte er kehrt, benutzte die in das Tor eingelassene Fußgängertür und ging über den Lagerplatz mit seinem Harzgeruch und dem Kreischen von Sägeblättern zu der großen Wellblechhalle.

Unterwegs klingelte sein Handy. Schlechte Nachrichten. Ein bewährter Mann der Nachtschicht, ein gewisser Gezim Hoxha, war in einer schäbigen alten Siedlung draußen am Stadtrand halb tot im Kofferraum seines Wagens aufgefunden worden. Der Tipp war von einer alten Kundin gekommen, die anrief, weil sie dafür beim nächsten Kredit auf günstigere Konditionen hoffte. Vorerst hatte man noch keine Verdächtigen identifiziert. Eine große Suchaktion war jedoch schon angelaufen. Auf den Straßen kreuzten bereits zusätzliche Wagen. Viele Dutzend Leute hielten die Augen offen.

Reacher und Abby verließen die GI-Siedlung der Shevicks auf demselben Weg, auf dem sie hergekommen waren. Sie blieben außer Sicht der Ukrainer in ihrer Limousine und benutzten bis zum letzten Augenblick Seitenstraßen – bis sie schließlich nach rechts auf die Hauptstraße abbiegen mussten, die an der Tankstelle mit der Esstheke vorbei in Richtung

Stadtmitte führte. Bis dahin fühlten sie sich verhältnismäßig gut, doch ab diesem Punkt kamen sie sich vor wie auf einem Präsentierteller. Die Sonne schien hell. Die Luft war klar. Deckung gab es nirgends. Sie waren in einer gewöhnlichen Stadtlandschaft unterwegs. Links von ihnen ragte ein zweigeschossiges Klinkergebäude mit staubigen Fenstern und verkratzten Türen auf. Dann ein Gehsteig mit Betonplatten, ein Randstein aus Granit, die asphaltierte Fahrbahn, wieder ein Randstein aus Granit und ein Gehsteig mit Betonplatten. Auf der anderen Straßenseite ebenfalls ein zweistöckiger Klinkerbau mit staubigen Fenstern und verkratzten Türen. Nirgends eine Deckung, die breiter als ein Hydrant oder ein Laternenpfahl gewesen wäre.

Nur eine Frage der Zeit.

Abbys Smartphone klingelte. Der Anrufer war Vantresca. Sie schaltete den Lautsprecher ein und trug ihr Mobiltelefon auf der flachen Hand liegend vor sich her. So sah sie wie eine altägyptische Figur aus einem Pharaonengrab aus.

»Ich war bei Barton und Hogan«, berichtete Vantresca. »Den beiden fehlt nichts. Sie sitzen hier bei mir im Auto und haben mir erzählt, was letzte Nacht passiert ist. Seither ist niemand bei ihnen aufgetaucht.«

Reacher fragte: »Wo seid ihr jetzt?«

»Wir fahren gleich los zu Abbys Wohnung. Barton weiß, wo sie liegt.«

»Nein, hol uns bitte erst ab.«

»Die beiden haben gesagt, dass ihr über ein Auto verfügt.«

»Das haben die Eigentümer sich leider zurückgeholt. Mitsamt dem Kerl im Kofferraum. Deswegen hab ich mir Sorgen um Barton und Hogan gemacht.«

»Bei ihnen war niemand«, wiederholte Vantresca. »Jedenfalls bis jetzt nicht. Der Kerl hat anscheinend noch nicht ausgepackt. Vielleicht ist er nicht in der Lage dazu. Barton hat mir von der Fender Precision erzählt.«

»Ein stumpfes Werkzeug«, meinte Reacher. »Aber jetzt geht's darum, dass wir zu Fuß unterwegs sind. Wir können jeden Augenblick entdeckt werden und brauchen einen Treffpunkt für eine Notevakuierung.«

»Wo seid ihr genau?«

Das war eine schwierige Frage. In ihrer Umgebung gab es keine lesbaren Straßenschilder. Sie waren entweder verblasst oder rostig oder fehlten ganz. Vielleicht von einer Trambahn im Jahr des Untergangs der *Titanic* umgefahren. Im Jahr der Einweihung von Fenway Park. Abby wischte auf ihrem Smartphone herum. Ohne das Telefongespräch zu unterbrechen, rief sie einen Stadtplan auf. Mit Hinweisen, Pfeilen und pulsierenden blauen Kreisen. Sie las Vantresca Straße und Querstraße vor.

»Fünf Minuten«, sagte Vantresca. »Vielleicht auch zehn. Der Berufsverkehr hat schon eingesetzt. Wo genau soll ich euch abholen?«

Eine weitere gute Frage. Sie konnten nicht an der Ecke stehen, als warteten sie auf ein bestelltes Taxi. Nicht, wenn sie auf keinen Fall gesehen werden wollten. Reacher schaute sich um. Ihre Umgebung wirkte trist. In den Gebäuden gab es einige kleine Geschäfte, die noch geschlossen waren. Alle etwas schmuddelig aussehend. Läden von der Art, in denen nach zehn Uhr Gestalten mit grauen Gesichtern verschwanden, nachdem sie sich noch mal verstohlen umgesehen hatten. Reacher kannte sich mit Städten aus. Einen Block weiter entdeckte er auf dem Gehweg einen beschrifteten schwarzen Aufsteller, der vermutlich zu einem Coffeeshop gehörte. Er würde um diese Zeit geöffnet haben, aber dort konnten sie nicht warten. Ein Coffeeshop in dieser Straße würde keinen Türsteher haben, aber vielleicht einen Sympathisanten an der Kaffeemaschine, der sich einen Zinsabschlag auf seinen nächsten Kredit verdienen wollte.

»Dort drüben«, sagte Reacher.

Er zeigte auf ein schmales Gebäude auf der gegenüberliegenden Straßenseite. Seine Fassade war mit leicht schräg stehenden Balken abgestützt, als wäre sie einsturzgefährdet. Zwischen den Stützbalken war ein schwarzes Nylonnetz gespannt. Vermutlich schrieb die Baubehörde das vor. Vielleicht fürchtete die Stadtverwaltung, herabfallende Ziegel könnten Fußgänger verletzen oder vorbeifahrende Autos beschädigen. Jedenfalls bot das Netz sich als einigermaßen brauchbares praktisches Versteck an: Man konnte dahinterschlüpfen und sich von der Straße aus fast unsichtbar im Halbdunkel verbergen.

Vielleicht zu sechzig Prozent unsichtbar. Das Nylonnetz wirkte dicht.

Vielleicht zu vierzig Prozent. Die Sonne schien hell.

Besser als nichts.

Abby gab die Information weiter.

»Fünf Minuten«, sagte Vantresca wieder. »Vielleicht auch zehn.«

»Was für einen Wagen fährst du?«, fragte Reacher. »Wir wollen uns nicht für die falschen Leute aus unserem Versteck zwängen.«

»Ein S-Type R Baujahr 2005 in Schwarzmetallic.«

»Du erinnerst dich, was ich über euch Panzerleute gesagt habe?«

»Wir glorifizieren die Maschine.«

»Ich hab überhaupt nichts verstanden.«

»Das ist ein ziemlich alter Jaguar«, erklärte Vantresca. »Die Sportversion des neu aufgelegten Retro-Modells von Ende der neunziger Jahre. Mit überarbeiteten Ventilstößeln und aufgebohrtem Motor. Und natürlich mit Turbolader.«

»Hilft mir nicht weiter«, entgegnete Reacher.

Vantresca sagte: »Eine schwarze Limousine.«

Er legte auf. Abby steckte ihr Smartphone ein. Sie machten sich auf den Weg, um die Straße schräg zu überqueren und zu dem abgestützten Gebäude zu gelangen.

Ein Wagen brauste um die Ecke.

Schnell.

Eine schwarze Limousine.

Zu früh. Fünf Sekunden, keine fünf Minuten.

Und kein alter Jaguar.

Ein neuer Chrysler. Mit niedrigem Dach, hoher Gürtellinie und getönten Scheiben wie Schießscharten. Wie Sichtluken in der Flanke eines Panzerwagens.

34

Der schwarze Chrysler kam auf sie zu, wurde für kurze Zeit langsamer und beschleunigte dann wieder. Das wirkte wie ein Stolpern. Als müsste die Limousine zweimal hinsehen, um ihren Augen zu trauen. Als könnte der Wagen selbst nicht glauben, was er sah. Eine zierliche schlanke Frau und einen großen hässlichen Mann. Plötzlich vor ihm auf der Straße. Mitten vor der Windschutzscheibe. In voller Lebensgröße. Eindeutig das Paar, auf das sie achten sollten.

Die Limousine bremste scharf, kam zum Stehen. Fahrer- und Beifahrertür wurden aufgestoßen. Sechs, sieben Meter entfernt. Zwei Männer. Zwei Pistolen. Die Waffen waren Glock 17. Beide Kerle waren Rechtshänder. Kleiner als Gezim Hoxha, aber deutlich größer als der Durchschnitt. Keine klein- wüchsigen Südosteuropäer. Das stand verdammt fest. Beide trugen schwarze Jeans und schwarze T-Shirts. Und Sonnen- brillen. Beide waren unrasiert. Anscheinend hatte man sie aus dem Bett geholt und auf Patrouille geschickt, als Hoxhas Chrysler aufgefunden worden war.

Die Männer traten einen Schritt vor. Reacher blickte nach links, blickte nach rechts. Nirgends eine Deckung, die brei- ter als ein Hydrant oder ein Laternenmast gewesen wäre. Er steckte die rechte Hand in die Tasche mit der H&K, von der er sicher wusste, dass sie funktionierte. Und die er ebenso sicher nicht benutzen wollte. Schüsse auf offener Straße in der Stadt würden eine Reaktion auslösen. Im unschuldigen Morgen- sonnenschein noch zehnmal schlimmer als nachts. Tagsüber waren mehr Polizeibeamte im Dienst. Sie würden alle ausrü- cken. Dutzende von Streifenwagen mit eingeschalteten Blink- leuchten und heulenden Sirenen. Es würde Fernsehhubschrau- ber und Handyvideos geben. Und Berge von Papierkram, unzählige Stunden in einem Vernehmungsraum mit Cops und einem am Fußboden festgeschraubten Tisch. Die Auswertung von Abbys Smartphone würde Barton, Hogan und Vantresca mit in diese Sache hineinziehen – von den Shevicks ganz zu schweigen. Das Chaos wäre perfekt. Seine Auflösung konnte wochenlang dauern. So viel Zeit wollte Reacher nicht opfern, so viel Zeit hatten die Shevicks nicht mehr.

Die Männer mit den Glocks taten den nächsten Schritt. Wegen der offen stehenden Autotüren kamen sie weit ausholend näher: mit schlurfenden Schritten, die Pistolen mit beiden Händen vor dem Körper haltend, die Augen zum Zielen über Kimme und Korn zusammengekniffen.

Noch ein Schritt. Und noch einer. Dann bewegte der Kerl rechts von Reacher, der den Wagen gefahren hatte, sich langsam weiter, während sein Partner stehen blieb. Der Beifahrer. Ein durchsichtiges Manöver. Wie von Schäferhunden. Einer der beiden sollte hinter Reacher und Abby gelangen, um sie vor sich herzutreiben, bis sie, vor dem zweistöckigen Klinkergebäude angelangt, nicht mehr weiterkonnten. Eine auf der Hand liegende instinktive Taktik.

Voraussetzung dafür war allerdings, dass Reacher und Abby erst stehen blieben, dann kehrtmachten und zuletzt über die Straße zurückstolperten.

Was nicht passieren würde.

»Abby, mach einen Schritt rückwärts«, flüsterte Reacher. »Mit mir.«

Er machte einen Schritt. Sie machte einen. Das veränderte den Winkel für den Fahrer. Der Abstand wurde größer. Er hatte weiter zu gehen.

»Noch mal«, sagte Reacher.

Er machte einen Schritt rückwärts. Sie machte einen.

»Stopp!«, befahl der Fahrer. »Oder ich schieße.«

Tust du's wirklich?, fragte Reacher sich. Das war hier die Frage. Der Kerl musste mit denselben Unannehmlichkeiten rechnen wie Reacher selbst: Dutzende von Streifenwagen mit eingeschalteten Blinkleuchten und heulenden Sirenen. Fernsehhubschrauber und Handyvideos. Berge von Papierkram. Unzählige Stunden in einem Vernehmungsraum mit Cops und einem am Fußboden festgeschraubten Tisch. Und das Ganze mit höchst ungewissem Ausgang. Unvermeidlich. Die

Sache konnte so oder so ausgehen. Garantien gab es keine. *Nicht die Wähler erschrecken!* Außerdem würde es bald einen neuen Polizeichef geben. Und der Kerl musste aus beruflichen Gründen vorsichtig sein. Für ihn war Reacher ein von außen gekommener Agitator, der dringend befragt werden musste. *Wir wollen wissen, wer du bist.* Konnte er nach seiner Gefangennahme noch befragt werden, würde es Bonuspunkte geben. War er dagegen tot oder lag im Koma oder war tödlich verwundet, hatten die Kerle Strafen zu erwarten. Weil die Toten und im Koma Liegenden nicht reden konnten, während die tödlich Verwundeten nicht lange genug durchhielten, wenn sie gewaltsam vernommen wurden.

Würde der Mann also schießen? Nach Reachers Überzeugung eher nicht. Wahrscheinlich nicht. Aber nicht ganz auszuschließen. War er bereit, sein Leben darauf zu verwetten? Vermutlich ja. Das hatte er schon früher getan. Alles auf eine Karte gesetzt und gewonnen. Auch nach zehntausend Generationen funktionierte sein Instinkt noch immer zuverlässig. Er hatte alles riskiert und war lebend davongekommen. Außerdem sah er die Sache relativ gleichmütig. Niemand lebte ewig.

Aber war er bereit, auch Abbys Leben zu verwetten?

Der Fahrer sagte: »Zeigt mir eure Hände.«

Dann wäre das Spiel aus gewesen. Damit hätten sie den Punkt erreicht, an dem es kein Zurück mehr gab. Der ohnehin schon nahe war. Die Verhältnisse hatten sich zu ihren Ungunsten verändert. Fahrer und Beifahrer standen jetzt in einem Winkel von etwa sechzig Grad zueinander. Eine gute Position für wirkungsvolles Kreuzfeuer. Der wahrscheinliche Ablauf war leicht vorherzusagen. Reacher würde aus der Jackentasche schießen und den Fahrer treffen. Einer ausgeschaltet. Kein Problem. Aber die Sechzig-Grad-Wende zu dem Beifahrer hinüber würde langsam und unbeholfen ausfallen, weil seine Hand noch in der Tasche steckte, sodass der andere Zeit hätte, zwei bis drei Schüsse abzugeben, die Abby oder Reacher oder beide treffen oder ganz danebengehen konnten. Vermutlich Letzteres, glaubte er, in der realen Welt. Der Kerl war bereits nervös. Wenn er dann abdrückte, würde er verwirrt sein und unter Schock stehen. Auch unter besten Bedingungen gingen die meisten Schüsse aus Faustfeuerwaffen daneben.

Aber würde er Abbys Leben darauf verwetten?

»Zeigt mir eure Hände!«, wiederholte der Fahrer.

Abby fragte: »Reacher?«

Zehntausend Generationen rieten ihm: Bleib am Leben und sieh zu, was die nächste Minute bringt.

Reacher nahm die Hand aus der Tasche.

»Jacke ausziehen«, wies ihn der Fahrer an. »Ich kann das Gewicht von hier aus sehen.«

Reacher zog seine Jacke aus. Er ließ sie auf den Asphalt fallen. Die Pistolen in den Taschen schepperten laut. Die ukrainischen H&K, die albanischen Glocks. Sein gesamtes Arsenal.

Beinahe.

Der Fahrer befahl: »Und jetzt ins Auto.«

Der Beifahrer setzte sich rückwärts in Bewegung. Reacher nahm an, dass er ihnen wie der Portier eines Luxushotels die hintere Tür aufhalten werde. Aber das tat er nicht. Stattdessen öffnete er den Kofferraum.

»Gut genug für Gezim Hoxha«, sagte der Fahrer.

Abby fragte: »Reacher?«

»Keine Sorge, uns passiert nichts.«

»Wie?«

Reacher gab keine Antwort. Er legte sich als Erster diagonal in den Kofferraum, und Abby füllte auf der Seite liegend den Raum vor ihm aus, als lägen sie aneinandergekuschelt im Bett. Nur waren sie das nicht. Der Beifahrer knallte den billig blechern klingenden Kofferraumdeckel zu. Um sie herum wurde es schwarz. Kein selbst leuchtender Notfallhebel. Ausgebaut.

In diesem Augenblick telefonierte Dino mit Jetmir. Er beorderte ihn in sein Büro, auf der Stelle, augenblicklich. Die Sache musste dringend sein. Jetmir traf binnen drei Minuten ein und nahm vor Dinos Schreibtisch Platz. Dieser studierte das Display seines Smartphones. Er las die vielen Nachrichten über Gezim Hoxha, der am Rand einer alten Siedlung halb tot in seinem Auto aufgefunden worden war.

»Hoxha und mich verbindet eine lange Geschichte«, berichtete Dino. »Ich hab ihn schon gekannt, als er Kriminalbeamter in Tirana war. Er hat mich sogar mal verhaftet und war der gemeinste Kerl in ganz Albanien. Ich hab ihn immer gemocht. Ein solider, zuverlässiger Mann. Darum hab ich ihn auch gern eingestellt.«

»Er ist ein guter Mann«, meinte Jetmir.

»Er kann nicht reden«, sagte Dino. »Vielleicht nie wieder. Sein Kehlkopf ist verletzt.«

»Wir müssen aufs Beste hoffen.«

»Wer war das?«

»Das wissen wir nicht.«

»Wo ist's passiert?«

»Keine Ahnung«.

»Was ist genau passiert?«

»Er ist bei Tagesanbruch aufgefunden worden«, erklärte Jetmir. »Der Überfall muss schon früher stattgefunden haben – vielleicht eine bis zwei Stunden früher.«

»Ich verstehe nur eines nicht«, sagte Dino. »Gezim Hoxha ist ein Mann mit wertvollen Erfahrungen als Kriminalbeamter in Tirana. Deshalb spielt er in unserer Organisation eine große Rolle. Ich habe ihn persönlich eingestellt, und er ist schon sehr lange bei uns und hat uns gut gedient, sodass er zu unseren wichtigsten Leuten gehört. Hab ich recht?«

»Ja.«

»Wieso war er dann mitten in der Nacht mit irgendeinem Auftrag unterwegs?«

Jetmir gab keine Antwort.

Dino fragte: »Habe ich ihm einen Auftrag erteilt, den ich vergessen habe?«

»Nein«, sagte Jetmir. »Das glaube ich nicht.«

»Hast du ihm etwas aufgetragen?«

Achtet auf Licht hinter Vorhängen. Klopft an Haustüren und stellt Fragen, wo's angebracht ist.

»Nein«, sagte Jetmir.

»Das kapiere ich nicht«, meinte Dino. »Ich laufe nicht nachts in der Stadt herum. Dafür habe ich meine Leute. Hoxha hätte im Bett liegen sollen. Wieso war er unterwegs?«

»Das weiß ich nicht.«

»Du solltest es aber wissen. Du bist mein Stabschef.«

»Ich könnte herumfragen.«

»Das hab ich schon getan«, entgegnete Dino. Sein Tonfall veränderte sich. »Wie sich herausstellt, waren heute Nacht jede Menge Kerle unterwegs. Offenbar wegen einer Sache, die so ernst ist, dass ein erfahrener Mann wie Hoxha dabei schwer verletzt wurde. Der große Aufwand und die vielen eingesetzten Leute lassen auf eine wichtige Sache schließen. Bestimmt eine, von der ich hätte wissen sollen. Zumindest im Diskussionsstadium. Eine Sache, die ich persönlich hätte genehmigen müssen, wie's bei uns üblich ist.«

Jetmir äußerte sich nicht dazu.

Dino machte eine lange Pause.

Zuletzt sagte er: »Außerdem höre ich, dass Gregory heute Morgen hier war. Er hat uns einen weiteren Staatsbesuch abgestattet. Ich frage mich natürlich, wieso ich darüber nicht informiert wurde.«

Jetmir sagte noch immer nichts. Stattdessen lief die unvermeidliche Fortsetzung dieses Gesprächs in seinem Kopf ab: schnell, stark verkürzt, wie Blitzschach. Ein wogendes Hin und Her. Dino würde unaufhörlich, erbarmungslos weiterbohren, bis der Verrat in all seinen vernichtenden Einzelheiten offengelegt war. Vielleicht wusste er schon alles. *Ich könnte herumfragen. Das hab ich schon getan.* Also wusste er zumindest einiges...

Jetmir lief ein eisiger Schauder über den Rücken. Er fürchtete plötzlich, alles könnte zu spät sein. Dann erholte er sich und dachte, es sei vielleicht noch nicht zu spät. Er wusste es einfach nicht. Im Zweifelsfall war es immer besser, auf Nummer sicher zu gehen. Ein uralter Instinkt. Zehntausend Generationen bewirkten, dass er unter seine Jacke griff, eins, und seine Pistole zog, zwei, und Dino ins Gesicht schoss, drei. Aus zwei Metern Entfernung über den Schreibtisch hinweg. Dinos Kopf flog zurück. Blut und Gehirnmasse und Knochensplitter klatschten an die Wand hinter ihm.

In dem kleinen holzgetäfelten Raum klang der Schuss aus Jetmirs Neun-Millimeter-Pistole sehr laut. Kolossal laut. Wie eine Bombe. Danach herrschte sekundenlang hallende Stille, bis Leute hereingestürmt kamen. Alle möglichen Leute. Buchhalter aus den benachbarten Büros, Kerle aus dem Führungs-zirkel, mit Sägemehl eingestaubte Lagerarbeiter, Türsteher, Abkassierer, Schlägertypen... fast alle mit schussbereiten Pistolen, alle schreiend und durcheinanderlaufend wie in einem Film, wenn der Präsident einem Attentat zum Opfer gefallen ist. Verwirrung, Tollheit, Chaos, Panik.

In diesem Augenblick fuhr der schwarze Chrysler mit Reacher und Abby im Kofferraum durchs Tor des Holzlager-platzes.

35

Der Fahrer verharrte kurz mit dem rechten Fuß auf dem Bremspedal. Das Tor stand offen, wurde aber nicht bewacht, was ungewöhnlich war. Weil der Kerl es aber eilig hatte, seine Trophäen vorzuzeigen, dachte er sich nicht allzu viel dabei. Er fuhr einfach auf den Holzlagerplatz, beschrieb einen Bogen und stieß rückwärts an das Rolltor heran. Der Beifahrer stieg aus und schlug mit der Handfläche auf den pilzförmigen grü-nen Öffnungsknopf. Das Sektionaltor ging mit Kettengerassel und dem Klappern seiner Blechsegmente auf. Der Fahrer steu-erte rückwärts hindurch. Er stellte den Motor ab, stieg aus und gesellte sich zu seinem Partner, der hinter dem Wagen stand. Beide zogen ihre Pistolen und achteten auf reichlich Abstand vom Kofferraum.

Der Fahrer drückte auf einen Knopf der Fernbedienung.

Der Kofferraumdeckel öffnete sich langsam, gedämpft, ma-jestätisch.

Sie warteten.

Nichts.

Ringsum Holz- und Harzgeruch, aber keine kreischenden Sägen. In der großen Wellblechhalle herrschte Stille. Dann waren irgendwo im Hintergrund Stimmen zu hören – durch Türen und Wände gedämpft, aber trotzdem laut und panikartig. Und auch Schritte. Trampelnd, aufgeregt, aber nicht von der Stelle kommend, als bewegten sie sich nur im Kreis. Als ereignete sich in einem der inneren Büros etwas Ungewöhnliches.

Vielleicht sogar in Dinos Büro.

Den ersten acht Männern, die ins Büro stürmten, bot sich dasselbe Bild: Dino an seinem Schreibtisch, mit einer klaffenden Kopfwunde blutüberströmt im Sessel zusammengesackt. Und Jetmir mit seiner Glock in der Hand vor dem Schreibtisch stehend. Buchstäblich mit rauchender Pistole. Sie konnten den Pulverdampf sehen, das verbrannte Pulver riechen. Drei der ersten acht Kerle gehörten dem Führungszirkel an, sodass sie zumindest ahnten, was sich hier abgespielt hatte. Die anderen fünf waren einfache Mitglieder der Organisation und völlig ahnungslos. Sie befanden sich in einer mentalen Endlosschleife, die überhaupt keinen Sinn ergab. Für sie stellte Jetmir den zweitwichtigsten Mann der Welt dar. Sein Wort war Gesetz. Er war unanfechtbar. Ihm wurde gehorcht; er wurde bewundert und verehrt. Er stand obenauf. Er war eine lebende Legende. Aber er hatte Dino erschossen. Dino war der Boss. Der allerwichtigste Mann der Welt. Unverbrüchliche Treue und Ergebenheit schuldete jeder Einzelne nur ihm. Diese Pflicht schrieb ihnen ihr Ehrenkodex vor. Als hätten sie wie mittelalterliche Lehensleute einen Blutschwur geleistet.

Einer der fünf Ahnungslosen war ein Schläger aus der

Kleinstadt Pogradec am Ohridsee, dessen Schwester einst von einem Parteifunktionär belästigt worden war. Dino hatte die Ehre der Familie wiederhergestellt. Der Schläger war ein einfacher Mann und treu wie ein Hund. Er liebte Dino wie einen Vater. Er liebte es, ihn zu lieben. Er liebte die Struktur, die Hierarchie, die Regeln, die Codes und die unbedingte Sicherheit, die alle diese Dinge seinem Leben verliehen. Er liebte dies alles, er lebte für dies alles.

Dieser Mann zog seine Pistole und schoss Jetmir dreimal in die Brust, in dem beengten Raum ohrenbetäubend laut, und wurde dann sofort selbst von zwei Kerlen niedergeschossen. Einer von ihnen war ein Abkassierer, der rein automatisch zu handeln schien, als er den neuen Boss verteidigte, obwohl der neue Boss gerade den alten Boss umgelegt hatte. Als Angehöriger des Führungszirkels wusste der andere Schütze ungefähr, was hier ablief, und konnte hoffen, aus dieser kritischen Situation etwas für sich herauszuschlagen.

Diese Hoffnung wurde jedoch enttäuscht, weil sein zweiter Treffer ein glatter Durchschuss war, der einen Abkassierer hinter dem Schläger tödlich traf. Daraufhin drückte der Türsteher, unmittelbar hinter ihm in Panik geratend, reflexartig ab und erledigte die Führungskraft mit einem Kopfschuss, bevor eine weitere Führungskraft den Türsteher erschoss. Ein Vorarbeiter, der ihn nicht leiden konnte, zielte auf ihn; er verfehlte ihn, aber ein Querschläger traf die dritte Führungskraft zufällig am linken Oberarm. Der Getroffene schrie laut auf, schoss zurück und drückte immer wieder ab, wobei die Mündung seiner Glock unkontrolliert zuckte, sodass die Schüsse die hereindrängenden neuen Männer trafen, die auf dem von Blut glitschigen Boden ausrutschten und übereinanderfielen, bis seine Pistole leer geschossen war und sekundenlang eine nur vom Stöhnen der Verletzten unterbrochene neue Stille herrschte, die jedoch nicht anhielt, weil sie im nächsten Augenblick durch weit entfernte Geräusche gestört wurde.

Bei den Geräuschen handelte es sich um weitere Schussknalle. Nur zwei Schüsse. Überlegt und einzeln abgegeben. Eine Neun-Millimeter-Pistole. Durch Türen und Wände gedämpft. Vielleicht auf der anderen Seite der Wellblechhalle. Vielleicht in der Nähe des Rolltors.

Der Fahrer und sein Partner standen in sicherem Abstand hinter dem Kofferraum des Chryslers. Sie zielten weiter mit ihren in beiden Händen gehaltenen Pistolen darauf, verdrehten aber auf fast komische Weise die Köpfe, so weit es nur ging. Sie blickten über ihre linke Schulter in die entfernte Ecke der Halle, aus der ein Flur in den Verwaltungstrakt führte. Aus dem der Lärm kam.

Dann begann dort eine Schießerei. Weit entfernt, gedämpft, dumpf krachend, wiederholt. Sie fing mit drei einzelnen Schüssen an, einem schnellen Triple, *peng, peng, peng*, dann folgte ein wahrer Kugelhagel, und zuletzt war eine einzelne Pistole zu hören, die unreflektiert und wohl auch ungezielt leer geschossen wurde.

Danach herrschte sekundenlang Stille.

Fahrer und Beifahrer wandten sich wieder dem Chrysler zu.

Noch immer nichts. Der Kofferraumdeckel stand offen. Von den beiden Gefangenen war nichts zu sehen.

Sie schauten erneut zur Ecke hinüber.

Weiter nur Stille.

Zurück zu dem Chrysler. Noch immer nichts. Keine erhobenen Köpfe, keine Blicke nach draußen. Der Fahrer und sein Partner sahen sich an. Plötzlich besorgt. Vielleicht hatten sich im Kofferraum Auspuffgase angesammelt. Vielleicht gab es ein Leck. Ein undichtes Rohr. Vielleicht waren der Mann und die Frau erstickt.

Fahrer und Beifahrer traten vorsichtig einen Schritt näher heran.

Und noch einen.

Weiterhin nichts.

Sie sahen nochmals zur entfernten Ecke hinüber. Nichts zu hören. Sie traten einen weiteren Schritt vor, um in den Kofferraum zu schauen. Ihr nervöser Blick zeigte ihnen eine auffällige Veränderung. Der Mann und die Frau hatten die Plätze gewechselt. Ursprünglich hatte er hinten gelegen und sie sich vor seinem Körper zusammengerollt. Jetzt befand er sich vorn und sie hinten. Im Schutz seines Körpers. Sein Kopf, der ursprünglich links gelegen hatte, ruhte nun rechts. Was bedeutete, dass er auf der linken Schulter lag. Was wiederum bedeutete, dass sein rechter Arm sich bewegen konnte. Und er bewegte ihn jetzt. Blitzschnell. Die kleine Pistole in seiner Hand zielte auf den Kopf des Fahrers.

Reacher erledigte den Fahrer mit einem Schuss in die Stirn, wechselte das Ziel und traf den Beifahrer ins linke Auge. Mit der ukrainischen H&K aus seinem Stiefel. Dort hatte die Pistole gesteckt, seit er das Gewicht in seinen Taschen neu verteilt hatte, als sie das Haus der Shevicks verließen. Zwei links, zwei rechts und eine in der Socke. Immer eine gute Idee.

Er stemmte sich etwas hoch und lugte vorsichtig über den Rand des Kofferraums. Vor sich hatte er eine lang gestreckte Wellblechhalle, die nach Harz und Holz roch, aber menschenleer war. Vermutlich irgendeine Art Zentrale. Vielleicht auf dem Holzlagerplatz, den sie schon zweimal passiert hatten.

Einmal im Vorbeifahren, einmal zu Fuß. Ein legaler Betrieb, der als Tarnung diente. Das matt verzinkte Wellblech hätte auch zu einem Elektro- oder Sanitärgroßhandel gepasst.

Reacher setzte sich auf. Noch immer keine Leute. Er wälzte sich über den Rand, kam auf die Beine. Dann half er Abby aus dem Kofferraum. Sie betrachtete die beiden Toten auf dem Betonboden. Kein schöner Anblick. Einer hatte nur mehr ein Auge, der andere dafür drei.

Sie schaute sich in der leeren Halle um.

»Wo sind wir?«, fragte sie.

Er hatte keine Gelegenheit mehr, ihr zu erklären, was er vermutete, denn in diesem Augenblick passierten zwei Dinge gleichzeitig. Eine Gruppe von Männern tauchte aus dem Nichts auf und rannte zur entfernten Ecke der Halle, von der aus ein Korridor in einen anderen Gebäudetrakt zu führen schien. Im selben Moment erschien dort eine weitere Gruppe, die aus dem Flur kommend in Gegenrichtung unterwegs war. Eine Horde von bewaffneten wilden Kerlen mit bleichen Gesichtern, die von einem irren Adrenalinschub befeuert wurden.

Die beiden Gruppen prallten aufeinander. Es gab lautes Geschrei mit gebrüllten Fragen und gestammelten Antworten in einer fremden Sprache, die Reacher für Albanisch hielt. Dann stieß ein Kerl einen anderen grob zurück. Dieser wehrte sich, und irgendjemand gab einen Schuss ab. Der erste Kerl ging zu Boden, und ein anderer liquidierte den Schützen mit einem aufgesetzten Kopfschuss, was einer Bestrafung, einer Hinrichtung glich. Der Kopf des Schützen zerplatzte, sodass allgemeines Chaos ausgebrochen wäre, hätte nicht irgendein Typ eine laute Warnung gerufen und quer durch die Halle gedeutet, worauf alle verstummten und in diese Richtung sahen.

Eine zierliche kleine Frau und ein großer hässlicher Mann.

In einem Taschenbuch, das Reacher einst in einem Bus fand, hatte er einmal gelesen, viele Menschen neigten zu stunden- oder tagelangen Zweifeln, obwohl sie die Wahrheit in Wirklichkeit sekundenschnell erkannten. Das Buch hatte ihm gefallen, weil es seine eigene Auffassung bestätigte. Er hatte gelernt, seinem ersten blitzartigen Instinkt zu vertrauen. Deshalb wusste er, dass jetzt alles möglich war. Es würde keine Fragen mehr geben. *Wir wollen wissen, wer ihr seid.* Nun nicht mehr. Diese Kerle waren in einem Taumel aus Verwirrung und Blutgier gefangen. Für die Fähigkeit, noch reden zu können, würde es keine Bonuspunkte mehr geben. Dieses Angebot hatte sein Verfallsdatum längst überschritten.

So gab Reacher drei Schüsse auf die dicht zusammengedrängte Masse ab, noch bevor der Warnruf des Kerls verhallt war. Damit waren drei Männer ausgeschaltet. Er hatte nicht danebenschießen können. Die anderen zerstreuten sich wie Kakerlaken. Reacher wich zurück, packte Abby am Ellbogen und zog sie hinters Heck des Chryslers. Ein Blick ins Freie zeigte ihm das Tor des Lagerplatzes, den abgesenkten Randstein, die Straße. Er wusste, wo er sich befand.

Das Tor stand offen.

Reacher flüsterte: »Du kriechst nach vorn und steigst rechts ein. Dann rutschst du auf den Fahrersitz, wartest, bis ich eingestiegen bin, und fährst los. Einfach geradeaus. Gib Vollgas und sieh dich nicht um. Bleib tief in deinen Sitz gekauert.«

Abby fragte: »Wie spät ist es?«

»Das hier gilt nicht. Für diesen Thrill zahlen die Leute sogar.«

»Aber sie riskieren nur Farbspritzer statt Kugeln.«

»Dies ist authentischer. Dafür würden sie noch mehr zahlen.«

Abby kroch die Flanke der Limousine entlang, betätigte den Türgriff von unten, zog die Tür nur halb auf, schlängelte sich in den Wagen und rutschte hinters Lenkrad.

»Der Schlüssel steckt nicht«, flüsterte sie.

Eine der entfernten Gestalten gab einen Schuss ab. Er ging einen Viertelmeter über den Kofferraum, einen halben Meter über Reachers Kopf hinweg. Der Schussknall verhallte zu einem Donnergrollen, als das Wellblechdach wie ein Trommelfell vibrierte.

Abby flüsterte: »Sie haben den Schlüssel mitgenommen. Ist doch klar. Der Kofferraum wurde natürlich mit der Fernbedienung geöffnet.«

»Klasse«, sagte Reacher. »Dann muss ich ihn wohl holen.«

Auf dem Betonboden liegend spähte er unter dem Chrysler hindurch zu den Kerlen hinüber. Fünf von ihnen standen nicht mehr: zwei als Opfer des internen Disputs und drei durch seine Schüssen. Zwei dieser beiden lagen reglos da, der dritte Mann bewegte sich noch, aber nur ganz wenig. Er war vorläufig außer Gefecht. Die noch stehenden neun Kerle kauerten hinter allem, was ihnen als Deckung dienen konnte. Das war nicht allzu viel. Eine kleine Pyramide aus Plastikkanistern. Vielleicht ein Holzschutzmittel. Ein paar niedrige Schnittholzstapel. Hier lagerte nicht viel Ware. Der Betrieb diente ohne ernsthafte Gewinnerzielungsabsicht nur als Tarnung.

Reacher wälzte sich auf den Rücken, zog das Magazin aus seiner H&K und zählte die noch vorhandenen Patronen. Zwei im Magazin, eine im Lauf, also insgesamt drei. Nicht ermutigend. Er rammte das Magazin wieder in den Griff, drehte sich um und kroch zum Heck der Limousine zurück. Fahrer und Beifahrer lagen ungefähr anderthalb Meter entfernt. Beide mit dem Kopf in einer Blutlache. Der Fahrer lag näher als sein

Partner, was gut war, weil er den Schlüssel haben würde. Vermutlich in einer Tasche seines Jacketts. Auf der linken Seite. Weil er Rechtshänder gewesen war. Er würde eine Pistole in der rechten Hand gehalten haben, während er mit der linken die Fernbedienung drückte.

Der nächste Schuss sauste dicht über die Motorhaube hinweg und traf einen Holzstapel neben dem Rolltor. Der Schussknall, das Donnergrollen des Wellblechdachs, das metallische Echo, dann wieder Stille. Danach Schritte: hastig und doch zögerlich. Jemand kam näher. Reacher spähte nochmals unter dem Chrysler hindurch. Die neun Männer gestikulierten und winkten und deuteten nach vorn. Handzeichen. Sie versuchten ihr Vorrücken zu koordinieren, wollten sich in Sprüngen zu zweit oder zu dritt vorarbeiten. Befehligt wurden sie von einem breitschultrigen Kerl, der Ähnlichkeit mit Gezim Hoxha hatte. Ebenso alt, ebenso stämmig. Er war sichtlich auf dem Sprung, wollte zu einem in Folie verpackten Bretterstapel ungefähr fünf Meter vor ihm. Die übrigen Kerle würden rasch folgen. Das konnte blitzschnell gehen, weil sie keine Hindernisse zu überwinden hatten.

Höchste Zeit, sie zu bremsen.

Dafür gab es nur ein Mittel.

Unter dem Wagen liegend streckte Reacher den rechten Arm aus und zielte sorgfältig, was schwierig war. Er wartete, bis der Kerl sein hinteres Bein anspannte, um sich damit abzustoßen, und schoss dann mit etwas Vorhalt, sodass der Mann direkt in die Schussbahn lief. Er traf ihn unter der rechten Schulter. Dort gab es alle möglichen lebenswichtigen Dinge: Venen, Arterien, Nerven. Der Mann brach zusammen, und der Vormarsch geriet ins Stocken. Die restlichen acht Kerle zogen sich wie Schildkröten zurück. Nichts dämpfte Angriffslust so wirkungsvoll wie ein Schuss, der den Anführer vor aller Augen niederstreckte.

Zwei Schuss übrig. Nicht ermutigend.

Er änderte seine Richtung und kroch unter dem Chrysler nach hinten, bis sein Kopf sich unter der Heckschürze befand. Der nächste Körperteil des Fahrers war sein rechter Fuß. Reacher machte einen langen Arm. Trotzdem fehlte noch fast ein Meter. Aber sein Plan stand fest: Als Erstes den Kerl unters Auto ziehen, dann seine Taschen durchsuchen. Er atmete tief durch, robbte nach vorn, bekam den Fuß zu fassen und kroch ebenso schnell zurück. Das Ganze dauerte nur eine Sekunde. Der Kopf des Fahrers hinterließ eine Blutspur auf dem Betonboden. Reachers kurzes Auftauchen zog eine wütende Salve von vier Schüssen nach sich, die jedoch alle zu spät kamen.

Reacher blieb in Deckung, zog den Toten noch näher an sich heran und wälzte ihn auf den Rücken. Dann passierten zwei Dinge gleichzeitig. Während er anfing, nach dem Autoschlüssel zu suchen, dachten die Albaner darüber nach, was er tat – und weshalb. Und sie waren natürlich nicht dumm. Ungefähr zur selben Zeit, als Reacher den Autoschlüssel ertastete, begannen sie auf den Chrysler zu schießen, der ein großes Ziel bot. Fünf Meter lang, anderthalb Meter hoch. Sie durchlöcherten ihn. Erst zersplitterten alle Scheiben auf der Fahrerseite, während einzelne Treffer Löcher ins Karosserieblech stanzten, dann sackte der ganze Wagen nach links, als die Reifen zerschossen wurden. Reacher kroch zu Abby zurück, die noch halb über dem Beifahrersitz hing. Er half ihr heraus, schloss die Tür und schob sie vor sich her hinter den Motorblock, den sichersten Platz. Relativ gesehen. Der Krach war ohrenbetäubend. Schüsse ließen jetzt auch die rechten Fenster zerbersten.

Glassplitter regneten auf sie herab. Die Schüsse kamen immer näher. Die Albaner rückten wieder vor.

Reacher verfügte noch über zwei Schuss.

Nicht ermutigend.

Er schaute durchs Rolltor hinaus. Heller Sonnenschein. Das Tor offen. Die Straße leer. Ungefähr dreißig Meter bis zu dem abgesenkten Bordstein. Etwa siebzig bis zur nächsten Straßenecke. Fünfzehn Sekunden für einen Sportler. Mindestens fünfundzwanzig für ihn. Vielleicht mehr. Von acht bewaffneten Männern verfolgt. Nicht gut. Für Abby vielleicht weniger. Sie konnte ein kleines Ziel sein, das vor einem größeren und langsameren Ziel in der Ferne verschwand. Wenn sie sich darauf einließ vorauszulaufen. Was sie nicht tun würde, wie er wusste. Stattdessen würde sie anfangen, mit ihm zu diskutieren. So würden sie diese vermutlich einmalige Chance verpassen. Unvermeidbar. In der menschlichen Natur begründet. Eigentlich Bullshit, aber doch irgendwie rührend loyal.

Das Tor stand offen.

Menschliche Natur. Als der Fahrer angekommen war, musste er den Tumult gehört haben. Trotzdem hatte er sich nicht davon abhalten lassen, den Kofferraum zu öffnen. Weil er darauf brannte, die Gefangenen zu präsentieren, das Lob und den Beifall einzuheimsen. Er wollte der Mann der Stunde sein. Mit anderen Worten: Er hatte auf seinem Egotrip nicht auf taktische Vorsichtsmaßnahmen geachtet und überhastet und leichtsinnig gehandelt. Reacher erinnerte sich, wie er seine Jacke hatte ausziehen müssen. Wie sie auf die Fahrbahn gefallen war. Wie die Pistolen in seinen Taschen auf dem Asphalt gescheppert hatten. Die beiden ukrainischen H&K und die beiden albanischen Glocks. Alle geladen. Vermutlich mit mehr als vierzig Schuss.

Was würde ein leichtsinniger Kerl mit einer auf der Straße liegenden Jacke machen?

Reacher kroch zur hinteren rechten Tür zurück, betätigte wie Abby zuvor auf der Beifahrerseite den Griff von unten und zog die Tür an der Unterkante auf. Ein Schwall von Glassplittern ergoss sich über ihn. Winzige Fetzen Polstermaterial schwebten in der Luft.

Seine Jacke lag achtlos hingeworfen auf dem Rücksitz.

Er zerrte sie zu sich heran. Sie war schwer, nicht nur wegen der vielen Glassplitter, sondern vor allem wegen der Pistolen in den Taschen. Zwei Heckler & Koch, zwei Glocks. Reacher überprüfte sie, mit dem Rücken am Hinterrad lehnend. Die H&K, die er als zuverlässig kannte, hatte eine Patrone im Lauf und sechs im Magazin. Die andere Waffe hatte eine Patrone im Lauf und ein volles Magazin. Die beiden Glocks ebenfalls. Insgesamt zweiundfünfzig Schuss, dicke kleine Neun-Millimeter-Patronen, die in der rauchgeschwängerten Luft glänzten. Gegen acht Mann, die bald über keine Munition mehr verfügen würden, weil sie den Chrysler so enthusiastisch durchlöchert hatten.

Ermutigender.

Er steckte einen Finger durch die vier Abzugbügel und kroch mit den Waffen zu Abby zurück.

36

Abby saß mit dem Rücken an den Vorderreifen gelehnt auf dem Boden, hatte ihre Arme um die hochgezogenen Beine geschlungen und ließ die Stirn auf den Knien ruhen. Direkt hinter ihr befand sich der massive Block des V8-Motors: Hunderte Kilogramm Metall, gut einen Meter lang und einen halben Meter hoch. Ein Panzermann wie Vantresca hätte ihn bestimmt für eine lächerliche Deckung gehalten, aber unter den derzeitigen Umständen bot er den besten Schutz. Handfeuerwaffen konnten ihm nichts anhaben.

Reacher ging zweieinhalb Meter von ihr entfernt in Stellung, indem er einnahm, was die Army als modifizierte Sitzposition bezeichnete. Er saß mit angezogenen Beinen auf dem Beton, aber sein rechtes Bein war so abgewinkelt, dass es flach auf dem Boden lag und der Absatz seinen Hintern berührte. Sein linker Ellbogen ruhte auf dem linken Knie, und die linke Hand stützte seinen ausgestreckten rechten Arm. So war sein Körper in allen Richtungen stabil. Auch die zweieinhalb Meter Abstand waren vorschriftsgemäß. Von jenseits der Limousine aus würden nur seine Pistolenmündung, seine Augen und sein Schädeldach zu sehen sein, wenn er denkbar knapp über die Motorhaube schoss. Alles gut. Nur würde er direkt über Abbys Kopf hinwegschießen. Sie würde die Luftwirbel im Haar spüren.

Er begann mit einer Glock. Das erschien ihm passend, weil es sich um eine albanische Waffe handelte. Und sie war voll geladen. Insgesamt achtzehn Schuss. Vielleicht würde sie allein ausreichen. Trotzdem breitete er die restlichen Pistolen fächerförmig vor seinem rechten Knie aus. Aufs Beste hoffen, aufs Schlimmste vorbereitet sein. Teils, um die Waffe zu testen, teils, um die Party beginnen zu lassen, gab er einen Schuss auf die Pyramide aus Kanistern ab. Auf die zweite Reihe von oben – in Brusthöhe eines stehenden Mannes. Sofort nach dem Schussknall gurgelte eine dunkelbraune Flüssigkeit aus einem Loch in dem Kanister, das sich ungefähr dort befand, wohin er gezielt hatte. Die Glock funktionierte also.

Ein Kerl rechts vor ihm richtete sich hinter einem Holz-stapel auf, gab hastig einen Schuss ab und verschwand wieder. Sein Schuss traf den Chrysler. Vielleicht die Fahrertür. Schlecht gezielt. Ein anderer Typ links von ihm wollte es besser machen. Er beugte sich seitlich heraus, um zu zielen. So war er eine halbe Sekunde lang exponiert. Ein Fehler. Reacher traf ihn in die Brust und noch mal in den Kopf, als er bereits lag, nur um sicherzugehen. Drei Schuss weniger. Noch sieben Männer übrig. Alle waren ein, zwei Meter weit zurückgewichen. Vielleicht wollten sie ihre Taktik ändern. Jedenfalls flüsterten sie eifrig miteinander. Offenbar wurde ein neuer Plan diskutiert.

Reacher fragte sich, wie gut er ausfallen würde. Vermutlich nicht allzu gut. Am besten wäre es gewesen, sich in zwei Gruppen aufzuteilen, von denen eine durch den Hinterausgang geschickt wurde, um das Rolltor zu belagern. Dann hätte Reacher einen Zweifrontenkrieg führen müssen. Doch die restlichen sieben Kerle hatten wohl keinen Anführer mehr. Ihre Kommandostruktur schien nicht mehr zu existieren. Vielleicht durch eine Art Staatsstreich. Oder einen fehlgeschlagenen Aufstand. Eine Palastrevolution. Bei ihrer Ankunft hatte er irgendwo in der Nähe Schüsse gehört. Erst durch den Kofferraumdeckel zweifach gedämpft, dann lauter, als der Deckel geöffnet wurde. Allen Anschein nach waren eine ganze Menge Kerle liquidiert worden. In einem weit entfernten anderen Trakt, der für die Bonzen reserviert war.

Der Plan erwies sich als ein auf Feuerkraft und Bewegung basierender konventioneller Sturmangriff. Mit anderen Worten: Ein Teil der Angreifer würde schießen, während die anderen vorwärtsstürmten; dann würden sie sich auf den Boden werfen und schießen, während die bisherigen Schützen aufsprangen und nach vorn rannten. Aber sie verfügten über wenig Munition, was die Wucht ihres Angriffs minderte. Sperrfeuer sollte so heftig sein, dass es ablenkte, einschüchterte oder verwirrte. Aber Reacher konnte es mehr oder weniger ignorieren.

Zehntausend Generationen drängten ihn, in Deckung zu gehen, aber der vordere Teil seines Gehirns setzte sich mit nüchterner Überlegung zur Wehr, indem er sich ausrechnete, wie unwahrscheinlich es war, dass sieben Kerle im Zustand höchster Erregung imstande waren, Augen und Schädeldach eines Mannes aus ziemlicher Entfernung mit Handfeuerwaffen zu treffen. Und das Sperrfeuer war so schwach, dass die alten Reflexe unterlagen und zurücktreten mussten, damit der moderne Mensch seine tödliche Arbeit ungestört verrichten konnte. Reacher kam sich wie in einer Schießbude vor, in der man auf laufende Keiler schießen konnte. Die Kerle rechts schossen Sperrfeuer, während zwei Kerle links aufsprangen und vorwärtsstürmten.

Reacher traf den ersten.

Er traf den zweiten.

Sie brachen auf dem Betonboden zusammen, was einen Reflex in Bezug auf das geplante sprungweise Vorarbeiten auszulösen schien, weil rechts sofort wieder zwei Typen aufsprangen und losstürmten – überhastet und völlig ungeschützt.

Reacher traf den ersten.

Er traf den zweiten.

Sie rutschten, schlitterten, gingen zu Boden und kamen zur Ruhe.

Noch drei Kerle übrig.

Wie in einer Schießbude.

Dann ereignete sich etwas, das Reacher noch nie erlebt hatte und auch nie wieder erleben wollte. Später war er froh darüber, dass Abby den Kopf gesenkt hatte und ihre Augen fest geschlossen hielt. Nach langer bedrohlicher Stille sprangen die drei noch lebenden Kerle wie auf ein Zeichen hin auf, schossen wie wild, brüllten dabei mit zurückgeworfenen Köpfen und weit aufgerissenen Augen, übergeschnappt, primitiv, wie Berserker oder Derwische aus alten Sagen. Sie rannten gegen den Wagen an, weiter kreischend, weiter schießend, wie Kavallerie gegen Panzer anreitend, drei Verrückte, die wissentlich in den sicheren Tod liefen, den sie wünschten und brauchten, begehrten und forderten.

Reacher traf den ersten.

Er traf den zweiten.

Er traf den dritten.

In der Halle herrschte Stille.

Reacher kam mit seiner Pistole in der Hand auf die Beine. Er sah insgesamt zwölf bewegungslose Gestalten, die eine fast zwanzig Meter lange unregelmäßige Linie bildeten. Er sah Blut auf dem Betonboden. Er sah die große Lache aus braunem Holzschutzmittel, das weiter aus dem durchlöcherten Kanister tropfte.

Plink, plink, plink.

Er sagte: »Alles in Ordnung.«

Abby schaute zu ihm auf.

Sie sagte nichts.

Er schüttelte die körnigen Splitter des Sicherheitsglases von seiner Jacke und zog sie an. Er steckte die Pistolen wieder ein. In Gedanken zog er dabei Bilanz: vierundvierzig Schuss übrig.

Er sagte: »Wir sollten nach hinten gehen und uns die Büros ansehen.«

Sie fragte: »Wieso?«

»Vielleicht gibt's dort Geld.«

Reacher und Abby stiegen über die Toten hinweg und machten einen Bogen um die Lachen aus Blut und Holzschutzmittel, um zu dem Korridor in der hinteren Ecke zu gelangen. Vor ihnen erstreckte sich ein langer schmaler Flur mit Türen auf beiden Seiten. Drei Türen rechts, drei links. Hinter der ersten Tür links lag ein fensterloser Raum mit vier zusammengestellten Laminattischen. Wie ein Sitzungszimmer. Der erste Raum rechts war ein schlichtes Büro mit Schreibtisch, zwei Stühlen und Aktenschränken. Kein Hinweis auf seine Funktion. Kein Bargeld in den Schränken. Auch in den Schreibtischschubladen nur gewöhnlicher Bürobedarf, eine Kiste Zigarren und eine Schachtel Zündhölzer. Sie gingen weiter. Die nächsten Büros sahen ähnlich aus. Nirgends etwas Interessantes, bis sie die letzte Tür links erreichten.

Hier gab es ein Vorzimmer und dahinter das eigentliche Chefbüro. Wie eine Bürosuite. Zwei Räume für den Kommandeur und seinen Exekutivoffizier. Im Durchgang zwischen den Büros türmten sich Leichen. In dem Raum dahinter lagen noch mehr. Insgesamt ein Dutzend, darunter ein Kerl hinter einem großen Schreibtisch, der einen Schuss ins Gesicht bekommen hatte, und ein Mann auf dem Stuhl davor, der mit drei Schüssen in die Brust liquidiert worden war. Ein bizarres statisches Tableau. Zur Bewegungslosigkeit erstarrt. Was hier geschehen war, ließ sich unmöglich rekonstruieren. Jeder schien jeden erschossen zu haben. Irgendein unerklärlicher Amoklauf.

Abby blieb im Vorzimmer zurück. Reacher stützte sich mit beiden Händen am Türrahmen ab und stieg über den Leichenberg hinweg. Dabei trat er auf Rücken, Arme und Beine. Im Chefbüro arbeitete er sich zum Schreibtisch vor. Der Kerl, der einen Schuss ins Gesicht bekommen hatte, saß zusammengesackt in einem Ledersessel mit Rollen. Reacher schob ihn beiseite, um an die Schubfächer heranzukommen. In der untersten Schublade links fand er eine Geldkassette von der Größe einer dicken Familienbibel und mit altmodisch grüner Hammerschlaglackierung wie von einer ländlichen Spar- und Darlehenskasse. Sie war abgesperrt. Er zog den Sessel wieder zu sich heran und tastete die Taschen des toten Mannes ab. Fand einen Schlüsselbund in der rechten Hosentasche und angelte ihn mit Daumen und Zeigefinger heraus. An dem Schlüsselring hingen etwa ein Dutzend große und kleine Schlüssel. Der dritte kleine Schlüssel passte zu der Geldkassette.

Der obere Einsatz enthielt nur etwas Kleingeld und ein paar speckige Fünfer und Zehner. Nicht gut. Aber es wurde besser. Unter dem Einsatz lag ein ganzes Bündel Hunderter. Druckfrisch, mit Banderole, frisch von der Bank. Hundert Scheine. Zehntausend Dollar. Fast der Betrag, den die Shevicks für ihre Tochter brauchten. Tausend Dollar zu wenig, aber immerhin ein guter Anfang.

Reacher steckte das Geld ein. Er stieg wieder über Tote hinweg, um zur Tür zu gelangen.

Abby sagte: »Ich will weg von hier.«

»Ich auch«, meinte Reacher. »Nur noch eine Sache.«

Er ging mit ihr in das erste Büro zurück, das sie betreten hatten. Rechts gegenüber dem Besprechungsraum. Das Büro des Zigarrenrauchers. Nun ebenfalls tot, vermutete Reacher. Aber nicht vom Rauchen. Er nahm die Streichholzschachtel vom Schreibtisch. Raffte alles Papier zusammen, das er finden konnte. Riss ein Streichholz an, setzte damit ein Blatt Papier in Brand und ließ es hell brennend in den Papierkorb fallen.

»Wozu das?«, fragte Abby.

»Es genügt nie, bloß zu gewinnen«, erklärte er. »Der andere

Kerl muss *wissen*, dass er verloren hat. Außerdem ist das sicherer. Wir waren hier und haben bestimmt Spuren hinterlassen. Da ist's besser, keine Missverständnisse aufkommen zu lassen.«

Sie rissen ein Streichholz nach dem anderen an, setzten ein Stück Papier nach dem anderen in Brand und verteilten sie in allen Räumen.

Grauer Rauch quoll aus den Türen, als sie den Korridor verließen. Sie zündeten die Schrumpffolie um die Holzstapel an. Reacher ließ ein brennendes Streichholz in die Lache aus Holzschutzmittel fallen, aber es erlosch sofort. Unbrennbar, auf einem Holzlagerplatz nur vernünftig. Aber Benzin war entzündbar, das stand fest. Reacher schraubte den Tankdeckel des zerschossenen Chryslers auf, stopfte das letzte Papier in den Tankstutzen und zündete es an.

Danach flüchteten sie in aller Eile. Dreißig Meter bis zu dem abgesenkten Randstein, weitere siebzig bis zur ersten Ecke, und dann hatten sie es geschafft.

Auf Abbys Smartphone waren ein halbes Dutzend verpasster Anrufe von Vantresca gespeichert. Er sagte, er warte gegenüber dem abgestützten Gebäude mit dem schwarzen Nylonnetz. Er sagte, er habe dort sehr lange gewartet. Er sagte, er wisse nicht, was er als Nächstes tun solle. Abby rief ihn zurück. Gemeinsam vereinbarten sie einen neuen Treffpunkt. Er würde in eine Richtung fahren, und sie würden ihm entgegengehen, sodass sie einander schon aus größerer Entfernung sehen könnten. Bevor sie weitergingen, blickte Reacher sich noch einmal um. Eine halbe Meile hinter ihnen stieg ein dünner Rauchfaden in den Himmel. Als er sich später erneut umschaute, war daraus eine massive Rauchsäule in einer Meile Entfernung geworden, die sich zu einer wabernden schwarzen Rauchmasse über dunkelrot lodernden Flammenzungen entwickelte. Sie hörten Feuerwehrsirenen, erst nur vereinzelt, dann in einem gewaltigen Chor, der in der Ferne zu einer schrillen Kakophonie verschmolz. Und sie hörten die Sirenen mehrerer Streifenwagen auf den Straßen der East Side heranheulen.

Dann kam Vantresca ihnen mit einer breiten schwarzen Limousine entgegen. Auf dem Kühler prangte eine Figur in Form einer springenden Raubkatze. Bei einem Jaguar vermutlich ein Jaguar. Innen hatte man überraschend wenig Platz. Vantresca saß am Steuer, Hogan auf dem Beifahrersitz. Barton nahm eine Hälfte der Rückbank ein. Also gab es nur noch einen freien Platz. Abby musste auf Reachers Schoß sitzen. Was ihm nur recht war.

Hogan sagte: »Dort drüben brennt irgendwas.«

»Deine Schuld«, entgegnete Reacher.

»Wie das?«

»Du hast darauf hingewiesen, dass die Albaner die Stadt übernehmen würden, wenn die Ukrainer untergehen. Das wollte ich verhindern. Es ist mir wie eine Win-lose-Situation vorgekommen.«

»Was brennt dort also?«

»Die Zentrale der Albaner. Sie liegt hinter einem Holzlagerplatz. Wahrscheinlich brennt sie tagelang.«

Hogan schwieg.

Barton sagte: »Dann übernehmen andere ihr Revier.«

»Vielleicht auch nicht«, erklärte Reacher. »Der neue Polizeichef findet eine Stadt ohne organisierte Kriminalität vor. Wahrscheinlich ist's einfacher, neue Leute am Hereinkommen zu hindern, als alte Leute loszuwerden.«

Vantresca fragte: »Wie geht's weiter?«

»Wir müssen das Nervenzentrum der Ukrainer finden.«

»Klar, aber wie?«

»Ich denke, wir müssen rauskriegen, was es genau macht. Dann wissen wir vielleicht, wo wir's suchen müssen. In gewisser Weise folgt die Form der Funktion. Wäre es beispielsweise ein Drogenlabor, bräuchte es Exhaustoren, Gas und Wasser und so weiter und so fort.«

»Ich weiß nicht, was es macht«, sagte Vantresca.

»Ruf die Journalistin an«, bat Reacher. »Die Frau, der du geholfen hast. Sie könnte es wissen. Zumindest müsste ihr bekannt sein, womit sie ihr Geld verdienen. Notfalls können wir im Umkehrschluss feststellen, welche Art Gebäude dafür notwendig wäre.«

»Sie wird nicht mit mir reden. Sie war total eingeschüchtert und verängstigt.«

»Gib mir ihre Nummer«, sagte Reacher. »Ich rufe sie an.«

»Wieso sollte sie mit dir reden?«

»Ich habe die nettere Persönlichkeit. Alle Leute reden ständig mit mir. Manchmal sind sie kaum zu bremsen.«

»Dazu müsste ich ins Büro fahren.«

»Fahr erst zu den Shevicks«, meinte Reacher. »Ich habe was für sie. Sie brauchen dringend eine kleine Aufmunterung.«

37

Gregorys Lagebild entstand durch frühzeitige Meldungen aus drei verschiedenen Quellen: einem Cop auf seiner Gehaltsliste, einem Kerl bei der Feuerwehr, der ihm Geld schuldete, und einem geheimen Spitzel, der auf der East Side in einer Bar hinter dem Tresen stand. Sofort berief er eine Besprechung seines Führungsstabs ein. Sie fand in seinem Büro hinter dem Taxiunternehmen statt.

»Dino ist tot«, sagte Gregory. »Jetmir ist tot. Das gesamte Exekutivkomitee ist tot. Zwanzig ihrer Topleute sind tot, einfach so. Vielleicht sogar mehr. Sie sind keine schlagkräftige Gruppe mehr. Sie werden auch keine mehr, weil ihre Führung liquidiert ist. Ihr Spitzenmann ist jetzt ein alter Schläger namens Hoxha. Und der ist nur davongekommen, weil er im Krankenhaus liegt. Weil er nicht reden kann. Ein schöner Boss wäre das!«

Irgendwer fragte: »Wie ist das passiert?«

»Das waren natürlich die Russen«, erklärte Gregory. »Schock und Einschüchterung östlich der Center Street. Sie haben das halbe Feld abgeräumt und ein mögliches Verteidigungsbündnis verhindert, bevor sie ihre gesamte Macht auf uns allein konzentrieren.«

»Gute Strategie.«

»Aber schlecht umgesetzt«, sagte Gregory. »Ihre Aktion im Holzlager war ausgesprochen primitiv. Jeder Cop und Feuerwehrmann ist dort im Einsatz. So ist die East Side monatelang nichts mehr wert. Zu viele Ermittlungen. Mit Bestechung lässt sich nicht alles regeln. Manche Dinge kann man nicht ignorieren. Und natürlich berichtet das Fernsehen längst darüber. Der Osten steht buchstäblich im Scheinwerferlicht, in dem niemand sein will. Das macht unseren Westen umso wertvoller. Nun werden sie ihn erst recht wollen.«

»Wann kommen sie, glaubst du?«

»Das weiß ich nicht«, antwortete Gregory. »Aber wir müssen vorbereitet sein. Ab sofort gilt Alarmstufe C. Höchste Wachsamkeit. Alle Mann abwehrbereit. Keiner darf hier rein.«

»Die Alarmstufe C können wir nicht ewig durchhalten. Wir müssen herausfinden, wann sie kommen.«

Gregory nickte.

»Aaron Shevick weiß es bestimmt«, sagte er. »Wir sollten ihn fragen.«

»Wir können ihn nicht finden.«

»Haben wir noch Leute vor dem Haus der alten Frau?«

»Ja, aber Shevick hat sich nicht wieder dort blicken lassen. Vermutlich hat die Alte ihm einen Tipp gegeben. Vielleicht ist sie seine Mutter oder Tante oder sonst was.«

Gregory nickte erneut.

»Okay«, sagte er, »das ist die Antwort. Ruf unsere Jungs an, damit sie die Frau herbringen. Sie kann ihn anrufen, während wir sie in die Mangel nehmen. Er taucht bestimmt auf, wenn er sie schreien hört.«

Vantresca hatte sie gut eine Meile von dem Holzlagerplatz entfernt aufgelesen, was bedeutete, dass das Haus der Shevicks im Südwesten noch eine Meile weiter weg lag. Der schwarze Jaguar brummte über die Straßen. Inzwischen war es später Vormittag geworden. Die Sonne stand hoch. Sie strahlte alle Gebäude hell an, die schwarze Schatten waren. Reacher bat Vantresca, bei der Tankstelle mit der Imbisstheke zu halten. Sie parkten hinter dem Kassengebäude neben der Waschanlage. Zwischen den rotierenden Bürsten schob sich eine weiße Limousine langsam durch die Anlage. Sie war über und über mit blauem Schaum und weißen Blasen bedeckt.

Reacher sagte: »Ich denke, wir können die Shevicks jetzt in einem Hotel im Osten unterbringen. Sie brauchen sich nicht mehr zu verstecken. Es gibt niemanden mehr, der sich etwas daraus macht, wenn sie mit uns gesehen werden.«

»Sie können sich kein Hotel leisten«, sagte Abby.

Reacher warf einen Blick in Hoxhas pralle Geldbörse.

Er entgegnete: »Dafür kommt ein anderer auf.«

»Vielleicht wär es ihnen lieber, wenn alles für Meg ausgegeben würde.«

»Das wäre nur ein Tropfen auf den heißen Stein. Und dies ist keine Demokratie. Sie können nicht länger in ihrem Haus bleiben.«

»Warum nicht?«

»Wir müssen diese Sache ins Rollen bringen. Ich will, dass ihr Capo unruhig wird. Gregory, stimmt's? Er soll hören, wie wir an seine Tür hämmern. Am besten fangen wir gleich mit den beiden Kerlen vor ihrem Haus an. Sie haben es lange genug blockiert. Aber das könnte eine Reaktion auslösen – deshalb müssen die Shevicks ausziehen. Natürlich nur vorübergehend.«

»Aber wir haben keinen Platz im Auto«, meinte Barton.

»Wir nehmen ihren Lincoln«, erklärte Reacher. »Wir fahren die Shevicks mit einem Town Car zu einem Luxushotel. Vielleicht gefällt ihnen das.«

»Sie wohnen in einer Sackgasse«, wandte Vantresca ein. »Wir würden direkt von vorn kommen – ohne das geringste Überraschungsmoment.«

»Das gilt vielleicht für euch«, sagte Reacher. »Ich benutze den Hintereingang und komme aus dem Haus. Hinter ihnen. Das müsste als Überraschung reichen.«

Der Jaguar fuhr wieder auf die Hauptstraße hinaus, bog frühzeitig rechts und wieder links ab und hielt an derselben Stelle, an der Abby vor Tagesanbruch den Chrysler geparkt hatte. Vor dem Haus der Informantin, deren Anrufe in Zukunft unbeantwortet bleiben würden, weil das dazugehörige

Handy längst geschmolzen war. Wie zuvor der Chrysler parkte der Jaguar jetzt genau parallel zu dem Lincoln, jedoch etwa fünfzig Meter von ihm entfernt, was der Tiefe zweier Grundstücke mit zwei Häusern entsprach. Aber nur ganz kurz. Reacher stieg aus, und der Wagen fuhr weiter.

Reacher durchquerte den Vorgarten der Nachbarin und riss das kleine Tor zum rückwärtigen Teil ihres Gartens auf. Dann ging er zu dem baufälligen Zaun an der Grundstücksgrenze, der entweder der Nachbarin oder den Shevicks oder ihnen gemeinsam gehörte. Weil er keine Lust hatte, über den Zaun zu klettern, kickte er ihn mit einem Tritt um. Gehörte er den Shevicks, konnte Trulenko ihnen einen neuen besorgen. Gehörte er der Nachbarin, geschah es ihr ganz recht, weil sie Spitzeldienste geleistet hatte. Stand er in Gemeinschaftseigentum, traf beides zur Hälfte zu.

Er lief durch den Garten der Shevicks, kam an der Stelle vorbei, an der die Fotos gemacht worden waren, und erreichte die Küchentür. Er klopfte an die Scheibe. Keine Reaktion. Er klopfte etwas lauter. Noch immer nichts.

Reacher drückte die Klinke herunter. Die Tür war von innen abgesperrt. Er schaute durchs Fenster. Nicht viel zu sehen. Keine Menschen. Nur die Arbeitsflächen aus Resopal, der Tisch mit Aluminiumkanten und die Kunstlederstühle. Er ging an der Fotostelle vorbei zum ersten Fenster. Auch im Schlafzimmer befand sich niemand. Das Doppelbett war gemacht, die Schranktür geschlossen.

Durch die offene Schlafzimmertür erblickte er einen sich bewegenden Schatten draußen in der Diele. Eine komplizierte zweiköpfige, vierbeinige Gestalt. Eine Hälfte groß, die andere klein. Beide in leichter Bewegung, als fände dort ein halbherziger Kampf statt. Oder als werde jemand mühelos festgehalten.

Reacher griff in seine Jackentasche. Zog die Glock heraus. Siebzehn Schuss im Magazin, einer im Lauf. Er hastete wieder zur Küchentür. Dort atmete er tief durch, rammte den linken Ellbogen an die Scheibe, die prompt zersplitterte, griff hindurch, um die Tür zu entriegeln, stieß sie auf und trat ein. Das Splittern war natürlich so laut gewesen, dass jetzt ein Kerl den Kopf in die Diele streckte, um festzustellen, was passiert war. Blasses Gesicht, helle Augen, blondes Haar. Schwarzer Anzug, weißes Oberhemd, schwarze Seidenkrawatte. Reacher zielte auf einen Punkt eine Handbreit unter dem Krawattenknoten, aber weil er fair war, drückte er erst ab, als einen halben Meter tiefer eine Hand mit einer Pistole auftauchte. Der Schuss durchschlug den Körper des anderen und bohrte sich in die Wand hinter ihm. Der Kerl sackte in sich zusammen wie eine Marionette mit durchtrennten Schnüren.

Der Schussknall verhallte.

Aus der Diele drang kein Laut.

Dann war ein gedämpftes Flüstern zu hören, als versuchte ein alter Mensch zu schreien, während ihm ein starker Kerl den Mund zuhielt. Oder ihr den Mund zuhielt. Dann ein Fußscharren, hoffnungslos, ohne Aussicht auf Erfolg. Kein echter Widerstand. Das Blut des toten Kerls verteilte sich auf dem Parkett, sickerte in die Ritzen. Reacher stellte sich unwillkürlich vor, wie viele Quadratmeter erneuert werden müssten. Auch dafür konnte Trulenko zahlen. Und für das Zuspachteln des Einschusslochs in der Wand. Und für Wandfarbe. Und für neues Glas in der Küchentür. Alles gut.

In der Diele blieb es still. Reacher bewegte sich rückwärts in Richtung Küchentür. *Der auf der Hand liegende Plan musste darin bestehen, zwei Trupps zu bilden, die das Haus von zwei Seiten angreifen würden.* Er stieg über die Glassplitter hinweg, wandte sich nach rechts, ging um zwei Ecken und gelangte so zur Vorderfront des Hauses. Dort machte er kurz halt. In dem auf der Straße parkenden Lincoln saß niemand. Der Jaguar war nirgends zu sehen. Noch nicht. Reacher stellte sich vor, wie Vantresca fahren musste. Nach Norden zur nächsten größeren Querstraße, nach Westen zur Hauptstraße, nach Süden zu der Straße, auf die sie gewöhnlich abbogen, und weiter durch die Siedlung mit ihren schmalen Straßen und engen Kurven. Schätzungsweise fünf Minuten. Vielleicht auch sechs. Verfahren konnten sie sich nicht. Abby kannte den Weg.

Er schlich die Vorderfront entlang, blieb wegen der Büsche an der Hauswand auf dem Rasenstreifen. So erreichte er das erste Fenster, das einen schrägen Blick in die Diele ermöglichte. Er sah einen zweiten muskulösen Mann mit blassem Gesicht und einem schwarzen Anzug. Mit seiner linken Pranke hielt er Maria Shevick den Mund zu. Mit der rechten Hand hielt er eine Pistole an ihre Schläfe gedrückt. Eine weitere Heckler & Koch, brüniert und präzise gearbeitet. Sein Zeigefinger lag leicht am Abzug. Aaron Shevick stand nur einen Meter von ihm entfernt: steif, mit weit aufgerissenen Augen, sichtlich verängstigt. Seine Lippen waren zusammengekniffen. Anscheinend war er aufgefordert worden, die Klappe zu halten. Bestimmt wollte er nicht riskieren, ungehorsam zu sein. Nicht, solange ein Gangster seiner Frau eine Pistole an den Kopf hielt.

Reacher schaute sich nach der Wendefläche um. Noch immer kein Jaguar. Der Mann, der Maria in seiner Gewalt hatte, beobachtete die Küchentür. Wartete darauf, dass dort jemand auftauchte. Als Auftakt zu einer klassischen Pattsituation. *Weg mit der Waffe, sonst erschieße ich die alte Lady!* Nur konnte der Kerl die alte Lady nicht erschießen, weil er im nächsten Augenblick selbst mit einem Kopfschuss zusammengebrochen wäre. Ein echtes Patt, das endlos lange anhalten konnte.

Was tun? Reacher betrachtete die Sache aus verschiedenen Perspektiven. Der Mann war einen Kopf größer als Maria Shevick. Buchstäblich. Er hielt sie mit seiner linken Hand, die ihren Mund bedeckte, mit dem Rücken zu sich an sich gedrückt. Ihr Hinterkopf befand sich genau unter seinem Kinn. Dann kam sein eigener Kopf, den Reacher im Augenblick von der Seite sah. Blasser Teint, ein kleines rosa Ohr, kurzes blondes Haar, das einen kantigen Schädel erkennen ließ. Der Kerl schien über dreißig, aber noch keine vierzig zu sein. War er hochrangig genug, um zu wissen, wo das Nervenzentrum seiner Organisation lag? Das war Reachers Hauptfrage.

Die Antwort lautete Nein, vermutete er. Wie zuvor. *Wir sind Kerle, die in Autos sitzen und Häuser beobachten. Glauben Sie, dass Leute wie wir erfahren, wo Trulenko sich befindet?* Mit dem Kerl war nichts anzufangen.

Bedauerlich.

Vor allem für ihn.

Reacher kroch auf Händen und Knien zu dem schmalen Plattenweg, der zur Haustür führte, und darüber hinweg. Der Kerl starrte weiter die Küchentür an. Wartete darauf, dass sie sich öffnete. Reacher veränderte seine Position, bis sich sein Blick durch die offene Tür um neunzig Grad von seinem vorherigen Blick schräg durchs Fenster unterschied.

Nun hatte er den Hinterkopf des Kerls vor sich. Ein breiter weißer Nacken, feste Muskel- und Speckröllchen, darüber ein blonder Bürstenhaarschnitt. Das alles sah er von einem sehr tiefen Standpunkt aus. Er lag auf dem Rasen neben dem Weg ausgestreckt: tiefer als die Stufe, tiefer als die Schwelle, tiefer als der Fußboden in der Diele. Seine Glock zielte steil nach oben – auf die Stelle, wo das Rückgrat des Kerls in seinen Schädel überging. Höher durfte er auf keinen Fall zielen, wenn er nicht riskieren wollte, dass sein Schuss seitlich abgelenkt wurde. Bei sehr spitzen Winkeln konnte das leicht passieren. Manche Leute besaßen richtige Betonschädel.

Reacher zählte bis drei, dann atmete er tief und langsam aus.

Er drückte ab. Der Schädel des Mannes zerplatzte wie eine aufprallende Wassermelone, und das Geschoss trat aus der Schädeldecke aus und bohrte sich direkt über ihm in die Decke. Die Luft war augenblicklich voller rosarotem Nebel. Plötzlicher Gehirntod. Kein schöner Anblick, aber notwendig, wenn jemand den Finger am Abzug hatte. Die einzig sichere Methode. Medizinisch bewiesen.

Der Kerl kippte hinter Maria Shevick weg, als schlüpfte sie aus einem dicken Wintermantel und ließe ihn achtlos zu Boden fallen. Sie blieb allein stehen: einen Meter von ihrem Mann entfernt, beide starr vor Schreck. Das Echo des Schussknalls verhallte. Der rosa Nebel sank langsam, unendlich langsam herab.

Reacher hatte vorgehabt, die Idee mit dem Hotel als heitere Abwechslung zu präsentieren und den Shevicks als Krönung des Ganzen die zehntausend Dollar in Hundertern zu überreichen: druckfrisch und knisternd. Aber das funktionierte nicht. Maria Shevick hatte Blut und Knochensplitter im Haar. Aaron zitterte am ganzen Leib. Er war kurz davor durchzudrehen. Vantresca nahm die beiden Alten mit nach draußen und setzte sie in den Fond des Jaguars. Abby packte eine Reisetasche für sie, indem sie durchs Haus ging und mitnahm, was sie vermutlich brauchen würden. Reacher und Hogan trugen die Toten hinaus und luden sie in den Kofferraum des Lincolns – ohne ihr Bargeld, ihre Pistolen und Smartphones. Reacher gab Vantresca Geld aus Gezim Hoxhas prall gefüllter Geldbörse, damit er das Hotelzimmer der Shevicks bezahlen konnte. Vantresca würde sie hinbringen und ihnen beim Einchecken helfen, ja sogar mit ihnen hinauffahren, um sich davon zu überzeugen, dass sie es behaglich hatten. Reacher sagte, die anderen vier würden zurückbleiben und sich um den Lincoln kümmern.

»Was machen wir damit?«, fragte Barton.

»Wir fahren ihn weg«, antwortete Reacher.

»Wohin?«

»Ihr habt einen Gig. Ihr müsst zu eurem Van, euer Equipment einladen.«

»Mit den beiden im Kofferraum?«

»Bist du schon mal geflogen?«

»Klar.«

»Dann hat im Frachtraum vermutlich ein Sarg gestanden. Die Fluggesellschaften überführen dauernd Leichen.«

»Du weißt, dass wir westlich der Center Street auftreten.«

Reacher nickte.

»In einer Lounge«, erklärte er. »Mit einem Typen an der Tür.«

38

Bartons Van stand auf einem unbebauten Grundstück, das mit einem Maschendrahtzaun, Stacheldrahtrollen und einem Tor mit Vorhängeschloss gesichert war. Hogan und er holten ihn heraus. Reacher und Abby folgten ihnen mit dem Lincoln zu ihrem Haus. Der Van war ein klappriges Soccer-Mom-Fahrzeug aus dritter Hand ohne Rücksitze und mit schwarz abgeklebten Seitenscheiben. Reacher half ihnen beim Einladen. Seit seinem Ausscheiden aus der Army hatte er alle möglichen Jobs gehabt, aber Roadie war er noch nie gewesen. Er trug Bartons tödliche Fender Precision in ihrer Gitarrentasche und ein Reserveinstrument mit Schutzhülle sowie einen koffergroßen Verstärker und zuletzt die Säule mit den acht Lautsprechern hinaus. Dann folgte Hogans Schlagzeug in Einzelteilen.

Anschließend fuhren Abby und er wieder mit dem Lincoln hinter ihnen her – diesmal nach Westen, ins ukrainische Territorium. Inzwischen war es kurz vor Mittag und der Tag fast zur Hälfte vorüber. Reacher lenkte den Wagen. Abby zählte das Geld, das sie den im Kofferraum liegenden Männern abgenommen hatten. Nicht gerade viel. Insgesamt nur etwas über zweihundert Dollar. *Wir sind Kerle, die in Autos sitzen und Häuser beobachten.* Offenbar für weniger Tagegeld, als ein altes Schlachtross wie Gezim Hoxha bekam. Auf ihren Smartphones waren die Unmengen von Textnachrichten zu lesen, die sie bereits kannten – und einige Dutzend neuer Nachrichten. Alle auf Ukrainisch. Abby glaubte, einige Wörter zu erkennen, die sie letzte Nacht bei ihrem Crashkurs mit Vantresca gelernt hatte.

»Sie haben ihren Plan wieder abgeändert«, erklärte sie.

»In welchem Punkt?«, fragte Reacher.

»Schwer zu sagen. Dafür verstehe ich zu wenig. Vermutlich in Plan C – oder zurück zu Plan A.«

»Bestimmt nicht zurück«, meinte er. »Nicht unter den jetzigen Umständen.«

»Ich glaube, dass sie die Russen für alles verantwortlich

machen und Aaron Shevick – also dich – für einen Russen halten.«

»Woher kommen die Nachrichten?«

»Alle von derselben Nummer. Wahrscheinlich automatisch verschickt.«

»Vermutlich von einem Computer im Nervenzentrum.«

»Vermutlich.«

»Kannst du die Anrufliste öffnen?«

»Wonach soll ich suchen?«

»Nach dem Anruf, mit dem ihnen befohlen wurde, Maria Shevick aus ihrem Haus zu holen.«

Abby rief die Liste auf.

»Der letzte Anruf ist vor ungefähr einer Stunde eingegangen«, sagte sie. »Genau gesagt vor siebenundfünfzig Minuten.«

Er stellte sich den gesamten Zeitablauf nochmals vor, aber rückwärts wie eine verkehrt laufende Stoppuhr. Dem Van folgen, den Van beladen, den Van holen, das Haus der Shevicks verlassen, ungefähr viereinhalb Minuten im Haus verbringen, durch den Garten der Nachbarin gehen, aus dem Auto steigen. Aus dem Jaguar steigen, der parallel zu dem Lincoln, aber ungefähr fünfzig Meter entfernt und durch zwei Häuser von ihm getrennt parkte. Siebenundfünfzig Minuten. Vermutlich waren die beiden Kerle im exakt selben Augenblick aus ihrem Lincoln gestiegen.

Reacher fragte: »Wo ist der Anruf hergekommen?«

Sie sah nach.

»Von einer komischen Handynummer«, antwortete sie. »Bestimmt ein Wegwerfhandy aus einem Drugstore.«

»Vermutlich von jemandem aus der Führungsriege. Vielleicht sogar von Gregory selbst. Das war eine wichtige strategische Entscheidung. Sie wollen wissen, wann die Russen kommen. Sie glauben, dass ich ihnen das sagen kann. Sie wollten Maria als Druckmittel benutzen. Anscheinend glauben sie, dass wir verwandt sind.«

»In welcher Beziehung als Druckmittel?«

»Um mich zu erpressen. Ruf die Nummer zurück.«

»Echt jetzt?«

»Es gibt Dinge, die gesagt werden müssen.«

Abby schaltete den Lautsprecher ein und wählte eine Option auf der Anrufliste. Der Wählton erfüllte den Lincoln. Dann meldete sich eine Stimme mit einem ausländischen Wort, das *hallo* oder *ja* oder *was* oder *leg los* oder sonst was heißen konnte, das Leute sagten, wenn sie sich meldeten.

»Reden Sie Englisch«, verlangte Reacher.

Die Stimme fragte: »Wer sind Sie?«

»Sie zuerst«, entgegnete Reacher. »Nennen Sie mir Ihren Namen.«

»Sind Sie Shevick?«

»Nein«, antwortete Reacher. »Das haben Sie nicht richtig mitbekommen. Sie haben vieles nicht richtig mitgekriegt.«

»Wer sind Sie also?«

»Sie zuerst«, wiederholte Reacher.

»Was wollen Sie?«

»Ich habe eine Nachricht für Gregory.«

»Wer sind Sie?«

»Sie zuerst«, forderte Reacher den Mann zum dritten Mal auf.

»Mein Name ist Danilo«, sagte der Kerl.

Abby setzte sich unwillkürlich auf.

»Ich bin Gregorys Stabschef«, fuhr der Kerl fort. »Wie lautet Ihre Nachricht?«

»Die ist für Gregory bestimmt«, sagte Reacher. »Verbinden Sie mich weiter.«

»Erst wenn ich weiß, wer Sie sind. Woher kommen Sie?«

»Ich bin in Berlin geboren«, antwortete Reacher.

»Sie sind Ostdeutscher? Kein Russe?«

»Mein Dad war im U. S. Marine Corps. Er war lange in Berlin stationiert. Ich bin dort geboren. Einen Monat später war ich schon woanders. Jetzt bin ich hier. Mit einer Nachricht für Gregory.«

»Wie heißen Sie?«

»Jack Reacher.«

»Das ist der alte Mann.«

»Sie haben wie gesagt einiges nicht richtig mitgekriegt. Ich bin nicht mehr so jung wie früher, aber noch längst kein alter Mann. Alles in allem komme ich ganz gut zurecht. Verbinden Sie mich jetzt weiter.«

Der Kerl namens Danilo schwieg eine Weile. Für einen Stabschef war dies eine schwierige Entscheidung. Man belästigte den Kommandeur nicht mit Kleinigkeiten, aber man passte verdammt auf, um zu erkennen, welche Kleinigkeiten in Wirklichkeit getarnte wichtige Dinge waren. Und man beachtete die wichtigste Bürokratenregel: im Zweifelsfall auf Nummer sicher gehen.

Danilo ging auf Nummer sicher. Reacher hörte ein Klicken, dann folgten eine lange Pause und ein weiteres Klicken, bevor eine neue Stimme das ausländische Wort sagte, das *hallo* oder *ja* oder *was* oder *leg los* oder sonst was heißen konnte.

»Reden Sie Englisch«, verlangte Reacher.

Gregory sagte: »Was wollen Sie?«

»Sehen Sie die Anruferkennung?«

»Wieso?«

»Dann wissen Sie, wer Sie anruft.«

»Sie haben Danilo erzählt, dass Sie Reacher heißen.«

»Aber mit wessen Handy telefoniere ich?«

Keine Antwort.

»Die beiden sind tot«, sagte Reacher. »Sie haben nichts getaugt. Wie alle Ihre Kerle nichts getaugt haben. Ihre Leute sterben wie Fliegen. Bald haben Sie gar keine mehr.«

»Was wollen Sie?«

»Ich bin hinter Ihnen her, Gregory. Sie wollten Maria Shevick etwas antun. Leute wie Sie kann ich nicht leiden. Ich spüre Sie auf und sorge dafür, dass Sie heulen wie ein kleines Mädchen. Dann reiße ich Ihnen ein Bein aus und erschlage Sie damit.«

Gregory antwortete nicht gleich. »Glauben Sie, dass Sie das können?«, fragte er dann.

»Ziemlich sicher.«

»Aber nicht, wenn ich Sie zuerst sehe.«

»Das werden Sie nicht«, entgegnete Reacher. »Sie können mich nicht finden. Sie sind nicht gut genug. Sie sind ein Amateur, Gregory. Ich bin ein Profi. Sie werden mich nicht mal kommen sehen. Sie können bis zu Plan Z weitermachen und hätten trotzdem keine Aussicht auf Erfolg. Ich rate Ihnen, sich zu verabschieden und Ihr Testament zu machen.«

Er beendete das Gespräch und warf das Handy aus dem Autofenster.

Abby sagte: »Danilo.«

Mit gepresster Stimme. Zögernd.

Reacher fragte: »Was ist mit ihm?«

»Er war der Kerl«, sagte sie.

»Welcher Kerl?«

»Der mich misshandelt hat.«

39

Abby begann ihren Bericht an einer roten Ampel und blieb drei weitere Ampeln lang dabei. Sie sprach mit leiser, gepresster Stimme. Zaghaft, unsicher, voller Schmerz und Scham. Reacher hörte aufmerksam zu, ohne selbst viel zu sagen. Das erschien ihm als die beste Reaktion.

Sie erzählte, wie sie vor dreizehn Monaten als Bedienung in einer Bar westlich der Center Street gearbeitet hatte. Die Bar war neu und hip und warf gute Gewinne ab. Ein Vorzeigelokal. Als solches hatte es natürlich einen Türsteher. Dieser Mann sollte vor allem Gregorys Anteil kassieren, aber er fungierte manchmal auch als Wachmann, als Rausschmeißer. Das war Gregorys Methode. Er erzeugte gern die Illusion, er erbringe eine gewisse Gegenleistung.

Mit alledem hatte Abby eigentlich keine Schwierigkeiten. Sie hatte in Bars gearbeitet, seit sie volljährig war. Sie wusste, dass Schutzgeldzahlungen eine unentrinnbare Realität waren, und sie hatte die Erfahrung gemacht, dass Rausschmeißer manchmal nützlich sein konnten, wenn betrunkene Gäste einen angrapschten und anzügliche Bemerkungen machten. Im Allgemeinen war sie mit ihrem Pakt mit dem Teufel zufrieden. Sie passte sich an, um zurechtzukommen, schaute manchmal bewusst weg und war bei anderen Gelegenheiten froh, wenn jemand zu ihren Gunsten intervenierte.

Eines Abends kam jedoch ein Gast Anfang zwanzig in die Bar, um dort Geburtstag zu feiern. Ein schlaksiger junger Mann, hyperaktiv, ständig in Bewegung, manchmal ohne ersichtlichen Grund laut lachend. Aber völlig harmlos. Tatsächlich hatte Abby sich gefragt, ob er geistig ein wenig behindert sei. Ob er hyperaktiv sei, weil bei ihm eine Schraube locker saß. Trotzdem hatte sich eigentlich niemand an ihm gestört. Bis auf einen Typen in einem Tausenddollaranzug, der vielleicht eine etwas andere Umgebung erwartet hatte. Vielleicht elitärer oder luxuriöser. Begleitet wurde er von einer Frau in einem Tausend-Dollar-Kleid die ebenso missmutig und unzufrieden wirkte. Beide signalisierten ihre wachsende Unzufriedenheit durch ihre Körpersprache so überdeutlich, dass zuletzt sogar der Türsteher darauf aufmerksam wurde.

Daraufhin tat der Türsteher, was seine Aufgabe war: Er beobachtete die beiden Parteien genau, um festzustellen, welche in Zukunft voraussichtlich mehr Geld ins Haus bringen würde. Das war eindeutig das Paar in den Tausend-Dollar-Klamotten. Die beiden tranken teure Cocktails. Ihre Rechnung würde ein paar Hundert Dollar betragen. Der komische junge Mann hingegen trank langsam ein einheimisches Bier. Er würde höchstens zwölf Dollar dalassen. Also forderte der Türsteher ihn auf, die Bar zu verlassen.

»Was bis dahin für mich okay war«, sagte Abby. »Ich meine, yeah, das war unfair und irgendwie traurig, aber so ist's nun mal auf der Welt. Jeder versucht, im Geschäft zu bleiben. Aber als sie sich gegenüberstanden, habe ich gemerkt, dass der Türsteher den Jungen hasste. Ich glaube, dass das eine mentale Sache war. Der Junge hatte eindeutig einen kleinen Dachschaden, und der Türsteher hat darauf völlig primitiv reagiert. Als wäre der andere ein Alien, der vernichtet werden müsse. Oder vielleicht hatte er im Innersten Angst vor ihm. So reagieren manche Leute auf geistige Behinderungen. Jedenfalls hat er den Jungen nach hinten rausgeschleppt, nicht nach vorn auf die Straße, und halb totgeschlagen. Er hat ihn wirklich schlimm zugerichtet. Schädelbruch, gebrochener Arm,

Beckenbruch, gebrochenes Bein. Das war für mich eindeutig nicht mehr okay.«

Reacher fragte: »Was hast du dagegen unternommen?«

»Ich bin zu den Cops gegangen. Mir war natürlich klar, dass praktisch die ganze Polizei auf Gregorys Lohnliste stand, aber ich dachte, es müsste eine rote Linie geben, die selbst er nicht überschreiten durfte.«

»Nur nicht die Wähler erschrecken.«

»Aber dazu ist's nicht gekommen. Weil es überhaupt keine Reaktion gegeben hat. Die Cops haben mich völlig ignoriert. Gregory muss aus dem Hintergrund dafür gesorgt haben, dass gar nicht erst ermittelt wurde. Vermutlich mit einem einzigen Anruf. Und ich hab völlig exponiert allein dagestanden.«

»Was ist dann passiert?«

»Am ersten Tag noch nichts. Dann bin ich vor den Disziplinarausschuss geladen worden. Sie lieben dieses ganze Zeug. Das organisierte Verbrechen ist bürokratischer als jede Behörde. An einem Tisch haben vier Männer gesessen. Danilo hat die Verhandlung geleitet, aber kein einziges Wort gesagt. Er hat nur zugesehen. Anfangs wollte ich auch nicht reden. Ich meine, das war doch Bullshit. Ich habe nicht bei ihnen gearbeitet. Sie konnten mir keine Vorschriften machen. Aus meiner Sicht konnten sie sich ihr Tribunal hinten reinstecken. Aber dann haben sie mir die Realität erklärt. Wenn ich nicht kooperiere, würde ich nie wieder westlich der Center Street arbeiten. Damit wäre die Hälfte aller möglichen Jobs weggebrochen, was ich mir echt nicht leisten konnte. Ich wäre verhungert. Ich hätte die Stadt verlassen und anderswo neu anfangen müssen. Also habe ich letztlich resigniert erklärt, dass ich mitmache.«

»War's schlimm?«

Sie zuckte mit den Schultern, schüttelte den Kopf und beantwortete Reachers Frage nicht direkt. Erst recht nicht mit einem einzigen Wort. Stattdessen sagte sie: »Ich musste mein Verbrechen in allen Einzelheiten gestehen. Ich musste meine Motivation detailliert erläutern und genau schildern, wann ich später meinen Irrtum erkannt hatte. Ich musste mich wieder und wieder dafür entschuldigen, dass ich zur Polizei gegangen war, den Türsteher kritisiert und geglaubt hatte, die Entscheidungen anderer infrage stellen zu dürfen. Ich musste versprechen, mich zukünftig zu bessern, sodass ich ohne Risiko weiterbeschäftigt werden konnte. Darum musste ich mich offiziell bewerben. Ich musste höflich sagen: ›Bitte, Sir, lassen Sie mich wieder in Ihrer Hälfte der Stadt arbeiten.‹ In freundlichem Tonfall. Wie ein braves kleines Mädchen.«

Reacher äußerte sich nicht dazu.

Abby sagte: »Als Nächstes kam die Bestrafungsphase. Sie haben mir erklärt, es müsse eine Buße gegen. Etwas, das meine Aufrichtigkeit beweisen würde. Dafür hatten sie eine Videokamera auf einem Stativ aufgebaut. Ich musste mich davorstellen: aufrecht, Kopf hoch, Schultern gestrafft. In dieser Haltung sollte ich Ohrfeigen bekommen. Das würde meine Buße sein. Vierzig Stück, zwanzig links, zwanzig rechts. Meine Bestrafung würde gefilmt werden. Ich sollte mich bemühen, tapfer zu sein und nicht zu weinen. Ich wurde aufgefordert, mich nicht wegzuducken, sondern meine verdiente Strafe stolz und aufrecht zu akzeptieren.«

Reacher schwieg.

»Dann haben sie die Kamera eingeschaltet«, berichtete Abby weiter. »Es war Danilo, der mich geschlagen hat. Das war schlimm. Mit der flachen Hand, aber sehr fest. Er hat mich ein halbes Dutzend Mal niedergeschlagen. Ich musste aufstehen und lächeln und ›Sorry, Sir‹ sagen. Ich musste mich wieder hinstellen und laut mitzählen. ›Eins, Sir, zwei, Sir, drei …‹ Ich weiß nicht, was schlimmer war – die Schmerzen oder die Demütigung. Nach der Hälfte hat er eine Pause eingelegt und mir erklärt, ich könnte die Bestrafung abbrechen, aber dann müsste ich die Stadt verlassen. Also habe ich abgelehnt. Das musste ich wieder laut und deutlich sagen: ›Bitte, Sir, ich möchte, dass Sie weitermachen.‹ Als er fertig war, sah mein Gesicht rot geschwollen aus, und ich habe aus dem Mund geblutet. Aber jetzt denke ich mehr an die Kamera. Der Videofilm ist bestimmt für eine BDSM-Seite gedreht worden. Dort ist mein Gesicht jetzt für immer zu sehen.«

Vor ihnen begann Bartons Van langsamer zu werden.

»Okay«, sagte Reacher. »Danilo. Gut zu wissen.«

40

Die Lounge befand sich im Keller eines weitläufigen Klinkergebäudes in einer guten Straße drei Blocks von den ersten Hochhäusern der Innenstadt entfernt. Im Erdgeschoss gab es Cafés und Boutiquen, in den oberen Stockwerken ein Dutzend Büros. Barton parkte in der Nähe des Hintereingangs, und Reacher stellte den Lincoln neben dem Van ab. Gemeinsam schafften sie das Equipment ins Haus und zum Aufzug. Dann kreuzte Vantresca in seinem Jaguar auf. Er parkte auf der anderen Seite des Vans, stieg aus und sagte: »Ich gehöre zur Musik.«

Barton und Hogan fuhren mit ihrem Zeug nach unten; Abby und Reacher blieben auf der Straße. Abby fragte Vantresca nach den Shevicks.

»Sie halten sich gut«, sagte Vantresca. »Sie sind in einem der oberen Stockwerke. Dort fühlen sie sich sicher. Sie wollten duschen und ein Nickerchen machen. Ich habe ihnen gezeigt, wie der Zimmerservice funktioniert. Sie kommen zurecht, denke ich. Die beiden sind zäher, als sie aussehen. Sie haben zu viel durchgemacht, um Mimosen zu sein. Wenigstens können sie jetzt wieder fernsehen. Darüber sind sie glücklich. Auch wenn sie versucht haben, sich nichts anmerken zu lassen.«

Abby gab ihm das zweite ukrainische Smartphone. Das andere Handy, das Reacher nicht aus dem Autofenster geworfen hatte. Vantresca überflog die zahlreichen neuen Nachrichten. »Sie wissen, dass die Albaner ausgerottet sind«, berichtete er, »und glauben an einen Überfall der Russen, die es nun auf sie abgesehen haben. Deshalb gilt für sie jetzt der Fall C. Sie schließen ihre Reihen und richten sich auf Verteidigung ein. An uns kommt keiner vorbei, heißt es. Mit einem Ausrufezeichen. Sehr dramatisch. Wie eine alte kommunistische Parole.«

»Wird Trulenko irgendwo erwähnt?«, fragte Reacher.

»Mit keinem Wort. Vermutlich schließen sich die Reihen um ihn.«

»Aber er muss seine Tätigkeit nicht einstellen?«

»Davon steht hier nichts.«

»Also ist seine Arbeit so wichtig, dass sie nicht unterbrochen werden darf. Nicht mal für einen Krieg gegen die russische Konkurrenz. Das sollte uns einiges sagen.«

»Was denn?«

»Weiß ich nicht«, entgegnete Reacher. »Warst du zwischendurch in deinem Büro?«

Vantresca nickte. Er zog ein zusammengefaltetes Blatt Papier aus seiner Hüfttasche und reichte es Reacher. Ein Name und eine Telefonnummer. Barbara Buckley. Journalistin der *Washington Post*. Eine Nummer mit Washingtoner Vorwahl.

»Zeitverschwendung«, behauptete Vantresca. »Sie redet nicht mit dir.«

Reacher nahm ihm das erbeutete Smartphone aus der Hand und wählte die Nummer in Washington. Am anderen Ende wurde abgehoben.

Er fragte: »Miss Buckley?«

»Nicht da«, antwortete eine Stimme. »Versuchen Sie's später noch mal.«

Schulterzuckend steckte Reacher das Smartphone ein. Inzwischen war es fast Mittag. Der halbe Tag vorüber. Sie fuhren mit dem Lastenaufzug in den Keller hinunter, in dem Barton und Hogan ihren Kit aufbauten. Auf dem Podium bei ihnen hielten sich zwei weitere Musiker, ein Gitarrist und eine Sängerin, auf. Für die vier war dies einmal in der Woche ein regelmäßiger Lunchtermin.

Anfangs hielt Reacher sich etwas im Hintergrund. Der Raum war groß, aber nicht sehr hoch. Fensterlos, weil er im Keller lag. Entlang der rechten Wand gab es eine lange Theke; davor erstreckte sich eine rechteckige, von Tischen und Stühlen umgebene Tanzfläche. Um diese Zeit befanden sich schon etwa sechzig Gäste im Raum, die mit jeder Minute mehr wurden. Alle mussten an einem Typen vorbei, der am Eingang auf einem Hocker saß. Kein richtiger Türsteher, weil er am Fuß der Treppe postiert war. Aber seine Funktion schien identisch zu sein: Köpfe zählen und taff aussehen. Er war ein großer Kerl. Breitschultrig und muskelbepackt. Schwarzer Anzug, weißes Hemd, schwarze Seidenkrawatte. In der linken hinteren Ecke führte ein extrabreiter Korridor zu den Toiletten, dem Lastenaufzug und einem Notausgang. Von dort waren sie hereingekommen.

An der Decke hingen Gitterträger mit farbigen, aufs Podium gerichteten Spotlights. Außer der Barbeleuchtung und einigen Deckenlampen waren sie praktisch die einzigen Lichtquellen. Ansonsten gab es nur die Leuchtschilder der beiden Notausgänge im Korridor und hinter dem Mann auf dem Hocker.

Alles gut.

Reacher näherte sich der Bühne. Das Equipment der Musiker war inzwischen aufgebaut. Es summte und brummte leise. Bartons Gitarre lehnte griffbereit an der riesigen Lautsprechersäule. Seine Reservegitarre hatte ihren Platz in einem Ständer daneben. Im Notfall rasch griffbereit. Barton saß auf dem Podium und verschlang einen Hamburger als Mittagessen. Die Band habe freie Verpflegung, erklärte er. Jeder Musiker konnte sich für maximal zwanzig Dollar etwas von der Speisekarte bestellen.

»Was spielt ihr heute?«, fragte Reacher ihn.

»Hauptsächlich Coverversionen«, antwortete er. »Vielleicht ein paar eigene Songs.«

»Seid ihr laut?«

»Wenn wir wollen.«

»Tanzen die Leute?«

»Wenn wir sie dazu animieren.«

»Lasst sie beim dritten Stück tanzen«, sagte Reacher. »Und spielt fetzig laut. Alle sollen nur auf euch achten.«

»Diese Nummer ist sonst der Schlusspunkt.«

»So viel Zeit haben wir nicht.«

»Wir haben ein Rock-'n'-Roll-Medley. Dabei tanzen alle. Das könnten wir früher spielen.«

»Klasse«, sagte Reacher. »Vielen Dank.«

Alles gut.

Sein Plan stand fest.

Die Deckenbeleuchtung wurde gedimmt, die Spotlights strahlten das Podium an, und das Trio begann mit seinem ersten Stück, einem mäßig schnellen Rocksong mit traurigem Text und aufmunterndem Refrain. Reacher und Abby waren zur vorderen rechten Ecke des Raums unterwegs. Sie schlängelten sich durch die an der Bar stehenden Gäste, um zur hinteren rechten Ecke zu gelangen. Als sie dort ankamen, setzte die Band zum zweiten Stück an, das schneller und heißer als das erste war. Damit heizte sie das Publikum an, bereitete es auf das folgende Rock-'n'-Roll-Medley vor. Das Trio und die Sängerin waren ziemlich gut. Sie trafen genau den Nerv ihrer Zuhörer. Sogar Reacher zuckte es in den Beinen. Irgendwie verleitete ihn der Rhythmus dazu. Auch Abby reagierte ähnlich. Sie ging vor ihm her, und ihr Hüftschwung zeigte, dass sie tanzen wollte.

Deshalb taten sie's absurderweise. Im Halbdunkel, jenseits der Tanzfläche, weiter an der Wand entlang, in einer Art Schreittanz, zwei Schritt vor, einer zurück, aber im Prinzip nur aus Spaß an der Bewegung. Als eine Art Befreiung, vermutete Reacher, oder Entspannung, Ablenkung oder Tröstung. Oder als einen Akt der Normalität. Was für zwei Menschen, die sich erst seit Kurzem kannten, unter solchen Umständen nicht unüblich war.

Um sie herum taten viele Paare das Gleiche. Und es wurden immer mehr. Als das dritte Stück begann, flippten die Leute aus. Weil die Tanzfläche zu klein war, tanzten sie auch zwischen den Tischen, warfen Drinks um und führten sich wie verrückt auf. *Bringt sie zum Tanzen. Und spielt fetzig laut. Alle sollen nur auf euch achten.* Barton und seine Freunde taten ihr Bestes.

Reacher und Abby hörten zu tanzen auf.

Sie bewegten sich hinter den Tanzenden an der Wand entlang weiter auf die hintere linke Ecke zu, um ungesehen in den Rücken des Mannes auf dem Hocker zu gelangen. Dort warteten sie zwei Meter von ihm entfernt, bis eine kleine Gruppe verspäteter Gäste die Treppe herunterkam. Als der Mann zu ihnen hinaufschaute, trat Reacher vor und legte ihm eine Hand auf die Schulter. Wie zu einer freundlichen Begrüßung. Oder nur so zum Spaß mit vorgetäuschter Überraschung. Mehr würden die Neuankömmlinge nicht mitbekommen, rechnete Reacher sich aus. Was sie nicht sahen, waren seine Finger, die den Hemdkragen des Kerls eng zusammendrehten. Und sie sahen auch seine andere Hand nicht, die ihm eine Pistolenmündung ins Kreuz rammte. Mit solcher Gewalt, dass der Mann sich unwillkürlich steif aufrichtete.

Reacher beugte sich nach vorn, nah an sein Ohr.

»Mitkommen!«, befahl er.

Er zog mit der linken Hand, drückte mit der Rechten und manövrierte den Kerl rückwärts von seinem Hocker. Hievte ihn hoch und brachte ihn ins Gleichgewicht. Drehte dabei den Hemdkragen noch enger zusammen. Abby trat vor, tastete seine Taschen ab und erleichterte ihn um Geldbörse und Pistole. Eine weitere P7 aus Stahl. Die Band spielte längst den zweiten Song des Medleys. Reacher beugte sich erneut nach vorn. Er musste schreien, um sich verständlich zu machen.

»Hören Sie diesen Beat? Ich könnte Sie erschießen, ohne dass jemand etwas merkt. Tun Sie also lieber, was ich Ihnen sage.«

Reacher schob den Kerl vor sich her die linke Wand entlang: steif, vierbeinig, wie der Doppelschatten, den er in der Diele der Shevicks gesehen hatte. Abby, die sich dazu zwischen Tanzenden hindurchschlängeln musste, hielt wie ein Rottenflieger einen Meter Abstand. Die Band war inzwischen beim dritten Stück. Noch schneller, noch lauter. Reacher trieb den Kerl zur Eile an. Stieß ihn vor sich her durch den breiten Korridor. Bis zum Lastenaufzug. Dann nach oben und auf die taghelle Straße hinaus. Zum Heck des Lincolns, wo er ihn aufrichtete.

Abby drückte auf einen Knopf der Fernbedienung.

Der Kofferraumdeckel öffnete sich.

Vor ihnen lagen zwei Tote. Schlaff, voller Blut, mit verrenkten Gliedmaßen. In den gleichen Anzügen, mit den gleichen Krawatten.

Der Kerl sah zur Seite.

»In einer Minute sehen Sie genauso aus«, erklärte Reacher ihm. »Außer Sie beantworten mir ein paar Fragen.«

Der Kerl sagte nichts. Er konnte nicht sprechen. Sein Kragen war zu eng.

Reacher fragte: »Wo arbeitet Maxim Trulenko?«

Er lockerte seinen Würgegriff etwas. Der Kerl holte einige Male keuchend tief Luft. Er schaute sich nach allen Seiten um, als wägte er seine Optionen ab. Als hätte er irgendwelche Optionen. Zuletzt senkte er den Kopf und betrachtete die toten Männer im Kofferraum.

Dann erstarrte er.

Er sagte: »Das ist mein Cousin!«

»Welcher?«, fragte Reacher. »Der, den ich in den Kopf, oder der, den ich in die Brust geschossen habe?«

»Wir sind miteinander ausgewandert. Aus Odessa. Wir sind in New Jersey angekommen.«

»Sie verwechseln mich anscheinend mit jemandem, dem das nicht scheißegal ist. Ich habe Sie etwas gefragt. Wo arbeitet Maxim Trulenko?«

Der Kerl sagte das Wort, das sie aus Textnachrichten kannten. Biologisch nicht sehr exakt. Ein Bienenstock oder ein Nest oder ein Bau. Vielleicht für Insekten oder Vögel oder kleine Säugetiere.

»Wo?«, fragte Reacher weiter.

»Keine Ahnung«, antwortete der Kerl. »Das Unternehmen ist streng geheim.«

»Wie groß ist es?«

»Weiß ich nicht.«

»Wer arbeitet sonst noch dort?«

»Weiß ich nicht.«

»Arbeiten Danilo und Gregory dort?«

»Nein.«

»Wo arbeiten die beiden?«

»Im Büro?«

»Liegt das separat?«

»Von wo?«

»Von dem Wort, das Sie benutzt haben. Von dem Bienenstock.«

»Natürlich ist's das.«

»Wo liegt das Büro?«

Der Typ nannte eine Straße und eine Querstraße. Er sagte: »Hinter dem Taxiunternehmen, gegenüber dem Pfandhaus, neben der Firma, die Gerichtskautionen stellt.«

»Dort waren wir schon!«, sagte Abby.

Reacher nickte. Er ließ seine Hand unter dem Hemdkragen des Typs von hinten zur Seite gleiten. Grub mit seinen Fingern tiefer, bis er die Innenseite seiner Krawatte in der Handfläche spürte. Eine Seidenkrawatte, die an dieser Stelle etwas über drei Zentimeter breit war. Reißfester als Stahl. Seide schimmerte, weil ihre Fasern wie lange Prismen dreikantig waren, was hübsche Lichteffekte, aber auch so feste Verbindungen erzeugte, dass sie in Längsrichtung fast nicht voneinander zu trennen waren. Ein Drahtseil wäre früher gerissen.

Nun ballte Reacher die Faust. Zog die Krawatte straff an. Alle Knöchel seiner Hand lagen parallel zu dem zusammengedrückten Hemdkragen. Als hinge er mit nur einer Hand an einer Leitersprosse. Dann drehte er den Daumen zu sich her und den kleinen Finger in Gegenrichtung. Als versuchte er, die Leiter wie einen Flugzeugpropeller zu drehen. Oder Zügel anzuziehen, um ein Pferd in eine andere Richtung zu lenken. Dadurch wurde sein kleiner Finger seitlich an den Hals des Kerls gepresst, wodurch das Stärker-als-Stahl-Seidenband auf der anderen Seite noch enger anlag. Nach einigen Sekunden in dieser Haltung drehte Reacher seine Hand ein Stück weiter. Und noch etwas weiter. Der Türsteher blieb ruhig. Der Druck wurde nur seitlich ausgeübt, nicht vorn und hinten. Er litt nicht unter Atemnot. Also gab es keine Panikreaktion, keine verzweifelte Gegenwehr. Stattdessen wurden die Halsschlagadern blockiert, sodass die Blutversorgung des Gehirns unterbrochen war. Entspannt. Friedlich. Wie eine Narkose. Warm und behaglich.

Schläfrig.

Fast geschafft.

Fast am Ziel.

Um ganz sicherzugehen, verharrte Reacher noch eine Minute länger in dieser Haltung, dann kippte er den Mann zu seinem Cousin in den Kofferraum und knallte den Deckel zu. Abby blickte zu ihm auf. Als wollte sie fragen: Willst du sie alle umbringen? Aber nicht anklagend, sondern nur, um Informationen zu erhalten. Zumindest hoffte er das.

Laut sagte er: »Wir sollten noch mal die *Washington Post* anrufen.«

Sie gab ihm das Handy des toten Kerls. Auf dem Display stand eine noch nicht gelesene neue Nachricht. Mit seinem Foto in einer fetten grünen Blase. Das Foto, das der Geldverleiher in der Bar gemacht hatte. Der blasse Kerl, der überraschend sein Handy gehoben hatte. Unter dem Foto stand der zu einem Block in kyrillischer Schrift zusammengefasste Text.

»Verdammt, welches Problem haben sie jetzt wieder?«, fragte Reacher.

»Das erfahren wir von Vantresca«, sagte sie.

Weil der letzte Anruf nicht lange zurücklag, wusste er die Nummer der *Washington Post* noch auswendig und tippte sie aus dem Gedächtnis ein. Wieder klingelte das Telefon. Wieder wurde abgehoben.

Wieder fragte er: »Miss Buckley?«

»Ja?«, antwortete eine Stimme.

»Barbara Buckley?«

»Was wollen Sie?«

»Ich habe zwei Dinge für Sie«, sagte Reacher. »Eine gute Nachricht und eine Story.«

41

Im Hintergrund konnte Reacher Stimmengewirr und allgemeine Betriebsamkeit hören. Anscheinend ein Großraumbüro. Vielleicht mit niedriger Decke. Das Klappern von Tastaturen. Dutzende von Gesprächen gleichzeitig. Er sagte: »Ich vermute, dass Sie in einer Redaktion an Ihrem Schreibtisch sitzen.«

Barbara Buckley sagte: »Klasse kombiniert, Sherlock.«

»Ich vermute, dass Sie ringsum Nachrichtenticker und Kabelnachrichten auf Bildschirmen sehen.«

»Auf Hunderten von Monitoren.«

»Einer davon zeigt vielleicht einen Großbrand in einem Holzlager in einer größeren Stadt, die Sie kennen.«

Keine Antwort.

Reacher fuhr fort: »Die gute Nachricht ist, dass das Holzlager das Hauptquartier der albanischen Bande war. Es brennt jetzt nieder. Die meisten Gangster dort sind tot, die Überlebenden geflüchtet und Geschichte. Was sie zu Ihnen gesagt haben, trifft nicht mehr zu. Damit meine ich die Besprechung, die Sie dort vor ein paar Monaten hatten. Diese Drohungen haben sich für immer erledigt. Ab heute. Wir waren der Meinung, Sie müssten sofort davon erfahren. Das sieht unser Opferschutzprogramm vor.«

»Spreche ich mit der Polizei?«

»Streng genommen nein.«

»Aber Sie sind bei einer Strafverfolgungsbehörde?«

»Von denen es viele gibt.«

»Bei welcher sind Sie?«

»Ich bitte um Entschuldigung, Madam, aber Sie sind Journalistin. Manche Dinge bleiben besser im Dunkeln.«

»Sie meinen, Sie können es mir sagen, aber dann müssten Sie mich umlegen?«

»Madam, das sagen wir nicht wirklich.«

»Sprechen Sie von dort?«

»Dazu möchte ich mich lieber nicht äußern. Aber ich kann anmerken, dass es hier sehr warm ist.«

»Augenblick!«, sagte sie. »Wie haben Sie mich überhaupt gefunden? Ich habe niemals Anzeige erstattet.«

Reacher holte tief Luft und setzte zum zweiten Teil seines Skripts an, aber als investigative Journalistin kam sie ihm mit rasch gestellten Fragen, Vermutungen und wilden Kombinationen zuvor, die letztlich ziemlich genau dorthin führten, wo er sie haben wollte. Sie sagte: »Moment, der Einzige, der etwas davon hätte wissen können, war der Typ, der mich anschließend zum Flughafen brachte: ein Einheimischer, den ich zu meiner Unterstützung engagiert hatte, früher ein höherer Offizier, was ich sicher weiß, weil ich ihn natürlich überprüft habe, also muss er's gemeldet haben – vermutlich einem Freund oder Kollegen, den solche Dinge interessieren, vielleicht im Pentagon, in dem Sie wahrscheinlich arbeiten. Bei irgendeinem Geheimdienst mit drei Buchstaben, von dem kein Mensch jemals gehört hat.«

Reacher entgegnete: »Madam, das möchte ich lieber nicht bestätigen oder dementieren.«

»Wie auch immer«, sagte sie. Dann veränderte ihr Tonfall sich ein wenig. »Vielen Dank für Ihren Anruf. Ihr Programm funktioniert gut.«

»Fühlen Sie sich besser?«

»Sie haben gesagt, dass Sie eine Story für mich haben. Ist sie das? Dass die Albaner ausgeschaltet sind?«

»Nein«, antwortete Reacher. »Etwas anderes, bei dem Sie eine Rolle spielen.«

»Ich gehe nicht mehr an die Öffentlichkeit. Ich habe die Story aufgegeben. Auch wenn eine furchtlose Reporterin das nicht tun sollte.«

»Dies ist die Kehrseite der Medaille«, meinte Reacher. »Hier klärt die furchtlose Reporterin den Fall auf. Wegen Ihrer vorherigen Recherchen. Sie waren aus einem bestimmten Grund dort. Nicht wegen der Albaner. Sie haben den Eindruck erweckt, als interessierten die Ukrainer Sie weit mehr. Den Grund dafür wüssten wir gern.«

»Das verstehe ich nicht.«

»Was hatten die Ukrainer Ihrer Meinung nach vor?«

»Die Frage habe ich verstanden. Ich kann sie mir nur nicht erklären. Sie arbeiten bei einem Geheimdienst. Also müssen Sie weit besser informiert sein als ich. Oder ist das Ihre raffinierte Methode? Sie delegieren die eigentlichen Ermittlungen an investigative Medien?«

Reacher setzte zum dritten Teil seines Skripts an, indem er sagte: »Genau wie wir müssen Sie von irgendwoher Informationen erhalten haben. Aber Ihre Quelle war nicht auch unsere – dafür kann ich garantieren. Machen wir Sie jetzt zum Star der Show, können wir selbst im Schatten bleiben. Wir lenken den Verdacht in eine falsche Richtung. So schützen wir unsere Informanten, die ein andermal weiterkämpfen können. Was später vielleicht wichtig sein kann. Doch die Einsatzregeln verlangen, dass eine glaubwürdige Anschuldigung von einer glaubwürdigen Person vorliegen muss, bevor wir eingreifen dürfen. Die können wir nicht einfach erfinden. Sie muss einer späteren Untersuchung standhalten.«

»Zeichnen Sie dieses Gespräch auf?«

»Dafür bräuchte ich Ihre Einwilligung.«

»Sie würden zugeben, dass ich den Fall gelöst habe?«

»Ich denke, so würden wir die Sache darstellen müssen. Das wäre für alle Beteiligten das Beste. Niemand würde unsere Leute eines Blickes würdigen. Außerdem brauchen wir keine öffentliche Anerkennung. Ich will nicht ins Fernsehen kommen.«

»Ich bin Journalistin«, erklärte Buckley. »Mich würde niemand als glaubwürdig bezeichnen.«

»Hier geht's nur darum, Kästchen abzuhaken. Dafür könnten wir auch eine Kartenlegerin nehmen.«

»Angefangen hat alles mit einem Gerücht, das ich vom Freund einer Freundin gehört habe. Anders als von Politikern behauptet, hatten unsere Geheimdienste viele der Fake News im Internet nach Moskau, zur russischen Regierung zurückverfolgt. Und sie waren ziemlich gut darin geworden, sie zu blockieren – bis es plötzlich einen Rückschlag gab. Dem Gerücht nach hatten die Russen es geschafft, von innen heraus zu operieren. Sie arbeiteten plötzlich in den USA, in denen sie nicht mehr blockiert werden konnten.«

»Okay«, sagte Reacher.

»Aber mich hat das nachdenklich gemacht. Aus ihrer Botschaft ist offenbar nichts gekommen, weil wir das gewusst hätten. Sie wird lückenlos elektronisch überwacht. Und die Russen haben nicht das gesamte Projekt hierher verlegt, weil sie nicht nur uns mit Fake News beeinflussen wollen. Sie sind in aller Welt aktiv. Folglich mussten sie ihre hiesigen Aktivitäten an jemanden übertragen haben, der sich bereits hier befand. Sozusagen an einen Lizenznehmer. Aber an wen? Die russischen Gangs in den USA sind nicht gut genug, und Moskau würde auf keinen Fall mit ihnen zusammenarbeiten wollen. Ich habe versucht, mir einen Reim darauf zu machen. Zum Glück konnten mir Kollegen in der Redaktion, die sich mit solchen Dingen befassen, weiterhelfen. Sie haben mir Einblick in ihre speziellen Rankinglisten gewährt.

Viele dieser ehemaligen Sowjetrepubliken sind technologisch hoch entwickelt. Zum Beispiel Estland. Und die Ukraine, haben die Kollegen gesagt. Allerdings können Moskau und Kiew nicht miteinander reden. Sie liegen ständig im Clinch. Aber Moskau kann mit den ukrainischen Banden in den USA sprechen. Das sind die gleichen Leute mit den gleichen Talenten – nur an einem anderen Ort. Und die Tarnung wäre perfekt, weil niemand auf diese unwahrscheinliche Verbindung käme. Und meine Kollegen meinten, sie seien technologisch eben gut genug. Also habe ich mir ausgerechnet, dass es so gewesen sein muss. Ein Abkommen zwischen der russischen Regierung und ukrainischen Gangstern in Amerika, das den Ukrainern jährlich viele Millionen Dollar einbringt. Ich kann nichts beweisen, aber ich wette, dass ich recht habe. Einfach aus meiner Erfahrung als Journalistin heraus.«

»Okay«, sagte Reacher noch mal.

»Aber vor einigen Monaten sind sie auf diesem Gebiet plötzlich besser geworden. Viel besser als ›eben gut genug‹. Das ist mehr oder weniger über Nacht passiert. Plötzlich haben sie echt clevere Dinge eingefädelt. Nach Überzeugung meiner Kollegen mussten sie neue Talente angeheuert haben. Anders war dieser Quantensprung nicht zu erklären. Vielleicht war ihnen ein Berater aus Moskau beigeordnet worden. Also bin ich hingereist, um das selbst herauszufinden. Naiverweise habe ich mir eingebildet, vielleicht einen Russen zu treffen, der leicht verwirrt wirkend durch eine fremde Stadt läuft.«

»Sie haben es also schon darauf angelegt, das Rätsel zu lösen.«

»Aber ich hab's nicht geschafft.«

»Wo hätten Sie nachgeforscht?«

»Ich hatte keine konkrete Vorstellung. Das wäre mein nächster Schritt gewesen. Aber zu dem ist es nie gekommen.«

»Okay«, sagte Reacher. »Ich danke Ihnen.«

»Ist das genug?«

»Glaubhafte Zeugin, glaubhafte Gründe. Damit ist alles abgehakt.«

»Nochmals vielen Dank für den ersten Teil Ihres Anrufs. Ich fühle mich wirklich besser.«

»Ein großartiges Gefühl, stimmt's?«, sagte Reacher. »Sie leben und die anderen nicht.«

Nach ihrem einstündigen Gig tauchten Barton und Hogan verschwitzt und mit ihrem Equipment beladen aus dem Lastenaufzug auf. Vantresca war ihnen behilflich. Er las die neue Nachricht auf dem erbeuteten Handy, betrachtete das Foto in der fetten grünen Blase und sagte: »Das ist absurd.«

Reacher sagte: »Er hat mich überrascht.«

»Nicht das Foto. Diese Mitteilung kommt von Gregory persönlich. Er schreibt, dass du die Speerspitze eines Angriffs aus einer Richtung bist, die er nicht mehr zuverlässig identifizieren kann. Möglicherweise bist du sogar ein Agent der Regierung in Kiew. Deshalb sollst du unbedingt geschnappt und lebend zu ihm gebracht werden.«

»Besser als die Alternative, nehme ich an.«

»Hat der Türsteher dir etwas erzählt?«

»Jede Menge«, sagte Reacher. »Aber die Journalistin noch viel mehr.«

»Die hat mit dir geredet?«

»Es geht um Fake News im Internet. Früher sind sie aus Russland gekommen; heute werden sie in den Vereinigten Staaten produziert und lassen sich nicht mehr blockieren. Buckley vermutet, dass Moskau dafür die hiesigen Ukrainer rekrutiert hat. Aber vor ungefähr zwei Monaten ist ihre Arbeit über Nacht erheblich besser geworden. Nach Ansicht informierter Kollegen, sagt sie, müssen die Ukrainer sich durch neue Talente verbessert haben. Anders ist dieser Qualitätssprung nicht zu erklären.«

»Trulenko ist vor ungefähr zwei Monaten abgetaucht.«

»Genau«, sagte Reacher. »Er ist das Computergenie, das den Vertrag erfüllt. Die Russen bezahlen Gregory, der seinerseits Trulenko bezahlt – nachdem er eine ordentliche Provision für sich abgezweigt hat, möchte ich wetten. Nach Ansicht der Journalistin dürfte der Vertrag viele Millionen Dollar wert sein.«

»Was hast du von dem Türsteher erfahren?«

»Die neue Nachrichtenzentrale ist räumlich vom Hauptquartier der Bande getrennt. Er wusste nicht, wo sie liegt, wie groß sie ist, wer dort arbeitet oder wie viele Leute dort beschäftigt sind.«

»Das nennst du ›jede Menge‹ erzählt?«

»Kombinieren wir die Aussagen, können wir feststellen, was sie vermutlich brauchen. Sicherheit, Unterkünfte, zuverlässige Stromversorgung, schnelles Internet – alles isoliert, aber nicht allzu weit entfernt, um leicht bewacht und versorgt werden zu können.«

»Diese Voraussetzungen erfüllt jeder größere Keller. Vielleicht haben sie neue Leitungen verlegt und ein paar Feldbetten reingestellt.«

»Mehr als nur Feldbetten«, entgegnete Reacher. »Hier geht's um einen Jahresvertrag. Bestimmt mit einer Verlängerungsoption. Könnte ein langfristiges Projekt sein.«

»Okay, dann haben sie die Wände vertäfelt, die Decke gestrichen und einen Teppichboden reingelegt. Vielleicht Kingsize-Betten aufgestellt.«

»Wir sollten zu suchen anfangen«, schlug Vantresca vor.

»Erst was anderes«, sagte Reacher. »Daran hat das dämliche Foto mich erinnert. Ich möchte dem Typen einen Besuch abstatten. Um diese Zeit hat er bestimmt schon eine Menge

Rückzahlungen kassiert. Die Shevicks brauchen bis morgen Geld. Uns fehlt noch immer ein Tausender.«

Dieses Mal fuhr Abby. Reacher bildete sich ein, das zusätzliche Gewicht zu spüren. Weil im Kofferraum weitere zweihundertfünfzig Kilo lagen, schien das Wagenheck tiefer herabzuhängen als zuvor. Vielleicht waren solche Lasten bei der Konstruktion des Lincolns nicht berücksichtigt worden.

Kurz vor der Bar hielten sie auf einer Seitenstraße. Erforderte der Plan C überall zusätzliche Wachposten? Bestimmt nicht überall, vermutete Reacher. Nicht genug Leute. Die Ukrainer würden ihre Ressourcen konzentrieren, wo sie am nötigsten gebraucht wurden. Um die wertvollsten Ziele zu schützen. Gehörte dazu auch der Geldverleih? Schwer zu beurteilen. Er stieg aus, spähte um die Ecke und die Straße entlang.

Die Straße zwischen den Klinkergebäuden war leer. Vor der Bar parkte kein Wagen. Nirgends lungerten Kerle in schwarzen Anzügen herum.

Er stieg wieder ein, und sie fuhren weiter: durch die Straße mit der Bar und in die hinter ihr vorbeiführende Gasse. Dies war eines der ältesten Viertel der Stadt – ungefähr aus dem Jahr, in dem Alexander Graham Bell das Telefon erfunden hatte –, sodass alle neueren Ergänzungen aufgepfropft oder angeklebt wirkten. Schiefe Holzmasten trugen ein Gewirr aus durchhängenden Kabeln und Stromleitungen. Es gab Wasser-, Gas- und Stromzähler, die scheinbar willkürlich an Hauswände geschraubt waren, brusthohe Müllbehälter verengten die ohnehin schon schmale Fahrbahn zusätzlich.

Vor dem Hintereingang der Bar parkte ein schwarzer Lincoln. Zweifellos der Wagen des blassen Kerls. Bereit für die Heimfahrt am Ende seines Arbeitstages. Abby hielt dahinter.

»Kann ich dir irgendwie helfen?«, fragte sie.

»Möchtest du denn?«, lautete seine Gegenfrage.

»Ja«, antwortete sie.

»Gut, dann geh nach vorn zum Eingang. Komm wie ein gewöhnlicher Gast zur Tür herein. Bleib einen Augenblick stehen. Der Kerl sitzt in der Ecke hinten rechts. Du gehst langsam zur Theke.«

»Warum?«

»Damit der Mann abgelenkt ist. Er wird dich auf dem ganzen Weg beobachten. Teils, weil du vielleicht eine neue Kundin bist, aber hauptsächlich, weil du die schönste Frau bist, die er heute zu Gesicht bekommen hat. Vielleicht in seinem ganzen Leben. Ignoriere den Barkeeper, was immer er sagt. Er ist ein Arschloch.«

»Verstanden«, sagte sie.

»Willst du eine Pistole?«

»Sollte ich eine haben?«

»Kann nicht schaden«, meinte er.

»Okay«, sagte sie.

Er gab ihr die H&K des Türstehers aus der Lounge. In seiner Pranke sah die Pistole winzig aus, in ihrer riesig. Abby wog sie prüfend in der Hand, dann steckte sie die Waffe in eine Jackentasche. Als sie sich auf den Weg machte, wandte Reacher sich dem Hintereingang zu. Vor sich hatte er eine glatte Stahltür, alt und stumpf, im unteren Viertel von Sackkarren, die Kisten und Fässer anlieferten, verkratzt und eingedellt. Er legte eine Hand auf die Klinke. Die Tür war nicht verschlossen. Wahrscheinlich wegen einer städtischen Verordnung. Sie diente auch als Notausgang.

Reacher schlüpfte hindurch. Nun befand er sich am Ende eines kurzen Korridors. Links und rechts Toiletten. Dann eine

Tür mit einem Schild *Privat*. Ein Büro- oder Lagerraum. Oder beides. Dann das Ende des Korridors und die Bar selbst, diesmal aus einem anderen Blickwinkel. Die quadratische Theke jetzt in der rechten Ecke, der abgetretene Mittelgang zwischen zwei Reihen Vierertischen zum Ausgang führend. Ansonsten wirkte alles unverändert. Der Raum war weiter schlecht beleuchtet, roch noch immer nach verschüttetem Bier und Desinfektionsmitteln. Diesmal waren fünf Gäste anwesend, jeder an einem eigenen Tisch, an dem sie ihre Drinks zu verteidigen schienen und einen elenden Eindruck machten. Hinter der Theke stand derselbe fette Mann, jetzt mit einem Sechstagebart, aber einem frischen Handtuch über der Schulter.

Der blasse Kerl saß wie zuvor an seinem Ecktisch links von Reacher. Im Halbdunkel leuchtete sein bleiches Gesicht förmlich. Das kurz geschorene blonde Haar glänzte. Kräftige weiße Handgelenke, große weiße Hände, dickes schwarzes Kassenbuch. Derselbe schwarze Anzug, dasselbe weiße Hemd, dieselbe schwarze Seidenkrawatte. Dasselbe Häftlingstattoo.

Abby kam von der Straße herein. Sie blieb stehen, während die Tür sich hinter ihr schloss. Ein wirkungsvoller Auftritt. Alle Blicke waren auf sie gerichtet. Die Neonreklamen in den Fenstern lieferten eine dezente Hintergrundbeleuchtung. Keck und zierlich, schlank und gelenkig wie eine Tänzerin, ganz in Schwarz. Kurzes schwarzes Haar, lebhafte dunkle Augen. Ein zurückhaltendes, aber ansteckendes Lächeln. Eine zufällig hereingeschneite Fremde, die auf ein Willkommen hoffte.

Sie bekam keines. Alle fünf Gäste schauten weg. Der Barkeeper jedoch nicht. Auch der blasse Kerl nicht. Beide achteten nur auf Abby, die sich jetzt in Bewegung setzte.

Reacher trat einen Schritt vor. Nun war er zwei Meter hinter dem blassen Kerl und zwei Meter seitlich von ihm. Bestimmt am Rand seines Blickfelds, aber der Mann würde hoffentlich nur Augen für Abby haben. Als sie weiter herankam, machte er noch einen Schritt.

»Hey!«, rief der Barkeeper.

Reacher befand sich auch am Rand seines Gesichtsfelds. Zwei Meter hinter und zwei Meter seitlich von ihm. Im nächsten Augenblick ereignete sich alles Mögliche gleichzeitig. Wie bei einem komplizierten Ballett. Der blasse Kerl blickte sich um, begann aufzustehen. Reacher trat von ihm weg an die Theke, wo er den Kopf des fetten Barkeepers mit beiden Händen packte und auf den Mahagonitresen knallte, bevor er sich herumwarf und mit ein, zwei raschen Schritten bei dem blassen Kerl war, den seine kolossale rechte Gerade aus der Bewegung heraus mitten ins Gesicht traf, als der andere sich eben aufrichtete. Der Kerl flog wie aus einer Kanone geschossen nach hinten. Er schlug mit voller Wucht auf dem Fußboden auf und blieb, aus Mund und Nase blutend, auf dem Rücken liegen.

Alle fünf Gäste sprangen auf und hasteten ins Freie. Vielleicht war das eine traditionelle hiesige Reaktion auf solche Situationen. Reacher konnte sie nur recht sein. So gab es keine Augenzeugen. Auf der Theke war etwas Blut zu sehen, aber der nach hinten gekippte Barkeeper blieb verschwunden.

»Jetzt hat er mich doch nicht die ganze Zeit beobachtet«, sagte Abby.

»Ich hab dich gewarnt«, sagte Reacher. »Er ist ein Arschloch.«

Sie knieten sich neben den blassen Kerl und nahmen ihm alles ab: seine Pistole, sein Smartphone, die Autoschlüssel und mindestens achttausend Dollar, die in den Taschen steckten. Seine Nase sah schlimm aus. Er atmete geräuschvoll durch den

Mund. In seinen Mundwinkeln blubberten kleine Blutblasen. Reacher erinnerte sich, wie er sich mit einem knochenweißen Finger an den Kopf getippt hatte. Eine bedrohlich wirkende Geste. Wie die Mächtigen gefallen sind, dachte er.

Er fragte: »Ja oder nein?«

Abby schwieg einen Augenblick.

Dann sagte sie: »Ja.«

Reacher hielt dem Kerl den Mund zu. Das war schwierig, weil seine Handfläche wegen des Bluts abzurutschen drohte. Aber er ließ nicht locker. Der Kerl vergeudete Zeit, indem er erst nach seiner Pistole zu greifen versuchte, die sich nicht mehr in seiner Tasche befand, und dann den Rest seines Lebens damit vertat, dass er mit den Absätzen auf den Fußboden trommelte und nutzlos nach Reachers Handgelenk krallte. Zuletzt erschlaffte er und blieb dann still liegen.

Sie nahmen den Lincoln des blassen Kerls, weil er einen leeren Kofferraum hatte. So war die Straßenlage besser. Sie fuhren in die Innenstadt und parkten um die Ecke vom Hotel der Shevicks vor einem Hydranten. Abby schaute auf das erbeutete Mobiltelefon. Keine neuen Nachrichten. Keine weiteren konspirativen Theorien von Gregory.

»War das seine eigene Nummer?«, fragte Reacher.

Abby verglich sie mit den vorherigen Nachrichten.

»Scheint so«, sagte sie. »Jedenfalls ist's nicht die übliche Nummer.«

»Wir sollten ihn noch mal anrufen. Ihn auf dem Laufenden halten.«

Abby schaltete den Lautsprecher ein und ließ das Gerät die angezeigte Nummer wählen. Sie hörten das Klingeln am anderen Ende. Sie hörten, wie jemand sich meldete. Gregory sagte ein drängend knappes Wort, das nicht wie *hallo* klang. Vermutlich *schieß los*! Oder *ja*? Oder *was*?

»Sprechen Sie Englisch«, verlangte Reacher.

»Sie!«

»Sie haben gerade zwei weitere Männer verloren. Demnächst sind Sie selbst dran, Gregory.«

»Wer sind Sie?«

»Niemand aus Kiew.«

»Woher sonst?«

»Der 110th Special MP.«

»Wer ist die?«

»Das werden Sie bald erfahren.«

»Was wollen Sie von mir?«

»Sie haben einen Fehler gemacht.«

»Welchen Fehler?«

»Sie haben eine rote Linie überschritten. Machen Sie sich also bereit, dafür zu büßen.«

»Sie sind Amerikaner.«

»So amerikanisch wie Apple Pie.«

Gregory schwieg eine Weile. Zweifellos dachte er nach. Zweifellos über sein weit gespanntes Netzwerk, über erwiesene Gefälligkeiten, großzügig verteilte Wohltaten, gezahlte Bestechungsgelder und ein sorgfältig aufgebautes sensibles Frühwarnsystem. Alles das hätte garantieren müssen, dass er rechtzeitig gewarnt wurde. Aber er hatte nichts gehört. Von niemandem.

»Sie sind kein Cop«, sagte er. »Sie sind nicht beim FBI. Sie arbeiten auf eigene Rechnung, stimmt's?«

»Das macht es für Sie noch schwieriger, wenn Ihre Organisation in Trümmern liegt, alle Ihre Männer tot und Sie der letzte Überlebende sind, wenn ich durch die Tür reinkomme.«

»Sie kommen nicht mal in meine Nähe!«

»Bin ich nicht schon gut unterwegs?«

Keine Antwort.

»Machen Sie sich bereit«, sagte Reacher. »Ich komme!«

Dann beendete er das Gespräch und warf das Handy aus dem Fenster. Sie fuhren weiter und parkten in einer Kurzparkzone vor dem Hotel der Shevicks.

42

Reacher und Abby fuhren mit dem Aufzug ins Stockwerk der Shevicks hinauf, das in New York oder Chicago nur mittelhoch gewesen wäre, aber nach hiesigen Normen vermutlich der höchste Punkt in zweihundert Meilen Umkreis war. Sie fanden die richtige Tür. Maria Shevick begutachtete sie durch den Spion und ließ sie dann ein. Ihr Hotelzimmer war eine Suite mit getrenntem Wohnbereich. Sie wirkte hell und frisch, neu und sauber. In einer Ecke stießen zwei große bodentiefe Fenster zusammen. Die Sonne stand hoch. Die Aussicht war spektakulär und die Innenstadt zum Greifen nah. Als wäre der Stadtplan, den Reacher studiert hatte, zum Leben erwacht.

Abby legte das erbeutete Geld auf den Couchtisch. Die gebündelten zehn Mille aus dem Schlachthaus hinter dem Holzlager und die gut achttausend von dem blassen Geldverleiher. Das war so viel Geld, dass ein Teil davon auf den Teppichboden flatterte. Die Shevicks staunten, dann lachten sie vor Erleichterung. Damit war das heutige Problem gelöst. Aaron wollte das Geld auf seiner Bank einzahlen, die es per

Eilüberweisung ans Krankenhaus transferieren würde. So konnte er ein wenig Würde bewahren. Abby erbot sich, ihn zur nächsten Filiale zu begleiten. Nur aus Geselligkeit. Aus keinem anderen Grund. Es gab keinen anderen. Aaron, der wieder ziemlich gut gehen konnte, drohte östlich der Center Street nicht die geringste Gefahr. Die beiden verließen die Suite, und Reacher trat wieder an die Fenster, um erneut die Aussicht zu bewundern. Maria saß auf dem zweisitzigen Sofa hinter ihm.

Sie fragte: »Haben Sie Kinder?«

»Ich glaube nicht«, antwortete Reacher. »Jedenfalls weiß ich von keinem.«

Er betrachtete die City unter sich. Den breiten Teil des birnenförmigen Umrisses der Stadt. Das Eckfenster zeigte ihm den gesamten Nordwesten. Ungefähr den Sektor neun bis zwölf Uhr auf einem Zifferblatt. Er konnte die Center Street mehr oder weniger direkt unter sich erkennen. Ganz in der Nähe, halb links von ihm, standen zwei Bürotürme und ein weiterer Hotelturm. Alle drei sahen brandneu aus. Sie ragten aus einem monotonen Einheitsbrei aus zwei- und dreistöckigen Gebäuden auf, fast ausschließlich etwas heruntergekommene ältere Klinkerbauten. Ihre Flachdächer waren teils rostig, teils silbergrau verzinkt. Auf den meisten standen Klimageräte auf Winkeleisengestellen. Es gab Stahlkamine aus Restaurantküchen, Satellitenschüsseln in der Größe von Trampolinen und Parkdecks unter freiem Himmel. Auf manchen engen Straßen staute sich der Verkehr, während andere leer dalagen. Winzige Menschengestalten waren zu Fuß unterwegs, bogen mal links, mal rechts ab, traten in Hauseingänge oder verließen Geschäften. So ging es weiter, bis die Aussicht in leichtem Dunst verschwamm.

Könnte jeder Keller in der Stadt sein, hatte Vantresca gesagt.

Maria fragte: »Sind Sie verheiratet?«

»Nein«, sagte Reacher.

»Wollten Sie's nicht sein?«

»Die Entscheidung liegt nur zu fünfzig Prozent bei mir«, antwortete er. »Das dürfte die Erklärung sein.«

Er wandte sich erneut ab, um die Aussicht zu studieren. Als hätte er einen Stadtplan vor sich. Wo würde ein fähiger Kommandeur eine separate geheime Einrichtung unterbringen? In was für einem Gebäude? Sicherheit, Unterkünfte, Stromversorgung, Internet, Isolation, Versorgungssicherheit. Er suchte nach Möglichkeiten. Betrachtete wieder den Einheitsbrei aus rotbraunen kleinen Gebäuden, die verzinkten Dächer, den Auto- und Fußgängerverkehr.

»Abby mag Sie«, meinte Maria.

»Vielleicht«, sagte Reacher.

»Sie wollen's nicht zugeben?«

»Ich gebe zu, dass sie hier einiges auf sich nimmt. Das muss einen Grund haben.«

»Sie glauben nicht, dass Sie der Grund sind?«

Reacher lächelte.

Er fragte: »Wer sind Sie, meine Mutter?«

Keine Antwort. Reacher suchte weiter die City ab. Wie immer hing die Antwort davon ab, welche Kriterien man anlegte. War der Südwestquadrant ähnlich wie der Nordwestquadrant, gab es insgesamt weniger als zehn oder mehr als hundert mögliche Orte. Je nach den festgelegten Normen. Je nachdem, welche Ansprüche der Betrachter an Sicherheit, Unterkünfte, Stromversorgung, Internet, Isolation und Versorgungssicherheit stellte.

Er fragte: »Was haben Sie von Meg gehört?«

»Die Stimmung ist weiter gut«, sagte Maria. »Der morgige Scan müsste die Bestätigung bringen. Das glauben alle. Ich persönlich fühle mich wie eine Spielerin, die alles auf eine Karte setzt. Aber das muss jetzt wohl so sein. Uns erwartet ein echter Hauptgewinn oder ein schrecklicher Verlust.«

»Darauf kann man sich einlassen. Gewinnen oder verlieren. Mir gefällt das Einfache.«

»Es ist brutal.«

»Nur wenn man verliert.«

»Gewinnen *Sie* immer?«

»Bisher schon.«

»Wie machen Sie das?«

»Ich mach's nicht«, sagte Reacher. »Ich kann nicht immer gewinnen. Eines Tages werde ich verlieren. Das ist mir klar. Aber nicht heute. Das ist mir auch klar.«

»Ich wollte, Sie wären ihr Arzt.«

»Sie wissen, dass Meg sich in guten Händen befindet.«

Sie überlegte, dann fragte sie: »Glauben Sie noch immer, ihn finden zu können?«

»Unbedingt«, entgegnete Reacher. »Heute vor Geschäftsschluss.«

Sie trafen sich alle wieder in Frank Bartons Haus inmitten des ehemaligen albanischen Territoriums. Aus dem brennenden Holzlager stieg noch immer Rauch auf. Barton und Hogan erholten sich von ihrem Gig, Vantresca war vorerst dageblieben, und Reacher und Abby kamen soeben von ihrem Besuch bei den Shevicks. Sie alle drängten sich im Wohnzimmer zusammen, in dem das ganze Equipment stand. Draußen im Van konnte es nicht bleiben, weil es gestohlen worden wäre.

Hogan erklärte: »Der Schlüssel zu allem ist die Frage, ob

wir's mit einem cleveren Kerl, einem echt cleveren Kerl oder einem Genie zu tun haben. Weil allein das drei verschiedene Orte ergibt.«

»Gregory wirkt ziemlich clever«, meinte Reacher. »Ich halte ihn für schlau und gerissen, bezweifle aber, dass das seine Entscheidung war. Nicht, wenn es um eine offizielle Vereinbarung mit einer ausländischen Regierung geht, die Millionen und Abermillionen Dollar bringen soll. Ich vermute, dass in diesem Fall der Auftraggeber die Bedingungen diktiert, dass es alle möglichen Klauseln und Konditionen, Inspektionen und Genehmigungen gibt. Moskau wollte bestimmt die Besten. Und dort sind sie nicht dumm. Sie erkennen eine schlechte Idee, wenn sie eine sehen. Daher schlage ich vor, in Bezug auf den Ort vom Genielevel auszugehen.«

Vantresca sagte: »Sicherheit, Unterkünfte, Stromversorgung, Internet, Isolation und Versorgungssicherheit.«

»Fangen wir von hinten an«, schlug Reacher vor. »Versorgungssicherheit. Wie viele Straßenblocks von ihrem Hauptquartier aus gerechnet sind leicht zu bewältigen?«

»Kommt darauf an, was für Blocks«, sagte Hogan. »Ich tippe auf die gesamte Innenstadt. Den Geschäftsbezirk. Alles, was mit Gewerbe zu tun hat. Dort gibt's ständig Lieferverkehr, auf den kein Mensch achtet. Anders als in einer reinen Wohngegend. Der Cityrand ist die natürliche Grenze, würde ich meinen. Westlich der Center Street.«

»Das ist nicht isoliert«, wandte Barton ein. »Das ist mitten in Stress und Hektik.«

»Das wäre ein Verstecken in aller Öffentlichkeit. Vielleicht nicht physisch isoliert, aber trotzdem völlig anonym. Wo viel Betrieb herrscht, nimmt kein Mensch etwas wahr. Keiner weiß, wie irgendwer heißt.«

Reacher fragte: »Welche Art Internetverbindung bräuchten sie?«

Vantresca antwortete: »Eine mechanisch robuste Verbindung zu einem Internet Service Provider oder einem Satelliten. Vermutlich eine Satellitenverbindung, weil sie schwieriger zurückzuverfolgen wäre.«

»In der Stadt gibt's jede Menge Satellitenschüsseln.«

»Ja, die haben leider viele Leute.«

»Wie steht's mit der Stromversorgung?«

»Ein normaler Hausanschluss mit reichlich Reserven, dazu ein automatisches Notstromaggregat für etwaige Stromausfälle. Sie können sich keine Unterbrechungen leisten, weil die ihren Rechnern schaden würden.«

»Wie müsste die Unterkunft aussehen?«

»Schlafzimmer, Bad mit Toilette, Kantine, vielleicht ein Fernsehraum, vielleicht ein Freizeitbereich. Mit Tischtennis oder dergleichen.«

»Klingt wie ein Bundesgefängnis.«

»Ich denke an Fenster«, warf Abby ein. »Nicht an einen Keller. Diese Sache könnte auf Dauer angelegt sein. Trulenko ist ein Superstar. Im Augenblick vielleicht in einem Tief, aber er stellt trotzdem bestimmte Ansprüche. Er wird möglichst normal leben wollen. Darauf wird er bestehen.«

»Okay, Fenster«, sagte Reacher. »Womit wir bei der Sicherheit wären.«

»Stahlgitter vor den Fenstern«, meinte Barton.

»Oder Anonymität«, sagte Hogan. »Hier gibt's eine Million Fenster. Manchmal brennt dahinter Licht, manchmal nicht. Darauf achtet niemand.«

Vantresca erklärte: »Sie brauchen einen einzelnen Zugang, der sich leicht kontrollieren lässt. Wahrscheinlich schon im

Vorfeld und später noch mal – für den Fall, dass bei der Kontrolle etwas schiefgegangen ist. Vielleicht muss man durch den Keller reinkommen und dann die Hintertreppe hinaufsteigen. Irgendwas in der Art. Die ganze Zeit unter Beobachtung. Als ginge man durch einen langen Tunnel. Metaphorisch, nicht buchstäblich.«

»Wo also?«

»Von dieser Sorte gibt's tausend Gebäude. Du hast sie selbst gesehen.«

»Sie gefallen mir nicht«, sagte Reacher, »weil sie alle miteinander verbunden sind. Ich denke an die Navy SEALs. Hogan hat den Ablauf gleich zu Anfang skizziert. Sie würden Ausschau nach Notausgängen, Ladebuchten, Lüftungsschächten, Kanalanschlüssen und so weiter halten. Aber vor allem würden sie eine Möglichkeit suchen, durch Wände von einem Gebäude ins andere zu gelangen. Ihr wisst, wie so was abläuft. Man holt einen alten Knacker vom Bauamt aus der Versenkung, und er findet eine staubige alte Blaupause, auf der zu erkennen ist, dass zwei Keller nur durch eine später errichtete, dünne Mauer voneinander getrennt sind. Die schon einfällt, wenn man sie nur scharf ansieht.

Oder die Angreifer könnten durch eine Erdgeschosswand von der Seite kommen. Oder durch ein Fenster. Oder von einem anderen Stockwerk. Oder sie könnten sich vom Dach abseilen. Vergesst nicht, dass Moskau diese Entscheidung getroffen hat. Hier geht's um Big Business. Vielleicht läuft der Vertrag über Jahre hinweg. Deshalb war's wichtig, genau die richtigen Räumlichkeiten zu finden. Die sie besser beurteilen können als wir, weil sie alle unsere Tricks kennen. Sie wissen, dass unsere Spezialkräfte viel in genau solchen städtischen Umgebungen üben.«

»Aber ein Standort außerhalb der City ist nicht leicht zu versorgen. Man kann unmöglich beides haben.«

»Nichts ist unmöglich. Es gibt nur Planungsfehler. Ich denke, dass sie bekommen haben, was sie wollten. Ganz in der Nähe ihres Hauptquartiers, um die Versorgung zu erleichtern. Aber auch wirksam isoliert. Potenziell hundert Meter von Unbeteiligten entfernt. Absolut zuverlässige Infrastruktur, was Leitungen, Kabel, Notstromaggregate und mechanisch robuste Verbindungen angeht. Luxuriöse Unterkünfte voller Sonnenschein und natürlichem Tageslicht. Unter keinen Umständen von den Seiten aus zugänglich. Oder von oben. Oder von unten. Keine größeren Wand- oder Deckendurchbrüche für Kanäle oder Lüftungsschächte. Ein einziger kontrollierbarer Zugang mit Frühwarneinrichtungen im Vorfeld und beliebig vielen Auffangstellungen im rückwärtigen Bereich. Ich glaube, dass Moskau den Ort seiner Träume genau beschrieben und auch gefunden hat.«

»Wo?«, fragte Abby.

»Ich hatte ihn vor mir, als ich aus dem Eckfenster des Hotelzimmers gesehen habe. In Maria Shevicks Suite. Als sie mich gefragt hat, ob ich heiraten will.«

»Sie?«

»Allgemein, denke ich.«

»Was hast du geantwortet?«

»Dass dazu zwei gehören.«

»Wo ist Trulenko?«

»In einem Nest, nicht in einem Bienenstock oder einem Bau. Hoch oben in der Luft. Sie haben die oberen drei Stockwerke eines dieser neuen Bürotürme gemietet. Von denen stehen zwei westlich der Center Street. Sie benützen das obere und das untere Stockwerk als Pufferzonen und leben und arbeiten im mittleren. Dort kommt niemand seitlich oder von oben und unten an sie heran. Da wusste jemand ganz genau, was er tut.«

43

Sie gingen die unverzichtbaren Voraussetzungen nacheinander durch: Sicherheit, Unterkünfte, Stromversorgung, Internet, Isolation und Versorgungssicherheit. Drei obere Stockwerke in einem neu erbauten Büroturm in der Innenstadt erfüllten sämtliche Kriterien. Die Aufzüge ließen sich umprogrammieren. Kein Problem für Trulenko. Nur eine Kabine würde dort oben halten dürfen. Die übrigen Türen konnten zugeschweißt werden. Von außen. Ebenso die Türen zum Treppenhaus. Der einzige funktionierende Aufzug würde sich zu einem Drahtkäfig hin öffnen. Vielleicht aus hohen Doppelstab-Zaunelementen, die im Vorraum aufgebaut waren. Mit einer abschließbaren Tür, die von bewaffneten Männern überwacht wurde. Die Aufzugtür würde sich hinter dem Besucher schließen, der dann in einem Käfig gefangen war. Reichlich Zeit für gründliche Kontrollen.

Wenn der Besucher überhaupt so weit kam. Schon im Foyer des Gebäudes würden Wachleute verteilt sein. Wahrscheinlich in der Nähe der Aufzüge konzentriert. Wegen des Plans C vielleicht eine ganze Horde von Leuten. Sie alle würden auf fremde Gesichter achten.

»Welches Gebäude?«, fragte Abby.

»Darüber muss es Unterlagen geben«, antwortete Reacher. »Irgendwo bei der Stadtverwaltung. Drei Stockwerke, die von einer unbekannten Firma mit einem Allerweltsnamen gemietet wurden. Oder wir reden mit den Hausmeistern. Fragen sie nach seltsamen Lieferungen. Nach Zaunelementen oder dergleichen. Für den Käfig.«

»Der ein Problem sein wird«, sagte Hogan. »Ich sehe nicht, wie wir dort reinkommen sollen.«

»Wir?«

»Früher oder später lässt dich dein Glück im Stich. Dann brauchst du die Marines, damit sie dich raushauen. Das ist bei euch Jungs von der Army immer so. Da ist's zweckmäßiger, wenn ich das Unternehmen von Anfang an überwache.«

»Ich bin auch dabei«, warf Vantresca ein. »Im Prinzip aus demselben Grund.«

»Ebenso«, sagte Barton.

Danach herrschte kurzes Schweigen.

»Ich will ganz offen sein«, erklärte Reacher. »Dies wird kein Spaziergang im Park.«

Keine Einwände.

»Womit fangen wir an?«, fragte Vantresca.

»Du stellst gemeinsam mit Barton fest, um welchen Büroturm es sich handelt. Und um welche drei Stockwerke. Wir anderen statten dem Hauptquartier der Ukrainer einen Besuch ab. Hinter der Taxizentrale, gegenüber dem Pfandhaus, neben der Firma, die Gerichtskautionen stellt.«

»Warum?«

»Weil die größten Fehler von Geheimunternehmen gemacht werden, die vom Mutterschiff abgeschnitten sind. Keine Anweisungen, keine Kontrolle mehr. Keine Informationen, keine Befehle, keine Führerschaft. Keine Versorgung mehr. Völlige Isolation. Die sollen diese Kerle erleben. Am schnellsten geht das, indem wir das Mutterschiff vernichten. Falsche Rücksicht

brauchen wir nicht mehr zu nehmen. Es wird Zeit, die Samt-
handschuhe auszuziehen.«

»Du magst diese Leute wirklich nicht, was?«

»Du hast selbst nicht sehr gut über sie gesprochen.«

»Ich wette, dass sie überall Wachen stehen haben.«

»Jetzt erst recht«, sagte Reacher. »Ich habe Gregory angerufen und bewusst provoziert. Er ist bestimmt ein tapferer Kerl,
aber ich denke, dass er Verstärkungen angefordert hat. Nur
um auf Nummer sicher zu gehen.«

»Dann war's keine gute Idee, ihn zu provozieren.«

»Nein, ich will sie alle an einem Ort haben. Na gut, an zwei
Orten: Mutterschiff und Satellit. Sonst nirgends. Keine Zu-
rückgebliebenen oder Versprengten. Das könnten wir Plan D
nennen. Viel befriedigender. Konzentrierte Ziele sind immer
effizienter, als einzelne Flüchtende zu verfolgen. Das könnte in
einer Stadt wie dieser tagelang dauern. Also vermeiden wir's
am besten. Schließlich haben wir's eilig. Wir sollten uns einen
Teil der Arbeit von ihnen abnehmen lassen.«

»Du bist verrückt, weißt du das?«

»Das sagt ein Kerl, der bereit war, mit fünfundzwanzig Meilen in der Stunde auf einen übermächtigen Gegner mit Pan-
zerabwehrraketen loszurasseln.«

»Das war etwas anderes.«

»Wie anders?«

Vantresca entgegnete: »Weiß ich nicht genau.«

»Findet den Turm«, sagte Reacher. »Stellt fest, in welchen
Stockwerken sie sitzen.«

Sie benutzten erneut den Lincoln des Geldverleihers. Westlich
der Center Street häufig zu sehen. Unauffällig. Abby fuhr. Hogan saß vorn neben ihr. Reacher hatte den Rücksitz für sich.

Auf den Straßen herrschte nicht viel Verkehr. Cops waren keine zu sehen. Waren alle östlich der Center Street im Einsatz. Garantiert. Unterdessen würde die Feuerwehr verkohlte Skelette aus dem Brandschutt ziehen. Eine große Sensation. Jeder würde dabei sein wollen. Das war eine Geschichte, die man später den Enkeln erzählen konnte.

Abby parkte an einem Hydranten vier Blocks hinter dem Leihhaus, das genau gegenüber der Taxizentrale lag. Auf dem Stadtplan war das eine gerade Linie. Eine einfache lineare Progression.

»Wie weit vorgeschoben stehen die Wachposten?«, fragte Reacher.

»Nicht weit«, sagte Hogan. »Sie müssen die gesamten dreihundertsechzig Grad abdecken. Dabei dürfen sie keinen einzigen Mann vergeuden. Also werden sie den Kreis relativ eng ziehen. Ich tippe auf alle vier Ecken des Blocks, in dem ihr Hauptquartier steht. Vielleicht kontrollieren sie dort sogar vorbeifahrende Autos. Aber bestimmt nicht mehr.«

»Dann haben Sie also das Pfandhaus und den Eingang der Taxizentrale im Blick?«

»Von beiden Enden der Straße aus. Vermutlich stehen an jeder Ecke zwei Männer.«

»Aber die Rückseite des Leihhauses können sie nicht sehen?«

»Nein«, sagte Hogan. »Eine Ausweitung des überwachten Gebiets um jeweils eine Straße würde dreimal mehr Männer erfordern. Eine ganz einfache Rechnung. Das können sie sich nicht leisten.«

»Okay«, sagte Reacher. »Gut zu wissen. Wir dringen von hinten in das Pfandhaus ein. Das sollten wir ohnehin, schon um Marias Erbstücke zurückzuholen. Mit achtzig Dollar hat man sie echt betrogen. Das gefällt mir nicht. Wir sollten unser Missfallen zum Ausdruck bringen. Vielleicht veranlasst ihr schlechtes Gewissen sie zu einer großzügigen Spende an eine Wohltätigkeitsorganisation.«

Die drei stiegen aus und ließen den Wagen vor dem Hydranten stehen. Ein Strafzettel wegen Falschparkens war bestimmt Gregorys geringste Sorge. Sie gingen einen Straßenblock weit. Dann noch einen. Ab dort bewegten sie sich vorsichtiger. Selbst wenn hier keine Wachposten standen, konnten Gregorys Kerle die Straße im Auge behalten, ein Kinderspiel. Dazu brauchten sie nur von Zeit zu Zeit in die Ferne zu starren. Aus einem Block Entfernung waren Gesichter zu erkennen – und Gehtempo, Absichten und Körpersprache. Deshalb hielt Reacher sich in den tiefen Nachmittagsschatten dicht an den Schaufenstern, während Abby mit sechs, sieben Metern Abstand hinter ihm blieb. Wieder mit weitem Abstand folgte ihnen Hogan, der wie sie einen Schaufensterbummel zu machen schien. So konnten sie vermeiden, durch Bewegungsrichtung, Gleichschritt oder Zielstrebigkeit als zusammengehörig aufzufallen.

Dann bog Reacher links auf die Querstraße ab. Dort wartete er außer Sicht. Abby gesellte sich zu ihm. Zuletzt auch Hogan. Sie gingen gemeinsam weiter und machten schon nach zehn Schritten wieder halt. Geografisch gesehen musste der Hintereingang des Pfandhauses rechts vor ihnen liegen. Aber dort gab es jede Menge Eingänge, die alle gleich aussahen, alle nicht bezeichnet waren. Genau genommen waren es zwölf Türen. Jedes Geschäft hatte eine.

Reacher dachte an ihren früheren Besuch hier. An den Such- und Rettungseinsatz mit Abbys altem Toyota. Ein schäbiges Leihhaus gegenüber einer Taxizentrale und einer Firma, die Gerichtskautionen stellte. Maria war aus der Tür getreten,

Abby hatte angehalten, und Aaron hatte aus seinem geöffneten Fenster Marias Namen gerufen.

»Ich erinnere mich, dass es in der Mitte des Blocks liegt«, erklärte er.

»Nur gibt's hier keine Mitte«, meinte Abby. »Bei zwölf Türen liegen sechs links und sechs rechts, aber keine genau mittig.«

»Weil gerade Zahlen sich ohne Rest teilen lassen. Als Mitte kommen zwei Türen infrage: die letzte des ersten Sextetts oder die erste des zweiten Sextetts.«

Abby sagte: »Meiner Erinnerung nach liegt es nicht genau mittig.«

»Vor der Mitte oder danach?«

»Vielleicht eher danach. Oder sogar im ersten Drittel. Ich weiß noch, wie ich sie gesehen und angehalten habe. Das war nach der Hälfte des Blocks, glaube ich.«

»Okay«, sagte Reacher. »Wir fangen damit an, dass wir uns die Nummern sieben bis neun ansehen.«

Die Gebäude gingen ineinander über, und ihre rückwärtigen Fassaden sahen alle gleich aus: hoch und schmal und hässlich, aus hundert Jahre alten Klinkersteinen erbaut, mit scheinbar willkürlich angeordneten vergitterten Fenstern und über und über mit Leitungen und Kabeln übersät, die tief durchhängend von einem Anschluss zum nächsten führten. Nicht alle dieser Konstruktionen wirkten robust. Ganz anders die nach innen aufgehenden hundert Jahre alten massiven Holztüren, die im unteren Drittel irgendwann – vielleicht vor fünfzig Jahren – durch aufgeschraubte Stahlplatten verstärkt worden waren. Wahrscheinlich von einem neuen Besitzer, der Wert auf Dauerhaftigkeit legte. Die Stahlplatten trugen deutliche Spuren, weil sie jahrzehntelang von Transportkarren, Handwagen und Sackkarren, die Waren geholt oder gebracht hatten, zerkratzt und zerschrammt worden waren, während Arbeiter die Türen mit Fußtritten geöffnet oder hinter sich geschlossen hatten.

Reacher sah sie sich genauer an.

Die Stahlplatte der Nummer acht hatte weniger Schrammen als die Nummern sieben und neun.

Sogar viel weniger. Für fünfzig Jahre sah sie noch ziemlich gut aus.

Nummer acht. Exakt zwei Drittel einer Gesamtzahl von zwölf Türen.

Er sagte: »Ich glaube, dass es diese ist. Leihhäuser nehmen nicht viele Pfänder an, die mit einer Sackkarre angeliefert werden. Nur äußerst selten. Zum Beispiel, wenn Barton seinen Lautsprecherturm vorbeibrächte. Aber das weitaus meiste Zeug wird per Hand oder in Taschen gebracht.«

Die Tür war abgesperrt, kein Notausgang. Hinter ihr lag keine Bar, kein Restaurant. Deshalb galten andere Vorschriften. Das Türblatt bestand aus Massivholz. Der Rahmen wirkte nicht ganz so massiv. Weicheres Holz, selten gestrichen, vielleicht etwas angefault und von Schwamm befallen.

Reacher fragte: »Was würde das Marine Corps tun?«

»Bazooka«, antwortete Hogan. »Damit kommt man in jedes Gebäude. Man betätigt den Abzug und dringt durch das rauchende Loch ein.«

»Stell dir vor, du hättest keine Bazooka.«

»Dann müssen wir die Tür natürlich eintreten. Aber lieber gleich beim ersten Versuch. Draußen lungert ein halbes Dutzend Kerle herum, die Hilferufe hören können. Wir wollen nicht hier hinten festsitzen.«

»Haben sie euch im Korps beigebracht, wie man Türen eintritt?«

»Nein, sie haben uns Bazookas gegeben.«

»Kraft ist gleich Masse mal Beschleunigung. Nimm Anlauf und tritt mit einem Fuß kräftig gegen die Tür.«

»*Ich* tue das?«

»Unter der Klinke.«

»Ich dachte über der Klinke.«

»Nein, auf Höhe des Schlüssellochs. Dort befindet sich die Schlosszunge. Dort ist der Türrahmen ausgehöhlt und folglich am schwächsten. Darauf kommt's an, weil immer der Türrahmen zersplittert. Nie das Türblatt.«

»Jetzt?«

»Wir sind dicht hinter dir.«

Hogan machte ein paar Schritte rückwärts, baute sich etwa fünf Meter von der Tür entfernt auf, betrachtete sie noch mal genau und trabte dann mit der grimmigen Entschlossenheit eines Hochspringers los, der einen Rekord aufstellen will. Er war Musiker und vor allem ein jüngerer Mann mit körperlicher Beweglichkeit und Energie – alles Gründe, aus denen Reacher ihm den Vortritt gelassen hatte. Diese Entscheidung erwies sich als goldrichtig. Hogan lief an, sprang hoch, verdrehte seinen Körper in der Luft und traf das Schlüsselloch mit dem Absatz: hart und mit perfektem Timing. Die Tür flog krachend auf, und Hogan torkelte wild mit den Armen rudernd und um sein Gleichgewicht kämpfend über die Schwelle. Im nächsten Augenblick war Reacher mit Abby auf den Fersen hinter ihm. Sie standen in einem kurzen düsteren Flur, an dessen Ende sich eine halb verglaste Tür befand, auf deren Glaseinsatz in Spiegelschrift das Wort *Privat* stand.

Es gab keinen Grund, hier haltzumachen. Eigentlich auch keine richtige Möglichkeit. Mit Reacher und Abby hinter sich brach Hogan schwungvoll durch die halb verglaste Tür in das

Ladenlokal – hinter der Theke mit der Registrierkasse, an der ein wieselartig wirkender kleiner Mann sich voller Schreck und Überraschung zu ihnen herumwarf. Hogan rammte ihn mit einer Schulter, sodass er von der Theke abprallend mit Reacher zusammenstieß, der ihn festhielt, zu sich drehte und ihm eine H&K an die Schläfe hielt. Er wusste nicht genau, welche Pistole das war. Er hatte blind zugegriffen. Aber das spielte keine Rolle, denn ihm war inzwischen klar, dass alle funktionierten.

Abby nahm dem Mann die Pistole ab. Hogan fand sein Hauptbuch – ein altmodisch liniertes Buch mit handschriftlichen Eintragungen. Vielleicht von der Stadt vorgeschrieben. Vielleicht nur eine Pfandleihertradition. Hogans Zeigefinger glitt die Zeilen hinauf.

»Da haben wir's«, sagte er. »Maria Shevick, Eheringe, kleine Brillantringe, eine Armbanduhr mit Sprung im Glas. Achtzig Dollar.«

Reacher fragte den Kerl: »Wo sind diese Sachen?«

Der Kerl antwortete: »Ich könnte's Ihnen holen.«

»Glauben Sie, dass achtzig Bucks fair waren?«

»Fair ist, was der Markt hergibt. Das hängt davon ab, wie verzweifelt die Leute sind.«

»Wie verzweifelt sind *Sie* jetzt?«, fragte Reacher.

»Ich kann Ihnen das Zeug gern holen.«

»Was noch?«

»Ich könnte ein paar Sachen dazulegen. Irgendwas Nettes. Vielleicht größere Brillanten.«

»Haben Sie Geld hier?«

»Klar doch, ja, natürlich.«

»Wie viel?«

»Fünftausend, denke ich. Die können Sie gern haben.«

»Das wissen wir«, sagte Reacher. »Das versteht sich von selbst. Wir können uns nehmen, was wir wollen. Aber das sollte Ihre geringste Sorge sein. Hier geht's um viel mehr als nur eine schäbige Abzocke. Sie sind über die Straße gelaufen und haben die alte Lady verpfiffen. Das hat sie in endlose Schwierigkeiten gebracht. Wieso haben Sie das gemacht?«

»Sind Sie aus Kiew?«

»Nein«, entgegnete Reacher. »Aber ich habe mal ein Chicken Kiev gegessen. War ziemlich gut.«

»Was wollen Sie von mir?«

»Gregory ist so gut wie erledigt. Wir müssen entscheiden, ob Sie mit ihm untergehen sollen.«

»Ich muss mich an Vorgaben halten. Mir bleibt keine andere Wahl. Das sind die Bedingungen, Mann.«

»Welche Bedingungen?«

»Dieses Geschäft hat früher mir gehört. Er hat es mir weggenommen. Ich musst's von ihm zurückmieten. Dafür gelten ungeschriebene Bedingungen.«

»Sie müssen über die Straße laufen.«

»Unbedingt.«

»Wie ist's dort drüben?«

»Wie meinen Sie das?«

»Ich meine den Grundriss«, sagte Reacher.

»Als Erstes betritt man einen Vorraum. Rechts führt eine Tür in die Taxizentrale. Die ist tatsächlich in Betrieb. Aber man geht geradeaus nach hinten weiter, durchquert einen Besprechungsraum und gelangt auf einen kurzen Flur. So kommt man zu den rückwärtigen Büros. Hinter der letzten Tür sitzt Danilo. Sein Büro ist Gregorys Vorzimmer.«

»Wie oft sind Sie dort drüben?«

»Nur wenn's sein muss.«

»Sie arbeiten nur widerstrebend für sie?«

»Stimmt genau.«

»Das sagen alle.«

»Klar tun sie das. Aber ich mein's ernst.«

Reacher äußerte sich nicht dazu.

Abby sagte: »Nein.«

Hogan sagte: »Nein.«

Reacher sagte: »Holen Sie das Zeug, von dem wir geredet haben.«

Der Kerl ging in einen als Tresor ausgebauten Nebenraum und holte die Sachen. Die Eheringe, die Ringe mit kleinen Brillanten, die Uhr mit dem Sprung im Glas. Er kippte alles in einen Briefumschlag, den Reacher einsteckte. Und alles Bargeld aus der Registrierkasse. Etwa fünftausend Bucks. Hoffentlich bald eine unbedeutende Summe, aber Reacher hatte schon immer ein Faible für Cash. Ihm gefiel das Gewicht, das leise Knistern neuer Scheine. Hogan machte einen Rundgang durch den Laden, riss die Elektrokabel verstaubter alter Stereoanlagen ab und fesselte den Kerl damit: sicher, unbequem, aber überlebbar. Irgendwann würde ihn jemand auffinden und befreien. Was danach aus ihm wurde, hing von ihm selbst ab.

Sie ließen den Mann auf dem Fußboden hinter der Theke zurück. Durchquerten den Laden. Sahen durch das schmutzige Schaufenster zur Taxizentrale auf der anderen Straßenseite hinüber.

44

Es gelang ihnen, den ganzen Straßenblock in Augenschein zu nehmen, ohne das sichere Leihhaus verlassen zu müssen, indem sie im Schatten blieben, von einer Seite zur anderen wechselten und öfter die Blickrichtung änderten. Auf dem Gehsteig vor dem Eingang der Taxizentrale lungerten zwei Typen herum; jeweils zwei weitere Kerle hielten – in mittlerer Entfernung – Wache an der linken und rechten Straßenecke. Sechs Männer auf der Straße sichtbar. Dazu vermutlich ein weiteres halbes Dutzend in dem Gebäude. Mindestens. Vielleicht zwei in dem Vorraum, den der Pfandleiher beschrieben hatte, dann zwei in dem Besprechungsraum und weitere zwei auf dem Flur mit den Büros. In denen jeweils bestimmt ein Mitarbeiter Gregorys saß, der eine Pistole in der Tasche und eine weitere im Schreibtisch bereithielt.

Nicht gut. Eine taktische Herausforderung, wie es die Militärakademien nannten. Ein Frontalangriff auf engstem Raum auf einen zahlenmäßig überlegenen Gegner. Außerdem würden die auf der Straße postierten Männer von hinten kommend in den Kampf eingreifen. Böse Kerle vorn, böse Kerle hinten, keine Kevlarwesten, keine Handgranaten, keine Maschinenpistolen, keine Schrotflinten, keinen Flammenwerfer.

Reacher sagte: »Die eigentliche Frage dürfte sein, ob Gregory Vertrauen zu Danilo hat.«

»Spielt das eine Rolle?«, fragte Hogan.

»Warum sollte er keines haben?«, wollte Abby wissen.

»Zwei Gründe«, antwortete Reacher. »Erstens traut er niemandem. Man wird kein Gangsterboss, indem man anderen Leuten vertraut. Er ist eine Hyäne, also geht er davon aus, dass jeder eine

Hyäne ist. Und zweitens stellt Danilo die weitaus größte Gefahr für ihn dar. Der Stellvertreter, der auf seine Chance lauert. Das kennt man aus den Fernsehnachrichten. Die Generale werden abgesetzt, und die Obersten ergreifen die Macht.«

»Kann uns das nützen?«

»Um in Gregorys Arbeitszimmer zu gelangen, muss man durch Danilos Büro.«

»Das ist normal«, sagte Hogan. »So machen's alle. Stabschefs sitzen im Vorzimmer.«

»Stell dir die Sache umgekehrt vor. Um sein Büro verlassen zu können, muss Gregory das von Danilo durchqueren. Und er ist aus guten Gründen paranoid. Übrigens auch erfolgreich, denn er lebt noch. Aber dabei handelt es sich nicht um eine Filmszene, in der ein Konzernchef sich abends von seiner Sekretärin verabschiedet, die er Sweetheart nennt. Gregory muss es vorkommen, als erwartete ihn eine tödliche Falle. Als säße ein Attentäter hinter dem Schreibtisch. Bestenfalls erwartet ihn eine Blockade, bis er auf die Forderungen der Putschisten eingeht. Vielleicht hat er Glück und darf seine Würde bewahren, indem er ›freiwillig‹ abtritt.«

Abby nickte.

»Menschliche Natur«, sagte sie. »Überwiegend Bullshit, aber manches kommt einem bekannt vor.«

»Was?«, fragte Hogan.

»Er hat sich einen Notausgang bauen lassen.«

Sie gingen wieder hinter die Theke und hockten sich nicht weit von dem gefesselten Kerl entfernt an Schränken lehnend auf den Fußboden. Eine Einsatzbesprechung auf höchster Ebene. Immer dicht hinter der Front stattfindend. Hogan spielte den Part des brummigen Marineinfanteristen. Teils, weil er das war, teils aus einer professionellen Verpflichtung heraus. Jeder Plan musste einem Stresstest unterzogen, auf Herz und Nieren überprüft werden.

Er sagte: »Schlimmstenfalls finden wir genau die gleiche Situation vor – nur um hundertachtzig Grad gedreht. Kerle auf dem Gehsteig der übernächsten Straße, die den Hinterausgang bewachen, und Kerle auf dem Flur mit den Büroräumen. Dafür gibt es sogar ein Wort.«

»Symmetrisch«, sagte Reacher.

»Genau!«

»Menschliche Natur«, warf Abby ein. »Überwiegend Bullshit, aber manches kommt einem bekannt vor.«

»Was schon wieder?«

»Ein schlechtes Bild«, entgegnete sie. »Ein Fluchtweg lässt ihn ängstlich wirken. Bestenfalls entsteht der Eindruck, dass er den eigenen Schutzmaßnahmen durch Bestechung nicht traut und kein Vertrauen in seine vor ihm stehenden Armee aus loyalen Soldaten hat. Solche Gefühle kann er sich nicht leisten. Er ist Gregory. Er hat keine Achillesferse. Seine Organisation hat keine Schwächen.«

»Also?«

»Also ist der Notausgang geheim. Er wird nicht bewacht, weil niemand von seiner Existenz weiß.«

»Nicht mal Danilo?«

»Vor allem Danilo nicht«, sagte Reacher. »Er stellt die größte Gefahr dar. Der Fluchtweg ist ohne sein Wissen angelegt worden. Ich wette, dass sich ein Zweiwochenzeitraum finden ließe, in dem er dienstlich verreisen musste – und kurz vor seiner Rückkehr dürfte sich dann ein Unfall ereignet haben, bei dem mehrere Bauarbeiter auf tragische Weise umgekommen sind.«

»Damit außer Gregory niemand weiß, wo sich der Fluchttunnel befindet?«

»Genau.«

»Leider gilt das ebenso für uns. Wir wissen auch nicht, wo er liegt.«

»Der Keller irgendeines Kerls ist mit dem irgendeines anderen Kerls verbunden.«

»Das ist dein Plan?«

»Stell dir das Ganze aus Gregorys Sicht vor. Er ist ein Mann, der bisher nur überlebt hat, weil er alle Risiken ausschaltet. Er denkt daran, wie es wäre, einem Anschlag zu entgehen, die Tür zuzuknallen und schnellstens abzuhauen. Eine höchst stressreiche Situation. Verwirrung kann er sich nicht leisten. Alles muss klar und einfach sein. Vielleicht leuchtende Pfeile an der Wand. Oder eine Notbeleuchtung wie im Flugzeug. Wir brauchen nur die Tür am anderen Ende zu finden. Dann dringen wir dort ein und folgen den Pfeilen in Gegenrichtung. Vielleicht kommen wir hinter einem Ölgemälde in seinem Büro heraus.«

»Trotzdem hätten wir dieselben Leute gegen uns. Nur in umgekehrter Reihenfolge. Sie kämen durch die Bürotür hereingestürmt.«

»Wir können nur hoffen.«

»Ich sehe nicht, was dadurch gewonnen wäre.«

»Zwei Dinge«, erklärte Reacher. »Wir haben niemanden hinter uns und erledigen sie von oben nach unten statt von unten nach oben. Das ist weit effizienter.«

»Augenblick!«, sagte Hogan. »An allen Straßenecken stehen Kerle. Symmetrisch. Die hinteren Ecken werden die vorderen. Also kommen wir nicht so einfach rein.«

»Wollte ich's leicht haben, wäre ich zu den Marines gegangen.«

Sie verließen das Pfandhaus auf dem Weg, auf dem sie gekommen waren: durch den rückwärtigen Flur und den Hinterausgang auf die Querstraße hinaus. Sie hasteten zu dem Lincoln, anfangs noch vorsichtig, dann schneller werdend. Der Wagen stand noch da. Ohne Strafzettel an der Frontscheibe. Sogar die Verkehrspolizei war östlich der Center Street im Einsatz. Abby fuhr wieder. Sie kannte sich hier aus. Sie beschrieb einen weit ausholenden Bogen um die Taxizentrale. Zwei Blocks dahinter hielt sie vor einem inhabergeführten kleinen Geschäft für Waschmaschinenschläuche. Sie ließ den Motor laufen. Hogan stieg aus, und sie rutschte nach rechts auf den Beifahrersitz. Hogan ging vorn um den Wagen herum und setzte sich ans Steuer. Reacher blieb auf dem Rücksitz.

»Kann's losgehen?«, fragte er.

Hogan nickte knapp.

Abby nickte entschlossen.

Hogan fuhr bis zum Ende des Straßenblocks weiter und bog links ab. In der neuen Fahrtrichtung standen zwei Männer einen Block weit entfernt an der Ecke. Schwarze Anzüge, weiße Hemden. Zuvor an der entfernten linken Ecke, jetzt an der nahen rechten. Symmetrisch. Sie kehrten dem Block, den sie bewachen sollten, den Rücken zu und beobachteten als gute Wachposten die Straße.

Was sie sahen, war einer ihrer eigenen Wagen, der auf sie zugerollt kam. Ein schwarzer Lincoln. Unscharfe Gesichter hinter der Frontscheibe. Dunkel getönte Scheiben seitlich und hinten. Die Limousine bog vor ihnen auf die Querstraße ab, sodass Gregorys Besitz nun rechts von ihr lag. An der nächsten Ecke in einiger Entfernung vor ihnen weitere zwei Männer. Zuvor an der entfernten rechten Ecke, jetzt an der nahen linken.

Der Wagen wurde langsamer, hielt am Randstein. Das hintere Fenster wurde heruntergefahren, und eine Hand winkte die beiden Kerle heran. Sie machten automatisch einen Schritt darauf zu. Reflexartig. Dann hielten sie kurz inne, dachten darüber nach. Aber sie überlegten sich die Sache nicht anders. Wozu denn auch? Hier handelte es sich um einen ihrer Wagen, und wer prominent genug war, um in der gegenwärtigen Situation herumfahren zu dürfen, würde nicht warten wollen. Also setzten sie sich wieder in Bewegung, beeilten sich sogar.

Ein Fehler.

Die Beifahrertür öffnete sich, als sie noch drei Meter entfernt waren, und Abby stieg aus. Im nächsten Augenblick wurde auch die hintere Tür aufgestoßen. Reacher sprang aus dem Wagen und traf den vorderen Mann mit einem Kopfstoß, indem er seinen Schwung ausnützte, ohne viel Kraft oder Bewegung aufwenden zu müssen – wie ein Fußballstürmer, der nach einem Eckstoß ein Kopfballtor erzielt. Der Kerl brach im Rinnstein zusammen. Sein Kopf knallte auf die Bordsteinkante. Nicht sein Tag.

Sofort nahm Reacher sich den zweiten Mann vor. Auf einmal wurde ihm klar, woher er dieses Gesicht kannte. Aus der Bar mit den winzigen Pizzen und Abby als Bedienung. Der Kerl an der Tür. *Verpiss dich, Kid,* hatte er zu Abby gesagt. *Man sieht sich,* hatte Reacher zu ihm gesagt. *Hoffentlich.*

Man muss nur warten können.

Reacher stoppte ihn mit einer kurzen Linken ins Gesicht, um ihn aufzurichten, und ließ einen Magenhaken folgen, sodass der Kerl sich zusammenkrümmte. Jetzt war sein Kopf ungefähr in Reachers Brusthöhe, sodass er ihn bequem packen und mit dem ganzen Drehmoment seines Oberkörpers daran rucken konnte. Das brach ihm das Genick, und der Kerl sackte zusammen. Dicht neben seinem Kumpel. Zwischen den beiden hockend zog Reacher die Magazine aus ihren Pistolen.

Der Lincoln fuhr mit aufheulendem Motor an.

Reacher sah zu. Die Männer von der anderen Ecke waren näher gekommen. Unvermeidlich. Symmetrisch. Aus denselben Gründen. Sie kamen noch näher. Jetzt rannten sie sogar. Hogan beschleunigte stark, fuhr auf den Gehsteig und raste in die beiden. Ein schreckliches Bild. Sie wurden hochgeschleudert und wirbelten tatsächlich wie Stoffpuppen durch die Luft. Vermutlich waren sie bereits tot. Von dem Aufprall. Jedenfalls versuchten sie nicht, ihren Sturz irgendwie abzubremsen. Sie krachten einfach zu Boden, rutschten oder rollten noch ein kleines Stück und blieben mit Knochenbrüchen liegen. Hogan parkte den Wagen und stieg aus. Reacher steckte die Magazine ein, richtete sich auf und setzte sich in Bewegung.

Sie trafen sich in der Mitte des Blocks. Abby war bereits dort. Sie deutete in die Richtung, aus der Hogan gekommen war.

Sie sagte: »Der Ausgang liegt dort vorn.«

»Woher weißt du das?«, fragte Reacher.

Dies war nicht die Art Straße, die er erwartet hatte. Nicht wie die hinter dem Leihhaus. Keine schmuddeligen Klinkerfassaden, keine vergitterten Fenster, kein Gewirr aus durchhängenden Leitungen und Kabeln. Stattdessen war sie von zwei Reihen sorgfältig renovierter Gebäude gesäumt. Wie die Straße, in der das Büro des Bürgerprojekts zur Rechtsberatung lag. Alles sauber und ordentlich, mit vielen Geschäften. Hübscher und besser als der Straßenzug mit der Taxizentrale und der Firma, die Gerichtskautionen stellte. Dieser Straßenblock hatte zwei verschiedene Fronten, eine aufstrebende und eine allmählich verfallende.

Abby erklärte: »Ich hab mir überlegt, dass er von außen nach innen gearbeitet haben muss. Sein Fluchttunnel hätte sich unmöglich geheim halten lassen, wenn er innen angefangen hätte. Er durfte keine Bauarbeiter durch die Taxizentrale trampeln lassen. Das hätte die Leute neugierig gemacht. Also hat er während einer Renovierung hier draußen begonnen, was die perfekte Tarnung war. So hatte er Zugang zu den detaillierten Bauplänen, die er für sein Vorhaben brauchte. Er wusste genau, wie die Gebäude zueinander lagen. Der Rest war ein Kinderspiel. Von einem dieser Laden führt ein Geheimgang in sein Büro.«

»Symmetrisch«, sagte Hogan.

»Nur im Prinzip«, meinte Abby. »In Wirklichkeit liegt hier bestimmt ein Gewirr von unterirdischen Räumen – wie ein Kaninchenbau. Dieser Block ist über hundert Jahre alt.«

»Welcher Laden?«, fragte Reacher.

»Menschliche Natur«, antwortete Abby. »Ich wette, dass er sich letztlich nicht dazu überwinden konnte, ihn zu vermieten. Er musste sich seiner Sache absolut sicher sein. Er wollte nicht feststellen müssen, dass jemand einen schweren Schrank vor seine Geheimtür geschoben hatte. Er musste die Kontrolle behalten. Also hab ich mich nach leeren Läden umgesehen. Es gibt nur einen. Sein Schaufenster ist mit Papier zugeklebt. Er liegt dort vorn.«

Sie deutete erneut in die Richtung, aus der Hogan gekommen war.

Das leer stehende Geschäft war ein klassisches Ladenlokal in altmodischer Bauweise mit einem geschosshohen Schaufenster, das rechtwinklig abknickend zu dem ungefähr drei Meter ins Gebäude hineinverlegten Ladeneingang führte. So entstand eine kleine Ladenpassage mit geschmackvollem

Mosaikboden. Auch die großzügig verglaste Ladentür war mit weißem Papier zugeklebt. Kein kompliziertes Schloss, vermutete Reacher. Eher eines in Standardausführung. Klinke runterdrücken, Tür aufziehen, mehr nicht. Kein Schlüssel erforderlich. Der konnte im entscheidenden Augenblick in der falschen Hosentasche stecken. Und Schlüssel kosteten Zeit. Gregory wollte keine Zeit verlieren, wenn er um sein Leben rannte. Er wollte drücken, ziehen, flüchten.

»Ist die Tür alarmgesichert?«, fragte Hogan. »Der Mann ist paranoid. Er würde wissen wollen, wenn jemand sich daran zu schaffen macht.«

Reacher nickte.

»Du hast recht«, sagte er, »aber letztlich ist er Realist geblieben, vermute ich. Denk nur an Fehlalarme. Er würde nicht wollen, dass etwas zu piepsen beginnt, während er sich nicht im Büro aufhält. Weil Danilo das hören könnte und bestimmt Fragen stellen würde. So bliebe das Geheimnis nicht lange gewahrt. Also keine Alarmanlage. Aber das war sicher eine schwierige Entscheidung.«

»Also gut.«

»Kann's losgehen?«

Hogan nickte knapp.

Abby nickte entschlossen.

Reacher zog seine Girokarte aus der Tasche. Das beste Mittel, um ein Standardschloss zu knacken. Er steckte sie auf Höhe des Schlosses in den Türspalt, drückte sie gegen die Schlosszunge. Als er dann in Richtung Scharnier an der Tür riss, suggerierte der kurze Druckabfall dem primitiven Mechanismus, der Schlüssel sei gedreht worden. Im nächsten Augenblick sprang das Schloss gehorsam auf.

Reacher stieß die Tür auf und betrat das Geschäft.

45

Der Laden war renoviert, aber nie vermietet worden. Hier roch es noch schwach nach Wandfarbe, Spachtel, Lack und Parkettversiegelung. Durch das weiß zugeklebte Schaufenster fiel sanftes Licht herein. Der Raum war ein leerer weißer Würfel ohne irgendwelche Einrichtung. Reacher verstand nichts vom Einzelhandel. Was er hier sah, ließ ihn vermuten, dass der Mieter die Ladeneinrichtung – Tische, Schränke, Regale und so weiter – selbst mitbringen musste.

In der Rückwand befand sich eine einzelne Tür: schön gearbeitet, weiß lackiert, mit großer Messingklinke. Keine Geheimtür. Dahinter lag ein kurzer düsterer Flur. Toilette links, Büro rechts. Abgeschlossen wurde er von einer weiteren Tür: schön gearbeitet, weiß lackiert, mit großer Messingklinke. Auch keine Geheimtür. Dahinter lag ein weiter Raum, ungefähr sechs mal acht Meter groß, dessen linke Hälfte vermutlich als Lager gedacht war, während es in der rechten eine Warmluftheizung, einen Wasserboiler und eine Klimaanlage gab. Warmluft und gekühlte Luft teilten sich dieselben Lüftungsschächte, die noch glänzend neu wirkten. Aus dem Fußboden ragten Gas- und Wasserleitungen. Vor der Rückwand stand ein Klimagerät, wie Reacher es aus vielen Hotelzimmern kannte. Ein hohes, schmales HVAC-Gerät. Daneben eine elektrische Schalttafel ohne jegliche Beschriftung.

Keine weiteren Türen.

Abby sagte nichts.

Reacher drehte sich um, schaute in Richtung Eingang. Alles andere stimmte. Geradeaus durch den kurzen Flur, durch den Laden weiter, drücken, ziehen, auf die Straße hinaus. Schnell.

Ungehindert. Nichts im Weg. Alles gut. Bis auf die fehlende Tür.

»Er ist paranoid«, sagte Hogan. »Obwohl er den Laden nie vermietet hat, wusste er, dass von Zeit zu Zeit Leute reinkommen würden. Städtische Inspektoren, Kammerjäger, vielleicht mal ein Installateur, wenn irgendwo Wasser tropft. Er wollte nicht, dass solche Leute eine weitere Tür sehen und sich fragen, was wohl dahinter liegt. Oder sie aus beruflicher Neugier sogar öffnen, um einen Blick hineinzuwerfen. Folglich ist diese Tür irgendwie getarnt. Vielleicht ist sie gar keine Tür, sondern nur ein Stück Wandverkleidung, das sich mühelos herausdrücken lässt.«

Er klopfte die Rückwand in Brusthöhe ab. Das Geräusch veränderte sich nicht. Nirgends ein Hohlraum.

»Moment mal«, sagte Reacher. »Wir haben hier eine Warmluftheizung und ein Klimagerät, die sich Lüftungsrohre teilen und vermutlich von einem Thermostaten gesteuert werden, der irgendwo draußen im Laden hängt. Eine noch immer glänzend neue Anlage.«

»Und?«, fragte Hogan.

»Wozu brauchen sie dann hier an der Wand ein zusätzliches HVAC-Gerät? Wollten sie diesen Raum mitheizen oder –kühlen, bräuchten sie nur ein paar zusätzliche Lüftungsöffnungen. Die würden fast nichts kosten.«

Sie versammelten sich vor dem HVAC-Gerät und betrachteten es wie eine Skulptur in einer Galerie. Es war ungefähr so groß wie Abby. Seine unteren zwei Drittel waren mit lackiertem Blech verkleidet, das von Schnellverschlüssen gehalten wurde. Dann kamen zwei Drehschalter, einer für Kühlung-AUS-Heizung, der andere für Lufttemperatur von kalt bis warm, was durch einen von Blau zu Rot wechselnden Keil

angezeigt wurde. Im oberen Drittel befand sich ein Lüftungsgitter, durch das je nach Einstellung gekühlte oder erwärmte
Luft austrat.

Reacher hakte seine Finger ins Lüftungsgitter, ruckte kräftig daran.

Das HVAC-Gerät fiel ihm entgegen. Es löste sich von seinen
Magnethalterungen und schepperte zu Boden. Dahinter lag
ein langer gerader Gang, der sich im Dunkeln verlor.

Es gab keine leuchtenden Pfeile an der Wand. Auch keine Notbeleuchtung wie im Flugzeug. Abby schaltete die Taschen-
lampe ihres Smartphones ein, sodass sie nach vorn und hinten drei bis vier Meter weit sehen konnten. Der anscheinend
neu erbaute Korridor war knapp einen Meter breit und roch
wie der Laden nach Spachtel, Farbe und Lack. Er führte ein
Stück geradeaus, bevor er rechtwinklig nach links, dann rechtwinklig nach rechts abbog. Das wiederholte sich mehrmals,
als müsste er sich zwischen den Räumen anderer Leute hindurchschlängeln. Um ihre Toiletten und Büros und Lagerräume herum, die an manchen Stellen auf rätselhafte Weise
etwas kleiner waren, als sie hätten sein sollen.

Reacher stellte sich Gregory über detaillierte Pläne gebeugt
vor, wie er hier und dort einen Fußbreit stahl, falsche Wände
einzog und sich bis zu seinem Büro vorarbeitete. Eine ver-
winkelte Route, die trotzdem übersichtlich, klar und kohärent
war. Man konnte nicht stolpern, man konnte sich nirgends an-
schlagen, man konnte sich nicht verlaufen. Reacher glaubte
zu sehen, wie Gregory sich die Stablampe aus der Wandhalte-
rung am Eingang schnappte, durch den Fluchttunnel hetzte,
das HVAC-Gerät von der Wand stemmte und durch den Laden auf die Straße hinausstürmte.

Sie gingen langsam weiter. Die beiden Biegungen machten es schwierig, die Gesamtlänge abzuschätzen. Reacher hatte den Straßenblock als quadratisch und nach altstädtischen Normen ziemlich groß in Erinnerung. Mit einer geschätzten Seitenlänge von gut hundertzwanzig Metern. Die Taxizentrale, der Besprechungsraum und die Büros dahinter hatten wenigstens eine Tiefe von dreißig Metern. Vielleicht bis zu vierzig, wenn sie geräumiger waren. Das bedeutete, dass sie mindestens achtzig Meter weit gehen mussten. In der realen Welt waren das wegen der vielen Richtungswechsel bestimmt eher hundertfünfzig Meter oder mehr. Sechs Minuten in ihrem langsamen, vorsichtigen Tempo, schätzte Reacher.

Tatsächlich brauchten sie fünfeinhalb. Sie bogen um eine letzte Kurve und hatten im Licht von Abbys Smartphone plötzlich den Anfang des Fluchttunnels vor sich. Die gesamte Querwand bestand aus einer vor Ort zusammengeschweißten Stahlplatte, in die eine verschließbare Luke von der Größe des HVAC-Geräts eingelassen war. Mit niedriger Kopfhöhe und zwanzig Zentimeter hohem Süll. Wie auf einem U-Boot. Rechts waren massive Angeln an die Stahltür geschweißt. Links gab es einen schweren Riegel, der jetzt zurückgezogen war. Gregory brauchte nur durchzuschlüpfen, die Tür zuzuknallen und den Riegel vorzuschieben. Keine Verfolger. Kein Schlüssel erforderlich. Schneller. An der Wand neben dem Riegel hing eine Stablampe in einer Halterung.

Sie gingen zwei Ecken weit zurück und sprachen so leise, dass sie einander kaum verstehen konnten. Reacher flüsterte: »Entscheidend ist, ob die Angeln quietschen oder nicht. Tun sie's, müssen wir schnell handeln. Tun sie's nicht, können wir uns Zeit lassen. Seid ihr bereit?«

Knappes Nicken von Hogan.

Entschlossenes Nicken von Abby.

Sie gingen weiter. Nach der zweiten Biegung standen sie wieder vor der Stahlwand. Abby beleuchtete die Scharniere. Sie wirkten hochwertig, waren glänzend lackiert. Ob man sie mit Öl oder Fett geschmiert hatte, war nicht zu erkennen. Die Tür verfügte über keinen Griff. Nur über zwei massive Führungen für den Riegel. Reacher steckte einen Finger in eine der Öffnungen. Er konzentrierte sich darauf, was er als Nächstes würde tun müssen – schnell oder langsam. Die Luke würde auf der anderen Seite mit etwas getarnt sein. Idealerweise mit einem unauffälligen Möbelstück, das den Raum nicht wesentlich verändert hatte und Danilo nicht weiter aufgefallen war. So groß wie Abby. Wahrscheinlich ein Bücherregal. Er würde die Tür öffnen und es wegschieben müssen. Je nach Situation schnell oder langsam.

Tatsächlich musste es dann schnell sein. Als Reacher die Tür aufzog, quietschten die beiden Angeln gleich in der ersten Sekunde durchdringend laut. Also riss er sie ganz auf und hatte im Licht von Abbys Smartphone die rohe Rückwand eines schweren Holzmöbels vor sich. Er stieß es kräftig von sich weg, sodass es nach vorn kippte und zu Boden krachte. Völlig labil. Garantiert ein Bücherregal. Er kletterte darüber hinweg in den Raum.

Gregory saß an seinem Schreibtisch, in seinem grünen Ledersessel, und dachte über wichtige Dinge nach. Dann hörte er die Angeln hinter sich quietschen und war dabei, sich mit seinem Stuhl umzudrehen, als das hohe, schwere Regal auf ihn stürzte. Es bestand aus Baltischer Eiche, Massivholz, kein Furnier, und war voller Bücher, Trophäen und gerahmter Fotos. Die Vorderkante eines Regalbretts brach ihm die linke Schulter. Eine Millisekunde später fügte das nächsthöhere Brett ihm einen Schädelbruch zu, bevor das ganze Gewicht des Bücherregals auf ihn stürzte, den Stuhl umwarf und seinen Kopf seitlich an den Schreibtisch drückte, während sein Körper zu Boden ging, wobei sein Hals grotesk verdreht wurde und wie ein Zweig abbrach, sodass er sofort tot war. Reachers zusätzliches Gewicht, als er über das Regel kletterte, schadete ihm nicht mehr im Geringsten.

Reacher hatte die Rückseite des Bücherregals wie eine Rampe ansteigend vor sich. Es war gegen den Schreibtisch gefallen. Er kletterte darüber hinweg und sah eine offene zweiflügelige Tür, die ins Vorzimmer führte. Dort war ein sichtlich überraschter Mann dabei, sich aus seinem Sessel hochzustemmen. Er musste Danilo sein. Seine Bürotür stand zum Korridor hin offen. Von dort kamen Geräusche von zurückgeschobenen Stühlen und Schritten auf Linoleum. Das laute metallische Kreischen und das herabkrachende Bücherregal hatten alle aufgeschreckt.

Reacher hielt eine Glock in der rechten und eine Glock in der linken Hand. Mit der rechten zielte er auf Danilo, mit der linken auf die offene Tür. Hogan erschien hinter ihm. Dann auch Abby.

Sie sagte: »Gregory liegt tot unter dem Regal.«

Reacher fragte: »Wie?«

»Es ist auf ihn gestürzt. Er hat am Schreibtisch gesessen. Es hat ihn erschlagen, glaube ich.«

»Durch meine Schuld.«

»Wohl nur theoretisch.«

Reacher schwieg kurz.

»Eigentlich hat er Glück gehabt«, sagte er dann.

Er deutete auf Danilo und befahl Hogan: »Setz diesen Kerl fest. Pass auf, dass ihm nichts zustößt. Er und ich müssen eine wichtige Diskussion führen.«

»Worüber?«

»Das sagen wir in der Army, wenn wir jemanden totschlagen wollen.«

»Verstanden.«

Dann lief die Zeit auf eine Weise ab, die Reacher nachträglich für teils unvermeidlich, sogar vorausbestimmt hielt, teils durch Kultur festgelegt, teils durch Bewährungsdruck, blinden Gehorsam und hoffnungslosen Mangel an Alternativen bestimmt. Schwer zu begreifen. Aber es half ihm nachträglich, den Leichenstapel ab der Bürotür hinter dem Holzlager zu verstehen. Sie kamen einer nach dem anderen. Als Erster ein stämmiger Kerl, der nach einem Blick auf die Szene seine Pistole zog. Reacher gab ihm Gelegenheit, seine Absicht unmissverständlich zu zeigen. Dann erledigte er ihn mit einem Schuss in die Körpermitte. Der nächste Kerl kam mit einer lächerlichen Ich-kann's-besser-Attitüde herangestürmt. Aber das stimmte nicht. Reachers Schuss ließ ihn auf dem ersten Mann zusammenbrechen. So begann der Leichenstapel zu wachsen, aber das kümmerte niemanden. Sie erschienen einer nach dem anderen. *Dann haben wir's mit denselben Leuten zu tun. Nur in umgekehrter Reihenfolge.* Erst kamen die Führungskräfte aus den Büros, dann die intelligenten Muskelmänner aus dem Gebäude und zuletzt die gewöhnlichen Typen von den Straßenecken, alle übereifrig, alle unerbittlich, alle dem Tod geweiht. Reacher betrachtete ihre Aufopferung zunächst unter mittelalterlichen Aspekten, aber dann ging er weiter und weiter zurück bis zum Ursprung der Menschheit, hunderttausend Generationen weit bis zu blindem Gehorsam gegenüber dem Stamm und dem absoluten Horror, keinem anzugehören.

Damals hatte er sie am Leben erhalten. Aber nun nicht mehr. Irgendwann waren keine Schritte mehr zu hören. Reacher gab noch eine Minute zu. Um ganz sicherzugehen. Nach so vielen Schüssen war er halb taub.

Dann wandte er sich Danilo zu.

46

Im Vergleich zu Reacher war Danilo fast klein: etwas unter eins achtzig und eher drahtig als muskulös. Hogan hatte ihm das Jackett ausgezogen und sein Schulterholster geleert. So wirkte er nackt und verwundbar. Schon besiegt. Hogan ließ ihn neben dem Schreibtisch im Chefbüro stehen. Der Schreibtisch war ein massives Möbelstück aus karamellbraunem Holz. Das auf ihn gestürzte Bücherregal wirkte riesig. Es musste eine Tonne wiegen. Die herausgefallenen Bücher waren auf dem Fußboden verstreut. Aus seinem neuen Blickwinkel konnte Reacher den unter dem Regal eingeklemmten Gregory erkennen. Er war Z-förmig zusammengefaltet. Irgendwie komprimiert. Eigentlich ein gesunder Mann. Groß, muskulös und sportlich. Aber tot. Schade.

Reacher hakte den linken Zeigefinger unter Danilos Krawattenknoten und zog ihn auf die freie Fläche an der Verbindungstür. Dort drehte er ihn um und baute ihn vor sich auf. Kinn hoch, Schultern zurück.

Er trat einen Schritt von ihm weg.

Er sagte: »Erzähl mir von euren Pornoseiten im Internet.«

»Unseren was?«, fragte Danilo.

Reacher ohrfeigte ihn. Selbst mit der flachen Hand war das ein gewaltiger Schlag, der Danilo von den Beinen holte. Der Gangster machte eine Art seitlichen Purzelbaum und blieb in Türnähe an die Wand gepresst liegen.

»Aufstehen!«, befahl Reacher ihm.

Danilo rappelte sich langsam und zittrig auf. Sobald er kniete, konnte er sich mit den Händen an der Wand abstützen.

»Versuch's noch mal«, forderte Reacher ihn auf.

»Sie sind ein Nebengeschäft«, sagte Danilo.

»Wo sind sie gespeichert?«

Danilo zögerte.

Reacher schlug erneut zu. Dieses Mal mit links. Mit der flachen Hand, aber noch kräftiger. Danilo ging erneut zu Boden, überschlug sich halb und knallte mit dem Kopf an die andere Wand.

»Aufstehen!«, befahl Reacher ihm wieder.

Danilo rappelte sich erneut auf. Langsam und zittrig, erst nur kniend, dann mit den Händen an der Wand abgestützt.

»Wo sind sie gespeichert?«, fragte Reacher noch mal.

»Überall und nirgends«, antwortete Danilo. »Wir reden hier vom Internet, Mann. Der Content ist auf Servern in aller Welt gespeichert.«

»Von wo aus kontrolliert?«

Danilo beobachtete Reachers rechte Hand. Die Reihenfolge kannte er bereits. Das war nicht weiter schwierig. Rechts, links, rechts. Er wollte nicht antworten, aber er würde es tun.

Er sagte das Wort. Kein Bienenstock, kein höhlenartiger Bau, sondern ein Nest hoch in den Lüften. Dann verstummte er jedoch. Nun befand er sich in einer Zwickmühle. Den Ort durfte er niemals verraten. Er war ihr größtes und bestgehütetes Geheimnis. Stattdessen behielt er weiter Reachers rechte Hand im Auge.

Reacher sagte: »Wo es liegt, wissen wir bereits.«

Danilo gab keine Antwort. Ein Mobiltelefon begann zu klingeln. Entfernt und gedämpft. Im Büro nebenan. In einer Tasche irgendwo in dem Leichenberg. Es klingelte sechsmal, bevor es verstummte. Dann begann ein anderes zu läuten. Ebenso entfernt, ebenso gedämpft. Und zwei weitere.

Der Klang des Mutterschiffs, das nicht mehr antwortete.

»Tut mir leid«, sagte Danilo.

»Was?«, fragte Reacher.

»Was ich getan habe.«

»Geschehen ist geschehen. Daran lässt sich nichts mehr ändern.«

Danilo äußerte sich nicht dazu.

Abby sagte: »Ja.«

Hogan sagte: »Ja.«

Reacher schoss Danilo mit der P7 von H&K, die Hogan ihm abgenommen hatte, in die Stirn. Eine deutsche Polizeiwaffe. Mit allen anderen identisch. Vielleicht sogar mit fortlaufenden Seriennummern. Eine Großbestellung bei einem korrupten deutschen Polizeibeamten. Danilo brach zusammen und blieb auf der Schwelle der Tür zwischen dem Vorzimmer und Gregorys Büro liegen. Reacher schaute sich um. *Wir erledigen sie von oben nach unten statt von unten nach oben. Das ist weit effizienter.* Auftrag ausgeführt. Die Ukrainer lagen wie auf einem Organigramm vor ihnen. Gregory, Danilo, ihre gesamte Führungsspitze. Überall klingelten jetzt Handys.

Sie verließen Gregorys Büro auf demselben Weg, auf dem sie hereingekommen waren: durch seinen geheimen Notausgang.

Sie durchquerten das leere Ladenlokal. Drücken, ziehen, öffnen, auf die Straße hinaus. Die Kerle von den Straßenecken lagen noch dort, wo sie zusammengebrochen waren. Niemandem wäre im Traum eingefallen, wegen Leichen, die auf einer ruhigen Seitenstraße im Westen der Stadt neben einem schwarzen Lincoln Town Car lagen, die Polizei zu rufen. Dies war ganz offensichtlich eine Privatangelegenheit anderer Leute.

»Wohin als Nächstes?«, fragte Abby.

»Alles okay mit dir?«, lautete Reachers Gegenfrage.

»Mir geht's gut. Wohin als Nächstes?«

Reacher betrachtete die Skyline der Innenstadt. Sechs Türme. Drei Bürogebäude, drei Hotels.

Er sagte: »Ich sollte mich von den Shevicks verabschieden. Vielleicht habe ich später keine Gelegenheit mehr.«

»Warum nicht?«

»Das Holzlager brennt nicht ewig. Früher oder später kommen die Cops auf die Westseite der Center Street zurück. Wenn von hier keine Bestechungsgelder mehr fließen, werden sie wütend. Sie fangen an, Fragen zu stellen. Da ist's am besten, nicht mehr da zu sein.«

»Du reist ab?«

»Komm einfach mit.«

Sie gab keine Antwort.

Reacher sagte: »Ruf bitte Vantresca an, damit er sich mit uns trifft.«

Den Lincoln ließen sie, wo er war. Als eine Art Versicherung. Er warnte wie ein Verbotsschild, auf dem *Keine Fragen!* stand. Der Nachmittag war warm und sonnig. Die drei liefen durch die Innenstadt zu dem Hotel zurück, fuhren zur Suite der Shevicks hinauf. Maria erkannte sie durch den Spion und ließ sie eintreten. Barton und Vantresca waren bereits da.

Vantresca zeigte aus dem Fenster. Auf den linken der beiden Bürotürme westlich der Center Street. Ein schlichtes Rechteck, etwa zwanzig Stockwerke hoch, mit einer Glasfassade, die den Himmel widerspiegelte. Vor der obersten Fensterreihe war in großen Lettern ein Firmenname angebracht: ein Kunstwort, das ebenso gut eine Versicherung wie ein Abführmittel hätte bezeichnen können.

»Wisst ihr das bestimmt?«, fragte Reacher.

»Dort gibt's den einzigen Mietvertrag für den passenden Zeitraum. Die oberen drei Stockwerke. Eine Firma, die kein Mensch kennt. Auffällig sind viele Lieferungen von technischen Geräten für die neuen Mieter.«

»Gut gemacht.«

»Dafür kannst du dich bei Barton bedanken. Er kennt einen Saxofonspieler, der tagsüber im hiesigen Stadtbauamt arbeitet.«

Vantresca hatte offenbar gleich bei seiner Ankunft den Zimmerservice angerufen, denn ein Ober rollte ein Wägelchen mit Speisen und Getränken herein. Kleine Sandwiches, Cupcakes, ein Teller mit von der Mikrowelle noch warmen Plätzchen. Dazu Wasser, Mineralwasser, Eistee, heißer Tee und vor allem heißer Kaffee in einer großen verchromten Thermoskanne, die in der Sonne blitzte. Sie aßen und tranken zusammen. Vantresca berichtete, er habe bereits eine Putzkolonne, einen Fachmann für Trockenbau und einen Maler ins Haus der Shevicks geschickt. Die beiden konnten schon morgen in ihr Haus zurückkehren. Wenn sie wollten. Das wollten sie unbedingt, sagten sie, und bedankten sich für die von ihm veranlassten Reparaturen.

Dann sahen sie fragend Reacher an.

»Heute bis Geschäftsschluss«, sagte er. »Ich rechne mit einer Sofortüberweisung.«

Aaron zögerte einen Augenblick höflich, bevor er fragte: »Wie hoch?«

»Hoffentlich überraschend hoch. Ist's zu viel, könnten Sie den Rest verschenken. An Leute in der gleichen Lage. Vielleicht an diese jungen Rechtsanwälte. Julian Harvey Wood, Gino Vettoretto und Isaac Mehay-Byford. Für Leute mit so vielen Namen leisten sie gute Arbeit.«

Als Nächstes zog Reacher den Umschlag aus dem Leihhaus aus der Tasche. Mit den Eheringen, den kleinen Brillanten und der Armbanduhr mit dem Sprung im Glas. Er übergab ihn Maria. »Der Kerl hat sein Geschäft aufgegeben«, sagte er.

Danach gingen sie. Reacher, Abby, Barton, Hogan und Vantresca. Sie fuhren gemeinsam mit dem Aufzug hinunter, traten auf die Straße hinaus.

Einen halben Block vor dem Foyer des Bürogebäudes gab es einen kleinen Coffeeshop mit Tischen im rückwärtigen Bereich. Sie betraten ihn und drängten sich zu fünft an einem Vierertisch zusammen. Burton und Vantresca berichteten, was sie in Erfahrung gebracht hatten. Der Büroturm war erst vor drei Jahren errichtet worden. Er verfügte über zwanzig Stockwerke mit insgesamt vierzig Bürosuiten. Bisher war er ein Verlustgeschäft, weil es in der Stadt große Leerstände in Bürogebäuden gab. Die unbekannte Firma hatte die Stockwerke achtzehn bis zwanzig zu sehr günstigen Bedingungen mieten können. Die einzigen anderen Mieter waren ein Zahnarzt im dritten Stock und ein Immobilienmakler im zweiten. Ansonsten stand das Gebäude leer.

Reacher fragte Hogan: »Was täte das Marine Corps?«

»Wahrscheinlich würde es den Zahnarzt und den Makler in Sicherheit bringen und das Gebäude anzünden. Die Kerle in den oberen Stockwerken würden über die Feuertreppe flüchten oder dort oben verbrennen. Beides Win-win-Situationen ohne viel Aufwand.«

Reacher fragte Vantresca: »Und was täte die Panzertruppe?«

»Das Standardverfahren bei Kampf in Städten wäre, die Mauern im Erdgeschoss zu zerschießen, damit das Gebäude in sich zusammenstürzt. Man will möglichst wenig Trümmer auf den Straßen herumliegen haben. Bewegt sich nach einer Minute noch etwas, hält man mit dem MG drauf.«

»Okay«, sagte Reacher.

Vantresca fragte: »Was täte die Militärpolizei?«

»Die würde sich etwas Subtiles einfallen lassen müssen. Weil sie relativ wenig Ressourcen zur Verfügung hat.«

»Zum Beispiel?«

Reacher überlegte eine Minute, dann erklärte er's ihnen.

47

Fünf Minuten später verließ Barton den Coffeeshop, weil er angeblich einen Zahnarzttermin hatte. Reacher und die anderen blieben vorerst sitzen. Der Coffeeshop stellte ein gutes Basislager dar. Der Barista war bestimmt ein Spitzel der Ukrainer, aber es gab niemanden mehr, dem er seine Beobachtungen hätte melden können. Reacher verfolgte, wie er mehrmals zu telefonieren versuchte. Anscheinend meldete sich niemand. Der Kerl starrte sein Handy verwirrt an.

Als Nächstes verließen Hogan und Vantresca das Lokal, um mit dem Makler über die Anmietung eines Büros zu sprechen. Reacher und Abby blieben allein am Tisch zurück. Weil ihre Gesichter als einzige auf ukrainischen Handys gespeichert waren, durften sie sich nicht zu früh in der Öffentlichkeit zeigen.

Der Barista versuchte einen dritten Anruf.

Wieder keine Antwort.

Abby sagte: »Das alles bedeutet wohl, dass wir heute Abend in meine Wohnung zurückgehen können.«

»Das glaube ich auch«, meinte Reacher.

»Außer du reist schon vor heute Abend ab.«

»Kommt darauf an, wie sich die Dinge entwickeln. Vielleicht sind dann alle auf der Flucht.«

»Und wenn nicht?«

»Dann gehen wir heute Abend zu dir.«

»Für wie lange?«

Er fragte: »Wie würdest *du* diese Frage beantworten?«

Sie antwortete: »Nicht für immer, denke ich.«

»So lautet auch meine Antwort. Nur ist mein Ewigkeitshorizont enger als bei den meisten Leuten. Das will ich ganz deutlich sagen.«

»Wie eng?«

Reacher blickte aus dem Fenster, betrachtete die nachmittags im Schatten liegende Straße. Er sagte: »Mir kommt's vor, als wäre ich schon ewig hier.«

»Also ziehst du bald weiter.«

»Komm einfach mit.«

»Was spricht dagegen dazubleiben?«

»Was spricht dagegen weiterzuziehen?«

»Nichts«, sagte sie. »Ich beschwere mich auch nicht. Ich will's nur wissen.«

»Was wissen?«

»Wie lange wir noch Zeit miteinander haben. Damit ich jede Minute auskosten kann.«

»Du willst also nicht mitkommen?«

»Ich habe die Wahl zwischen zwei Möglichkeiten, denke ich. Schöne Erinnerungen mit einem Anfang und einem Ende – oder ein allmählicher Niedergang, während mir Motels und Fußmärsche, Reisen per Bus und Anhalter zuwider werden. Ich entscheide mich für die Erinnerungen an ein erfolgreiches Experiment. Viel seltener, als man glauben würde. Wir haben gut harmoniert, Reacher.«

»Vor uns liegt noch einiges. Mach dir keine falschen Hoffnungen.«

»Du bist besorgt?«

»Nur professionell.«

»Maria hat mir erzählt, was du zu ihr gesagt hast. Eines Tages wirst du verlieren. Nur eben heute nicht.«

»Ich habe versucht, sie aufzumuntern. Das war alles. Sie wirkte so deprimiert. Ich wollte irgendwas sagen.«

»Ich glaube, dass du das ernst gemeint hast.«

»Das ist etwas, das man in der Army lernt. Direkten Einfluss hat man nur darauf, wie schwer man arbeitet. Hängt man sich wirklich rein, sodass Aufklärung, Planung und Ausführung hundertprozentig korrekt sind, muss man letztlich Sieger bleiben.«

»Klingt ermutigend.«

»Du verkennst die Army. In Wirklichkeit meint sie: Wenn du heute unterliegst, ist das ausschließlich deine Schuld.«

»Bisher haben wir ganz gut abgeschnitten.«

»Aber jetzt hat das Spiel sich geändert. Unser neuer Gegner ist Moskau. Keine Bande von Dieben und Zuhältern mehr.«

»Im Prinzip die gleichen Leute.«

»Aber garantiert ein besseres System. Bessere Planung. Die besten Leute. Weniger Schwächen, weniger Fehler.«

»Klingt nicht gut.«

»Ich tippe auf fifty-fifty. Sieg oder Niederlage. Was in Ordnung ist. Ich mag's gern einfach.«

»Wie fangen wir's an?«

»Aufklärung, Planung, Ausführung. Als Erstes denken wir wie sie. Was nicht weiter schwierig ist. Wir haben sie endlos lange studiert. Vantresca könnte dir alles über sie erzählen. Das sind clevere Leute, organisiert, bürokratisch, vorsichtig, sorgfältig, wissenschaftsgläubig und unbedingt kopfgesteuert.«

»Wie können wir also siegen?«

»Wir können ausnützen, dass sie garantiert rational denken«, erklärte Reacher. »Wir können etwas tun, auf das ein vernünftiger Mensch nicht im Traum käme. Etwas völlig Durchgeknalltes.«

Dann ging der erste Aufklärungsbericht ein. Barton betrat den Coffeeshop, nickte grüßend und blieb an der Theke stehen. Er ließ sich einen Kaffee geben, den er mit an den Tisch brachte, und setzte sich. Doch bevor er etwas sagen konnte, traf der zweite Bericht ein. Hogan und Vantresca kehrten gemeinsam zurück. Sie kamen direkt an den Tisch, fanden mühsam Platz. Fünf Personen an einem Vierertisch.

Barton sagte: »Die Fassade ist bis ins Erdgeschoss hinunter verglast. Das Foyer betritt man durch eine Drehtür. Die Rückwand des Empfangsbereichs ist die Außenwand des Kernbereichs des Gebäudes. Dort gibt es fünf Öffnungen. Eine Tür zum Treppenhaus, drei Aufzugtüren und eine weitere Tür zum zweiten Treppenhaus. Dazwischen liegen drei gesicherte Drehkreuze und die Rezeption. Dort sitzt ein Wachmann in Zivil, den ich für einen gewöhnlichen Rent-a-Cop halte.«

»Ist das alles?«, fragte Reacher.

»Anscheinend alles, wofür die Hausverwaltung aufkommt«, antwortete Barton. »Aber im Foyer lungern außerdem vier Kerle in Anzug und Krawatte herum. Die werden vermutlich von anderen Leuten bezahlt. Zwei von ihnen warten gleich hinter der Drehtür. Sie haben gefragt, wohin ich will. Als ich den Zahnarzt genannt habe, haben sie mich zum Empfang weitergeschickt. Dort hat der Rent-a-Cop mich noch mal gefragt, wohin ich will.«

Reacher sah Hogan und Vantresca an.

»War's bei euch auch so?«

»Exakt«, sagte Vantresca. »So werden Besucher gleich von Anfang an kontrolliert. Aber es wird noch besser. Die beiden anderen Kerle stehen hinter den Drehkreuzen bei den Aufzügen, die mit neuen Anzeigen aufgerüstet worden sind. Wie in wirklich großen Gebäuden mit Tausenden von Besuchern. Man gibt das gewünschte Stockwerk ein, und auf dem Bildschirm erscheint die Nummer des Aufzugs, auf den man warten soll. Dieser Aufzug, in dem es keine Knöpfe mehr gibt, bringt einen automatisch ans Ziel. Das ist ein sehr effizientes System – aber für ein so kleines Gebäude völlig überflüssig. Dafür existiert natürlich ein Grund: Die beiden Kerle lassen einen die Nummer nicht selbst eingeben. Sie fragen, wohin man will, man sagt es ihnen, und sie geben die Nummer ein und teilen einem mit, wo man warten soll. Dann betritt man die Kabine und steigt erst wieder aus, wenn die Tür sich öffnet. Was anderes bleibt einem gar nicht übrig.«

»Habt ihr im Foyer Kameras gesehen?«

»Über dem mittleren Aufzug ist eine zu erkennen. Bestimmt mit Weitwinkelobjektiv, damit die Leute oben Bescheid wissen.«

Reacher nickte.

Er schaute wieder zu Barton hinüber und fragte: »Wie war's beim Zahnarzt?«

»Der dritte Stock ist in kleinere Bürosuiten aufgeteilt, die an einem inneren Korridor liegen, der um den Kernbereich des Gebäudes herumführt. Drei Seiten dieses Bereichs bestehen aus massiven Wänden. Ich bin über die Treppe in den vierten Stock gelangt, und dort oben sieht's genauso aus. Im fünften Stock liegen nach hinten hinaus zwei größere Suiten. Dort oben konnte ich nicht ganz um den Kern herumgehen. Ich vermute, dass die massive Wand die Rückwand einer der Suiten bildet.«

Hogan sagte: »Wir sind in den sechsten Stock raufgelaufen und haben dort angefangen. Je höher man kommt, desto größer werden die Bürosuiten. Vermutlich besteht der neunzehnte Stock aus einem einzigen Großraumbüro. Die Aufzüge kommen in dem rechteckigen Kernbereich herauf. Mehr hat der Architekt nicht vorgegeben. Also hatten sie beim Innenausbau weitgehend freie Hand.«

»Beginnend mit einem Stahlkäfig vor dem Aufzug«, sagte Reacher.

»Garantiert«, bestätigte Vantresca. »Die Sache ist noch einfacher, als wir dachten. Weil das Gebäude groß, aber nicht riesig ist. Es existiert nur dieser eine Kernbereich mit fünf Öffnungen pro Stockwerk, die alle übereinander liegen. Ein einziger großer Käfig würde für alle genügen, ohne dass irgendwas zugeschweißt werden müsste. Man könnte einen zwei Meter tiefen und zweieinhalb Meter hohen Stahlkäfig bauen, der von einer Treppenhaustür bis zur anderen reicht. Dann öffnen sich alle fünf Türen in den Käfig, der einem lang gestreckten Empfangsraum gleicht. Vielleicht ein bisschen schmal. Darin müsste man einen Augenblick warten, während bewaffnete

Männer einen durch die Gitterstäbe mustern, bis man von weiteren Bewaffneten eingelassen wird. Der Mechanismus ist vermutlich elektronisch gesteuert. Vielleicht gibt es auch zwei Türen, die eine Schleuse bilden.«

»Böden und Decken?«

»Betonplatten ohne wesentliche Durchbrüche. Alle großen Versorgungsleitungen führen wie die Aufzüge im Kernbereich nach oben.«

»Okay«, sagte Reacher.

»Okay was?«

»Vorsichtig, sorgfältig, rational. Das habe ich Abby vorhin erklärt.«

»Und paranoid. Ich wette, dass die Sicherheitsvorkehrungen im neunzehnten und zwanzigsten Stock nicht anders aussehen. Damit sind diese Pufferzonen praktisch uneinnehmbar.«

Reacher nickte.

»Klasse gemacht«, sagte er. »Dort kommt niemand rein.«

»Was machen wir also?«

»Geht's hart auf hart, gehen die Harten einkaufen.«

»Wo?«

»Baumarkt.«

Der nächstgelegene Baumarkt war eine Filiale einer nationalen Ladenkette, in dem zahlreiche Werbebanner für gemeinsame Projekte warben, die sofort angegangen werden sollten. Damit wäre Moskau sicher einverstanden gewesen. Er war groß genug, um das zu führen, was sie brauchten, aber nicht groß genug, um viel Auswahl zu bieten. Was letztlich Zeit sparte. Ein Teppichmesser war ein Teppichmesser, eine Bügelsäge eine Bügelsäge. Und so weiter und so fort. Für jeden von ihnen erstanden sie eine Werkzeugtasche. Sie trug den Namen der Ladenkette, sah aber ziemlich profimäßig aus. Der im Krankenhaus liegende Gezim Hoxha zahlte für alles aus seiner unförmig dicken Geldbörse.

Sie packten die Taschen sorgfältig und hängten sie sich über eine Schulter. Dann gingen sie auf dem Weg zurück, auf dem sie gekommen waren, ohne diesmal in dem Coffeeshop haltzumachen. Dieses Mal marschierten sie einen halben Block weiter bis zum Eingang des Büroturms.

48

Wie Barton berichtet hatte, war der Empfangsbereich im Erdgeschoss rundum verglast. Das bedeutete, dass die am Eingang postierten Männer sie frühzeitig sehen konnten. Spätestens ab zehn, zwölf Metern Entfernung, wenn sie noch mehrere Sekunden entfernt waren. Was leichte Verwirrung auslösen würde, wie Reacher hoffte. Eben genug, um sie rätseln zu lassen. Fünf Personen, die sich rasch näherten, waren automatisch suspekt. Personen mit Werkzeugtaschen möglicherweise nicht. Vielleicht Installateure, die dringend angefordert worden waren, um einen Wasserrohrbruch zu beheben. Oder Elektriker. Allerdings befand sich unter ihnen eine Frau. Aber das war okay, nicht wahr? Schließlich lebten sie hier in Amerika. Allerdings sah einer der Männer wie der Kerl aus Kiew aus. Gregory hatte sein Bild verbreitet, bevor er für immer verstummte. War der Kerl aus Kiew ein Klempner? Eine Frage, die sie kurz zögern lassen würde – eben genug, um sie vielleicht entscheidende Bruchteile von Sekunden zu spät reagieren zu lassen.

Denn inzwischen bewegte sich die Drehtür schnell und spuckte erst Reacher, dann Hogan, dann Vantresca, dann Barton und zuletzt Abby aus, die Pistolen aus ihren Werkzeugtaschen zogen und sich im Foyer verteilten. Hogan und Vantresca spurteten voraus. Abby folgte ihnen dichtauf, während Reacher und Barton die beiden Männer am Eingang mit unters Kinn gedrückten Pistolen zurückdrängten. Die drei anderen sprangen über die Drehkreuze und rammten die beiden Anzugträger, die zu Boden gingen, während Abby sich vor dem Kontrollpult für die Aufzüge aufbaute.

Dort stand sie einen Augenblick still. Von der Straße einfallendes Licht beleuchtete sie von hinten. Zierlich und keck, schlank und durchtrainiert, ganz in Schwarz, mit einer Glock 17 in der Rechten. Eine künstlerische Performance. Eine albtraumhafte Gestalt.

Dann erhob sie sich auf die Zehenspitzen und besprühte das Kameraobjektiv über der mittleren Aufzugtür aus einer Spraydose. Mattschwarz aus dem Baumarkt. Gleichzeitig war Barton schon damit beschäftigt, die Glasfront zur Straße hin mit weißer Farbe zu besprühen, als wäre dies ein leer stehendes Ladenlokal. Die vier Männer in den Anzügen waren zusammengetrieben und wurden von Reacher und Vantresca mit vorgehaltener Waffe in Schach gehalten, während Hogan sich daran machte, sie mit langen Kabelbindern aus dem Baumarkt zu fesseln.

Der Rent-a-Cop am Empfang beobachtete alles äußerst nervös.

Reacher rief zu ihm hinüber: »Arbeiten Sie für diese Leute?«

Der Mann antwortete ebenso laut: »Nein, Sir, ganz entschieden nicht!«

»Trotzdem bekleiden Sie eine Position. Zumindest dem

Hausbesitzer gegenüber tragen Sie Verantwortung. Dafür haben Sie bestimmt unterschrieben. Ließen wir Sie laufen, würden Sie die Polizei rufen müssen. Sie sehen aus wie ein Mann mit Prinzipien. Deshalb wär's am besten, wenn wir Sie ebenfalls fesseln würden. Vielleicht sollten wir Ihnen sogar die Augen verbinden. Wir lassen Sie hinter Ihrer Theke auf dem Boden liegen. Dann können Sie später alles abstreiten. Wäre das für Sie in Ordnung?«

»Ich denke schon«, antwortete der Mann.

»Aber erst müssen Sie noch die Tür für uns absperren.«

Der Mann stand auf.

Das war der Augenblick, in dem der Plan schiefging. Als die bisher problemlose Durchführung entgleiste. Allerdings musste Reacher sich im Nachhinein ehrlicherweise eingestehen, dass dies auch der Moment war, in dem der Plan zu funktionieren begann. Er hatte damit gerechnet. Insgeheim sogar darauf gehofft. Daher die Bügelsäge.

Irgendwas völlig Durchgeknalltes.

Hogan bückte sich gerade, um die Beine des ersten Kerls an den Knöcheln zu fesseln, als dieser in Panik geriet oder in der Hoffnung auf einen allgemeinen Aufstand einen verzweifelten Befreiungsschlag versuchte. Jedenfalls stürmte er plötzlich los, direkt auf Vantresca zu: mit einem wilden Aufschrei und funkelndem Blick. Er stürzte sich praktisch in die Mündung von Vantrescas Pistole.

Der ehemalige Offizier machte alles richtig. Aus dem Augenwinkel heraus sah er, dass Hogan sich zur Seite warf, um den Füßen des Kerls auszuweichen und nicht vom eigenen Feuer getroffen zu werden. Er sah, dass sich niemand hinter dem Angreifer befand. Also war ein glatter Durchschuss ungefährlich. Er wusste, dass sie sich in einem Gebäude aus

Stahlbeton aufhielten. Also bestand keine Gefahr, dass ein Schuss durch eine Mauer ging. Auch der Knall des aufgesetzten Schusses würde kaum zu hören sein, weil der Brustkorb des Kerls als riesiger Schalldämpfer fungieren würde.

Vantresca drückte ab.

Es gab keinen Aufstand.

Die drei anderen Kerle blieben, wo sie waren.

Der Rent-a-Cop sagte: »O Scheiße.«

»Zu Ihnen kommen wir gleich«, erklärte Reacher. »Aber erst müssen Sie die Tür absperren.«

Oben im neunzehnten Stock merkte jemand, dass die Kamera im Foyer ausgefallen war. Niemand wusste, wie lange schon. Aber dann fiel jemandem auf, dass der Bildschirm nicht einheitlich schwarz aussah. Anscheinend war die Kamera doch noch in Betrieb. Also griffen sie auf die Festplatte zu und erkannten eine junge Frau, die aus einer Spraydose schwarze Farbe versprühte. Nachdem sie zuvor eine Pistole in der Hand gehalten hatte. Nachdem sie zuvor mit vier Männern durch die Drehtür ins Foyer gestürmt war. Alle fünf individuell gekleidet, aber mit identischen Gerätetaschen. Ein Spezialtrupp für »schwarze Unternehmen« unter Führung einer Frau. Dies war Amerika.

Als Erstes telefonierten sie natürlich mit dem Foyer. Für alle Fälle. Vier einzelne Handynummern, von denen keine Antwort kam. Wie befürchtet, aber nicht unerwartet. So war es seit zwei Stunden überall. Sie versuchten sogar, den Rent-a-Cop am Empfang zu erreichen. Sie hatten die Nummer des lächerlichen Festnetztelefons auf seiner Theke.

Keine Antwort.

Vollständig isoliert. Keinerlei Informationen. Nicht mal aus dem Foyer. Keine Ahnung, was da vor sich ging. Von der Welt abgeschnitten. Nichts in den Nachrichten. Nichts aus der Gerüchteküche. Keine merkwürdigen Entwicklungen. Keine Pressesprecher mit vorbereiteten Texten.

Sie riefen nochmals alle Nummern an.

Keine Antwort.

Dann hörten sie einen der Aufzüge heraufrumpeln.

Druckluft zischte leise, als die Kabine anhielt.

Die Tür öffnete sich, glitt fast lautlos zur Seite.

Auf die Rückwand der Kabine hatte jemand das ukrainische Wort für *Loser* gesprüht. Darunter saß einer ihrer eigenen Leute aus dem Foyer, mit ausgestreckten Beinen, in Anzug und Krawatte, schief zur Seite gesackt. Mit einem tödlichen Brustschuss.

Sein Kopf war abgetrennt.

Der Kopf lag zwischen seinen Beinen.

Die Aufzugtür schloss sich fast lautlos.

Die Kabine rumpelte wieder nach unten.

Vollständig isoliert. Keinerlei Kontakt. Alle, die keine bestimmte Aufgabe hatten, versammelten sich im Empfangsbereich vor den Aufzügen. Außerhalb des Stahlkäfigs. An die Gitterstäbe gedrängt. Unterschiedlich verteilt, als hätten sie Wetten abgeschlossen. Die meisten vor dem mittleren Aufzug, als erwarteten sie eine Rückkehr des grausigen Tableaus. Andere vor dem ersten oder dem dritten Aufzug. Einige wenige beobachteten die Türen der Treppenhäuser. Alle möglichen Theorien machten die Runde.

Sie warteten.

Nichts passierte.

Einzelne wechselten ihre Position außerhalb des Käfigs. Als veränderte die Wahrscheinlichkeit sich mit zunehmender Dauer. Als würde dadurch diese oder jene Lösung wahrscheinlicher. Oder unwahrscheinlicher.

Sie warteten.

Sie versuchten es mit drei wichtigen Nummern. Ein letztes Mal. Erst Gregory, dann Danilo, dann der Wachhabende unten im Foyer. Ohne wirkliche Hoffnung.

Ohne eine Antwort.

Sie warteten. Sie nahmen neue Positionen außerhalb des Käfigs ein.

Sie horchten.

Der Aufzug rumpelte. Diesmal im linken Schacht.

Die Kabine hielt mit leisem Zischen an.

Die Tür öffnete sich fast lautlos.

Auf dem Boden der Kabine lag ein weiterer ihrer Leute. Aus dem Foyer. Schwarzer Anzug und Krawatte. Mit Kabelbindern an Handgelenken und Knöcheln gefesselt auf der Seite liegend. Mit einem Knebel aus schwarzem Tuch im Mund. Er drehte und wand sich strampelnd, flehte mit verzweifelten Blicken, versuchte trotz des Knebels um Hilfe zu rufen. *Bitte holt mich hier raus, bitte holt mich hier raus!* Als Nächstes nickte er drängend, als wollte er sagen: *Ja, ja, das ist nicht gefährlich, bitte holt mich hier raus!*, bevor er sich energisch zur Seite warf, als versuchte er, sich aus der Kabine zu wälzen.

Die Tür schloss sich fast lautlos vor ihm.

Die Kabine sank wieder in die Tiefe.

Anfangs sprach niemand.

Dann sagte jemand: »Wir hätten ihn retten sollen.«

Jemand anderer fragte: »Aber wie?«

»Wir hätten schneller sein müssen. Ihm ist unten irgendwie die Flucht gelungen. Wir hätten ihm helfen sollen.«

»Wir hatten keine Zeit dazu.«

Der Kerl, der zuerst gesprochen hatte, sah sich prüfend um. Er begutachtete die Entfernung zwischen sich und der Käfigtür, dann zum Kontrollpult hinüber und zuletzt von der Käfigtür bis zum linken Aufzug. Dabei stellte er sich den Ablauf vor. Die Tür geht auf. Die Tür schließt sich. Nein. Nicht genug Zeit. Vor allem wegen der anfänglichen Verzögerung, weil alle erst mal verblüfft gewesen waren.

Einfach nicht möglich.

»Jammerschade«, sagte er. »Er ist ihnen entkommen, und wir haben ihn wieder runtergeschickt.«

»Wie entkommen?«

»Vielleicht haben sie ihn gefesselt, um ihn zu köpfen, aber er hat's irgendwie geschafft, sich in den Aufzug zu wälzen, und ist hier raufgekommen, um von uns gerettet zu werden. Er war nur zwei Meter entfernt.«

Niemand äußerte sich dazu.

Der Kerl sagte: »Hört ihr das?«

Ein Aufzug rumpelte.

Wieder im linken Schacht.

Die Kabine fuhr wieder nach oben.

Der Kerl sagte: »Macht die Tür auf.«

»Das ist verboten.«

»Diesmal müssen wir ihm helfen. Macht die Tür auf!«

Niemand sprach.

Der Aufzug rumpelte.

Dann sagte jemand anders: »Yeah, macht die verdammte Tür auf. Wir dürfen den armen Kerl kein zweites Mal runterschicken.«

Vollständig isoliert. Keine Befehle, keine Führerschaft.

Eine dritte Stimme befahl: »Macht sie auf!«

Der Kerl an der Tür tippte den Zahlencode auf einem Tastenfeld ein. Nach einer vorprogrammierten Pause öffnete das Schloss sich klickend. Die Tür schwang auf. Vier Männer betraten den Stahlkäfig. Mit schussbereiten Pistolen, wachsam, vorsichtig. Die anderen blieben draußen, verfolgten das Geschehen durch die Gitterstäbe.

Der Aufzug rumpelte.

Die Kabine kam mit dem Zischen von Druckluft zum Stehen.

Die Tür öffnete sich fast lautlos.

Auf dem Fußboden lag derselbe Kerl. Schwarzer Anzug mit Krawatte. An Händen und Füßen gefesselt, mit einem Knebel im Mund warf er sich herum, flehte mit verzweifelten Blicken darum, befreit zu werden.

Die vier Männer im Käfig beeilten sich, ihm zu helfen, bevor die Tür sich wieder schloss.

Aber es war nicht derselbe Kerl. Auf dem Fußboden lag Vantresca. Weil er durchschnittlich groß war, passte ihm der schwarze Anzug. Und er war nicht gefesselt, sondern hielt zwei Glock 17 in seinen hinter dem Rücken versteckten Händen. Diese Pistolen brachte er jetzt nach vorn und drückte viermal ab: schnell, zielgenau, überlegt.

Im nächsten Augenblick öffnete sich der rechte Aufzug, aus dem Reacher mit Hogan, Barton und Abby stürmte. Mit vier weiteren Schusswaffen. Hogan drückte als Erster ab. *Sofort auszuschalten ist jeder, der die Käfigtür schließen könnte,* hatte Reachers Anweisung gelautet. Dafür genügten drei Schüsse. Die außerhalb des Käfigs stehenden Männer, die wie hypnotisiert zuschauten, wie Vantresca ihre Kollegen vom Kabinenboden aus niederschoss, nahm Reacher sich selbst vor. Barton überwachte inzwischen ein Ende des Eingangsbereichs, Abby das andere.

Alles war schnell vorbei. Unvermeidbar. Das militärisch geplante Unternehmen stieß auf keine großen Hindernisse. Die Angreifer hatten das Überraschungsmoment auf ihrer Seite und konnten dann ihre überlegene Feuerkraft auf ein verhältnismäßig kleines Rechteck vor den Aufzügen konzentrieren. So war der Sieg eigentlich eine Routinesache. Der große Preis war die Käfigtür. Sie stand weiterhin offen. Ihr kompliziertes Schloss war nicht aktiviert. Anscheinend funktionierte es elektronisch. Jedenfalls war neben der Tür ein Tastenfeld angebracht.

Reacher trat von Hogan, Abby und Barton gefolgt durch die Tür in den geheimen Raum im neunzehnten Stock. Vantresca, der sich den nach seinem Auftritt staubigen schwarzen Anzug abklopfte, bildete die Nachhut.

49

Der hintere Teil von Reachers Gehirn war mit einer komplizierten Berechnung beschäftigt, bei der es darum ging, die Gesamtfläche des Stockwerks durch die Zahl der im Eingangsbereich getöteten Kerle zu teilen, was den Schluss nahelegte – wenn man realistisch davon ausging, dass es Offiziersunterkünfte für die wichtigen Nerds und beengtere Unterkünfte fürs Fußvolk gab –, dass der Gegner bereits erheblich dezimiert sein musste. Das war unvermeidbar. Hier oben konnte es nicht mehr allzu viele Leute geben. Außer sie hatten zu dritt in einem Bett geschlafen oder waren auf dem Fußboden gestapelt gewesen. Einfache Mathematik.

Aber der vordere Teil von Reachers Gehirn sagte: *Lass die*

Zahlenspielereien. Wenn du heute versagst, ist's deine eigene Schuld. Er blieb an die Wand eines Flurs gedrückt stehen und riskierte einen Blick um die Ecke. Er sah einen weiteren Korridor. Ebenso breit, ebenso leer. Links und rechts Türen. Vielleicht Büros. Oder Schlafzimmer. Bäder und Toiletten gegenüber. Oder Lagerräume. Oder Labors. Oder Nervenzentren. Oder Bienenstöcke. Oder Nester. Oder Tierbaue.

Er bewegte sich weiter. Hogan folgte ihm. Dann Abby. Gleich dahinter Barton und Vantresca. Das erste Zimmer links stellte eine Art Wachlokal oder Sicherheitszentrale dar. Leer. Verlassen. Ein Schreibtisch mit einem Stuhl davor. Unbesetzt. Auf dem Tisch zwei Flachbildschirme, die mit *Foyer* und *19. Stock* beschriftet waren. Der erste Bildschirm war überwiegend schwarz; der andere erfasste den Eingangsbereich vor den Aufzügen. Die hoch an der Wand angebrachte Überwachungskamera zeigte in der Schrägsicht viele Leichen auf dem Boden vor dem Stahlkäfig. Über ein Dutzend.

Ihr wolltet es nicht anders, sagte der hintere Teil seines Gehirns.

Reacher ging weiter. Auch das erste Zimmer rechts war leer. Es hatte ein bodentiefes Fenster, das nach Norden führte. Unten lag die Innenstadt vor ihm ausgebreitet. Der Raum enthielt vier Sessel, einen Kühlschrank und eine Kaffeemaschine auf einem Sideboard. Offenbar eine Art Bereitschaftsraum. Wegen seiner Nähe zu den Aufzügen praktisch.

Die fünf gingen weiter. Hier gab es nichts mehr zu sehen. Keine Leute. Auch keine technische Ausrüstung. Allerdings wusste Reacher auch nicht so recht, was er zu sehen erwartete. Er orientierte sich hauptsächlich an Abbys Beschreibung: Wie in einem Film, in dem der verrückte Wissenschaftler in seinem Labor gezeigt wird – von blinkenden Maschinen und knisternder Elektrizität umgeben. Für ihn war ein Server jemand, der beim Tennis aufschlug oder ihm einen Drink brachte. Vantresca vermutete, die gesamte Installation könne vielleicht nur aus einem halben Dutzend Laptops bestehen. Cloud-basiert sagte er dazu. Hogan erwartete einen klimatisierten Raum mit Laminatfußboden und heruntergelassenen Jalousien, in dem Großrechner summten.

Sie gingen weiter.

Ohne etwas zu sehen.

»Augenblick«, flüsterte Reacher. »Wir vergeuden unsere Zeit. Hier herrscht kein Normalbetrieb mehr. Ich glaube, dass sie direkt zum Endspiel übergegangen sind. Vermutlich hat der kopflose Reiter die meisten Kerle in den Empfangsbereich gelockt. Nur die Leute, die gerade beschäftigt waren, sind zurückgeblieben und haben überlebt. Und jetzt haben sie sich eingeigelt. Für sie ist dies Custers letztes Gefecht.«

»Wie viele?«, fragte Hogan.

»Das ist mir egal«, erwiderte Reacher. »Hauptsache, Trulenko ist einer von ihnen.«

Abby sagte: »Wenn sechs Laptops reichen, sind's vielleicht nur ein paar Kerle.«

»Dazu Sicherheitsleute, die ständig anwesend sein müssen«, erklärte Reacher. »In von Moskau festgelegter Zahl. Oder zumindest alle, die sich diszipliniert an ihren Auftrag gehalten haben. Das sind vielleicht ein paar weniger.«

Vantresca sagte: »Moskau würde ein ganzes Garderegiment einsetzen, wenn es könnte.«

»Das hängt wohl von der Raumgröße ab.«

Hogan sagte: »Ein halbes Dutzend Laptops hätten in einer Besenkammer Platz. Oder hinter einer Geheimtür in einer Besenkammer.«

»Nein, Trulenko will Fenster haben«, meinte Abby. »Vor allem solche bodentiefen Fenster. Ich wette, dass er die Aussicht genießt. Dass er gern am Fenster steht, über die Stadt schaut und sich über die Kleinbürger dort unten erhaben fühlt. Obwohl er als Geschäftsmann versagt hat und praktisch ein Gefangener der Russen ist. Ich wette, dass er sich dann besser fühlt.«

»Augenblick«, sagte Reacher wieder. Er sah zu Barton. »Du hast gesagt, dass du im vierten Stock um den Aufzugschacht herumgehen konntest, der auf drei Seiten keine Türen hatte. Aber im fünften Stock konntest du das nicht – wegen der dortigen großen Bürosuiten, deren Rückwand durch den Schacht gebildet wird.«

»Stimmt«, sagte Barton.

»Das ist eine ziemlich günstige Situation«, fuhr Reacher fort. »Hab ich recht? Dort ist man allen Versorgungsleitungen, die neben den Aufzügen heraufführen, am nächsten.« Er sah zu Vantresca. »Wie war das damals, wenn ihr Telefonleitungen verlegen musstet? Wie lang sollten die idealerweise sein?«

»Möglichst kurz«, entgegnete Vantresca.

»Weil?«

»Weil Leitungen störungsanfällig sind.«

Reacher nickte.

»Mechanisch nicht sehr widerstandsfähig«, sagte er. »Entlang dieser Wand verlaufen alle wichtigen Versorgungsleitungen, vor allem auch die für die Notstromversorgung. Ich wette, dass Moskau großen Wert auf diese Wand gelegt hat.« Er sprach das Wort aus, das Bienenstock, Nest oder Tierbau bedeutete. »Sie haben den Raum vom Aufzugschacht bis zu den Fenstern ausgebaut. Weil Moskau die Wand und Leute wie Trulenko die Fenster wollten. So waren beide Seiten zufrieden.«

Vantresca sagte: »Das ist ein sehr großer Raum.«

Reacher nickte.

»So groß wie das Foyer im Erdgeschoss«, meinte er. »Derselbe Grundriss, nur spiegelverkehrt.«

»Geräumig genug für ein Garderegiment.«

»Höchstens für eine Schützenkompanie.«

»Vielleicht niemand«, sagte Abby. »Wegen der menschlichen Natur. Diese Kerle sind aus der Ukraine. Moskau ist für sie der gönnerhafte große Bruder. Also haben sie darauf bestanden, ihre Regeln selbst festzulegen. Wozu Wachpersonal, wenn sie sich selbst im Raum befinden? Als Sicherung dient der Käfig vor den Aufzügen. Alle übrigen Räume sind gleich sicher. Vielleicht wollte Trulenko ohnehin niemanden in seiner Nähe haben, der ihm über die Schulter schaut. Auch das ist menschliche Natur.«

»Situation C«, sagte Hogan.

»Vielleicht nicht mehr«, sagte Abby. »Sie sind seit zwei Stunden von allem abgeschnitten. Ich glaube, dass sie ihrem Instinkt gefolgt und rausgekommen sind, um auf den Barrikaden zu kämpfen. Also *vor* dem Käfig. Der Versuchung konnten sie nicht widerstehen, denke ich. Wegen der menschlichen Natur. Niemand will sich in einem großen Raum verstecken und aufs Unvermeidliche warten.«

Reacher sagte: »Das ist ein breites Angebot an grundlegenden Vermutungen, wie die Eierköpfe sagen würden. Mit einer beliebigen Anzahl von einem einzelnen Mann bis zu einem Garderegiment.«

»Worauf tippst du?«

»Mir egal«, sagte er, »solange einer davon Maxim Trulenko ist.«

»Nein, im Ernst!«

»Das hängt davon ab, wie viele Nerds hier arbeiten. Vielleicht gibt es dort drinnen Dutzende von ihnen. In mehreren Reihen.«

»Nein«, entgegnete Vantresca. »Dies ist die Zentrale. Hier arbeiten nur Spitzenleute. Die Drohnen sind anderswo. Irgendwo in der Cloud.«

»Oder im Keller ihrer Mom«, sagte Hogan.

»Meinetwegen«, sagte Vantresca. »Trulenko ist ein Künstler. Außer ein paar Vertrauten duldet er niemanden in seiner Nähe. Ich rechne mit zwei bis drei Leuten. Höchstens.«

»Okay«, sagte Reacher. »Dann müssen wir mit vier Bewachern rechnen – oder auch nur einem. Vermutlich sieht das Schutzkonzept der Situation C vor, dass ständig vier Sicherheitsleute anwesend sein müssen. Schlimmstenfalls halten die Kerle sich nach wie vor an diese Vorschrift. Bestenfalls hat Abby recht, und Trulenko kann niemanden in seiner Nähe ertragen. Dann hat er vielleicht privat eine andere Regelung getroffen. Typischerweise sitzt der Wachleiter in solchen Fällen stumm und still wie ein Möbelstück in irgendeiner Ecke. Vielleicht sind die beiden sogar Freunde geworden. Die Filmrechte daran ließen sich bestimmt vermarkten. Die anderen drei Kerle seines Teams wären dann im Rahmen der Situation C anderswo eingesetzt.«

»Wie viele sind's also – einer oder vier?«

Einer, sagte der hintere Teil seines Gehirns.

Laut sagte er: »Vier.«

Sie spähten um die nächste Ecke, und Barton deutete auf das Gegenstück zu der Tür, die unten im fünften Stock zu der großen rückwärtigen Bürosuite geführt hatte.

50

Reachers linke Schulter berührte die kurze Seite des rechteckigen Aufzugsschachts. Die Tür lag genau vor ihm. Folglich außerhalb des Kernbereichs. Folglich nicht zu der Bürosuite gehörend. Ein vorgelagerter Flur oder Empfangsbereich. Reacher drückte die Tür mit gespreizten Fingern langsam und vorsichtig auf.

Ein Vorraum. Leer. Drei von irgendwoher geholte Stühle, die ungefähr ein Dreieck bildeten. Hier haben sie sich aufgehalten, sagte der hintere Teil von Reachers Gehirn. Die übrigen drei Mitglieder der Wachmannschaft. Dann haben sie den Lärm bei den Aufzügen gehört und sind hingelaufen. Jetzt sind sie tot. Der vordere Teil seines Gehirns nahm eine weitere Tür wahr. Links voraus. Exakt auf einer Linie mit dem Ende der kurzen Wand des Aufzugsschachts. Daher die Tür in die große Bürosuite.

Sie wirkte eindrucksvoll massiv, war vermutlich schalldicht. Wie auf Fotos von Aufnahmestudios oder Senderäumen, die Reacher kannte. Die Tür ging nach außen auf. Sie war wuchtig und schwer, ließ sich nur träge bewegen. Allein das bot zusätzliche Sicherheit. Um sie aufzuziehen, musste man sich mit einer Hand an der Mauer abstützen und mit der anderen ein Gewicht von mindestens zweihundert Kilo zu sich herziehen, während man sich gleichzeitig in dem Türspalt exponierte, der durch eigene Anstrengung immer breiter wurde. Diese Situation kam in keiner Dienstvorschrift vor. Unabhängig davon, ob es hier nur einen oder vier Sicherheitsleute gab, würde dieser einzige Zugang äußerst streng bewacht werden. Pistolen gezogen und schussbereit. Genau wie im Lehrbuch. Das letzte Gefecht.

Reacher erteilte seine Anweisungen mit Handzeichen. Als Erstes klopfte er auf seine Brust. *Ich übernehme die Tür.* Er spielte vor, wie er sie mit einem gewaltigen Ruck aufreißen würde. Er tippte Abby auf die Schulter und deutete an, wie sie sich hinknien und durch die entstehende Lücke zielen solle. Er tippte Vantresca auf die Schulter und bedeutete ihm, er solle gebückt über Abby hinwegzielen. Dann war Hogan an der Reihe, der über Vantrescas Kopf hinwegschießen sollte. Für den Fall, dass die sich öffnende Tür neue Perspektiven ergab, stellte er Barton seitlich versetzt auf.

Alle gingen in Stellung. Kniend, gebückt, stehend. Reacher packte den Türgriff mit beiden Händen. Er stemmte die Füße ein. Dann atmete er tief durch und nickte: Eins, zwei, drei!

Er riss die Tür auf.

Abby drückte ab. Vantresca drückte ab. Hogan drückte ab. Alle mehr oder weniger gleichzeitig. Jeweils nur ein einzelner Schuss. Danach war nichts mehr zu hören als das Scheppern einer zu Boden fallenden Waffe, der schwere Aufprall eines zusammenbrechenden Körpers und der summende Nachhall der Schussknalle.

Reacher lugte um die Tür. Ein einzelner Mann. Der Wachleiter, der nicht mehr wie ein Möbelstück in der Ecke saß. Der sich mit niemandem mehr anfreundete. Stattdessen hatte er stehend die Tür im Auge behalten. Vermutlich mit seiner Pistole in beiden Händen. Aber das Warten hatte zu lange gedauert. Die Zeit verging quälend langsam. Die Aufmerksamkeit erlahmte. Die Arme wurden müde. Die Pistolenmündung sank herab.

Hinter dem Toten lag ein Raum, der ziemlich genau Hogans Beschreibung entsprach. Weißer Laminatboden und kühle, fast kalte Luft. Riesig. So groß wie das Foyer im Erdgeschoss, nur spiegelverkehrt. Überall bodentiefe Fenster. Arbeitstische und Regale, viele davon leer, die vielleicht ein Vormieter zurückgelassen hatte. Die restlichen Tische verschwanden unter einem Gewirr aus Kabeln und schwarzen Boxen, deren Zweck nicht auf den ersten Blick ersichtlich war. Das Herz des Unternehmens war noch kleiner, als Vantresca prognostiziert hatte. Fünf Laptops, nicht sechs, die nebeneinander auf einem Arbeitstisch platziert waren.

Hinter dem Tisch standen zwei Männer. Reacher erkannte Trulenko sofort. Aus Abbys Beschreibung. Von den Zeitungsfotos. Ein ziemlich kleiner Kerl. Jung, aber schon mit beginnender Glatze. Brillenträger. *Bestimmt kein Typ für die Arbeit im Steinbruch.* Er trug Chinos und ein weißes T-Shirt. Der Mann neben ihm war schätzungsweise fünf Jahre jünger. Größer, aber schlaksig. Schlechte Haltung mit hängenden Schultern, vermutlich vom vielen Tippen.

Trulenko sagte hastig etwas auf Ukrainisch.

Vantresca übersetzte: »Er hat den Jungen daran erinnert, dass er den Mund halten soll.«

»Kein guter Start«, meinte Reacher.

Barton und Hogan stellten sich zwischen die beiden und ihre Laptops. Reacher blickte aus einem der Fenster auf die menschlichen Ameisen hinab.

Er sagte: »Stellen Sie sich vor, Sie wollten ein Programm schreiben. Hier ist, was Sie über unsere Seite der Gleichung wissen müssen. Wir kommen von keiner Behörde, sind nicht in staatlichem Auftrag hier. Dies ist ein rein privates Unternehmen. Wir verfolgen zwei sehr spezielle und sehr persönliche Ziele. Außer Ihnen ist uns alles andere scheißegal. Was andere Ihnen vielleicht vorwerfen, kümmert uns nicht im Geringsten. Tun Sie, was wir sagen, verschwinden wir, und Sie sehen uns nie wieder.«

Keine Antwort.

Reacher fragte: »Was sagt Ihre unfehlbar logische Software unter diesen Umständen voraus?«

Keine Antwort.

»Korrekt«, sagte Reacher. »Wir kommen von keiner Behörde, sind nicht in staatlichem Auftrag hier. Was bedeutet, dass wir uns an keine Regeln halten. Wir haben uns gerade durch eine ganze Armee der besten taffen Kerle gekämpft, die Sie jemals gesehen haben. Und jetzt befinden wir uns in Ihrem innersten Heiligtum. Das bedeutet, dass wir taffer sind als Sie. Also vermutlich auch gemeiner. Ihre unwiderlegbare Logik sagt Ihnen, dass Sie leiden werden. Wenn Sie nicht tun, was wir sagen. Bevor wir hergekommen sind, waren wir im Baumarkt. Sie können das Ganze als Schachpartie betrachten. Natürlich fangen wir mit dem Jungen an. Ein Sieg für Sie ist sehr schwer vorstellbar. Letzten Endes tun Sie unweigerlich das, was wir verlangen. Logischerweise sollten Sie gleich damit anfangen. Das würde uns allen viel Mühe ersparen.«

Trulenko sagte: »Ich bin keiner dieser Leute.«

»Aber Sie arbeiten für sie.«

»Ich hatte praktisch keine andere Wahl. Aber hey, ich bin diesen Leuten nichts schuldig. Vielleicht können wir uns irgendwie einigen. Ich tue zwei Dinge, und Sie lassen mich laufen? Habe ich das richtig verstanden?«

»Aber versuchen Sie nicht, uns reinzulegen«, sagte Reacher. »Wir wissen genug, um zu erkennen, was Sie tun. Wir haben im Baumarkt auch einen Glasschneider erworben. Mit dem könnten wir ein Loch in eine Fensterscheibe schneiden und Sie hinauswerfen. Wie man einen Brief einwirft.«

»Welche zwei Dinge?«

»Als Erstes die Pornografie. Alle Ihre verschiedenen Webseiten.«

»Wegen *denen* sind Sie hier?«

»Wir verfolgen zwei sehr spezielle und sehr persönliche Ziele«, wiederholte Reacher. »Die Pornografie ist die Nummer eins.«

»Die ist bloß ein Nebengeschäft, Mann.«

»Löschen Sie die Inhalte. Lassen Sie sie verschwinden.«

»Alle?«

»Für immer.«

»Okay«, sagte Trulenko. »Wow! Das kann ich tun. Aber darf ich fragen, ob dies eine Art moralischer Kreuzzug ist?«

»Welcher Teil unseres Unternehmens kommt Ihnen moralisch vor?«

Trulenko gab keine Antwort. Reacher verließ seinen Platz am Fenster und ging zu ihm hinüber. Barton und Hogan machten ihm Platz. Trulenko trat an den Arbeitstisch. Reacher sagte: »Erzählen Sie uns, was Sie hier haben.«

Trulenko zeigte auf die ersten Laptops. »Diese beiden sind für soziale Medien. Ein ständiger Strom von komplett erfundenen Storys. Die an alle Bullshit-Webseiten gehen, die dumm genug sind, um jedes Wort zu glauben. Und an alle Fernsehsender, von denen nur manche dumm genug sind. Die Nummer drei dient für Identitätsdiebstähle, die Nummer vier für Verschiedenes.«

»Und der fünfte Laptop?«

»Geld.«

»Wo ist die Pornografie?«

»Nummer vier«, sagte Trulenko. »Verschiedenes. Wie gesagt bloß ein Nebengeschäft.«

»Also los«, sagte Reacher. »Das ist die erste Aufgabe.«

Die anderen drängten näher heran. In Wirklichkeit waren ihre Kenntnisse rudimentär. Nur vom Verbraucherstandpunkt aus. Aber das konnte Trulenko nicht wissen. Unter ihrer Aufsicht schien er sich genau an Reachers Anweisungen zu halten. Er tippte lange Codes ein. Er beantwortete alle möglichen Sicherheitsabfragen mit Ja, Ja und Ja. Textzeilen wanderten über den Bildschirm. Irgendwann erschienen keine mehr.

Trulenko trat einen Schritt zurück.

»Fertig«, sagte er. »Die Inhalte sind zu hundert Prozent gelöscht, die Domains stehen wieder zum Verkauf.«

Niemand erhob Einwände.

»Okay«, sagte Reacher. »Jetzt zur Nummer fünf. Zeigen Sie uns das Geld.«

»Welches Geld?«

»Alle flüssigen Mittel.«

»Deswegen sind Sie also hier!«

»Geld regiert die Welt.«

Trulenko machte einen Schritt nach rechts.

»Augenblick«, sagte Reacher. »Bleiben Sie vorerst bei vier. Zeigen Sie uns Ihr eigenes Bankkonto.«

»Nicht relevant, Mann. Mit diesen Leuten habe ich nichts zu schaffen. Die machen ihre eigenen Geschäfte. Ich bin aus San Francisco hergekommen.«

»Zeigen Sie uns das Konto trotzdem. Denken Sie an die unwiderlegbare Logik.«

Trulenko schwieg eine Weile.

Dann sagte er: »Mein Unternehmen war eine Gesellschaft mit beschränkter Haftung.«

»Deshalb mussten alle anderen bluten – nur Sie nicht.«

»Meine persönlichen Anteile waren geschützt. Das ist der

eigentliche Zweck dieser Gesellschaftsform. Sie fördert Unternehmertum. Sie fördert Risikobereitschaft. Die ist die Grundlage des Erfolgs.«

»Zeigen Sie uns Ihr Konto«, sagte Reacher.

Trulenko zögerte erneut. Dann gelangte er zu der unvermeidlichen Schlussfolgerung. Er schien ein ziemlich schneller und entschlossener Denker zu sein. Das lag vielleicht an seinem langjährigen Umgang mit Computern. Er trat wieder vor, um zu tippen und zu klicken. Die Bildschirmfarbe wechselte von Blau zu Lindgrün. Dann erschien ein Kontoauszug. Auf Maxim Trulenkos Girokonto befanden sich etwas über vier Millionen Dollar.

Maria Shevick hatte die Ringe ihrer Mutter für achtzig Dollar ins Leihhaus gebracht.

»Lassen Sie die Verbindung stehen«, sagte Reacher. »Zeigen Sie uns auf der Nummer fünf, was Gregory besaß.«

Trulenko gehorchte. Er tippte und klickte. Auf dem Monitor erschien eine neue Darstellung. Er sagte: »Dies ist das einzige Girokonto. Sozusagen die Portokasse für kleinere Ausgaben.«

»Wie viel ist im Augenblick drauf?«

Trulenko sah nach.

Er sagte: »Knapp neunundzwanzig Millionen Dollar.«

»Legen Sie Ihr eigenes Geld drauf«, forderte Reacher ihn auf. »Überweisen Sie's auf Gregorys Konto.«

»Was?«

»Tun Sie, was ich gesagt habe. Überweisen Sie Ihr Guthaben auf Gregorys Konto.«

Trulenko gab keine Antwort. Bewegte sich auch nicht. Er dachte angestrengt nach. Schnell, wie nur er es konnte. Binnen Sekunden erreichte er das Akzeptanzstadium. Das sah Reacher ihm an. Lieber ohne einen Cent in der Tasche gehen, als gar nicht gehen. Es gab Schlimmeres. Mit seinem Verlust fand er sich rasch ab. Schließlich war ein gebrochenes Bein besser als zwei.

Er trat wieder an die Nummer vier und tippte und klickte. Beantwortete die Sicherheitsabfragen mit Ja, Ja und Ja. Dann trat er zurück. Die Endsumme auf dem Bildschirm ging auf null Dollar zurück. Auf dem Monitor der Nummer fünf wurden plötzlich neununddreißig Millionen angezeigt.

»Bereiten Sie eine Überweisung vor«, befahl Reacher. Er diktierte ihm Aaron Shevicks Kontodetails, die er sich vor einigen Tagen während des Treffen mit dem Geldverleiher in der Bar eingeprägt hatte. *Der Mann mit dem Häftlingstattoo hält Sie für Aaron Shevick. Sie müssen das Geld für uns holen.* Damals waren es achtzehntausendneunhundert Dollar gewesen.

Eigentlich habe ich eine Vorliebe für runde Zahlen.

Trulenko wiederholte die Angaben.

Alles richtig.

Reacher sagte: »Jetzt überweisen Sie das Geld.«

»Wie viel?«

»Alles.«

»Was?«

»Sie haben gehört, was ich gesagt habe. Jeder Cent auf Gregorys Konto geht auf das Bankkonto, das ich Ihnen eben genannt habe.«

Trulenko zögerte erneut. Ab hier gab es kein Zurück mehr. Sein privates Vermögen war dabei, sich endgültig seinem Zugriff zu entziehen. Aber ein gebrochenes Bein war besser als zwei. Er tippte und klickte. Ja, Ja und Ja. Er trat zurück. Die Endsumme auf dem Bildschirm schrumpfte auf null Dollar. Neununddreißig Millionen waren unterwegs.

Reacher schaute die anderen an. Er sagte: »Geht schon mal voraus. Wartet am Aufzug auf mich.«

Alle nickten, aber vermutlich kannte nur Abby sein Motiv. Sie gingen an dem toten Wachmann vorbei hinaus. Vantresca sah sich noch mal um. Dann verließ auch er den Raum.

Reacher baute sich vor Trulenko auf.

Er sagte: »Ich muss Ihnen etwas sagen.«

Trulenko fragte: »Was?«

»Dass Sie unbehelligt gehen dürfen …«

»Was ist damit?«

»Das waren Fake News.«

Reacher schoss ihm in die Stirn und ließ ihn liegen, wo er zusammengebrochen war.

51

Sie verbrachten die Nacht in Abbys Wohnung. Im Wohnzimmer mit seinen gedämpften Farben und der alten, aber behaglichen Einrichtung. In der Küche mit ihrer Kaffeemaschine, ihren weißen Porzellanbechern und ihrem winzigen Tisch am Fenster. Aber hauptsächlich im Schlafzimmer. Als Erstes duschten sie lange, was naheliegend und offenkundig symbolisch, aber auch wärmend und beruhigend, notwendig und praktisch war. Danach fühlten sie sich sauber und erfrischt und dufteten nach guter Seife. Unschuldig. Reacher hatte sich bisher nicht näher dazu geäußert, aber Abby schien anzunehmen, dies sei ihre letzte gemeinsame Nacht. Trotzdem ließ sie sich nichts anmerken. Sie war wagemutig und lustig, zu Experimenten aufgelegt und raffiniert. Zwischendurch kuschelte sie gern, ohne jedoch Schutz zu suchen, rekelte sich einige Male wie eine Katze und lächelte befriedigt. *Ein großartiges Gefühl. Man lebt und die anderen nicht.*

Früh am Morgen wurden sie durch einen Anruf der Shevicks geweckt. Abby schaltete den Lautsprecher ein. Erst war Maria am Telefon. Sie berichtete, der neue Scan sei noch besser als erwartet ausgefallen. Der Zustand ihres kleinen Mädchens habe sich erstaunlich gebessert. Die Ärzte führten Freudentänze auf. Dann ging Aaron ans Telefon. Er berichtete, die Überweisung habe ihn total schockiert, fast bis zum Herzinfarkt geführt. Reacher wiederholte, was er ihm schon einmal geraten hatte. Verschenkt den Rest. An Menschen, die an der gleichen Krankheit leiden. Nachdem ihr das Haus von der Bank zurückgekauft habt. Vielleicht konnte Meg bei ihnen wohnen, während sie sich erholte. Vielleicht konnten sie sich einen neuen Fernseher kaufen. Vielleicht auch ein neues Auto. Oder einen Oldtimer. Vielleicht einen alten Jaguar, der Spaß machte. Reacher meinte, das wisse er aus sicherer Quelle.

Dann brach er auf. Er umging die moderne Innenstadt, überquerte die Center Street und achtete auf höflichen Abstand zu den hochpreisigen Citylagen. Eine halbe Meile weiter erreichte er den Busbahnhof. Er studierte die Tafel mit den Abfahrtszeiten und besorgte sich eine Fahrkarte. Er hatte noch immer fünf Mille in der Tasche. Aus dem Pfandhaus. Darüber war er froh. Er mochte das Gefühl, so viel Geld in der Tasche zu haben. Damit kam er mindestens fünf bis sechs Wochen aus. Sogar länger, wenn er sparsam war.

Zehn Tage später ließ er sich mit dem Sommer nach Norden treiben. In einem Bus fand er zufällig ein Exemplar der *Washington Post*. Die Zeitung berichtete in einem langen Artikel darüber, wie das organisierte Verbrechen in einer berüchtigten Stadt ausgerottet worden war. Ein altes Problem war endlich aus der Welt geschafft. Zwei rivalisierende Banden existierten nicht mehr. Keine Schutzgeldzahlungen mehr. Kein Drogenhandel, keine Prostitution mehr. Keine rohe Gewalt, keine Terrorherrschaft mehr. Das alles bezeichnete der neue Polizeichef als sein Verdienst, weil er sein Amt mit neuen Ideen und neuer Energie angetreten habe. Gerüchte besagten, er strebe nach Höherem, wolle Oberbürgermeister oder sogar Gouverneur werden. Das erschien durchaus möglich. Bisher war seine Bilanz makellos.

Auf den Spuren seines Vaters – Jack Reachers persönlichsten Fall jetzt als Taschenbuch.

432 Seiten. ISBN 978-3-7341-1123-5

»Laconia, New Hampshire« stand auf dem Straßenschild. Obwohl Jack Reacher noch nie hier gewesen war, entschied er sofort, dass er den Ort besuchen würde. Denn hier war sein Vater aufgewachsen, und auch wenn dieser niemals zurückgekehrt war, wollte Reacher sehen, was das für ein Ort war. Als er den Entschluss traf, ahnte er noch nicht, dass es einen guten Grund gab, warum sein Vater Laconia den Rücken gekehrt hatte. Während Reacher in der Vergangenheit herumstochert, gerät er ins Fadenkreuz skrupelloser Männer, die für ihren Profit über Leichen gehen. Doch mit einem Mann wie Jack Reacher haben sie nicht gerechnet.

Lesen Sie mehr unter: **www.blanvalet.de**